Christoph Dehn

Paraiso

Christoph Dehn

Paraiso

Das verborgene Paradies

AT Edition

Umschlagbild: Joni Caparas

∞

Gedruckt auf alterungsbeständigem Werkdruckpapier entsprechend
ANSI Z3948 DIN ISO 9706

Bibliografische Information der Deutschen Nationalbibliothek
Die Deutsche Nationalbibliothek verzeichnet diese Publikation in der Deutschen Nationalbibliografie; detaillierte bibliografische Daten sind im Internet über http://dnb.dnb.de abrufbar.

ISBN 978-3-89781-276-5

AT Edition Münster 2021

Auslieferung/Verlagskontakt:
Fresnostr. 2 D-48159 Münster 0 251-20 07 96 10
E-Mail: ate@at-edition.de https://www.at-edition.de

I

Ach Papa

1

„Ach Papa, du und deine alten Geschichten.“ Dabei sieht Jule mich mit ihrem Jule-Gesicht an, dieser Mischung aus Spott, Zuneigung und Mitleid. Ich nehme Jule in den Arm und muss lachen. In diesem Moment weiß ich nicht mehr, was das Ganze eigentlich soll. Jule hat recht. Alte Geschichten. Aber ohne diese Geschichten, wo wären wir jetzt?

Seit Januar habe ich Zeit. Ruhestand, Rente. Zum Abschied hat Walter, der inzwischen auf die Achtzig zugeht, mir seine Hand auf den Arm gelegt und gesagt: „Verschieb nichts auf morgen, du weißt nicht, wie viel Zeit dir bleibt.“ Er war nicht der Einzige, der mir zum Eintritt in meine letzte Lebensphase gratuliert hat. Meine Zeit ist begrenzt. Das war sie immer, aber im Berufsalltag hat das keine Rolle gespielt, es war überdeckt und verborgen unter den Routinen und Anforderungen. Aber nun verändert sich mein Blick.

Die Erinnerungen drängen wieder an die Oberfläche. Wie Blasen aus einem gärenden Morast in lichtloser Tiefe steigen sie auf und drängen in meinen Kopf. Da platzen sie und stinken. Meine Erinnerungen. Bilder aus einer vergangenen Zeit. Wie oft haben mich die Bilder wachgehalten, morgens um halb fünf, zu spät, um wieder einzuschlafen, zu früh um bereits aufzustehen. Die Jahre haben meine Bilder mit dem Schweiß des frühen Morgens getränkt. Der Schweiß ist getrocknet und hat die Erinnerung nach und nach erstarren lassen. Dann habe ich gelernt, die Bilder beiseite zu schieben, als hätten sie kleine Räder. Aber nun steigen sie wieder auf.

Was lag vor der Erinnerung? Ich spüre mit Unbehagen, dass ich mich an meine Erinnerungen erinnere. Die Erlebnisse dahinter sind unscharf geworden und dunkel. Was ist wirklich geschehen? Was haben die Jahre und Nächte seitdem daraus gemacht? Zwischen der Erinnerung und dem Leben liegt eine weite trockene Ebene, die ich nicht mehr überqueren kann. Habe ich meine Bilder am Ende selbst gemacht, zusammengeklebt aus Scherben des echten Lebens?

Fast ein ganzes Leben liegt zwischen mir und dieser anderen Zeit. Jetzt muss ich zurückkehren.

Eine Woche später bin ich da, gelandet in Manila. Zu meiner Freude angekommen am alten Flughafen-Terminal, der für mich immer noch MIA ist, Manila International Airport, der Beton gewordene Machtwille von Imelda Marcos. Den Flug von Taipeh habe ich mit dem Gesicht am Fenster verbracht. Da war zuerst das Meer, übersät von kleinen weißen Wölkchen wie Butterflocken. Dann wurden es mehr Wolken, länglich, mit scharf geschnittenen, gewölbten Rücken, wie eine große Herde gemeinsam jagender riesiger Orcas. Kurz danach schloss sich die Wolkendecke. Vom Land, vom Cagayan Valley, von der Cordillera war nichts zu sehen. Und doch, vielleicht gaben die Wolken mit ihren Gebirgen und Schluchten, mit ihren gewölbten Rücken und plötzlichen Abbrüchen ein sanfteres Abbild der darunter liegenden Landschaft. Ich habe den Flug auf dem Bildschirm verfolgt. Wir sind über Baguio geflogen, und ich war fast sicher, den Talkessel mit dem Burnham Park in seinem Wolkenabbild zu erkennen. Jule hätte mich dabei sicher mit ihrem Jule-Gesicht angesehen.

Manila. Keine Chance nachzudenken. Diese Stadt fordert mich ohne Erbarmen. Sie saugt mich auf und hält mich fest. In dem Moment, in dem ich das Flughafengebäude verlasse, schlägt die schwüle Hitze des frühen Abends mit ihrem schweren nassen Lappen nach mir. Ich drücke den Rücken durch und stemme mich der Schwüle entgegen. Wegducken hat keinen Sinn. Da ist er wieder, der Straßenlärm, die tausend Hupen, die blechernen Musikanlagen der Jeepneys, die Rufe der Dispatcher, immer wieder übertönt vom Dröhnen der startenden und landenden Maschinen. Und dann der Geruch, diese überwältigende Mischung aus Leben und Vergehen in dieser unglaublichen Stadt.

Im Internet habe ich mir ein günstiges Hotel für die ersten Nächte gesucht. Der Teppichboden im Zimmer riecht erwartet unangenehm nach Schimmel und Frittierfett. Vor dem Fenster liegt der Dunstabzug der Küche. Kakerlaken, natürlich Kakerlaken. Fünf große, glänzende, braun-schwarze Insekten flüchten vor mir in die Zimmerecke. Dort fangen sie an übereinander zu springen, aber an der Wand geht es nicht weiter. Schließlich fliegt die erste los, knapp an meiner Backe vorbei. Es klopft an der Zimmertür. Draußen steht eine lächelnde junge Frau: „Sorry Sir, der Zimmerservice hat vergessen, das Zimmer einzusprühen“, sagt sie und wedelt mit einer großen roten Sprühdose. Das Mittel trägt einen militärischen Namen, *Raid* oder *Ambush*. Mir soll es recht sein. „Möchten Sie drinnen bleiben? Aber das ist auch eine gute Gelegenheit für eine Abkühlung in unserem wunderbaren Swimmingpool, Sir.“ Grace – oder war es Janet – ist 40 Jahre jünger als ich, 35 Zentimeter kleiner, 30 Kilo leichter, hat schwarzbraune halblange Haare, und wenn sie lächelt, erscheint auf ihrer linken Backe ein kleines Grübchen. Also packe ich meine Badehose und gehe zum Swimmingpool.

Keine gute Idee. Der Pool befindet sich im Besitz einer Gruppe von chinesischen Jugendlichen. Schwimmen geht nicht zwischen den grölenden, spritzenden jungen Leuten, und das Wasser ist viel zu warm für eine Abkühlung. Die Unterwasser-Scheinwerfer drücken einen unscharfen Lichtkegel in das milchig trübe Wasser. Aber es riecht stark nach Chlor, krank wird es nicht machen.

Sechs Stunden Zeitunterschied. Hier ist Abend, in Deutschland erst Nachmittag. Zum Schlafen fühlt es sich noch zu früh an, aber der lange Flug hat mich erschöpft. Ich schalte die Klimaanlage ein. Sie brummt leise, dann schüttelt sie sich und beginnt mit lautem Heulen muffig kalte Luft ins Zimmer zu werfen. Die Matratze hat einen Plastiküberzug, auf dem das dünne Bettlaken hin und her rutscht und dabei verhalten quietscht. Aber heute Nacht werde ich schlafen.

2

Der Tag beginnt hart und schnell. Für ein paar Minuten nach ihrem Aufgang wirft die Sonne ein warmes, freundliches Licht auf die Stadt. Dann steigt sie viel zu schnell und schnurgerade auf, wird grell und stechend. Ich spüre, wie sich in wenigen Minuten Schweiß auf meinem

Rücken und an den Beinen bildet. Ich hatte doch gelernt, in diesem Land langsam zu gehen. Aber heute hilft das nicht. Kribbelnd läuft der Schweiß das Rückgrat entlang und zeichnet Linien in die Hosenbeine.

Ermita, das alte Vergnügungsviertel, liegt direkt vor der Tür. Irgendwann im letzten Jahrhundert hat hier ein zum Bürgermeister gewählter Polizeigeneral aufgeräumt und die Bars und Bordelle geschlossen. Klein und heruntergekommen sehen die Häuser und Geschäfte im harten Morgenlicht aus. Die Straße ist schmaler, als ich sie in Erinnerung habe. Alte graue Holzverkleidungen spreizen sich von ihren Wänden ab. Die Dachüberstände sind übersät mit schwarzen Schimmelpocken. Ausgebleichte Reklametafeln werben für Geschäfte, die schon vor langem verschwunden sind. Wo ist der „50/50 Burger" geblieben, dessen Hamburger zur Hälfte aus gehäckselten Regenwürmern bestanden haben sollen?

Damals war Ermita ein magischer Ort. Ermita leuchtete und glitzerte. Lichterketten und Stroboskopblitze lockten. Aus den Bars quoll Musik und Gelächter. Die Straße war voll mit Paaren und Gruppen. Warum war es damals in Ermita immer Nacht? Als sähe ich das Viertel heute zu ersten Mal bei Tageslicht. An einem dieser Abende war eine junge Frau auf mich zugekommen. Sie hatte mich umarmt, dazu hatte sie auf die Zehen gehen müssen, und mir einen Kuss auf die Backe gegeben. „I will make you happy!" Wie hatte sie das sehen können? Wie konnte sie wissen, dass ich mich nach nichts mehr sehnte als nach Ruhe und Geborgenheit? Nach der Berührung von Haut, nach breiten weichen Lippen? Nach Heimat und Ankommen? Wir gingen zusammen in eine Bar, in ihre Bar. Wenig später stand sie auf der kleinen Bühne, von ein paar Streifen glänzendem roten Stoff kaum verhüllt. Zu alten amerikanischen Hits wand sie sich um eine Edelstahlstange, dann drehte sie sich zu mir und schob für einen Augenblick den roten Stoffstreifen von ihrer Brust. Die kleinen harten Brustwarzen und der braune Hof darum faszinierten mich. Und doch wollte ich das nicht. Es fühlte sich falsch an. Warum? Erinnerte es mich an den Kauf von Mangos, die ich abtaste und berieche, bevor ich mich für eine entscheide?

Später saßen wir wieder am Tisch zusammen. Ihr Name sei Amanda. „I am so sorry that we are meeting here. This is a bad place." Ihre Schicht sei um drei Uhr zu Ende. Dann könnten wir zusammen weggehen. Ich könnte auch die *bar fine*, die Auslöse, bezahlen, dann würde sie sofort mit mir gehen. In mein Hotel. Nein, zu ihr könnten wir nicht gehen. Sie teile ihr Zimmer mit drei Kolleginnen. Lieber in mein Hotel.

Warum ich denn zögere? Hätte ich lieber eine Dünnere oder eine Dickere? Oder zwei? Wie wäre es denn mit ihrer Freundin, die sich da gerade an der Stange räkelt? Sie könnten das prima zusammen machen, damit hätten sie auch Erfahrung. Hatte ich mir Glück und Ankommen so vorgestellt? Ach Amanda, du machst mich traurig. Ich bestellte ihr noch einen *Lady's Drink*, schob ihr einen Hundertpesoschein zu und verließ die Bar der unerfüllten Verheißung.

An den Weg zum Hotel erinnere ich mich kaum. Die ganze Zeit hörte ich Amanda sagen „I will make you happy!", ich sah ihre kleinen braunen Brustwarzen vor mir, zum Greifen nah, und doch unerreichbar.

Und das soll dasselbe Ermita sein? Der funkelnde, glitzernde Ort von Verheißung, Enttäuschung und Melancholie? Diese schmalen Straßen voll grellem Licht und lärmenden Hupen, Dieselschwaden und trocknendem Urin? Diese geschrumpften verfallenden Häuser und verblichenen Werbetafeln? Der heiße graue Beton?

3

Damals war EDSA, die Epifanio delos Santos Avenue, die wichtigste Durchgangsstraße in Manila, ein heißes Betonband mit vielen Fahrspuren in beiden Richtungen. Dort jagten sich Busse und Jeepneys und die noch seltenen Privatwagen, oft Geländewagen in Schwarz, Mitsubishi Pajero, oder – weniger beliebt – Nissan Patrol. Ich erinnere mich, einmal kam ich aus einer dieser ummauerten Reichensiedlungen, die EDSA in Quezon City und Makati säumten, als ein roter Lancer von

Süden kommend nach links abbiegen wollte. Er hatte gerade die Straßenmitte erreicht und begann vorsichtig, die Trennlinie zu überfahren, als ein entgegenkommender Reisebus ihn mit hoher Geschwindigkeit rammte. Der rote Wagen wurde um ein paar Meter zurückgeschleudert und gedreht, der Bus fuhr ungebremst weiter. Von dem Fahrer im Lancer war nichts mehr zu sehen. Dann, langsam, wie in Zeitlupe, tauchte im zersplitterten Seitenfenster ein blutiger Kopf auf und schwankte ein wenig, wie eine Boje in ruhiger Dünung. Bis zum Eintreffen des Notarztes und der Polizei vergingen fast dreißig Minuten.

EDSA war gesäumt von den Stacheldraht-bewehrten Mauern der *villages*, der *gated communities* der Reichen und Einflussreichen, in die man nur mit Einladung und nach vorheriger Anmeldung eingelassen wurde. Dieselruß und Straßenstaub färbten die Mauern schwarz-grau. In unregelmäßigen Abständen verpassten Malerkolonnen den Wänden einen weißen Anstrich, der schon nach Tagen begann, seine graue Tönung wieder anzunehmen.

Zwischen den *villages* gab es niedrige Holzhäuser, Eisenwarenhandlungen, Restaurants, Kinos, Massagesalons und Motels. Als EDSA begann, im Verkehr zu ersticken, wurde die Hochbahn gebaut. Natürlich verschärfte der Hochbahnbau mitten entlang der Straße zunächst die stundenlangen Staus. Als die Bahn dann fuhr, zeigte sich, dass der Pendelverkehr inzwischen schneller gewachsen war, als die nur wieder freie, allerdings durch die Betonpfeiler der Hochbahn verengte Straße und die Bahn selbst tragen konnten.

Ich fahre mit der Hochbahn. Eine freundliche Angestellte hat mir den Weg zum ersten Wagon gewiesen, der für Frauen und Senioren reserviert ist. Das gibt einen kleinen Stich, aber der Wagon ist nicht voll, und ich finde einen Sitzplatz. Die Holzhäuser sind verschwunden. Stattdessen säumen Bürotürme und Einkaufszentren, die Malls, die Straße. Die Stadt hat sich entwickelt. Da, wo früher eine Eisenwarenhandlung Wasserrohre und Armiereisen verkaufte, arbeiten jetzt Tausende von Angestellten auf vierzig klimatisierten Etagen. Die *villages* sind noch da, aber ich sehe inzwischen zahllose Wohntürme mit ihren exklusiven Eigentumswohnungen und einem Blick, der von der Bucht von Manila bis zum großen Binnensee Laguna de Bay reichen muss. Ich versuche mir vorzustellen, wer in diesen Apartments wohnt. Es gelingt mir nicht.

Die Fahrt mit der Hochbahn ist, als würde ich in niedriger Höhe über die Straße fliegen. Dieser Eindruck wird dadurch verstärkt, dass der Verkehr unten qualvoll langsam dahin kriecht, während die Bahn sich auf ihren Schienen zügig auf das Ziel hinbewegt.

An einer der großen Kreuzungen blicke ich von oben in eine tiefe Baugrube. Sie muss schon vor Monaten ausgehoben worden sein; sie reicht viele Stockwerke in die Erde hinein, offensichtlich der Beginn eines großen Bauvorhabens in einer Gegend, die jetzt durch avantgardistische Bürotürme geprägt ist. In der Wand der Baugrube wurde eine Treppe verankert, die über mehr als ein Dutzend Kehren in die Tiefe führt. Aber kein Baufahrzeug, kein Kran, kein Arbeiter ist in Sicht. Hinter dem hohen Bauzaun ist, mitten in der Stadt und Stockwerke unter der Straße, ein kleiner Regenwald entstanden: schnell wachsender *Ipil Ipil*, kleine Akazien, Schlingpflanzen, selbst ein paar Bananenstauden sehe ich. An der tiefsten Stelle der Baugrube hat sich ein kleiner See gebildet. Sicher haben die Tiere diese geschützte Stelle schon entdeckt. Ich stelle mir das morgendliche Vogelkonzert in diesem kleinen Urwald direkt neben der meistbefahrenen Straße von Manila vor. Fast kann ich hören, wie viele helle Vogelstimmen den Lärm der Straße weit oben übertönen und ihre eigene Welt erschaffen.

4

„Hallo Papa, wie geht es dir? Kommst du voran? Hast du diese Frau schon getroffen, wie heißt sie noch?" Jules Stimme ist klar und voll warmem Interesse.
„Ach, lass mich doch erstmal ankommen."
„Eh, angekommen bist Du doch schon vorgestern. Was machst du denn die ganze Zeit?"

„Ich mache mich langsam wieder mit der Stadt vertraut."
„Als ob du Manila nicht in- und auswendig kennen würdest."
„Wie lang warst du nicht hier?"
„Mach keinen Quatsch, Papa, du weißt genau, dass ich noch nie da war."
„Solltest du aber. Hier ist alles ein bisschen kompliziert."
„Dann nimm dir halt Zeit. Aber sag mir sofort Bescheid, wenn du etwas herausfindest! Wie heißt die Frau denn nun? Und soll ich Mama von dir grüßen?"
„Diwa, und grüß Mama ruhig von mir."
„Ich frühstücke jetzt. Was ist bei dir dran?"
„Hier ist früher Nachmittag. Dir einen schönen Tag, Jule, ich drücke dich."
„Ich dich auch, pass auf dich auf, Papa."
Ich muss lächeln. So ist das immer, wenn ich mit Jule rede.

Die Straße, vom letzten Tageslicht in ein warmes Orange getaucht, riecht nach Diesel und Urin. Ein paar Straßenlaternen beginnen, ihren dämmrigen Schein zu verbreiten. Uschi's Bar liegt drei Blocks von meinem Hotel entfernt. Uschi liebe ich, seit ich sie zum ersten Mal sah, Uschi in ihrem ewigen Dirndl und den blond gefärbten Haaren. Alles an Uschi ist unecht, das Dirndl, das sie mit ihrer schmalen philippinischen Figur nicht ausfüllt, das Blond ihrer dicken Haare, die den Farbton nie treffen, der falsche deutsche Akzent. Der Name Uschi, den ihr in einem früheren Leben ihr erster deutscher Liebhaber verpasst hat, ehe er sich mit ihren Ersparnissen aus dem Staub machte. Uschi begrüßt mich mit einem breiten Lächeln. „Hi Jan, good Abend! You back in Manila? And more handsome than ever! Guapo ka talaga!" Dazu gibt sie mir Küsschen auf beide Backen. An diesem Abend kann nichts mehr schief gehen.

„You sit here. Have you met Axel? No? Meet Axel, I love him almost as much as you." Sie weist mir den Platz neben einem jovial lächelnden Mann mit schütterem grauen Haar an. „I get you a beer, just relax!" Damit ist sie verschwunden. Viele Männer und einige junge Filipinas sitzen um die Holztische mit ihren rot-weiß karierten Tischdecken. Die

Tücher haben Brandlöcher von ungezählten Zigaretten. Jetzt wird hier nicht mehr geraucht, schon seit Jahren. San Miguel Pale Pilsen, San Mig Lite, Red Horse, vor den Gästen steht eine traurige Armee leerer Flaschen.

„Du hast es gehört. Ich bin der Axel. Und wer bist du?"
„Ich bin Jan."
„Was machst du hier? Urlaub? Suchst du eine Frau?"
„So eine Art Urlaub."
„Auch Rentner, was?"
Rentner. Das Wort fühlt sich beunruhigend an. Rentner. Eine Jacke, die ich seit Januar trage, eine steife, viel zu große Jacke, die mich kratzt. Ein Kleidungsstück, das sich fremd und falsch anfühlt. Ich nicke.
„Dann hast du ja jetzt Zeit für die schönen Sachen im Leben."

Rentner. Das verändert so viel. Und hier besonders. Ich habe keine Visitenkarte mehr. Kein *Executive Secretary*, kein *Head of Department*, keine *Special Division*. Ohne Visitenkarte fühle ich mich nackt, unbedeutend, fast unsichtbar. Hinter mir steht niemand mehr, keine Organisation, kein Geld, kein Einfluss. Die Visitenkarte ist so viel mehr als ein Stück laminierte Pappe. Sie ist ein Auftrag, sie gibt Macht und Würde. Sie ist wie eine zweiten Haut, die stark und unverwundbar macht. Jule hat gesagt, ich sollte mir doch einfach selber neue Karten machen und irgendeine phantasievolle Bezeichnung erfinden. Sie hat *Senior Vice President Special Investigations* vorgeschlagen. „Ja super," habe ich gesagt, „das würde ich doch selber nicht glauben."

Ben, komm schnell.

5

„Hi Jan, *kamusta ka*? Long time no see, wie geht's?" Da steht Ben neben mir, Ben mit seinem schütteren Haar und der schiefen Brille, mit seinem erbsengroßen Muttermal auf der rechten Backe, aus dem drei lange schwarze Haare wachsen. Bringt Glück, hat er mal gesagt, dabei drehte er die Haare zwischen seinen Fingern. Das verschmitzte Lächeln ist genau wie immer. Wie oft hat er uns damit in verfahrenen Situationen aus dem Tief geholt. „Hi Ben, really good to see you again!“ Ben setzt sich. Uschi ist schon da mit seinem Bier. Im Hintergrund tönt Freddie Aguilars *Anak* in Endlosschleife.

Ben, mein philippinischer Kollege für die schwierigen Fälle. Mit Ben habe ich den Betrug um das Sampaguita-Hospital aufgedeckt. Bei unserem Projektbesuch in La Union stellte sich das Krankenhaus als Ferienanlage für die Pastoren und Mitarbeiter einer kleinen evangelikalen Kirche heraus. Von medizinischem Personal und den indigenen marginalisierten Kranken, derentwegen wir von der *Weltverantwortung* das Sampaguita Hospital seit zwei Jahren finanziell unterstützt hatten, fanden wir keine Spur. Wo waren die medizinischen Geräte? Wo die Krankenhausbetten? Die Hospitalapotheke? Der Krankenwagen? Von all dem hatten uns überzeugende Bilder vorgelegen. Nun ja, die Anlage diene ja wirklich der Gesundheit des Kirchenpersonals. Gut erholt und geistlich gerüstet könne man sich eben den vielfältigen Herausforderungen des seelsorgerlichen und karitativen Dienstes besser stellen und damit auch der Gesundheit der Gemeinde dienen. Die medizinische Ausstattung habe es am Anfang wirklich gegeben, aber wir wüssten schon, der Taifun Elma vor fast zwei Jahren habe Teile des Daches abgerissen, dabei seien viele Geräte beschädigt worden, die Instandsetzungskosten wären enorm gewesen, da sei es doch günstiger gewesen, alles noch Brauchbare zu verkaufen. Ach ja, der Krankenwagen sei noch da, Bischof Gonzales nutze ihn jetzt für Seelsorge und Verkündigung, eine segensreiche Tätigkeit, in der der Wagen eine wunderbare neue Verwendung gefunden habe; und voll im Sinne der ganzheitlichen Gesundheit der Gemeinde.

Der Versuch der *Weltverantwortung*, die veruntreuten Gelder auf dem Rechtsweg wieder einzutreiben, verlief erwartungsgemäß im Sand. Was mich wirklich ärgerte, war die Erkenntnis, dass ein Teil des uns gestohlenen Geldes dazu benutzt wurde, den Richter zu bestechen, der den Prozess nach 14 Monaten mit einem Freispruch für die *Einzige Kirche des wahren Wortes* beendete.

„How have you been, Ben?"
"Frag mich lieber nicht. Erinnerst du dich an Celia?" Ich nicke, Celia, das war die extravagante, strahlende, redegewandte Frau von Ben. Celia hatte mich sofort fasziniert, als ich sie zu ersten Mal traf. Das war bei dem Fest zum ersten Geburtstag von Bens Tochter gewesen. Der erste Geburtstag wird groß gefeiert; kein Kindergeburtstag, eingeladen sind die erwachsenen Verwandten und Freunde der Eltern. Der erste Geburtstag markiert den endgültigen Eintritt ins Leben. Die Kinder – und die Mütter -, die nach einem Jahr noch leben, werden es schaffen. Die gefährlichste Zeit und die bedrohlichsten Wochen von Fieber, Durchfall, Erbrechen, Koliken und Hunger liegen hinter ihnen. Maribel, Bens Tochter, hatte ein rosa Kleidchen an und eine rote Schleife im noch dünnen Haar. Die Ohrlöcher waren ihr schon bei der Geburt gestochen worden, die dünnen roten Fäden der ersten Wochen waren nun durch Ohrstecker mit rosa Perlen ersetzt. Aber das unbestrittene Zentrum des Fests war Celia. Celia strahlte. Wenn sie ihr glänzendes tief braunschwarzes Haar mit einem gekonnten Schwung nach hinten warf, blieb jedem Mann im Raum für einen Moment das Herz stehen, um gleich darauf doppelt so schnell zu schlagen. Celia, die Frau mit den sehr roten, breiten Lippen, der meine Augen ganz von allein folgten. Nein, kokett war sie nicht, aber ihre Präsenz war überaus spürbar.

Celias Glanz verblasste schon eine Woche später. Ben hatte mich zum Abendessen eingeladen. Ich brachte eine Flasche *Liebfraumilch* mit, der einzige Wein, den ich in Manila hatte auftreiben können. Das Abendessen wurde aufreibend. Celia nahm mich ins Verhör. Als wichtigem Auftraggeber ihres Mannes sei es mir ja sicher nicht entgangen, dass das ihm zugestandene Honorar für ein einigermaßen angemessenes Leben in dieser Stadt nicht ausreiche. Was denn mein Gewissen dazu sage, dass ich selbst ein sattes deutsches Gehalt einstreiche, aber meinen philippinischen Knecht fast verhungern lasse. Wieviel ich denn eigentlich verdiene, das Zehnfache oder doch eher das Dreißigfache von Bens schmalem Honorar. Wie es mir denn gefalle, mich von meinem ausgebeuteten Zuarbeiter und seiner Frau auch noch bekochen und füttern zu lassen. „Das ist Macht, *Herr Weltverantwortung*, nicht wahr?" *Herr*

Weltverantwortung, das sagte sie auf Deutsch. Der Deckenventilator drehte sich müde und verstärkte die drückende Schwüle um den runden Esstisch. Macht? Natürlich wusste ich zu schätzen, dass Ben immer da war, wenn ich ihn brauchte. Ohne Probleme konnte ich ihn am Wochenende und am Abend anrufen. Ben holte mich am Flughafen ab und organisierte auch die kleinen Ausflüge an den Samstagen, wenn sonst nichts zu tun war. Aber ich war doch auch für ihn da. Bei seinem letzten Besuch in unserer Geschäftsstelle war ich mit ihm zum Kölner Dom gefahren, und wir hatten einen wunderbaren Sonntag am Rhein verbracht, den wir mit einem opulenten Abendessen in einem Unkeler Weinlokal gekrönt hatten.

„Ach, weißt du was, Jan, lass uns jetzt nicht über Celia reden, das erzähle ich dir ein andermal. Was ist mit Dir und den Frauen?“ Ben ist der Einzige hier, der *Jan* zu mir sagt, bei den anderen hört sich mein Name wie *Dschänn* an.
„Jule geht es gut, sie ist fast mit dem Studium fertig, nächstes Jahr macht sie Examen.“
„Das ist gut zu hören, aber ich meine eher dein Liebesleben.“
„Was meinst du mit Liebesleben? Welches Liebesleben?“
„Du weißt schon, was ich meine. Hast du noch mal etwas von Diwa gehört?“

Diwa mit den schönen ungleichen Augen, Diwa, die am Rand meines Abgrunds steht. „Ich habe die Tage von ihr geträumt. Sie ist zu mir gekommen, und hat mir gesagt, dass sie nicht mehr lebt. Und sie hat mir mitgeteilt, dass es auch Manila nicht mehr gibt. Ein blöder Traum. Weißt du irgendetwas über Diwa?“

„Ich habe mich auch gefragt, was jetzt mit ihr ist. Soll ich mich mal umhören?“
„Das wäre super. Ich habe versucht, sie zu finden, aber bei Google finde ich nichts Aktuelles. Und bei Facebook ist sie nicht. Ich glaube, ich muss da etwas zu Ende bringen.“
„Das weiß ich, Jan. Ich höre mich um. Wie geht es übrigens Jutta?“
„Du redest nicht über Celia, lass mich mit Jutta in Ruhe!“

6

In den nächsten Tagen geschieht nichts. Ich schlafe meinen Jetlag aus und sehe mir in riesigen, eiskalten Kinos amerikanische Actionfilme an. Ich schlendere durch die gigantischen neuen Malls, die überall in Manila entstanden sind. Ich entdecke *barako* wieder, den kräftigen philippinischen Kaffee aus dem Tiefland, der stark und voll und selbstbewusst schmeckt.

Am dritten Tag ruft Ben an. Diwa hat er nicht gefunden, aber er hat mit Betsy gesprochen, Diwas Schwester, die in Cebu lebt. Ich kenne Betsy. Ich hatte mich gelegentlich bei ihr mit Diwa getroffen. Betsys Haus war sicher, dort konnten wir ungestört und ungefährdet reden. Betsy stellte uns heißes Wasser in der großen chinesischen Thermoskanne mit den rosa Rosen hin, dazu die drei unvermeidlichen Plastikdosen mit Schraubverschluss, Nescafe, Zucker, *creamer*, den Kaffeelöffel aus Blech, der immer verklebt war. Wieviel Mühe ich mir auch gab nicht zu kleckern, immer rannten doch nach kurzer Zeit winzige Ameisen in atemberaubendem Tempo über die Wachstuchdecke und schleppten Zuckerkörner und Creamerkrümel davon. Ich hatte nie verstanden, was Betsy eigentlich tat, aber sie ging früh aus dem Haus und kam erst am Abend wieder. Eine Zeitlang hatte ich gedacht, dass sie für einen Reiseveranstalter arbeitete und Führungen für japanische Touristen organisierte. Aber es muss doch eher etwas mit Vertrieb gewesen sein, Kosmetik- und Unterwäscheparties für reifere Damen der besseren Gesellschaft in Cebu? Ich fragte Betsy nie.

Betsy ist bereit, mit mir zu sprechen. Ich buche ein Ticket nach Cebu, Cebu Pacific, der große philippinische Billigcarrier, fliegt ein Dutzend Mal pro Tag zwischen Manila und der zentralphilippinischen Metropole Cebu. Die Sitzreihen im Flugzeug sind quälend eng. Dafür werden die Sicherheitshinweise auf Sitzgurt, Schwimmweste und Sauerstoffmasken von den Flugbegleiterinnen in einer anmutigen Synchronchoreographie vorgetragen. Später folgen die *fun games*, das Rate- und Show-me-Spiel, mit dem Cebu Pacific jeden Flug auflockert. Nennen Sie drei Länder mit Anfangsbuchstaben „F". Die erste Antwort:

France, Fiji, Fortugal. Die philippinischen Sprachen ersetzen das „F" durch „P", notfalls auch umgekehrt. Aus „Philippinen" wird „Pilipinas".

Das Taxi bringt mich zu Betsy. Der Taxifahrer verzichtet auf Nachverhandlungen zum Fahrpreis. Betsys Haus liegt in einer der *gated communities*, in denen die gehobene Mittelschicht auch in Cebu Zuflucht vor Kriminalität, Dreck und Lärm der Stadt sucht. Das *Sunflower Village* umgibt eine drei Meter hohe, massive Mauer, die von zwei Metern Elektrodraht gekrönt wird. Nachdem der Wachdienst am Eingang Betsys telefonisches Einverständnis erhalten hat, hebt sich der Schlagbaum.

Die Reihenhäuser in der Hydrangea Street sind schmal, zweieinhalb Stockwerke hoch, und schräg gegeneinander versetzt, um die Fassade aufzulockern und den Eindruck einer Legebatterie zu vermeiden. Wie lange wohnt Betsy jetzt hier? Die Häuser wirken grau und verwohnt. Ich klopfe an der Fliegengittertür, und da ist Betsy schon, strahlend, mit hinten zusammengebundenem Haar, das deutliche graue Strähnen zeigt. Etwas runder ist ihr Gesicht in den Jahren geworden, ihre Backen glänzen. Groß war sie nie, aber sie steht gerade und selbstbewusst da wie damals. „Komm rein, Jan, ich koche gerade. Du bleibst natürlich zum Essen, du kannst schon mal die Mangos fertig machen." Die Wachstuchdecke auf dem alten Tisch hat inzwischen ein anderes Muster, irgendwelche blauen Blüten zwischen Weinreben und roten und weißen Trauben. „Hari muss auch gleich da sein."
„Was ist mit euren Kindern?" Ich habe ihre Namen vergessen, waren es Jungen oder Mädchen? „Ach Jan, die sind doch schon lange aus dem Haus."

Der klapprige Ventilator auf der Kommode schichtet unermüdlich die heiße Luft in der Wohnküche um. Aber das Essen schmeckt vorzüglich, ein trockenes Rinder*adobo* mit duftendem Reis und Okra, später abgerundet durch die unvergleichlichen Mangos aus Guimaras. Zum Kaffee begeben wir uns auf den Sala Set, das Ensemble aus Sofa und zwei Ohrensesseln mit rot-orange gestreiftem Samtbezug, der zu seinem

Schutz mit einer dicken durchsichtigen Plastikfolie überzogen ist. In einer Ecke des Sofas fehlt ein Dreieck aus der Folie. Der Samt hat dort eine braune Tönung angenommen. Mein Sessel quietscht beim Setzen. Der Plastikbezug fühlt sich heiß und klebrig an. Auf dem Beistelltisch steht die Thermoskanne mit den Rosen, an der Naht ist sie jetzt rostig. Aber der Kaffeelöffel ist neu und sauber und glänzt.

7

„Du bist wegen Diwa hier." Betsy schaut mich an. „Hat sie sich nicht bei dir gemeldet? Nein, klar. Ich dachte nur", sie sieht zu Hari hinüber, der auf dem anderen Sessel sitzt. Ich rühre in meinem Kaffee. Hari betrachtet den Ventilator, den er zum Sofa gedreht hat. Bei den Nachbarn läuft eine Polizeireportage im Fernsehen. Eine Frau telefoniert laut. Zwei Hunde laufen bellend an der Fliegengittertür vorbei. Es beginnt zu regnen, die ersten dicken Tropfen schlagen auf den Blechdächern ein. Das Trommeln wird schneller und dichter und schwillt zu einem ohrenbetäubenden Brausen. Reden wäre jetzt zu anstrengend. Ich trinke meinen Kaffee. Hari richtet den Ventilator neu aus. Betsy blickt auf ihre lackierten Fingernägel. Perlmutt, weinrot mit einem silbernen Stern, nun schon ein wenig abgeblättert. Der Regen hört mit einem Mal auf, die plötzliche Stille erschreckt mich. Betsy richtet sich auf und sieht mich wieder an. „Ich habe immer gedacht, dass ihr zwei zusammenkommt. Wie ihr euch angesehen habt. Du weißt, dass ich damit zu Anfang gar nicht einverstanden war. Ein Ausländer mit meiner Schwester, *susmariahosep*! Noch so ein *amerikano* mit Gelbfieber, der den einheimischen Mädchen nachstellt." Sie lacht, dabei erscheinen kleine Grübchen auf beiden Backen. „Aber du weißt ja, das hat sich schnell geändert."

„Diwa ist weg."
„Was meinst du mit ‚weg'? Weg, wie nicht mehr in Cebu?" Mein Hals wird eng, die Worte wollen nicht heraus, „oder weg, wie: sie lebt nicht mehr?" Irgendwo in mir wird etwas kalt und fängt an zu zittern. Aber ich bin bereit, ich halte mich innerlich fest. Ich bin gefasst. Ich breche

nicht zusammen. Ich bin stark. Ich halte aus, was auch immer Betsy jetzt sagt. Warum sagt Hari nichts?

„Jan, im Ernst, wir wissen es nicht. Seit einem Jahr haben wir nichts von Diwa gehört. Aber sie hat sich schon seit damals immer mehr zurückgezogen. Ich habe gedacht, das gibt sich, ich muss ihr Zeit geben. Aber sie hat ja nicht mehr mit uns gesprochen. Sie war da, aber sie war durchsichtig wie ein Geist. Ich habe sie nicht mehr erreicht.

Was ist damals eigentlich passiert? Sie hat nur gesagt, dass eine Freundin von euch ums Leben gekommen ist. Ich habe mir dann ausgerechnet, dass etwas Furchtbares mit dem Tod verbunden gewesen sein muss. Aber Diwa wollte nicht darüber sprechen. Ich habe es versucht, ich habe mir wirklich Mühe gegeben. Dich konnte ich ja auch nicht fragen, du warst weg. Was weißt du denn eigentlich?“

Kein Kaffee mehr in meiner Tasse, mir fehlt etwas, worin ich rühren kann. Ich muss mich räuspern. „Ich kenne nur einen kleinen Teil der Geschichte. Genug, dass ich in den letzten Jahren oft nicht gut geschlafen habe. Deswegen bin ich hier. Ich muss Diwa finden. Ich will es endlich verstehen, und das geht nur mit ihr.“

„Du kommst zurück, wenn du sie gefunden hast.“ Das ist eine Feststellung. Dafür habe ich Betsy von Anfang an gemocht: ihre selbstbewusste Klarheit. Ich werde wiederkommen.

„Habt ihr denn eine Idee, irgendetwas, das mir helfen kann, sie zu finden? Wo war Diwa, als ihr zum letzten Mal von ihr gehört habt?“ Endlich spricht Hari. Er schiebt seine Brille zurecht. „Hast du mal von *Tinagong Paraiso* gehört, vom verborgenen Paradies? Früher hätten wir das Hippiekommune genannt. Meditation, Ayurveda, ausgebrannte NPA-Kämpfer, Veganer, all so was. Kann sein, dass du da eine Spur von Diwa findest.“
„Ist sie da gewesen?“
„Weiß ich nicht, aber sie hat ein paar Mal davon gesprochen. Hörte sich an wie ein Sehnsuchtsort für sie. Oder ein Rettungsring. Ich würde es

da versuchen."
„Kannst du mir sagen, wie ich das Paradies finde?"
„Genau weiß ich es nicht, aber es muss im Norden von Palawan sein. Kann nicht schwer zu finden sein, wenn du auf der Insel bist."
„Kommst du mit, Hari?"
„Lässt du mich bitte mit meiner verrückten Schwägerin in Ruhe."

Draußen setzt der Regen wieder ein. Fast ohne Dämmerung ist es Nacht geworden. Die Straßenlaterne sendet dämmriges Licht durch die Lamellen der Jalousie. „Du schläfst hier, Jan, auf unserer Klappmatratze." Das ist wieder eine Feststellung. „Hilf mir mal, die Matratze aus dem Verschlag unter der Treppe zu angeln. Und du, Hari, holst mal schnell ein paar Bier." So muss es sein, nach Hause zu kommen.

8

Die Luft am Morgen ist frisch und kühl und riecht nach feuchter Erde und nächtlichen Blüten. Im Internet habe ich für den Nachmittag einen Flug nach El Nido gebucht. Ich habe mich von Betsy und Hari verabschiedet. Betsy hat mich umarmt und dabei lange angesehen. „Finde meine Schwester!" Jetzt schlendere ich wieder durch eine dieser riesigen Malls, die auch in Cebu aus dem Boden geschossen sind. Ich lande in einer der kleinen Gemäldegalerien, die Cebus alte wohlhabende Familien mit Wohnzimmerdekoration versorgen.

Wie hingegossen liegt sie da im warmen Licht des Nachmittags. Rote und violette Bougainvilleas wogen über die ocker-beige Mauer hinter ihrer Liege. Nur ein leichtes weinrotes Tuch bedeckt lose das Dreieck zwischen ihren Beinen. Die Brüste, abgeflacht und nach beiden Seiten sich wölbend, sind eine Schattierung heller als die Mauer. Die Augen hat sie geschlossen, rechts im Hintergrund, schon außerhalb des Rahmens, ahne ich eine kühlere Brise und einen See, vielleicht das Meer. Sie ruht, doch sie schläft nicht, ihr Körper strahlt eine wache Entspanntheit aus. Selbstbewusst, gelassen und offen für alles, was da kommen mag.

Ich spüre einen ziehenden Schmerz. Da, wo das Bild mich berührt, hätte meine eigene Erinnerung an einen sonnendurchfluteten Garten sein sollen. Aber da ist nur das Bild dieses nachmittäglichen Gartens am Bahndamm in Düren oder Jülich oder irgendwo zwischen diesen Braunkohlekraftwerken mit ihren wehenden Dampffahnen. Wer zu der Gartenparty eingeladen hatte, weiß ich nicht mehr, irgendein Freund eines Bekannten, auch an den Bekannten habe ich nur eine nebelhafte Erinnerung. Jutta war bei mir. Bald saß sie mit anderen Frauen an der Böschung über den Bahngleisen, trank Bowle und sah den Männern beim Grillen zu. Ich streifte durch den großen Garten. Bei Jutta wollte ich nicht sitzen, wir hatten uns auf der Fahrt zur Party wieder gestritten, wenn ich nur verstanden hätte, worum es gegangen war. Hinter einem dichten Fliedergebüsch war ich auf diese Frau gestoßen. Mit geschlossenen Augen lag sie in einem bunt bespannten Liegestuhl. Als sie mich kommen hörte, blinzelte sie gegen die Sonne und rief mir, als ich mich gerade verlegen abwenden wollte, ein freundliches „Hallo!" entgegen. Ich hob die Hand, grüßte zurück, und für einen winzigen Augenblick sah ich wie durch ein Fenster ein anderes Leben vor mir liegen. Ich würde zu dieser Frau gehen, mich auf die zweite Liege neben sie setzen, mich zurücklehnen, die Augen schließen, die Sonne auf der Haut spüren, den leichten Wind in den Härchen auf meinen Armen spielen lassen und später meine Hand auf ihren Arm legen.

Ich sah es vor mir, wir würden nicht streiten, nicht die aufreibenden Kriege führen, die mich an Jutta ketteten, während sie mich müde und leer machten. Wenn ich mich mit dieser Frau streiten müsste, dann würde es um wichtige Dinge gehen, und nach dem Streit wären wir klüger und stärker. An ihrer Seite würde ich eine neue Gelassenheit kennenlernen. Sie würde mir Heimat und Ruhepunkt sein. Ich müsste mich nur neben sie setzen, mich zurücklehnen und später…

Der Augenblick verging und ich spürte mein Gesicht heiß werden. Verlegen stolperte ich um den Fliederbusch zurück, nahm mir ein Bier aus der Eiswasser-Wanne und leerte es fast in einem Zug. Dafür würde es wieder Streit mit Jutta geben, denn eigentlich hätte ich zurückfahren und daher nicht trinken sollen. Aber dieser Streit war mir vertraut, er barg kein unbekanntes Risiko, er war das sichere Gebiet, in dem ich mich mit geschlossenen Augen zurechtfand.

Später erfuhr ich, dass die Frau im Liegestuhl Christiane hieß, gern lachte, ich hörte es noch öfter an diesem Nachmittag, Archäologin war und ein kleines Restaurant in Aachen führte. Ich beobachtete sie aus den Augenwinkeln und traute mich nicht mehr in ihre Nähe.

Natürlich gab es den erwarteten Streit mit Jutta. Was mich angeht, ich konnte mich schon im Schlaf streiten. Es war immer dieselbe Liturgie von Frage und Gegenfrage, Vorwurf und Gegenvorwurf, bis wir erschöpft und müde waren, die Sätze leiser wurden und langsam ausliefen wie die Wellen eines uralten Meeres an einem steinigen Strand. Wir konnten ja immer noch morgen weiter streiten.

Vielleicht hätte ich damals am Bahndamm vor den Kühltürmen des Braunkohlekraftwerks meinem Leben eine neue Richtung geben können. Dann wäre jetzt an der Stelle, wo ich den ziehenden Schmerz spüre, eine Erinnerung an gelassene Vertrautheit. Dann müsste ich nicht in Cebu vor einem Gemälde stehen und an verpasste Gelegenheiten denken.

Ein schöner, wehmütiger Traum. Als ich aus der Mall in das harte Licht der hoch stehenden Sonne trete, verblasst er und flattert davon. Weiß ich denn, mit welchem Gepäck auch Christiane in den Garten kam? Hatte sie wirklich „Hallo!“ gesagt, oder war das schon Teil meines Traums gewesen? Jetzt habe ich etwas zu tun. Ich muss Diwa finden.

9

Im Anflug ziehen die bizarren Karstinseln von El Nido vorbei. Die kleine Maschine landet auf der schmalen Betonpiste, für die das Wort Flughafen viel zu groß ist. Taxis gibt es nicht, rot oder grün bemalte *tricycles* mit überforderten Zweitaktmotoren bringen die vier Dutzend

Passagiere in den Ort. Als ich vor fünfzehn Jahren das letzte Mal hier war, bestand die Landebahn aus Korallenschotter, der Ort hatte zwei Straßen, die sich parallel am Strand entlang zogen. Am Abend trafen sich die wenigen ausländischen Touristen und die hängen gebliebenen Einheimischen von den größeren Inseln des Landes auf dem Strand vor dem *Blue Parrot*, wo immer schon jemand mit Pferdeschwanz die Gitarre von dem Nagel in der Bambuswand gehängt und die Lieder von *Asin* angestimmt hatte, die wir, um ihn herum im warmen Sand sitzend, mitsangen, soweit die Kenntnisse von Text und Melodie halt reichten. Das war ein anderes El Nido, zu einer anderen Zeit, auf einem anderen Planeten.

Ich finde mein Hotel, einen blechgedeckten Bau, viel zu dicht an der Wasserlinie über den Strand gebaut. Die Stämme der Kokospalmen auf der Restaurantterrasse sind lackiert und mit LED-Bändern umwickelt, die im Takt der Musik in wechselnden Farben aufblinken. Ich bestelle eine Pizza, die nicht einmal schlecht schmeckt, und überlege, wie es von hier aus weitergehen kann. Von der Terrasse sehe ich die Ausflugsboote, die jetzt, eines nach dem anderen, von den Inseltouren zurückkommen. Die Touren tragen die Namen Tour A, Tour B, Tour C und Tour D. Die Gäste, die keine vier Tage haben, können alle Touren mit einem Schnellboot an einem Tag erledigen. Ich zähle 30 bis 40 Passagiere pro Auslegerboot, alle tragen orange Rettungswesten, die sie aussehen lassen wie riesige gekochte Langusten. Allein von meinem Platz kann ich um die 100 Boote sehen. Ich frage nach dem *Blue Parrot*, von so einem Lokal hat keine der jungen Kellnerinnen etwas gehört.

Im Haus gegenüber reserviere ich für den nächsten Tag einen Motorroller.

Der Tag verspricht schön zu werden. Die Luft ist wieder frisch, der Strand gefegt, beim Frühstück bin ich allein, die anderen Gäste sind noch nicht zu sehen. Ich fahre los, der Morgenwind bläst mir ins Gesicht. Die noch tief stehende Sonne spiegelt sich im Wasser der Reisfelder und blitzt zwischen den grasgrünen Halmen auf. Schlanke weiße Kuhreiher stehen stolz auf schlammverkrusteten Wasserbüffeln, die sich daran nicht stören, und recken die Hälse. Die Straße nach Norden ist frisch betoniert, glatt und leer. Nur die letzten Meter vor und nach jeder Brücke bestehen aus Schotter und Schlamm, gerade so, als wollten die Brücken mit der Straße nichts zu tun haben. Ich nehme mir vor, nach dem Grund zu fragen.

Nach zwei Stunden halte ich an einem *sari-sari-store*, dem philippinischen Büdchen, an. Ich kaufe eine Flasche Wasser und ein paar Kekse. „Heißer Tag heute." „Where do you come from? America? Russia?" "Germany." "Good country, bad weather. Where are you going?" "Do you know *Tinagong Paraiso*?" Die alte Frau sieht mich einen Augenblick verblüfft an, dann öffnet sie den Mund, entblößt wenige, vom Betel-Kauen rot gefärbte Zähne, und fängt an, sich vor Lachen zu schütteln. „Du willst zu den Verrückten? Sieht man dir gar nicht an, dass du so einer bist, obwohl, die meisten von den Hippies sind doch in deinem Alter. *Tinagong Paraiso, susmariahosep*!" „Wie komme ich denn da hin?" „Du fährst noch eine Stunde weiter, bis zu der großen Brücke. Da musst du noch mal fragen. Have fun, have a lot of it!"

An der Brücke wird gebaut. Die Arbeiter weisen mich auf einen schmalen Pfad zum Strand. Da soll ich noch 500 Meter weiterfahren, dann werde ich es sehen. Der Sand ist vom Wasser der ablaufenden Flut kompakt und hart, kleine Wellen mit dekorativen Schaumkrönchen plätschern neben mir. Das Moped dröhnt zu laut; aber es fährt sich gut am Wasser entlang über den festen weißen Sand.

Und dann bin ich in *Tinangong Paraiso*. Früher muss das Grundstück eine Kokosplantage gewesen sein. Palmen ziehen sich vom Strand den Hügel hinauf. Zwischen den rauen Stämmen sehe ich ein gutes Dutzend Bambushütten, einige mit Terrassen, ein paar mit Solaranlagen. Vorn am Strand steht eine große überdachte Terrasse aus groben Bohlen, ich tippe auf Kokosholz. Aus eindrucksvollen bunten Kissen recken sich drei Frauen im Lotossitz. Weiter hinten liegen mehrere Männer auf Kissen und rauchen. Auf der Meerseite steht ein kommodengroßer braunroter Buddhakopf und wendet sein Gesicht den Meditierenden zu. Aus einem Bluetooth-Lautsprecher dringt Meeresrauschen.

Ich stelle den Motor ab und finde eine Palme, an die ich den Roller lehne. Ich wollte hierher, leider habe ich keinen Plan, was ich jetzt tue. Ich bleibe an der Palme stehen und lausche dem doppelten Meeresrauschen. Irgendwie klingt das aus dem Lautsprecher überzeugender.

10

Über einen Fußpfad zwischen den Hütten kommt ein vielleicht 40-jähriger Mann auf mich zu. Er trägt einen zum Sarong gebundenen vielfarbigen *malong*, sein gebräunter, sehniger Oberkörper ist frei, um den Hals hängen Lederschnüre mit Muscheln, Perlen und Haifischzähnen. Er reicht mir ein Glas mit Wasser. „Hi, ich bin Dodong. Alle Suchenden sind uns willkommen." Wir setzen uns auf ein Kissen am Rand der Meerterrasse und lassen die Beine baumeln. Das weit vorgezogene Dach aus Palmblättern schützt vor der grellen Sonne. Es ist fast windstill. Die Luft über dem Meer vibriert und verwischt den Horizont. Das kühle Wasser schmeckt nach Ingwer und *kalamansi*. „Du spürst es, *di ba*? Du spürst die Kraft, die Energie hier." Dodong wendet seinen Blick nicht vom Meer. „*Tinagong Paraiso* heilt. Die Energie strömt durch dich hindurch und bringt dich ins Gleichgewicht. Ich merke, dass du es schon spürst."

Ich blicke auf den Strand, das Meer, und spüre eine große Ruhe. Aber glaube ich an solche Energiegeschichten? Gleich wird Dodong mir bestimmt erzählen, dass über diesem Ort ein Loch im Himmel ist, durch das die kosmische Energie in Tiere, Pflanzen und Menschen fließt. Ich blicke auf das Meer. Kleine weiße Schaumkrönchen vorn am Strand, weiter draußen wird es türkis mit dunkleren Flecken über den Korallen, dann verläuft es zu einem tiefen Blau, um sich später mit dem Himmel zu mischen, zu verschmelzen. Unmerklich vergeht die Zeit.

„Willst du mir sagen, was du suchst?" Erlösung, möchte ich sagen, Abschluss, Versöhnung, Frieden, guten Schlaf, Ruhe. Ich will wissen wie ich mit mir und meinen Geistern leben kann. „Ich suche eine alte Freundin", sage ich.

„Wenn du das sagst. Ist sie hier? Wie heißt sie?“
„Ihr Name ist Diwa, ich weiß nicht, ob sie bei euch ist.“
„Diwa sagt mir nichts. Viele von uns haben hier neue Namen angenommen. Du kannst später beim Essen fragen. Wir essen gemeinsam nach Sonnenuntergang.“

Das Meer bildet hier eine weite Bucht. Zwei kleine Karstinseln mit niedrigen Büschen und schmalen Sandstränden liegen in Schwimmentfernung vor uns. Weiter draußen sehe ich jetzt eine Gruppe Delfine, die in eleganten Bögen aus dem Wasser springen.

„Wie sollen wir dich nennen?“
„Ich bin Jan“, sage ich, ganz langsam und deutlich, damit sie gar nicht erst mit Dschänn anfangen.

Im Küchenhaus sehe ich Eric beim Kochen zu. Hilfe hat er abgelehnt, es ist schon ohne Hilfe anstrengend genug, hat er gesagt. Er erzählt mir, dass er aus Mindanao kommt. Da habe er eine Zeit in den Bergen verbracht. Seine Frau sei gestorben. Es gebe noch eine Tochter, die habe er seit dem Tod seiner Frau nicht mehr gesehen. Dabei schneidet er Zwiebeln, halbiert Knoblauchknollen, filetiert einen großen Fisch und sieht nach dem duftenden Reis in einem schwarz verrußten Aluminiumtopf.

Später sitzt ein gutes Dutzend Männer und Frauen um den langen, blank polierten Tisch, dessen Platte aus einer einzigen breiten Bohle besteht. In der einsetzenden Stille dankt Eric der Erde und dem Meer, dann türmt er den Reis auf zwei Bananenblätter in der Tischmitte und verteilt den Fisch mit seiner pikanten Sauce. Einige essen geschickt mit den Händen. Mir krabbeln die Reiskörner immer den Arm hoch, ich nehme lieber wie die anderen Löffel und Gabel. Tina schenkt aus einem ballonartigen Glaskrug *tuba* ein, frisch gesammelten Kokospalmwein. Der Fisch ist zart und in seiner Sauce köstlich, so guten Reis habe ich lange nicht gegessen, der frische Palmwein ist süß, aber nicht zu süß und hat angefangen zu gären; er prickelt auf der Zunge. Eine große helle Wärme breitet sich in mir aus, von den Zehen bis in die Fingerspitzen, vom Bauchnabel bis in die Haarwurzeln.

„Jan will uns etwas fragen, hört mal zu."
„Danke, Dodong. Erst mal möchte ich euch allen danken, dass ihr mich hier so offen aufnehmt. Ich spüre, dass Ihr hier einen ganz besonderen Ort habt. Ich bin zu euch gekommen, weil ich eine alte Freundin suche. Ich kenne sie als Diwa, vielleicht hat sie sich bei euch anders genannt. Ich weiß auch nicht, ob sie wirklich hier war. Aber sie von *Tinangong Paraiso* gesprochen. Diwa und mich verbindet eine alte Freundschaft, wir haben viele gute und ein paar furchtbare Zeiten zusammen erlebt. Ich glaube, dass es ihr jetzt vielleicht nicht gut geht, und dass wir uns gegenseitig unterstützen könnten."

Es entsteht eine kleine Pause, dann bricht Eric das Schweigen. „Das könnte Dina sein, die war ein paar Monate hier. Sie hat mal was von einem deutschen Freund erwähnt. Hast Du ein Bild?" Ich zeige Eric die rotstichige Aufnahme mit den Eselsohren, die ich in meinem Portemonnaie trage. „Die Haare trägt sie jetzt kurz und grau. Aber das ist Dina." Tina schenkt wieder Palmwein ein. Eric und eine Frau mit Zöpfen, die sich als Mina vorstellt, erzählen von einer Frau, die sie berührt habe. Ruhig sei sie gewesen, vielleicht sogar etwas verschlossen und einsam, aber immer freundlich und zugewandt. Eine gute Zuhörerin sei sie gewesen, aber über sich selbst habe sie wenig gesprochen. Sie habe sich auf eine stille Art stets nützlich gemacht. Mit den Frauen habe sie meditiert. Eines Tages, vor ungefähr einem halben Jahr, sei sie nicht zum Abendessen erschienen. Ihre Hütte war leer, der Rucksack weg. Auf ihrem Platz am Esstisch hätten Hibiscusblüten gelegen, die keiner von ihnen dort hingelegt hätte.

Dodong gibt mir ein Moskitonetz und eine Matte. Ich kann auf der Meerterrasse schlafen. Die Nacht ist finster. Keine Ahnung, wo der Mond ist, Neumond oder noch nicht aufgegangen. Die Milchstraße zieht sich als bauchiges Band über den Himmel. Vögel höre ich nicht. Vielleicht gibt es keine; oder sie schlafen. Das Plätschern kleiner Wellen begleitet mich in einen tiefen Schlaf.

11

Die aufgehende Sonne wirft eine golden glitzernde Straße auf das ruhige Meer. Die drei Frauen von gestern rücken ihre Kissen zurecht, wenden ihr Gesicht der Sonne zu, sitzen sehr aufrecht und schließen die Augen. Ich hänge leise mein Moskitonetz ab und rolle die Matte zusammen. Die See ist warm, aber nicht unangenehm. Ich schwimme blinzelnd auf die Sonne zu. Ich fühle mich umfangen, getragen, aufgehoben. Ich lege mich auf den Rücken und lasse mich von den kleinen Wellen still schaukeln. Ich sehe Diwa vor mir, in der Gemeinschaftsküche, wie sie rote Zwiebeln schält, sie trägt ein Kopftuch und arbeitet zügig. Aus dem Wok steigt zischend eine Dampfwolke auf. Diwas Backen glänzen. Ihre Bewegungen sind sparsam und kraftvoll.

Ich dusche am Strand; Bambusrohre bringen das Wasser von dem kleinen, klaren Bach am Hang. Eric ist schon am Herd zugange. Ich stecke einen Geldschein in das Einmachglas auf dem Tresen. Wir nehmen das Frühstück an dem langen Tisch ein, es gibt aufgebratenen Knoblauchreis mit Trockenfisch, der eigenartiger Weise heute Morgen nicht nach Verwesung schmeckt, sondern nach Salz und Meer, Sonne und Rauch.

Eric und Dodong umarmen mich zum Abschied, komm wieder, sagen sie „*Ingat lagi*!“ Pass auf dich auf! Mein Sprit müsste für die Rückfahrt reichen. Notfalls kann ich an einem *sari-sari-store* eine Colaflasche voll nachkaufen. Eine Tankstelle habe ich gestern nicht gesehen. Gegen Mittag bin ich wieder in El Nido.

Kaum habe ich den Laptop hochgefahren, meldet sich Jule. Das Bild ist ruckelig, aber ihre Stimme kommt klar durch. „Hallo Papa, wo bist du jetzt, alles ok bei dir?“ Ich erzähle ihr von den letzten Tagen.
„Du suchst doch da eine alte Freundin. Ok, jetzt pass mal genau auf, ich habe was für Dich.“ Sie wedelt mit etwas Blauem vor der Kamera herum.
„Rate mal!“
„Ach Jule, ein Brief?“
„Und von wem?“

„Keine Ahnung."
„Eine gewisse Diwata De los Santos."
„Ach du liebe Güte, was soll das denn!"
„Das weiß ich auch nicht, Papa. Aber die suchst du doch. Aufmachen?"
Dabei blitzen ihre Augen. Jule ist kein bisschen neugierig; sie bekommt nur einfach immer alles mit. Vor Jule bleibt nichts geheim, das ist ein Naturgesetz.

„Ok, kannst du den Brief aufmachen, scannen und schicken? Bitte kein Handyfoto mit Falten und abgeschnittenem Text."
„Klar, mache ich gleich. Und sonst?"
„Alles gut, mach dir keine Sorgen."

Eine halbe Stunde später ist Jules Mail da. Ich sitze in meinem dunklen Zimmer mit dem kleinen Fenster zum Meer über der Restaurantterrasse und sehe auf den Monitor. Jules Mail ist kurz und besteht hauptsächlich aus Smileys und roten Kussmündern. Den Anhang hat sie *Diwatas Botschaft* genannt. Ich schiebe den Cursorpfeil auf die Botschaft. Durch die Bodenbretter des Zimmers dringen die Restaurantgeräusche, die gedämpfte Popmusik von der Festplatte, das Klappern von Besteck auf den bunt bedruckten Plastiktellern. Ich höre auch schon wieder die ersten Touristenboote mit ihren ungedämmten Dieselmotoren zurückkommen. Auf der Straße streiten sich zwei Männer. In der Küche zischt etwas in der Pfanne. Ein Tisch wird gerückt. Eine Gruppe stößt mit ihren Bierflaschen an.

Der Cursor steht auf der Botschaft. Jetzt wird sich etwas verändern.

12

Mein lieber Jan,

darf ich dich so anreden? Du wirst dich vielleicht über diesen Brief wundern, du wirst dich fragen, warum ich dir nicht einfach eine Mail schreibe. Aber ich habe keine Mailadresse, nur deine alte Anschrift in

Deutschland; ich hätte natürlich deinen Freund Ben fragen können, oder sogar meine Schwester Betsy, ich glaube, du hast die Verbindung zu ihr nie abreißen lassen. Trotzdem schreibe ich dir einen Brief. Was ich dir schreiben möchte, wird nicht schnell gehen. Dass der Brief, wenn er geschrieben und aufgegeben ist, seine Zeit braucht, bis er Deutschland erreicht, dass ich nicht weiß, ob du noch dort wohnst und er dir vielleicht erst nachgeschickt werden muss, all das hat etwas Beruhigendes für mich. Ich brauche Zeit, um diesen Brief zu schreiben. Und es braucht Zeit, um wieder da anzuknüpfen, wo unsere Lebenslinien sich zum letzten Mal berührten.

Warum schreibe ich Dir jetzt, obwohl und nachdem seit diesen Ereignissen Jahre vergangen sind? Ich könnte sagen, das hat mit Jutta zu tun. Ich wusste nicht, ob ich dich noch erreichen kann. Du bist hin und wieder hier aufgetaucht, hast deine Dienstreisen mit Ben unternommen, deine Versuche, mit mir Kontakt aufzunehmen, waren halbherzig. Du hattest ja Jutta und eine Tochter, ihr wart eine Familie. Was waren wir?

Ich habe oft daran gedacht, wie wir uns kennen gelernt haben, erinnerst du dich noch? Die *CS-Exposure*, unsere *integration with the masses*? Unsere *country side* waren die Berge von Abra. Ich war von Westen, vom Meer her gekommen. Von der Straße, auf der uns ein Gemüselaster abgesetzt hatte, waren es noch sechsunddreißig Stunden bis zum Lager.

Der Weg zum Lager war hart gewesen. Wir konnten uns nur nachts bewegen. Die beiden Nächte waren mondlos. Taschenlampen konnten wir nicht benutzen, der Widerschein wäre in den dunklen Feldern weithin zu sehen gewesen. Wir kamen von Osten, aus Benguet, wir marschierten über Böschungen und durch feuchte Farndickichte, wir balancierten über schmale glitschige Stege zwischen gefluteten Reisfeldern. Oft war der phosphoreszierende Pilz an dem Rucksack vor mir die einzige Orientierung. Die Genossen waren an die nächtlichen Märsche gewöhnt und gingen schnell. Nur im Wald durfte ein Genosse die bis auf einen schmalen Spalt abgeklebte Taschenlampe anschalten. Die

Lampe erinnerte mich an die verdunkelten Autoscheinwerfer in alten Kriegsfilmen. Tagsüber rasteten wir in Hütten von Sympathisanten in den von *armed propaganda units* organisierten Dörfern. Wir aßen Maisgrütze mit Mungobohnen und tranken Wasser aus zweifelhaften Brunnen. Wir wurden getragen von der Sympathie der Dorfbewohner und dem Bewusstsein, auf der richtigen Seite zu stehen und das Richtige zu tun.

Gleich zu Beginn unseres Marsches hatte mir unser Führer eine Pistole hingehalten, schwarz-metallisch, geladen. An den abgescheuerten Kanten zeichnete sich helleres Metall ab. Jeder Kader in unserer kleinen Gruppe, wir waren fünf, müsse bewaffnet sein, um sich und die Genossen verteidigen zu können. Mit schlechtem Gewissen lehnte ich ab. Ich könne mit dem Ding nicht umgehen. In meiner Hand sei die Waffe eher Gefahr als Schutz für die Genossen. Er ließ es mir durchgehen, weil ich Ausländer war. *Joe-Bonus* auch hier, bei den roten Genossen.

Als wir kurz vor der Dämmerung in der zweiten Nacht endlich im Camp ankamen, hatte ich eine grauenhafte Migräne. Hinter meinem linken Auge pulsierte ein brennender stacheliger Ball. Ich hatte mich schon kurz vor dem Lager unter eine riesige Kiefer übergeben. Ich versuchte, eine Tablette zu nehmen, die ich sofort wieder auswürgte. Ich streckte mich auf einer der provisorischen Bänke aus. Ob ich es schon mit Akupressur versucht hätte? Der Sanitäter der Einheit hob meinen Oberkörper an und setzte sich hinter mich. Seine harten Hände waren warm und rochen nach Heilpflanzenöl, nach Pfefferminz, Eukalyptus, Menthol und Kampfer. Er drückte und presste, massierte und klopfte meine Kopfhaut, Schläfen, Kinn, Nacken und Augenhöhlen, bis der stachelige Ball hinter meinem Auge kleiner und kleiner wurde, die Stacheln einzog und Ruhe gab. Wärme und Leichtigkeit durchströmten mich.

Die innere Wärme war ein kleines Wunder. Das Camp lag weit oben auf der Westseite des Gebirgskamms im Wald. Die vorherrschenden Westwinde trieben jeden Nachmittag feuchtigkeitsgesättigte Luft vom

Meer den Berg hinauf. Ein paar Hundert Meter unter dem Lager verwandelte sich die Luft in Nebel und Wolken, die über uns hinwegzogen und Millionen winziger Tröpfchen auf die Nadeln der alten Kiefern über uns legten. Jeden Nachmittag um drei oder halb vier begann der Regen aus den Baumkronen, wo sich die Tröpfchen zu Tropfen sammelten und auf uns niederprasselten. Sobald die Sonne im Nebel verschwand, wurde es bitter kalt, auch die ständig feuchte Kleidung half kaum. Beim Abendessen kostete es Mühe, mit den klammen, steifen Fingern den Löffel zu halten.

Das Lager bestand aus zwölf oder fünfzehn Hütten. Hütte ist eigentlich das falsche Wort, es waren kleine Plattformen aus grob zurechtgesägten Brettern in Oberschenkelhöhe, über die weiter oben grüne Planen zwischen die Bäume gespannt war. Seitenwände gab es nicht, die Sicht musste jederzeit nach allen Seiten offen sein. Auf der Rückseite des Lagers gab es eine größere Plane über einfachen Bänken, das Schulungszelt. In der Lagermitte lag das Küchenzelt. Da wurde unter einer großen Plane mit Holzkohle gekocht. Trockene Holzkohle raucht nicht.

13

Ich war aufgeregt. Ich war noch nie in einem NPA-Camp gewesen. *NPA, New People's Army, No Permanent Address.* Die unerschrockenen Kämpfer, die unter Einsatz ihres eigenen Lebens die hungernden Arbeiter auf den Zuckerrohrplantagen von Negros schützten und die Großgrundbesitzer zur Rechenschaft zogen. Vor kurzem war ich selbst in einer Siedlung, einer schäbigen Ansammlung von Gras- und Bambushütten der *sacadas*, der Zuckerarbeiter, gewesen. Ein winziges Kind hatte unablässig geschrien, vor Hunger, hatte die Mutter gesagt. In meinem Rucksack hatte ich von der Fahrt noch ein paar *pandesal*, die kleinen Brötchen. Ich gab sie einem der Kinder. Ich hatte erwartet, dass der Junge sich still in eine Ecke verziehen und die Brötchen schnell essen würde. Aber der Kleine, vielleicht sieben oder acht Jahre alt, nur mit einem löchrigen Unterhemd und verwaschenen Shorts bekleidet, rief die anderen Kinder zusammen und verteilte die *pandesal* unter sie.

Am nächsten Tag hatte ich unter einem fadenscheinigen Vorwand Einlass in das Provinzgefängnis von Negros Occidental gefunden. Ich habe dir mal von den unbeschreiblichen Zuständen erzählt. In einem Raum von der Größe eines kleinen Klassenzimmers war an den beiden langen Wänden ein niedriges Podest betoniert. Auf jeder Seite mussten zwanzig Frauen schlafen, viele mit ihren Säuglingen und Kleinkindern, die hier mit gefangen waren. Wofür waren die Frauen eingesperrt? Ich fragte sie: Diebstahl von Reis. Organisation einer Gewerkschaft. Kommunistische Agitation. Widerstand gegen die Polizei. Teilnahme an einer Demonstration. Ich traf eine fünfzigjährige Großmutter, die seit siebzehn Monaten in Untersuchungshaft war, weil sie auf einem Stückchen Land, das dem Großgrundbesitzer gehörte, ein paar Stängel Mais angebaut hatte. Es war ein schmaler Streifen, der noch nie genutzt worden war, keinen Meter breit und wenige Meter lang, neben einem Weg. Sie erklärte mir, dass die *sacada*-Familien kein Land haben dürfen. Wenn sie ihren eigenen Reis, Mais oder Maniok anbauen könnten, müssten sie ja nicht mehr zu den Hungerlöhnen auf den Zuckerrohrfeldern arbeiten. Wenn sie nicht schon Großmutter wäre, dann würde sie aus dem Gefängnis ohne Umweg zur NPA gehen.

Der Aufstieg zum Camp war beschwerlich. Ich hatte immer wieder das Gefühl, dass wir beobachtet wurden, konnte aber niemanden sehen. Plötzlich war der Weg versperrt. Zwei Kämpfer in olivgrünen Hosen und schwarzen T-Shirts mit automatischen Gewehren führten ein kurzes Gespräch mit unserem Führer, dann waren wir im Lager. Mir fiel sofort auf, dass unter den Kämpfern fast so viele Frauen wie Männer waren. Alle waren ähnlich gekleidet, gleiche Hosen, dunkle T-Shirts, grobe Jacken, bunte Hals- und Kopftücher. Viele trugen Gummistiefel, andere die allgegenwärtigen *tsinelas*, Flipflops. Und alle waren bewaffnet. Wenn sie ihre Waffen nicht trugen, standen oder lagen sie in Griffweite. Selbst nachts, beim Schlaf unter den grünen Planen lagen die Waffen neben ihnen. Du hast mir mal gesagt, dass dir die dauernde Präsenz von scharfen Waffen unangenehm war. Aber daran hing oft genug der Unterschied zwischen Überleben und frühem Tod. Ich hatte selbst beim Aufstieg zum Lager einen Revolver bekommen und hätte gewusst, wie ich ihn benutze.

Dieses Lager in den Bergen von Abra war kein gewöhnliches NPA-Camp. In zwei Gruppen kamen gerade vielversprechende Mitglieder von Massenorganisationen und linken legalen NGOs für eine Schulung zusammen. Insgesamt waren wir, wenn ich mich richtig erinnere, fünf oder sechs, die hier die Grundlagen der politischen Arbeit erlernen sollten. Am ersten Abend saßen wir im Küchenzelt zusammen. Um uns besser kennenzulernen und Vertrauen zueinander zu entwickeln, hielten wir ein *talambuhay*. Reihum berichteten wir einander nach einem Muster, in das uns eine ältere Kämpferin einwies, über unseren persönlichen Hintergrund, die politische Entwicklung, unsere Stärken und Schwächen, und unsere weiteren Perspektiven in der revolutionären Bewegung. Da wir alle studiert hatten, fiel es uns nicht schwer, die Sitzung wegen dieses Ausländers in Englisch abzuhalten. Keiner von uns verstand so richtig, warum du dabei warst, aber es kitzelte uns, einem Deutschen zu erklären, worunter unser Land wirklich litt, und wie wir das beenden würden.

Am nächsten Morgen versammelten wir uns im Schulungszelt. Vorn an der Schultafel, die die Kämpfer den Berg hinauf geschleppt haben mussten, war bereits ein Kreideritter aufgemalt. Wie wir erfuhren, stellte er die philippinische Revolution dar. Der Kopf symbolisierte die kommunistische Partei, das Schwert den bewaffneten Kampf der NPA, und der Schild die im Entstehen begriffene *Einheitsfront National Democratic Front NDF*. Dieser Ritter kämpfte gegen die drei Grundübel der Philippinen, den Semikolonialismus, den Semifeudalismus und den bürokratischen Kapitalismus. In der Einheitsfront würden sich alle progressiven Kräfte bis hinein in die nationalistische Großbourgeoisie sammeln und nach dem Sturz der US-Marcos-Diktatur eine Einheitsregierung bilden. Die nationaldemokratische Phase würde später abgelöst durch eine sozialistische Revolution und die Diktatur des Proletariats. Ich konnte sehen, wie sich deine Augenbrauen zusammenzogen. Während wir anderen aufsaugten, was sich uns an Erkenntnis und Perspektiven bot, wolltest du Fragen stellen. Welches Interesse denn die Großbourgeoisie daran haben könne, sich auf die nationaldemokratische Revolution unter Führung der Partei einzulassen. Auch denen müsse doch klar sein, dass ihnen nur eine vorübergehende Rolle zugedacht wäre. Ob denn so ein revolutionäres Phasenmodell schon irgendwo auf der Welt einmal funktioniert habe. Die Schulungsleiterin war irritiert, fand aber intelligente Antworten auf deine Fragen.

Die *talambuhay*-Sitzung im Küchenzelt faszinierte mich. Besonders spannend waren die Berichte der anderen über ihre Familien, die Geschwister, den beruflichen Hintergrund der Eltern, ihre politische Entwicklung, die Verwandtschaftsbeziehungen zu Militär und politischen Clans. In vielen Familien waren die Eltern aus verschiedenen Regionen des Landes gekommen und hatten sich während ihrer Ausbildung oder durch Migration kennen gelernt. Eine junge Frau weckte mein besonderes Interesse. Sie sah die Gruppenmitglieder während ihrer Berichte offen und neugierig an. Dabei fiel mir auf, dass sie zwei verschiedene Augen hatte. Das rechte schien ihr Gegenüber zu fixieren; es war voll Wärme und Aufmerksamkeit. Zugleich blickte das linke in eine unerreichbare Ferne. Ich versuchte mir vorzustellen, was sie dort sah.

14

Vor meinem Fenster ist die Dunkelheit wie ein schwarzes Tuch über die Terrasse, den Strand und das Meer gefallen. Hinten, zwischen den Karstinseln funkeln die Laternen der Fischerboote. Auf der Terrasse blinken die Leuchtbänder auf den lackierten Palmenstämmen. Sally, die kokette Frau im Körper eines Mannes, flirtet mit einem ganzen Tisch israelischer Rucksacktouristen. Mein Laptop läutet. Jule.

„Du weißt doch, dass ich nicht neugierig bin, Papa. Ich sollte den Brief für dich scannen, da habe ich ihn ja zwangsläufig gelesen. Sag mal, diese Diwa, war das deine große Liebe?“
„Große Liebe ist ein großes Wort, Jule. Wir waren damals noch sehr

jung."
„Wie ist das denn weiter gegangen? Seid ihr zusammengekommen? Wart ihr ein Paar?"
„Du stellst schwierige Fragen. Wir haben damals in anderen Zusammenhängen gelebt. Manche Dinge waren für uns viel komplizierter als deine Generation sich das überhaupt vorstellen kann."
„Du weichst aus, Papa."
„Wir haben uns nahegestanden, aber ich glaube, ein Paar sind wir nicht geworden."
„Du glaubst, was soll das denn wieder heißen? Ist das mit Mama schief gegangen wegen dieser Diwa?"
„Ich glaube nicht. Aber deswegen bin ich hier. Ich muss etwas herausfinden. Lass uns später darüber reden. Ich verspreche, dass ich dir alles erzähle, wenn ich selbst die Geschichte verstehe."
Jule zieht ein Gesicht, wirft mir einen Kuss zu, dann ist ihr Bild weg.

Am Abend nach dem ersten Schulungstag saßen wir noch im Küchenzelt und tranken Reiskaffee, der nach verbrannten Körnern schmeckte. Aber er war heiß und half gegen die feuchte Kälte. Der frostige Nebel kroch uns in die Knochen und machte steif und träge. Die Finger klammerten sich um die Blechbecher, die zuerst zu heiß und dann viel zu schnell nur noch lauwarm waren. Diwa, die Frau mit den verwirrenden Augen, war beeindruckt von der Schulung. Sie fange an, die Zusammenhänge zu verstehen. Meine Fragen teilte sie nicht, aber sie konnte sie verstehen. Wir hätten die ganze Nacht geredet, aber gegen acht wurden wir rüde aufgefordert, uns zu unseren Schlafplätzen zu begeben und Ruhe zu wahren. Jeder von uns war einem oder zwei Kämpfern zugeordnet worden, mit denen wir die rohe Plattform unter der Plane teilten. Männer und Frauen waren sauber getrennt. Wachdienst war eingeteilt, wir wurden daran nicht beteiligt.

Weißt du eigentlich, wer unsere Schulungsleiterin war? An ihren *nom de guerre* erinnere ich mich nicht mehr. Aber das war Maria Manoto. Die Maria, die ich in UP Diliman kennengelernt hatte, meine Kommilitonin und die fesselnde Rednerin der politischen Meetings.

Maria Manoto. Natürlich, das musste sie gewesen sein. Deshalb war sie mir bekannt vorgekommen, als ich sie Jahre später beim Coastal Development Center traf. Nein, hatte sie gesagt, wir wären uns nie zuvor begegnet. Aber ich war sicher gewesen, dass wir schon miteinander zu tun gehabt hatten, ein Gefühl, das ich nicht greifen konnte, und das mit der Zeit, in der wir uns beruflich begegneten, in den Hintergrund trat. Dann hatte ich sie noch ein letztes Mal gesehen, auf dem abgeernteten Zuckerrohrfeld auf Negros, aus dem wir sie ausgegraben hatten. Da war ihr Gesicht von Blutergüssen bedeckt und zur Unkenntlichkeit aufgequollen. Um den Hals hatte sie eine Drahtschlinge.

Dort in Abra schlug mich Maria in ihren Bann. Ich bewunderte und verehrte diese herausragende, intelligente, redegewandte, mutige Genossin. Ja, so wie Maria wäre ich selbst gern gewesen. *Simple living, hard struggle.* Einfach leben und alles für den Befreiungskampf geben. Mich selbstbewusst vor eine Gruppe hinstellen können und die Grundlagen der philippinischen Revolution erklären. Schwierige Fragen klug und klar beantworten. Maria wurde mein Vorbild.

Mein lieber Jan, lass mich diesen Brief hier beenden. Ich werde dir wieder schreiben. Bis dahin grüße ich dich in Verbundenheit

Diwa

Ich setze mich an den Rand der Restaurant-Terrasse. Der Tisch wackelt auf dem unebenen Bambusspaltenboden. Ich bestelle ein Bier bei Sally, und bald danach ein zweites.
„Du siehst aus, als hättest du einen Geist gesehen, Darling."
„Ich habe einen Geist gesehen, Sally."

15

Der Tag beginnt mit einem makellosen Sonnenaufgang und Bananen-Müsli mit H-Milch. Ich muss noch einmal nach *Tinangong Paraiso.* Bei dem Verleih gegenüber bekomme ich wieder den Automatik-Roller. In der Nacht hat es geregnet, die Luft ist klar und riecht nach nasser Erde und Meer. Auf der leeren Straße komme ich schnell voran. Die alte Frau mit den Betel-Zähnen fegt vor ihrem *sari-sari-store*. Als sie meinen Roller kommen hört, richtet sie sich auf und lacht. Ich kaufe eine Flasche Wasser. „Fährst du wieder ins Paradies?“ Ich ziehe zur Bestätigung die rechte Augenbraue hoch. „Pass auf, dass du da nicht verloren gehst.“ Lachend fahre ich weiter.

Wieder thronen die drei Frauen kerzengerade meditierend auf ihren Kissen. Ich laufe zur Küche. Eric scheuert gerade seine Arbeitsplatte.

„Schön, dass du wieder da bist, Jan. Willst du einen Ingwertee?“ Er gießt goldbraunen, dampfenden, duftenden Tee in ein altes Marmeladenglas. Ein paar Scheiben Ingwer kreisen im Tee. „Honig?“ „Gern. Nur einen Löffel.“ Ich rühre den Honig ein und schaue zu, wie die Fäden dünner werden und verschwinden. „Du bist hier noch nicht fertig.“ Eric sieht mich fragend an. Ich nicke. „Lass uns an den Strand gehen.“

Wir gehen nebeneinander durch den feuchten Sand. Kleine Wellen laufen über unsere Füße aus. Durchsichtige Krebse rollen Sandkügelchen aus ihren unterirdischen Bauten. „Du suchst diese Diwa.“ Wir gehen ein paar Schritte weiter. „Ist sie das Ziel deiner Suche?“ Lärmende Seevögel ziehen über uns vorbei. „Oder soll sie dir eine verschlossene Tür öffnen?“ Die Sonne steht hoch und brennt auf meine Kappe. Mein Kopf wird heiß. „Was suchst du wirklich?“

Ach Eric, es ginge mir besser, wenn ich das wüsste. „Seit Anfang des Jahres bin ich im Ruhestand. Das Berufsleben liegt hinter mir, genau genommen liegt der größte Teil meines Lebens hinter mir. Zeit abzuschließen. Was habe ich geträumt, als ich jung war? Was wollte ich mit meinem Leben anfangen, was wollte ich erleben? Was wollte ich hinterlassen? Wozu bin ich in dieser Welt? Und was ist aus meinen Träumen geworden? Habe ich die richtigen Türen geöffnet? Habe ich meinen Weg gefunden? Habe ich mich gefunden?“

„Eine Menge Fragen. Erzähl mir davon, Jan, kannst du mit deinem Leben Frieden schließen?“ Eric sieht mich von der Seite an. Wir setzen uns in den trockenen Sand unter einem breitblättrigen Katappenbaum, der hier *talisay* heißt. „Hast du Zeit, Eric?“ „Klar, in drei Stunden muss ich das Dinner vorbereiten. Fang an.“

„Ich bin behütet aufgewachsen, in einem guten Elternhaus. Mein Vater war Ingenieur und hat in der öffentlichen Verwaltung von Hamberg, einer mittelgroßen Stadt im Rheinland, gearbeitet. Meine Mutter war eine fürsorgliche, warme Person. Sie hatte eine Ausbildung als Kindergärtnerin gemacht und in einem katholischen Kindergarten gearbeitet. Aber als sie meinen Vater heiratete, wurde sie hauptberuflich Hausfrau und Mutter, wie das damals in Westdeutschland üblich war. Meine Mutter war die beste Geschichtenerzählerin der Welt. Sie konnte mit ihren Geschichten vollständige, bunte, wimmelnde Welten vor unseren Augen entstehen lassen und uns in einen Zauberbann schlagen, der mich mein Leben lang nicht verlassen hat.

Ich habe noch zwei jüngere Brüder. Weil wir nur Jungen waren, mussten wir schon früh meiner Mutter bei allem helfen. Vielleicht war das auch ihr eigener kleiner Aufstand gegen die traditionellen Rollenbilder, jedenfalls mussten wir alle drei von Anfang an lernen, Betten abzuziehen und frisch zu beziehen, Wäsche in die Waschmaschine zu packen und, sobald wir die Wäscheleine erreichen konnten, aufzuhängen. Wir lernten Kochen und Bügeln, Knöpfe annähen und mit einem Stopfpilz Socken stopfen. Kurz, wir wären alle drei prima Hausfrauen geworden.“ Die breiten ledrigen Blätter raschelten im leichten Wind und warfen bewegte Schattenmuster in den Sand.

„Wenn ich nach einem prägenden Erlebnis suche, dann war es vielleicht das: als ich ungefähr fünfzehn war, nahm mich mein Vater mit auf eine Reise nach Indien. Hamberg hatte ein Partnerschaftsabkommen mit einer für dortige Verhältnisse kleinen Großstadt in Nordindien. Unsere Stadtverwaltung schickte alle zwei Jahre eine Delegation nach Indien, um die Verwaltung in vorab vereinbarten Problembereichen zu beraten. In den Jahren dazwischen kamen Delegationen aus Indien zu uns.

Ich erinnere mich, dass wir auch immer wieder Übernachtungsgäste aus der Partnerstadt bei uns zu Hause hatten. An Namen und Gesichter erinnere ich mich kaum, aber was mir deutlich im Gedächtnis ist, ist der Geruch dieser Menschen. Sie rochen nach unbekannten Gewürzen, nach Knoblauch, den wir damals so gut wie nie aßen, und nach Mottenkugeln. Heute denke ich, dass sie die warme Kleidung für Europa zuhause in Koffern voller Mottenkugeln aufbewahrten.

Als ich also fünfzehn war, meldete sich mein Vater für eine Beratung in der Partnerstadt. Er bat darum, auf eigene Kosten seinen ältesten Sohn mitnehmen zu dürfen. Für mich wurde das ein überwältigendes Erlebnis. Schon der Flug! Vorher war ich erst einmal geflogen, von Hannover nach Berlin, einer der hoch subventionierten Flüge, mit denen man die beschwerliche Reise durch die DDR mit ihren rigiden Kontrollen vermeiden konnte. Nun also eine Interkontinentalreise. Mit dem Zug fuhren wir nach Frankfurt. Dann begann ein Flug mit vielen Stationen, Rom, Athen, Teheran, Delhi. Nach jeder Zwischenlandung gab es eine Mahlzeit, die mir exotisch und aufregend vorkam.

In Delhi wurde unsere kleine Gruppe vom Bürgermeister unserer Partnerstadt am Flughafen abgeholt. Uns allen wurden Blütengirlanden umgelegt, jemand drückte uns einen roten Punkt auf die Stirn. Am Ausgang wartete ein klappriger Tata-Bus auf uns. Linksverkehr mit Radfahrern und Kühen, zweimal sah ich sogar einen Elefanten. Obwohl alle Fenster heruntergelassen waren, war meine ganze Kleidung bei der Ankunft im Gästehaus unserer Partnerstadt triefend nass von Schweiß. Als ich am ersten Abend in dem Zimmer, das ich mit meinem Vater teilte, auf dem Bett saß, dachte ich, dass ich so voll von Bildern und Gerüchen und Geräuschen war, dass keine weiteren Eindrücke mehr in mich hineinpassen würden.“ Die Sonne ist inzwischen ein Stück weitergezogen, wir rücken nach rechts, um im Schatten zu bleiben. Auch unter unserem ausladenden Baum wird es heiß.

„Für den nächsten Tag war eine Stadtrundfahrt angesetzt. Sie begann am Fluss. Auf einer gemauerten Terrasse, wenige Meter von dem ölig-braunen Wasser entfernt, lag ein Toter unter einem weißen Tuch auf einem Holzstapel wie auf einem Altar. Der Kopf mit seinem weißen Haar lag frei, Kränze von orangen Tagetes-Blüten schmückten den Leichnam. Unser Führer, ein hoher Beamter der Stadtverwaltung, drängte uns zur Weiterfahrt, aber mein Vater blieb stehen. Dann wurde der Scheiterhaufen angezündet. In Minuten stand der Altar in hohen Flammen. Plötzlich richtete der Tote den Oberkörper auf. Für einen Moment war ich sicher, dass er den Kopf zu uns wandte und uns aus seinen toten Augen ansah, dann sackte er zurück in die Flammen. Ich hatte noch nie zuvor einen Toten gesehen. An den Rest der Stadtrundfahrt erinnere ich mich nicht. Aber wie der Tote sich aufrichtete und uns ansah, dieses Bild ging mir nicht aus dem Sinn, ich sah es immer wieder, vor dem Einschlafen, nachts im Traum, selbst tagsüber, wenn es mich plötzlich überfiel. Ich glaube, meinem Vater ging es genauso, in den folgenden Tagen war er still und nachdenklich.

An den meisten Tagen musste mein Vater bei der Stadtverwaltung arbeiten, er erzählte mir, sie wollten ein neues System für die Müllabfuhr einführen, dafür sollte er die Erfahrungen aus unserer Heimatstadt einbringen. Der Bürgermeister stellte eine junge Mitarbeiterin zu meiner Begleitung ab. Prithi mit ihrem seidigen Sari, dem roten Punkt auf der Stirn, den großen schwarzen Augen und ihrer glatten braunen Haut war die schönste Frau, die ich je gesehen hatte. Sie muss damals 19 oder 20 gewesen sein, bei jedem Schritt klingelten die Silberkettchen an ihren Fesseln. An den nackten Zehen, die ich in ihren Sandalen sehen konnte, trug sie verschlungene Ringe. Es war Liebe auf den ersten Blick.

Prithi hatte die Aufgabe, mir in den nächsten Tagen einen Eindruck von dem Leben in Indien zu vermitteln. Das tat sie mit Charme, Energie und durchschlagendem Erfolg, wenn auch sicher nicht immer im Sinne des Bürgermeisters. Der Bürgermeister hatte ihr einen dieser allgegenwärtigen kugeligen Hindustan Ambassadors zur Verfügung gestellt. Sie fuhr selber, was, wie sie mir erklärte, ein kleines Wunder und das Ergebnis harter Kämpfe war. Ihre Mutter und ihr Vorgesetzter waren entschieden dagegen gewesen, dass sie Auto fuhr. Am Ende hatte sie sich durchgesetzt.

Prithi brachte mich zur städtischen Müllkippe. Ein riesiger Berg von Unrat, der in der heißen Sonne rauchte und dampfte. Die Müllwagen fuhren über eine Rampe bis zum höchsten Punkt und kippten dort ab. Unter dem Gewicht der nachfolgenden Laster verdichtete sich der Unrat und wich zu den Seiten. Dadurch wurde die Deponie sowohl höher als auch breiter. An ihrem Rand zeigte Prithi mir Häuser, eher Hütten, die von dem vorrückenden Müllberg bereits eingedrückt und zur Seite geschoben waren. Was mich aber am meisten beeindruckte, waren die Menschen, die auf der Deponie arbeiteten. Es waren Hunderte, zerlumpte Männer und Frauen, vor allem aber Kinder, kleine Kinder, Teenager, Jungen und Mädchen, die doch an diesem Morgen in der Schule hätten sein sollen. Mit rostigen Handrechen stöberten sie im Müll nach Metall, Glas, Plastik, sogar nach Essensresten. Der Gestank war unbeschreiblich, Rauch, süßliche Verwesung, Urin und Fäkalien, beißende Schwaden von schwelendem Plastik. Der Geruch blieb in meinen Kleidern, in den Haaren, auf der Haut kleben, noch Tage später konnte ich den Müllberg riechen, wenn ich meinen Arm vor die Nase hielt.

„Willst du wissen, wo ich lebe?", fragte die schöne Prithi. „Hmmh", sagte ich mit klopfendem Herzen. Sofort stellte ich mir eine weiße Villa mit Strelitzien, Bougainvilleas und Bananenstauden vor, Haus und Garten so elegant wie meine Begleiterin. Stattdessen fuhren wir in einen Stadtteil am Fluss. Prithi stellte den Ambassador ab. Enge ungepflasterte Gassen führten zwischen Lehmhütten mit Dächern aus rostigen, flach geklopften Wellblechresten, LKW-Planen und Brettern hindurch. An einer Stelle wurde der Pfad etwas breiter. Prithi öffnete die Tür zu einem engen dunklen Verschlag mit einem dunkleren Loch im Boden. „Das ist unsere Toilette. Die einzige für alle Leute in den Häusern hier herum." Ich konnte mir nicht vorstellen, dass ich so etwas überhaupt benutzen könnte. „Da gehst du im Ernst hin?" „Manchmal geht es nicht anders."

Vor den Hütten saßen Frauen und rührten etwas Grau-Braunes in großen Kochtöpfen. „Was machen die da?", fragte ich Prithi. „Die kochen Wäsche aus." Dann standen wir vor Prithis Haus, einer mit Lehm und Kuhdung verputzten braunen Hütte, das Wellblechdach sah fast neu aus. Über der Tür hing eine Girlande aus frischen orangen Tagetesblüten. Die Hütte hatte nur einen Raum, das einzige schmale Fenster auf die enge Gasse ließ kaum Tageslicht herein. Der Boden bestand aus glatt gestampftem, sauber gefegten Lehm. An einer Seite stand ein großes Bett mit geflochtener Liegefläche, die Wände zierte das indische Götteruniversum auf gelben, blauen und orange-roten Drucken. Bett und Hütte teilte Prithi mit ihrer Mutter, zwei Schwestern und einem Bruder. Der Raum strahlte Armut aus, und zugleich den Willen, nicht darin unterzugehen. Aber gestampfter Lehm, kein Bad, keine Toilette und die Gasse mit der offenen Abwasserrinne vor der Tür, wie passte das zu meiner schönen Prithi mit den betörenden Saris? Unvorstellbar und seltsam geheimnisvoll.

Hör mal Eric, ich labere dir hier die Ohren ab.“ Einsiedlerkrebse in spitzen Schneckenhäusern rennen in allen Richtungen um uns herum. Sobald wir uns bewegen, erstarren sie und sehen aus wie viele kleine Schnecken mit spitz gedrehten Häusern.
„Schon ok. Aber jetzt müssen wir uns um das Essen kümmern.“
„Ach, jetzt soll ich dir helfen!“
„Komm schon!“

16

Eric weist mir ein Schneidebrett an, ich würfele Zwiebeln und Ingwer und schneide kleine grüne Chillies in Scheiben. Der Reis kocht bereits in seinem schwarz verrußten Topf. Eric filetiert den frisch gefangenen *tanigue* und schneidet das rohe Fischfilet in Würfel. Ich schneide Paprika und zerdrücke Dutzende *kalamansi* in ein engmaschiges Sieb. Meine Finger fühlen sich von dem zerquetschten gelben Fruchtfleisch glitschig an. Schließlich mischt Eric alles zusammen und gießt noch ein Glas Palmessig hinzu. Salz, Pfeffer, dann kommt die große Schüssel in den Kühlschrank. Zum Dinner gibt es *kinilaw*, die philippinische Version von Ceviche.

Nach dem Nachtessen gehe ich mit Eric auf die Meerterrasse hinunter.

Wir machen es uns auf den Kissen bequem. Eric hat ein paar Flaschen San Miguel organisiert. In der Nähe muss es einen *sari-sari-store* geben, den ich noch nicht entdeckt habe.

„Die Armut, der Dreck, der Gestank, das überwältigte mich. Das Leben der Menschen in diesem indischen Slum war so unendlich mühsam. Nichts war dort einfach und schnell. Wäsche waschen, sich sauber halten, selbst der Gang zur Toilette waren aufreibende, anstrengende, Zeit fressende Tätigkeiten. Ich begriff einfach nicht, wie die schöne Prithi mit ihrem glänzenden Haar und den perfekt geschlungenen Saris, die duftende Prithi, wie sie jeden Morgen aus einer solchen Hütte kommen konnte. Irgendwie stellte ich sie mir wie einen Schmetterling vor, der sich jeden Morgen aus seiner Hülle schält und abends in den Kokon zurückkehrt."

Jetzt kommt eine leichte Brise auf. Der Mond steht als schmale Sichel knapp über dem Horizont, noch zu schwach, um das Band der Milchstraße verblassen zu lassen.

„Indien beunruhigte mich tief. Wie kam es, dass ich in Deutschland in der Mitte des 20. Jahrhunderts geboren wurde. Hätte ich nicht ohne Weiteres 300 Jahre später geboren sein können? Oder 100 Jahre früher? Wäre ich zur Zeit meiner Großväter geboren, dann hätte ich womöglich zwei Weltkriege als Soldat erleben müssen; wenn ich nicht gleich in einer massenmörderischen Schlacht gefallen wäre. Hätte ich nicht genauso gut ein Mädchen werden können? Eine Inderin? Müsste ich dann das mühsame Leben von Prithi leben? Was hatte dazu geführt, dass ich in eine lange Friedenszeit in einem reichen Land geboren wurde? Was unterschied mich von den Menschen in Indien? War es Vorsehung, Schicksal, Teil eines großen Plans? Oder war es bloßer Zufall, das Glückslos in der Geburtslotterie, in der so viele nur Nieten gezogen hatten? Was trennte mich vom Leben der Menschen in Indien? Vielleicht nur der Bruchteil einer Sekunde in der Zuteilung der Geburt?

Seit der Reise mit meinem Vater finde ich es schwer, stolz auf meine

Herkunft und auf mein Leben zu sein. Wieviel davon ist mein Verdienst? Und wieviel hat mir der Zufall meiner Geburt schon mitgegeben, eine Kindheit ohne Armut, gute Gesundheit, ärztliche Versorgung, solide kostenlose Schulen, eine lange Friedenszeit in Europa. Ich erinnere mich an meine erste Dusche nach unserer Rückkehr. Ich stand lange, lange im warmen Duschregen, und während das weiche Wasser mir langsam den Geruch Indiens von der Haut wusch, überschwemmte mich eine Welle von Dankbarkeit und Staunen."

„Wo bist du zu Hause, Jan? Wo ist deine Heimat?"
„Eric, ich bin in Deutschland zu Hause. Aber ich könnte auch *Pinoy* sein. Oder Kenianerin. Mich trennt nur ein winziger Zufall davon, ganz anderswo meine Eltern und Geschwister, mein Leben und meine Wurzeln zu haben."

Wir blicken auf das Meer, wo in der Ferne die starken Lampen der Fischerboote blitzen und funkeln. Nie werde ich die Fische verstehen, die noch immer nicht gelernt haben, dass sie sich von dem Licht fernhalten müssen. Wir sitzen schweigend nebeneinander. Hin und wieder nehmen wir einen Schluck aus unseren Bierflaschen.

17

„Warum erzählst du mir das, Jan? Was suchst du?"
Ich blicke auf das dunkle Meer. Wo die Wellen am Strand auslaufen, blinken schwache Lichtpunkte auf und verglimmen wieder.
„Ich frage mich, ob es in meinem Leben einen roten Faden gibt. Bin ich einem Plan gefolgt? Haben diese vielen Jahre, Tage, Stunden einen inneren Zusammenhang, haben sie einen Sinn? Oder kann ich meinem Leben wenigstens im Rückblick einen Sinn geben? Den Sinn aus dem Geschehenen vielleicht nicht erkennen, wie etwas das da ist und nur gefunden werden muss, sondern wie etwas, das in der Rückschau erschaffen wird?" Aus den Augenwinkeln sehe ich nun in den Wellen ein schüchternes Leuchten, als würden die Wellenkämme von Millionen winziger Glühwürmchen im Inneren erhellt. Langsame Strudel von

schwachem Leuchten entstehen und lösen sich wieder auf. „Aber ich kann die Frage nicht beantworten. Mir fehlt ein entscheidendes Stück. Ohne Diwa komme ich nicht weiter."

„Liebst du sie?"
„Wir beide waren in eine böse Geschichte verwickelt. Am Ende waren zwei Menschen tot. Was haben wir, was habe ich mit den Toten zu tun? Was ist mein Anteil daran, dass ihr Leben endete? Welche Schuld trage ich?"
„Das sind schwere Fragen. Welche Rolle spielt Diwa dabei?"
„Ich kenne den Anfang und das Ende der Geschichte. Mir fehlt das dazwischen. Aber Diwa weiß, wie Anfang und Ende zusammenhängen. Sie war da, sie war dabei. Ich kann nicht einmal sagen, was sie genau damit zu tun hatte. War sie Beobachterin? Täterin? Was hat sie gewollt? Was hat sie getan? Wie komme ich dadurch in die Geschichte?"
„Und du fragst dich, ob du sie noch lieben kannst, wenn du erst die ganze Geschichte kennst." Das ist keine Frage.

Das Leuchten in den Wellen wird stärker. Unsere Bierflaschen sind leer. Matte und Moskitonetz für mich liegen schon bereit. Eric legt seine Hand auf meine Schulter. „Schlaf gut!" Er geht den dunklen Pfad zu einer der Hütten hinauf. Ich lege mich unter das Moskitonetz. Seltsam, wie gut es tut, die Fragen ausgesprochen zu haben.

Im Traum sehe ich die Leichenverbrennung in Indien wieder. Der Tote hebt den Oberkörper auf seinem lichterloh brennenden Altar und sieht mich an. Aber es ist kein weißhaariger Mann, der mich ansieht, sondern eine schwarzhaarige Frau mit verquollenem Gesicht, aus ihren zugeschwollenen Augen sieht sie mich unverwandt an. Dann fällt sie zurück und verschwindet in den hoch auflodernden Flammen. Ich stehe vor dem Altar und will etwas sagen, ich will schreien. Aber aus meinem Mund kommt nur ein quäkendes Stöhnen, meine Lunge explodiert, ich ersticke.

Um Luft ringend wache ich auf. Mit einem dumpfen Knall schlägt eine Kokosnuss auf dem Boden auf. Es ist noch dunkel. Die Zeiger meiner

Armbanduhr leuchten zu schwach, um die Zeit zu erkennen. Ich hänge das Moskitonetz ab und rolle die Matte zusammen. Als ich losfahre, zeigt sich am Horizont das erste blasse Rosa des neuen Morgens.

18

Im Hotel schnappe ich mir meine Badesachen. Ich nehme den kostenlosen Shuttlebus nach Lio Beach, der weiten Badebucht nördlich des Ortes. Auf dem weitläufigen Gelände neben dem kleinen Flughafen hat ein privater Investor eine großzügige Hotelanlage geschaffen. Der Strand ist sauber gefegt, ich sehe noch die Rillen, die die Rechen hinterlassen haben. Akazien und *talisay* schaffen schattige Liegeflächen. Die Kokospalmen tragen keine Nüsse, die könnten herunterfallen und die Touristen verletzen.

Ich suche mir einen Schattenplatz, breite meinen *malong* auf den Sand und ziehe die Badehose an. Der feine weiße Sand fällt leicht zum Ufer hin ab. Das Wasser ist klar und warm. Ich schwimme ein paar Züge hinaus, dann liege ich auf dem Rücken und lasse mich treiben. Licht und Wärme durchströmen mich. Ein kleiner Flieger durchbricht die Ruhe mit seinem dröhnenden Landeanflug auf das Rollfeld. Das Leben ist schön. Ich könnte doch einfach hierbleiben, die Tage am Meer verbringen, bei einem eiskalten Gin Tonic die Sonne hinter dem Horizont versinken lassen, mir abends frisch gefangenen Fisch bestellen, hin und wieder mit Jule skypen, ein paar von den Büchern lesen, die immer liegen geblieben sind, und die Vergangenheit ruhen lassen.

Ich könnte hin und wieder nach *Tinagong Paraiso* fahren, mit Eric und den anderen reden. Ich könnte wieder tauchen gehen. Natürlich, das könnte ich tun. Das werde ich tun. Im Moment komme ich sowieso nicht weiter.

Am nächsten Morgen laufe ich den Strand von El Nido entlang. In jedem dritten oder vierten Haus am Wasser wirbt eine Tauchbasis um

Kundschaft. Ich sehe mir die Karten mit den Tauchplätzen an und inspiziere die Ausrüstung. Ich entscheide mich für Shark Divers. Dani erzählt mit einer solchen Begeisterung von seinen Tauchrevieren, dass es mich mitreißt. Wir sind eine kleine Gruppe, ein junges Paar aus Manila und ich. Zum Glück keine Raucher, denen geht unter Wasser so schnell die Luft aus. Ich zwänge mich in den trockenen Neopren-Anzug. Mit der *banca* fahren wir hinaus. Das Boot ist mit blauem Moosgummi ausgelegt. Wir kommen an Helicopter Island vorbei. Dann macht Dani das Boot an einer Boje fest. „Seit wann gibt es hier Bojen?" frage ich. „Wir haben vor drei Jahren angefangen. Da hatten die Anker der Boote und die Dynamitfischerei schon die meisten Korallen zerstört. Aber es wird besser, glaub mir", antwortet Dani, während er die vier Presslufttanks aus der Verankerung wuchtet. Wir schnallen die Tarierwesten an die Tanks, prüfen den Druck, legen die Bleigurte an und schieben unsere Füße in die Flossen. Dani hilft uns in die Westen. Mit der rechten Hand halten wir Maske und Atemregler fest und lassen uns einer nach dem anderen hintenüber ins Wasser fallen. Ein kurzer Moment der Orientierungslosigkeit, dann taucht der Kopf aus dem Wasser und Luftblasen blubbern am Hals aus dem Neoprenanzug. Ich wasche die Maske aus, sie hat noch Reste der Zahnpasta, mit der ich sie gegen das Beschlagen ausgerieben habe. Dann entlüfte ich die Tarierweste und lasse mich von meinem Bleigürtel nach unten ziehen. Dani trägt neongelbe Flossen, damit wir ihm leichter folgen können.

Wir sinken über eine flach abfallende Sandfläche. Vor uns blicken ein paar Dutzend Ohrfleck-Röhrenaale neugierig aus ihren Löchern und wiegen sich in der Dünung. Sobald wir näherkommen, verschwinden sie, wie auf Kommando, vollkommen gleichzeitig in ihren Röhren. Wir lassen uns tiefer sinken. Hier ragt ein Korallenblock aus dem Sand. Rosa Anemonen werden von kampfbereiten, rot und weiß gestreiften Clownfischen bewacht. Ich atme ein, komme höher, lasse den Korallenfelsen hinter mir, atme aus, sinke wieder. Ich bestimme meine Position mit dem Atem, mit den Flossen. Die Arme habe ich vor der Brust verschränkt, ich habe es nicht verlernt, ich bewege mich ruhig durch das bunte Unterwasseruniversum. Ich rufe mir die seltsamen Namen der Meereslebewesen in Erinnerung, Gemeine Eierschnecke, Gestreifter Schnepfenmesserfisch, Nattern-Plattschwanz. Unter Tauchern ist die Schlange besser bekannt als *eight seconds*, ihr Biss führt angeblich in acht Sekunden zum Tod. Ich halte das für ein übles Gerücht. Gerade windet sich ein schwarz-weiß gebänderter Nattern-Plattschwanz neugierig um mein linkes Bein.

Ich finde meinen Rhythmus, bewusst atme ich ein und lasse die Luft langsam durch den Atemregler wieder ausströmen. Das blubbernde Geräusch der Luftblasen hat etwas Beruhigendes, aber eigentlich ist es zu laut in dieser wundersamen Unterwasserwelt. Ich sehe einen kleinen Schwarm von Soldatenfischen. Meine Begleiter wirken hinter ihren Masken und Lungenautomaten wie Aliens; und das sind wir hier im Korallenriff. In einer grünen Lederkoralle sitzt ein großer ebenso grüner Anglerfisch und sieht genauso außerirdisch aus wie wir. Er blickt uns stoisch an und wackelt leicht von der rechten auf die linke Brustflosse und dann wieder zurück. Ich kenne keinen anderen Ort auf diesem Planeten, wo ich auf so kleinem Raum in so kurzer Zeit so viele eigenartige Lebewesen sehen kann, wie in einem Korallenriff.

Als wir nach einer guten Stunde die Wasseroberfläche wieder erreichen, hat sich alles verändert. Wir verlassen das dreidimensionale Universum. Ich habe mich nach oben und unten, nach vorn und hinten bewegt. Ich habe mich mit meinem Atem bewegt. Ich habe Tiere und Pflanzen gesehen, die so unwahrscheinlich aussehen, als könne es sie in meiner Welt eigentlich nicht geben. Alles, was mich noch vor einer Stunde beschäftigt hat, ist weit weg und klein. Eine tiefe Ruhe atmet in mir. Ich lasse mir Tank und Tarierweste abnehmen und klettere ins Boot. Ich rühre mir einen Instant-Kaffee an und blicke über das Meer. Alles ist gut.

Das Boot bringt uns nach Helicopter Island, dessen geschwungener Bergrücken wie die Silhouette eines im weichen Sand versunkenen Hubschraubers aussieht. Am Strand sehe ich seltsame Spuren, zwei parallele Reihen von Tatzenabdrücken, dazwischen eine immer wieder unterbrochene, dünne Schleifspur. Dani sagt: „Warane. Die werden zwei Meter lang und haben blaue Zungen.“ Ich folge einer Spur, bis sie sich zwischen den schroffen Kalkfelsen verliert. „Sei vorsichtig, die Biester können bösartig sein.“ Wir essen Reis, zähe Hähnchenschenkel und gegrillten Fisch aus Plastiktütchen. Dani reicht uns Colaflaschen. Eine Stunde an der Oberfläche, dann können wir wieder runtergehen.

Wir lassen uns in 20 Metern Tiefe an der Riffwand entlangtreiben. Jede Nische, jeder Riss, jede Oberfläche des Riffs ist voll Leben. Schrill gefärbte Nacktschnecken, harte Korallen, Anemonen, Seegurken, bizarre Federsterne, bunt gestreifte Krabben, Skorpionfische, Kofferfische, Lederkorallen, wohin ich blicke. Auf der anderen Seite begleiten uns aktentaschengroße Fledermausfische und tief dunkelblaue Drückerfische mit ihren zwei winzigen korallenroten Schneidezähnchen. Wir steigen langsam zur Riffkante auf. Auf dem Plateau wächst ein kleiner Wald von blauen Geweihkorallen. Darüber stehen ruhig zwei große Sepien. Mit ihren intensiven runden Augen sehen sie uns unverwandt an. Wir schweben über der Riffkante und beobachten die beiden Sepien bewegungslos. Langsam schieben sich die Tintenfische vor und zurück, die zehn Fangarme vor ihren Augen wie zu einem gebogenen Schnabel zusammengelegt. Über der offenen Sandfläche trägt ihre Haut das körnige helle Sandbraun, dann schieben sie sich über die Korallen, plötzlich wird ihre Oberfläche blau und bildet kurze Dornen aus. Aus einem Tintenfisch wird eine schwebende Geweihkoralle. Dann bewegt sich das Tier nach hinten und verwandelt sich in einem Augenblick zurück in einen schwimmenden Sandhaufen. Ich will mich nicht von dem Anblick lösen, aber mein Manometer zeigt 50 bar, Zeit für Sicherheitsstopp und Aufstieg. Bei der Rückfahrt frage ich mich, was die Sepien wohl gedacht haben, als sie uns beobachteten.

19

Tauchen macht Hunger. Ich bestelle eine Pizza bei Sally.
„Hast du Lust auf einen Ausflug, Darling?“
„Was hast du vor?“
„Ich zeige dir den schönsten Strand von Palawan.“

„Sounds tempting."
„Wir fahren los, wenn du fertig gegessen hast, ok?"
Sally sitzt am Lenker des *tricycles*, als ich aus dem Hotel komme.
„Wusstest du, dass ich auch *tricycle*-Fahrerin bin? Komm, setz dich rein." Sie trägt jetzt einen blauen Latzhosenrock und ein rosa T-Shirt mit abgeschnittenen Ärmeln. Ihre Lippen sind tief dunkelrot, eher eine Art schwarz. Sie tritt den Motor an. Ihr Helm liegt unter meinem Sitz. Wir verlassen den Ort. Der Fahrtwind bläst ihre Haare nach hinten. Der Zweitakter quält sich mit einem Hügelanstieg. Aber wir reden ohnehin nicht.

Eine halbe Stunde später fahren wir einen steilen staubigen Schotterweg hinunter. Plötzlich weitet sich der Hohlweg und gibt ein atemberaubendes Panorama frei. In einem eleganten Bogen liegt eine Bucht vor uns. Der Sandstrand ist breit und unberührt. *Talisay* und junge Palmen laden zum Sitzen ein. Nicht weit vom Ufer umspülen die kleinen Wellen drei gezackte Felsen. Ich breite meinen *malong* aus. Sally öffnet eine Cola-Flasche, es zischt. „Cola oder Bier?"
„Gern ein Bier."
„Du musst das nachher bezahlen."
„Kein Problem."
Wir nehmen kleine Schlucke aus unseren Flaschen und blicken auf das Meer.
„Warum bist du mit mir hierhergefahren, Sally?"
„Du willst immer alles genau wissen, Honey."
„Nicht, dass du mir auf falsche Gedanken kommst, Sally."
„Dafür bist du mir viel zu alt, Jan. *Biro lang*", sagt Sally und lacht. „Nein, vor mir bist du sicher."
Die Sonne bereitet sich auf ihren Untergang vor und nähert sich der dunklen Linie, an der sich Meer und Himmel begegnen.
„Darf ich dich mal etwas fragen? Ich stelle mir dein Leben kompliziert vor, noch dazu in einem kleinen Ort wie El Nido."
„Das Leben ist scheißschwer. Schon immer."
„Erzähl mir davon, wenn du willst."
„Ach Herzchen, neugierig bist du gar nicht. Ok, ich sage dir, warum ich hier bin. Als Kellnerin habe ich Unterkunft und Verpflegung kostenlos.

Mein Gehalt ist lächerlich, aber viele Touristen geben ein gutes Trinkgeld, vor allem Amerikaner. Außerdem fahre ich *tricycle*, wenn ich nicht servieren muss. Ich spare jeden Peso. Nächstes Jahr reicht es für Thailand."
„Thailand?"
„Die Operation, das machen die da am besten. Dann bin ich endlich eine richtige Frau. Nach El Nido komme ich nicht zurück. Hier kennt mich doch jeder."
„Wo kommst du eigentlich her, Sally?"
„Ich bin aus La Union in Nordluzon. Eine furchtbare Gegend, wenn du mich fragst. Lauter Wahnsinnige. Ich habe noch einen Bruder und zwei Schwestern, ich bin die Jüngste. Als ich zehn war, ist meine Mutter weg nach Hongkong, Haushaltshilfe, Nanny oder so. Zuerst hat sie uns jeden Monat Geld geschickt. Nach einem oder zwei Jahren hat sie damit aufgehört. Telefoniert hat sie auch nicht mehr. Mein Vater hat gesagt, sie hat jetzt eine andere Familie, Mommy kommt nicht wieder.

Ich fand es einfach immer schon doof, ein Junge zu sein. Im Kindergarten hatten wir zwei Spielecken. In einer Ecke gab es Autos, Traktoren, eine Polizeikelle, Pistolen und Uniformmützen. In der anderen Ecke gab es Puppen, eine Spielküche, eine Krankenschwesternschürze und einen abgewetzten Teddybären. Wenn wir ‚freies Spielen' hatten, wurden die Jungen in die Autoecke geschickt, die Mädchen liefen zur Puppenküche. Da wollte ich auch hin. Autos und Pistolen interessierten mich nicht. Die Puppen fand ich viel spannender: für die konnte ich Geschichten erfinden, mit ihnen tanzen, sie umziehen, ihnen Schleifen ins Haar binden. Ich habe es geliebt, mit Papier, Buntstiften und Klebeband Kleider für die Puppen zu schneidern. Meine Lieblingspuppe war ein Mädchen, ich habe sie Jun-Jun genannt, ein Jungenname. Na ja, so bin ich ja auch, irgendwie dazwischen gerutscht.

Die Erzieherinnen, glaube ich, haben über mich gelächelt und gedacht, das wächst sich schon noch aus. Aber als mein Vater davon erfuhr, wurde er sehr ernst. ‚Du bist ein Junge, kein verdammtes Mädchen. Geht das nicht in deinen beschissenen Kopf! Deine Schwestern wollen doch auch keine Jungen sein.'

Richtig schlimm wurde es, nachdem meine Mutter verschwunden war. Mein Vater wurde Baptist. Hast du schon mal was von der *Einzigen Kirche des wahren Wortes* gehört? Mein Vater verbrachte den ganzen Sonntag in der Kirche, Gottesdienst, gemeinsames Essen, Bibelstunde. Auch jeden Mittwochabend war er in der Bibelstunde. Und wir mussten immer mit. In der Sonntagsschule wurde uns eingehämmert, dass Gott den Menschen als Mann und Frau geschaffen hat. Der Mann ist das Haupt der Frau, wie Christus das Haupt der Gemeinde ist. Und was Gott geschaffen hat, das darf der Mensch nicht durcheinanderbringen. Männer, die sich wie Frauen benehmen, begehen eine schwere Sünde. Frauen, die Männer sein wollen, die ihren Männern nicht gehorchen, die Hosen tragen, vergehen sich gegen Gottes Willen. Und es ist nicht erst das Tun, schon das falsche Wollen ist eine entsetzliche Sünde. Denn Gott sieht in uns hinein, in unser Herz, in unseren Verstand. Er sieht uns jede Minute jedes Tages, er sieht unser Innerstes, selbst wenn wir stumm sind, bewegungslos und allein. Er weiß mehr über uns und unsere Sünden als unsere Eltern, mehr als wir selber. Gott entkomme ich nicht. Mit meiner Liebe zu Puppen bin ich auf dem direkten Weg in die Hölle. Davon war ich fest überzeugt."

Sally hat sich in Rage geredet, ihr schmaler Körper zittert. Ihre Tränen ziehen breite Mascarastriche über ihre bebenden Backen.

„Und am schlimmsten war der Bischof. Mein Vater muss ihm erzählt haben, dass ich lieber mit den Mädchen und den Mädchensachen spielte. Der Bischof bestellte mich an einem Samstagnachmittag zu sich. Er hatte einen roten Kopf und schwitzte sehr. Die Sakristei unserer Kirche war eng, stickig und dunkel. Es roch nach Kerzenwachs, Schweiß und Schimmel. Ich dachte, jetzt werde ich ohnmächtig. Da brüllte der Bischof los, ‚Für wen hältst du dich eigentlich, glaubst du, du kannst Gottes gute Schöpfungsordnung umstürzen, dann können Männer einfach Frauen sein, und Frauen sollen Männer sein, und Männer heiraten Männer und Frauen heiraten Frauen und Jesus war schwul, ist das so in deinem Kopf, kannst du einfach ein Mädchen sein, einfach so, weißt du, was du unserem Herrn Jesus damit antust, Jesus weint im Himmel über dich, weil er dich schon an den Satan verloren hat. Aber ich werde das nicht zulassen, ich, Bischof Merten Gonzales, ich werde dich nicht dem Satan überlassen, ich werde dir das Böse austreiben, ich werde dich von der Sünde reinigen, ich werde den Dämon jagen und ins Meer treiben‘, die Spucke spritzte ihm aus dem Mund und Schweiß tropfte aus seinen Augenbrauen, und der Bischof zog sich mit einer schnellen Bewegung den Gürtel aus der Hose, fasste ihn an einem Ende und schlug mir mit der schweren Schnalle auf den Rücken und brüllte ‚Herr Jesus Christus‘, und schlug mir auf die Arme, ‚weiche Satan‘, schlug auf den Kopf, ‚Heiliger Geist‘, schlug und brüllte ‚Allmächtiger Gott‘, und schlug, ‚weiche Satan‘, und schlug und brüllte ‚steh mir bei‘ und schlug und heulte und schlug, ‚weiche aus diesem Kind‘, und schlug ‚ich befehle es dir‘, und schlug, ‚Allmächtiger‘, und schlug und schrie, immer und immer und immer wieder, bis ich bewusstlos zu seinen Füßen zusammenbrach.“

Sally bebt und zittert. Die Sonne ist schon längst im Meer versunken. Ein letzter rosa Schimmer färbt die fedrigen Wölkchen über dem Horizont. Ich lege Sally den Arm um die Schulter; sie schüttelt ihn ab.

„Und dein Vater, was hat dein Vater gemacht?“
„Er hat sich beim Bischof mit zwei Hühnern bedankt. Ich durfte nie wieder mit meinen Freundinnen spielen.

Aber ich bin auch nicht mehr in die Kirche gegangen. Das hat mein Vater nicht mehr geschafft, da konnte er brüllen, wie er wollte.“ Sally muss immer wieder aufschluchzen. Langsam lässt das Weinen nach. Wir sitzen schweigend nebeneinander und schauen in den Himmel, der immer dunkler wird. Eine Gruppe großer Flughunde zieht mit ledrigem Rascheln über uns hinweg. Nach einer Weile klopfen wir uns den Sand ab, laufen zum *tricycle* und fahren zurück. Das knatternde Dreirad scheucht magere Hunde auf, die auf dem warmen Beton schlafen. Kleine Tiere mit buschigen Schwänzen huschen im flackernden Scheinwerferlicht über die Straße. Aus einer Hütte dringt lauter Karaoke-Gesang.

20

Bischof Gonzales, wieder Bischof Gonzales. Das Sampaguita Hospital war ja nur der Anfang. „Hast du mit dem Bischof später noch mal zu tun gehabt, Sally?“ Ich muss fast brüllen, um gegen den knatternden Motor und den Fahrtwind anzukommen.

„Ich bin ihm aus dem Weg gegangen. Und dann ist er ja auch umgebracht worden. Es soll Rattengift gewesen sein. Er ist mit Schaum vor dem Mund gestorben. In die Hose gemacht hat er sich dabei auch noch. Ich habe gelacht, als ich es gehört habe. Mit Schaum vor dem Mund und vollgepisster Hose verreckt ist die Ratte. Und dann habe ich mich geschämt, dass ich lachen musste. Aber irgendwie war ich erleichtert, dass er weg war. Ist doch auch eine schöne Vorstellung, dass es manchmal die Schlechten erwischt, das war er doch, der Bischof, ein mieses Arschloch.“ Ich nicke, aber es ist dunkel und Sally sieht auf die Straße.

Kaum habe ich den Laptop hochgefahren, dudelt Skype. „Hallo Papa, alles gut bei dir? Kuck mal in deinen Maileingang, ich habe dir einen neuen Brief von Diwa gescannt. Heiße Geschichte, davon musst du mir mal in Ruhe erzählen.“
„Wie geht es dir, Jule? Alles ok?“
„Klar, mach dir keine Sorgen. Aber ich kann jetzt nicht lange reden. Ich treffe ein paar Freundinnen. Spieleabend.“
„Sind da auch Freunde dabei?“
„Ach Papa. Mach’s gut, ich melde mich.“

Im Restaurant hole ich mir Teebeutel, eine Thermoskanne und einen Becher. Der Laptop steht aufgeklappt auf dem Tisch, daneben dampft der Tee. Draußen, vor dem Fenster, blinken die Lampen der Fischerboote. Ich öffne das Mailprogramm.

Mein lieber Jan,

nun schreibe ich dir doch eher, als ich gedacht habe. Hast du damals, im Camp in Abra, eigentlich gemerkt, dass ich dich beobachtet habe? Mir ist es zuerst auch nicht aufgefallen. Irgendwann wurde mir klar, dass ich dauernd zu dir hinübersehe. Wenn ich gesprochen habe, habe ich entweder Maria oder dich angesehen. Mir war wichtig, wie du reagierst. Ich wartete auf ein Nicken oder ein Lächeln von dir. Dann habe ich gemerkt, dass auch du mich ansiehst, wenn du redest. Aber wo hätte das denn hinführen sollen. Ich gab mir Mühe, dich nicht anzusehen, auch die anderen Genossen zu fixieren, mich auf Maria zu konzentrieren, nach dir nur kurz zu schauen, nicht länger als zu allen anderen. Es war eine große Anstrengung.

Eigentlich erinnere ich mich kaum an die anderen Teilnehmer der Schulung. Diwa mit den ungleichen Augen faszinierte mich. Sie war wach und präsent. Wir stammten aus verschiedenen Welten, aber jetzt saßen wir gemeinsam in einem NPA-Camp in den nebligen Bergen von Abra.

Hard struggle, simple living. Ich komme ja aus einem bürgerlichen Haus. Wie du weißt, war mein Vater Professor an einer der alten Universitäten in Manila, einer spanischen Gründung. Meine Mutter war Buchhändlerin, nein, eigentlich war sie Buchliebhaberin. Sie lebte in den Büchern, immer fiel es ihr schwer, sich von ihnen zu trennen. Sie las Spanisch, Englisch und Tagalog, auch wenn es früher nur wenig Literatur in unserer Sprache gab. Sie machte schon uns Kinder mit den Klassikern der philippinischen Unabhängigkeitsbewegung bekannt. Ich lernte *Noli me tangere* und *El Filibusterismo* von José Rizal fast auswendig. Als Teenager las ich jedes einzelne Buch, jede Erzählung von F. Sionil Jose. Dass ich damals nur wenig davon verstand, spielt keine Rolle. Die gescheiterte philippinische Revolution von 1898 schwebte als Schatten über unserem Esstisch. Dass unsere Revolution in einem Strom von Blut im amerikanischen Imperialismus untergegangen war, das war für meine Eltern immer auch eine persönliche Schmach. ‚Sieh dir deine Zahnpasta an. Was steht darauf?' ‚Colgate, Mom.' ‚Und wo kommt die her?' ‚Aus Valenzuela?' ‚Da wird sie abgepackt, aber produziert wird sie, wie fast alles, in den Vereinigten Staaten. Das ist die Industrialisierung, die uns die Imperialisten aufgezwungen haben. Wir dürfen ihre Waren noch verpacken, aber produziert wird bei ihnen.'

Als wir einmal an der US-Botschaft vorbeifuhren, die malerisch an der Bucht von Manila liegt, fragte mein Vater: ‚Weißt du, wie viele Stockwerke die amerikanische Botschaft hat, Diwa?' ‚Drei, Dad.' ‚Das sind nur die Stockwerke, die du siehst. Aber unterirdisch gibt es noch vier weitere, geheime Etagen. Und weißt du, wie viele Menschen in der Botschaft arbeiten?' ‚Sehr viele?' ‚Mehr als 2.000. Das hier ist die eigentliche Regierung der Philippinen. Unser lächerliches Parlament beschließt kein Gesetz, das nicht zuerst von der Botschaft genehmigt wurde. Und die Präsidentendekrete werden gleich ganz in der Botschaft geschrieben. Eine amerikanische Kolonie, das sind wir, eine jämmerliche amerikanische Kolonie!'

Ich bestand die Aufnahmeprüfung für die University of the Philippines, ich war stolz, denn ich hatte immer in Diliman studieren wollen. Ich zog zu Hause aus und bezog ein Bett in einem Viererzimmer im Studentenwohnheim auf dem Campus. Meine Eltern waren schockiert. Sie hielten sich für fortschrittlich, aber sie hatten immer erwartet, dass ich während des Studiums bei ihnen wohnen würde. ‚Ihr habt mich doch zu Selbständigkeit und eigenem Denken erzogen. Ihr wolltet, dass ich auf eigenen Beinen stehen und meine eigenen Entscheidungen treffen kann. Dafür danke ich euch und ich liebe euch, auch wenn ich nicht mehr unter eurem Dach wohne.' Ich konnte die widerstreitenden Gefühle über das Gesicht meiner Mutter wandern sehen. Sie war tief enttäuscht und wahnsinnig stolz zugleich. Mein Vater nahm es pragmatisch. ‚Du weißt, wie viel du monatlich von uns bekommst. Wenn du das Wohnheim nicht in deinem Budget unterbringst, musst du sehen, wie du dir etwas dazu verdienst.' Als es soweit war, brachten meine Eltern mich nach Diliman. Meine Mutter gab mir *pancit* und *puto* mit, sie hatte Sorge, ich würde verhungern, wenn ich mich selbst um mein Essen kümmern müsste.

Der Juni meines ersten Semesters war heiß. In unserem Zimmer gab es einen rostigen Deckenventilator, der unter Quietschen und Stöhnen die stehende Schwüle umrührte. Aber ich liebte die weitläufigen Alleen mit den knorrigen alten Bäumen. Ich stand früh auf und joggte eine große Runde über den Campus, bevor ich duschte und ein schnelles Frühstück nahm. Ich spürte eine neue Freiheit. Hier wanderten wir nicht mit hängenden Schultern unter der schwarzen Wolke des Imperialismus, hier tauchte uns die aufgehende Sonne der nationalen Revolution in goldenes Licht. Ich weiß nicht, ob du dir das vorstellen kannst, wir waren jung, wir waren voller Energie, das Gehen fiel uns leicht, die Erde unter unseren Füßen federte, wir waren viele, und die geteilte Vision beflügelte uns. Ich trat der Theater-AG bei. Wir entwickelten ein Stück über die Marcos-Diktatur. Darin gebar der US-Imperialismus, dargestellt von einem großen dicken Geschichtsstudenten, den Marcos-Faschismus, der in Uniform und mit Maschinengewehr zwischen seinen Beinen hervorkroch. Ich verkörperte *Inang Bayan*, das philippinische Volk, und wurde kurz darauf niedergemetzelt, um am versöhnlichen Ende des Stückes aus einem flammenden Meer roter Fahnen wiedergeboren zu werden. Ich weiß schon, was du jetzt sagen wirst, scheußlicher Revolutionskitsch. Aber das Stück wurde ein großer Erfolg. Wir hatten acht Vorstellungen im dicht besetzten UP-Auditorium. Der Eintritt umsonst, aber am Ende sammelten wir für die Genossinnen und Genossen, die ihr Leben der höchsten Form des Kampfes in den Bergen gewidmet hatten.

Es gehörte zu den eigenartigen Widersprüchlichkeiten der Marcos-Diktatur, dass wir unser Stück unbehelligt in der staatlichen Universität aufführen konnten, an der Marcos selbst studiert hatte. Gleichzeitig führten seine Soldaten einen blutigen Krieg gegen die NPA und die Muslime in Mindanao.

Ich denke aber, dass wir von beiden Seiten unter Beobachtung standen. Die Marcos-Spitzel legten Dossiers über uns an; das wissen wir aus Verhören von Genossen, die die Folterkeller überlebten. Sie bekamen ihre Rollen in unserem Stück mitsamt den Aufführungsdaten vorgelesen.

Ein paar Tage nach der letzten Aufführung, ich machte gerade meine frühmorgendliche Joggingrunde, schloss eine junge Frau zu mir auf. ‚Hi Diwa, *kamusta ka*?' ‚Kennen wir uns?' ‚Ich habe euer Stück gesehen. Du warst eine tolle *Inang Bayan*. Man konnte spüren, dass du mit deinem Herzen dabei bist. Du hast uns beeindruckt.' Uns? Wer ist „uns"?

Was sollte das werden? ‚Hab keine Angst, ich bin keine von den Faschisten. Komm, wir laufen zum Sunken Garden Café und trinken was.'

Sie stellte sich als Ka Mona vor. Sie rekrutierte neue Mitglieder für die Untergrundorganisationen der Studierenden. Ich war als potenzielle Kandidatin identifiziert worden. Das machte mich neugierig, ich fühlte mich auch geehrt und von der Einladung gekitzelt. So wurde ich Mitglied einer Studentenzelle in Diliman.

Meine Zelle bestand aus fünf Studierenden, drei Frauen und zwei Männern. Wir trafen uns heimlich in „sicheren Häusern" und bekamen Decknamen, mit denen wir uns bei den Gruppensitzungen anredeten. Unsere Zelle hatte einen Sekretär und eine Politoffizierin, die den Kontakt zu der höheren Einheit hielt. Von ihr bekamen wir Material, das wir studierten. Manchmal gab sie uns Aufgaben. Wir bemalten Betttücher mit Parolen für den großen Studentenstreik. Wir bekamen auch aufregendere Aufgaben. Ich musste Nachrichten zu den Genossen auf der Bikol-Halbinsel schmuggeln. Du kennst die *chiklets*, winzig zusammengefaltete Briefe auf dünnem Papier, in Stanniol verpackt, die ich in meine Socken stopfte. Bevor ich sie übergeben konnte, musste meine Kontaktperson auf meine Losungsfrage die richtige Antwort geben.

Ich habe mich nie lebendiger gefühlt als in dieser Zeit. Alles war neu und aufregend. Ich war auf einmal ein wichtiger Teil einer machtvollen Bewegung. Ich hatte gefährliche Aufgaben und erledigte sie mit Herzklopfen und Stolz. Im Rückblick erschien mir die Atmosphäre in meinem Elternhaus dunkel, drückend und depressiv. Davon hatte ich mich befreit, ich war nun Teil einer besseren Zukunft, die wir uns erobern würden. Die Studienmaterialien eröffneten mir einen neuen Blick auf unsere Geschichte. Ich verstand mit einem Mal, woran unser Land leidet, und wie es seine Leiden abschütteln kann. Ich war von einem tiefen Optimismus erfüllt. Ich konnte das Neue schon sehen, ein verwandeltes, gerechtes Land ohne Armut und Hunger, ein Land, das nach vierhundert Jahren Fremdbestimmung sein eigenes Schicksal endlich selbst in die Hand genommen hatte. Mein neues Leben füllte mich vollkommen aus. Die Revolution war mein Freund und Geliebter geworden, für eine andere

Liebe war kein Platz.

Und dann begegnete ich dir in dem Camp in den Bergen von Abra. Du zogst meine Aufmerksamkeit auf dich. Ich musste dich ansehen; ich wartete darauf, dass du mich anlächeltest. Wenn du mich anschautest, trieb es mir warme Schauer über den Rücken. Aber in meinem Leben gab es doch keinen Platz für eine andere Liebe als die Revolution, ich wollte und konnte keinen Freund haben.

Mein lieber Jan, kannst du das nachvollziehen? So war es damals, ich habe mich oft gefragt, ob mein Leben anders geworden wäre, wenn ich dir darin einen Platz gegeben hätte. Aber solche Fragen bringen uns ja nicht weiter.

Lass mich für heute schließen. Ich werde dir weiter schreiben. Ich grüße dich in Verbundenheit

Diwa

21

Das Klappern der Frühstücksteller auf der Restaurantterrasse weckt mich. Ich sehe auf die Uhr, es ist kurz nach neun. Ich habe kaum mehr als fünf Stunden geschlafen. Im Traum war ich ein Huhn unter Hühnern auf einem gepflasterten Hof, zwischen dessen Ritzen Gras und Löwenzahn wuchsen. Wir pickten nach bunten Körnern, die augenblicklich die Farbe unserer Federn verwandelten. Nach einer Weile merkte ich, dass die anderen Hühner mit der Körnersuche aufgehört hatten und mir in einem Halbkreis gegenüberstanden. Sie alle trugen weinrot glänzende Federn. Meine Federn waren stahlblau.

Bei Sally bestelle ich das große Frühstück, gebratenen Knoblauchreis mit *longanisa* und Rührei, dazu einen Mangoshake und eine Kanne Kaffee. Sally ist wortkarg, aber effizient wie immer. Der Knoblauchreis schmeckt nach Knoblauch und billigem Kokosöl. Aber der Kaffee in der französischen Presskanne ist stark und gut. Die See ist heute ruhig, die letzten Touristenboote laufen aus. Am Rand der Terrasse versucht ein Strandverkäufer die Frühstücksgäste für Perlenketten und Ohrstecker zu interessieren, „für Madam“.

Am Nachmittag ruft Ben an. „Hi Jan, alles ok bei dir? Ich bin nächste Woche in Cebu und habe mich gefragt, ob du in der Nähe bist und wir uns treffen sollen.“ Wir verabreden uns. Vorher muss ich noch einmal nach *Tinagong Paraiso.*

Kaum hat Ben aufgelegt, meldet sich Jule. Auf dem Bildschirm erscheint das schönste Jule-Lächeln.
„Hallo Papa, wie geht es dir? Tut mir leid, gestern war ich etwas in Eile.“
„Alles gut. Gestern war ein aufregender Tag.“
„Das kann ich mir vorstellen. Bei so einem Brief.“
„Und das war nicht das Einzige. Davor habe ich noch eine Geschichte über Bischof Gonzales gehört, weißt du noch, ich habe dir mal von dem verschwundenen Hospital erzählt und von dem unterschlagenen Krankenwagen.“
„Hmmh. Aber ich will mit dir über etwas anderes reden. Also, du weißt ja, ich habe den Brief von Diwa gescannt. Da musste ich ihn ja fast zwangsläufig lesen. Papa, die Frau liebt dich. Die zieht sich praktisch nackt aus und legt dir ihre Seele auf den Tisch. Ich wette, du hast auf ihren ersten Brief noch nicht geantwortet. Aber jetzt musst du schreiben. Liebst du sie eigentlich auch oder ist das wieder eine von deinen komplizierten Geschichten?“
„Jule, ehrlich, das weiß ich nicht.“
„Aber ich sage dir: du musst Diwa antworten, keine Ausreden! Los, Alter!“
Ich muss lachen, eine warme Welle der Zuneigung zu meiner Tochter überflutet mich.

Ich nehme eine lange Dusche und wasche meine salzverklebten Haare aus.

Ich öffne das Schreibprogramm. Eine leere Seite erscheint. Ich starre auf die Tastatur. Was will ich Diwa sagen? Die Sache mit Jutta muss ich ihr erklären. Vielleicht liebe ich Diwa. Aber zwischen mir und dieser Liebe liegt ein unwegsames lichtloses Land. Was ist damals, 1994, nach dem anonymen Brief geschehen? Ich kenne den Anfang und das Ende. Es beginnt mit einem Brief. Zum Schluss sind zwei Menschen tot. Wie hängen die Toten mit dem Brief zusammen? Habe ich die Ereignisse in Bewegung gesetzt, die schließlich das Leben von Bischof Gonzales und Maria Manoto beendet haben? Was ist meine Schuld?

Und was hast du getan, Diwa?

22

April 1994. Ich erinnere mich genau an das Jahr. Im Sommer würde Jule in die Schule kommen. Schon Monate davor war die Schule das wichtigste Gesprächsthema und beherrschte den Frühstückstisch. Dann kam der Brief. Nach meiner Zeit in den Philippinen hatte ich gleich bei der *Weltverantwortung* angefangen. Auf der Insel Luzon hatte ich für mehrere private NGOs als Berater für Entwicklungsfragen gearbeitet. Zwei Vertreter der *Weltverantwortung* hatte ich bei ihren Dienstreisen bereits kennen gelernt. In besonderer Erinnerung ist mir der Besuch des Südostasienreferenten beim Coastal Development Center in San Fernando, La Union. Es ging um die Verhandlung des Budgets für die nächsten drei Jahre. Ich nahm als Berater an den Gesprächen teil, die sich über viele Stunden dahinschleppten. Die Atmosphäre war zäh, der Weltverantwortliche sah zahlreiche Probleme, einige wesentliche Programmkomponenten wollten ihm nicht einleuchten, besonders die statistische Erfassung der Einkommensquellen und -möglichkeiten der Küstenkommunen hielt er für überflüssig. Stundenlang sah es so aus, als müsse das CDC seine Aktivitäten stark zusammenstreichen und Personal entlassen. Die Verhandlungen waren festgefahren, die Teilnehmer erschöpft. Daraufhin erklärte der damalige Chef des CDC eine Pause. Danach werde man sich am Strand zum Abendessen treffen.

Als der Mitarbeiter der Weltverantwortung zum Strand kam, brannte ein Feuer; davor war ein Tisch weiß gedeckt. Die Luft war samtig warm und roch leicht nach Tang, Salz und Rauch. Am Himmel funkelten die Sterne, vom Meer wehte eine leichte Brise. Im Hintergrund sang eine junge Frau mit großen traurigen Augen melancholische Liebeslieder zur Gitarre. Als Vorspeise gab es kinilaw, nicht zu sauer, nicht zu scharf, dann gegrillten Fisch, Gambas, dazu kühlen Erdbeerwein aus Baguio, und zum Nachtisch in Kokosmilch gekochten Klebreis mit frischen, süßen Mangos. Der CDC-Chef hatte sein charmantestes Lächeln aufgelegt. Die Atmosphäre wurde locker, bald lachten wir über die eigenartigsten Reiseerlebnisse unseres Gastes. Für die Einigung auf das neue, ungekürzte Budget brauchte es keine halbe Stunde mehr.

Als der Südostasienreferent die Organisation verließ, war ich für die Verantwortlichen der *Weltverantwortung* ein interessanter Kandidat gewesen. Ich bekam eine Aufforderung zur Bewerbung. Kleines Problem, zum Bewerbungsgespräch konnten sie mich nicht einfliegen. Also schickten sie mir fünf Fragen, die ich bis zum Bewerbungsschluss schriftlich beantworten sollte. Sechs Wochen später erhielt ich einen Luftpostbrief, in dem mein zukünftiger Referatsleiter mir gratulierte: herzlich willkommen an Bord.

Die *Weltverantwortung*, von Mitarbeiterinnen und Mitarbeiter nur *Wefe* genannt, residierte in einer stilvoll renovierten Gründerzeitvilla in Bonn. Mit den Jahren war das alte Gemäuer zu klein für die zunehmenden Spendeneinnahmen und die wachsende Belegschaft geworden. In den siebziger Jahren hatte man darum im Garten die alten Obstbäume gefällt und einen Anbau aus Sichtbeton und Glas hingestellt. Ich erinnere mich an meinen ersten Arbeitstag. Ich fühlte mich ein wenig wie ein Verräter und gleichzeitig wie ein glücklicher Sieger. Ich wechselte die Seite, von den Empfängern der Hilfsgelder in den Philippinen zu den Gebern. Statt anständig vor Ort solide Arbeit zu leisten, unter einer unbarmherzigen Sonne zu schwitzen, in klapprigen Bussen viele Stunden über Schlaglochpisten zu reisen, Haare, Hände, Hemden und Hosen mit Erde, Staub und Schlamm zu verdrecken, würde ich von jetzt an in einem wohltemperierten Büro residieren und darüber entscheiden, wer am anderen Ende der Welt von den Spendeneinnahmen profitieren würde. Nein, alte Rechnungen würde ich nicht begleichen, davon gab es nicht viele. Aber ich würde schon klar machen, dass ich die Tricks auf der Empfängerseite alle kannte. Frisch gegrillter Fisch und Fackeln bei einer stillen Brise am Meer und eine aufgeknöpfte Bluse, das würde bei mir nicht funktionieren. Die unleserlichen Quittungen auf Zigarettenpapier, die gefälschten Gehaltsbescheinigungen der NGO-Mitarbeiterinnen, die mal mit der rechten, mal mit der linken Hand von ein und derselben Person unterschriebenen Teilnahmebestätigungen für von uns finanzierte Fortbildungen, das würde ich nicht durchgehen lassen. Frechheit und Arroganz, nicht mit mir.

Ich erinnere mich an meinen ersten Tag, Linoleum im Eingangsbereich, in den Büros grüner Nadelfilzteppich mit Kaffeerändern. Es roch eigenartig nach Papierstaub, schimmelnder Zimmerpflanzenerde und altem Holz. Aber am auffälligsten war das Geräusch von Kugelkopfschreibmaschinen, ein durchdringendes Rattern, Surren und Klappern. Wie betrunkene Tänzer schlugen die Schreibköpfe zackig auf das hochzuckende Farbband ein und machten einen durchdringenden Lärm. Die Maschinen überraschten mich. In den Philippinen hatten wir längst mit vor Ort zusammengeschraubten PCs und leisen Typenraddruckern gearbeitet. Richtige Schreibmaschinen, gar nicht zu reden von elektrischen Wundern wie der Kugelkopfmaschine, waren teuer und selten.

Ich teilte mir ein kleines Zimmer unter der Dachschräge mit Frank Krampenbichler. „Frank, nur Frank, wir sagen hier Du!" sagte Frank und streckte mir eine Hand entgegen. In der anderen hielt er einen traurigen Kaktus. „Jan, kannst du mit Blumen? Du kannst den hier haben, vielleicht bringst du ihn zum Blühen, bei mir wird das nichts." Ich dankte, nahm den Kaktus und sah mich im Zimmer um. Zwei Schreibtische mit braunen Kunstleder-Schreibunterlagen, zwei niedrigere Schreibmaschinentische mit einer roten und einer grünen Kugelkopfmaschine, ein Regal mit Akten und einem Ständer für Formulare und Durchschreibsätze. Die Durchschreibsätze beeindruckten mich tief. Es gab einen Dreier- und einen Fünfer-Durchschreibsatz. Das hieß, dass beim Beschreiben mit dem Kugelkopf außer einem Original zwei oder vier verschiedenfarbige Kopien entstanden, die nach ihren Farben in jeweils dafür bestimmte Ordner abgelegt werden mussten. Das Ablagesystem hatte ein inzwischen ausgeschiedener, aber immer noch in hohem Ansehen stehender Referatsleiter erdacht. Es wurde strikt befolgt.

Unser Büro war so klein, dass ich nicht weiterarbeiten konnte, wenn Frank telefonierte. Dafür sprach er zu laut. Auf einer Seite hatte das Dachzimmer ein ovales Fenster, durch das man im Winter in der Ferne den Rhein sehen konnte. Im Sommer blickten wir auf die dunkelroten Blätter einer riesigen Blutbuche.

„Hast du eigentlich schon eine Wohnung, Jan? In unserer WG ist gerade ein Zimmer frei geworden." Am nächsten Wochenende zog ich in Franks WG ein. Das hatte den Vorteil und zugleich den Nachteil, dass wir abends am Küchentisch die moralischen und ideologischen Voraussetzungen und Folgen unserer Arbeit weiter diskutierten, denn auch die drei anderen Mitglieder der WG arbeiteten bei der *Wefe*. Ich liebte den Küchentisch, ein langes, dunkles, blank poliertes Teil, einem Gerücht zufolge ein ehemaliger klösterlicher Refektoriumstisch, der 1802 im Zuge der Säkularisierung in bürgerlichen Besitz gelangt war. Hier ließ sich wunderbar diskutieren und argumentieren; dabei stellte ich mir die vielen Männer und Frauen vor, die über ungezählte Jahrzehnte um unseren Tisch gesessen und mit guten und schlechten Gerichten und Gesprächen ihre Lebensgeschichten miteinander verwoben hatten. Frank trug am Küchentisch die gleichen selbstgestrickten Wollsocken und ausgetretenen Sandalen wie im Büro.

Ob unsere Arbeit nur eine neue Form der neokolonialen Bevormundung sei, diese Frage beleuchteten wir immer wieder bis tief in die Nacht. Zwangen wir nicht unseren sogenannten Partnern unser eigenes Entwicklungsmodell auf, weil sie nur dafür von uns gefördert wurden. Wäre es nicht anständiger, statt von Entwicklungshilfe von Wiedergutmachung zu sprechen, unsere finanzielle Unterstützung von allen Bedingungen zu lösen und die Mittel zur freien Verfügung an unsere Partner zu geben. Reparationen für Jahrhunderte kolonialer und imperialistischer Ausplünderung der Dritten Welt. Das einzige moralisch vertretbare Modell. „Schau dir doch nur mal an, was du gerade anhast", sagte Frank. „Woher kommt die Baumwolle für deinen Pullover und deine Jeans? Aus Indien wahrscheinlich, vielleicht aus Ägypten. Von Kindern geerntet, bewässert mit Trinkwasser, das nun den Menschen fehlt, und die chemischen Unkrautvernichter zerstören die Bodenfruchtbarkeit für Generationen. Und was hast du am Ende dafür bezahlt? 15 oder 20 Mark? Dein Sweatshirt und deine Hose zerstören ein Kinderleben, vergiften einen Acker und treiben ein Land weiter in den Bankrott. Und du willst den Menschen in Indien vorschreiben, wie sie sich entwickeln sollen? Und hör mir bloß auf mit Jute statt Plastik! Weißt du, dass Bangladesch mit seiner Jute jede Menge Phosphat exportiert. Allein der Ersatz des Phosphats in der Jute würde mehr kosten als der gesamte Juteexport wert ist. Ich sage euch, Entwicklungshilfe ist Scheiße, Wiedergutmachung müssen wir leisten, Wiedergutmachung, Reparationen, bedingungslos, sofort!" Dabei schlug Frank mit der Faust auf die alte Tischplatte, ein Schlag zu jeder „Wiedergutmachung". Schweigen um den Tisch, dann Seufzen und Nicken. Sylvie griff nach dem Wein, schenkte sich nach und reichte die Flasche weiter. Ein saurer Riesling vom Drachenfels.

23

Frank ging mir oft furchtbar auf die Nerven. Aber er war auch der ehrlichste, verlässlichste und ungehässigste unter allen meinen Kolleginnen und Kollegen. Darum war er auch der erste, dem ich diesen Brief zeigte. Aus der WG war ich schon nach Monaten ausgezogen und hatte mit Jutta eine Dreizimmerwohnung bezogen. Als Jutta schwanger wurde, waren wir in ein Reihenhaus auf der andere Rheinseite gezogen. Aber das Dachzimmer bei der *Wefe* teilte ich mir immer noch mit Frank.

In den 1990-er Jahren hatten wir bei der *Weltverantwortung* immer noch die dunkelroten Postumlaufmappen. Die Post wurde zentral geöffnet, auf die Referate verteilt und zu den Referatsleitern gebracht. Wenn die Referatsmappe mich erreichte, stank sie nach Rauch; unser Referatsleiter las die Post meist im Raucherzimmer.

Der April 1994 war kalt und ungemütlich. Schneeregen klatschte braun-grauen Matsch auf die Bürgersteige. Das Wetter drückte auch die Stimmung im Haus. Ich öffnete die Postmappe. Oben rechts auf den Brief hatte der Referatsleiter *Grosz zur Bearbeitung und Rückmeldung* geschrieben. Der geöffnete Umschlag war angeheftet, ein Luftpostumschlag ohne Absender mit philippinischem Rollstempel.

Der Brief war mit Schreibmaschine auf dünnem Papier geschrieben. Die Maschine hatte die meisten „o" und einige „e" aus dem billigen Papier herausgeschlagen. Das Englisch war unbeholfen und fehlerhaft. Unterschrieben waren die zwei Seiten mit „A Friend of Truth and Honesty". Es ging um das Coastal Development Center CDC in den Philippinen. Dort gebe es einen „widespread misuse of funds", Veruntreuung und Unterschlagung von Hilfsgeldern der *Weltverantwortung*. Der Freund von Wahrheit und Ehrlichkeit nannte eine Reihe von konkreten Vorhaben, die von uns finanziert, aber nie durchgeführt worden seien. Dazu gehörten zwei Nothilfe-Projekte aus dem Jahr 1991, an die ich mich dunkel erinnern konnte. Es war um Reislieferungen und die Reparatur schwer beschädigter Häuser nach einem heftigen Taifun gegangen. Wir hatten die Maßnahmen nicht direkt finanziert, CDC hatte die Mittel mit unserer Genehmigung aus einem von der *Wefe* gespeisten Kleinprojektefonds entnommen.

Ich schlug die Projektakte auf. Da lag der Antrag, darauf die rosa Kopie des Genehmigungsschreibens. Aber der narrative Bericht und die Abrechnung mit Belegen fehlten. Ich rollte den Schreibtischstuhl zu Frank hinüber und ließ mich mit einem Seufzer fallen. „Ich stecke in der Scheiße, Frank!" Frank zog die Augenbrauen hoch und sah mich fragend an. „Ein anonymer Brief mit Unterschlagungsvorwürfen gegen das CDC. Mein Projekt, meine Verantwortung. Vielleicht ist was dran.

Unsere Mittel sind nicht abgerechnet worden. Hätte ich merken müssen. Und reklamieren. Einen Buchprüfer hinschicken. Oder Ben. Verdammte Scheiße!"

„Ganz langsam, Jan, die Welt geht erst nächstes Jahr unter. Zeig mal den Brief, und dann überlegen wir, was wir machen." Ich gab Frank das Schreiben. Er studierte es, drehte es hin und her, betrachtete es von allen Seiten, nahm den Umschlag, hielt den Poststempel unter seine Schreibtischlampe, dann las er es langsam, seine Lippen formten die Worte still mit. Schließlich, nach einer langen Zeit, sagte er: „Heilige Scheiße, du hast Recht, das ist eine Bombe. Hast Du eine Ahnung, wer das geschrieben haben könnte? Ist das ein ehrlich über Unterschlagungen empörter Freund der Wahrheit? Ein ehemaliger Mitarbeiter des CDC, der sich an der Chefin rächen will? Eine andere NGO, deren Antrag wir kürzlich abgelehnt haben? Jemand, der auf den Kleinprojektefonds von CDC neidisch ist? Ein Antragsteller des Fonds, den wir nicht einmal kennen? Jemand aus unserem Haus, der dir oder unserem Referat eins auswischen will? Verdammt, es gibt viel zu viele Möglichkeiten." Frank blickte durch das Fenster auf den Rhein.

„Was ist die Absicht hinter dem Brief? Was soll dabei rauskommen? Sollen wir die Förderung für das CDC einstellen? Sollst Du hier rausfliegen? Oder die CDC-Chefin? Soll der Kleinprojektefonds geschlossen werden? Sollen wir unseren regionalen Schwerpunkt in den Philippinen ändern? Was für ein Mist!" Wir sahen uns an und zogen die Schultern hoch. „Ich koche uns jetzt erst mal Tee, Jan."

Zwei Kannen Kräutertee und drei Stunden später hatten wir einen Plan. Ich würde den Referatsleiter informieren, mich gebührend entschuldigen, aber auch darauf hinweisen, dass das CDC bisher immer vorbildlich berichtet hatte. Ich würde Ben informieren und bitten, diskrete Nachforschungen anzustellen. Bis zu einem ersten Zwischenbericht, für den ich einen Zeitraum von drei Wochen geben würde, wollten wir alle Zahlungen an das CDC aussetzen. Ben sollte einerseits herausfinden, ob die angeblichen Unterschlagungen tatsächlich stattgefunden hatten. Andererseits sollte er darüber nachdenken, was genau mit der anonymen Anzeige beabsichtigt gewesen sein könnte. Ich rief Ben an und erwischte ihn zu Hause. Nach einem langen, teuren Telefonat schrieb ich einen ausführlichen Vermerk und legte in der CDC-Akte eine neue Rubrik an. Auf den Reiter schrieb ich *Veruntreuung?*.

Frank und ich ahnten nicht, dass wir an diesem trüben, kalten Tag im April eine Kette von Ereignissen in Bewegung gesetzt hatten, die mein Leben für immer verändern würde.

24

Ich sitze immer noch vor dem Laptop. Die leere, weiße Seite wirft einen bescheidenen Schein in das dämmrige Hotelzimmer. Von der Restaurantterrasse dringt Lachen herauf. Für die große Frage ist es noch zu früh, Diwa. Ich muss erst einen anderen Stein aus dem Weg räumen.

Liebe Diwa,

über deine beiden Briefe habe ich mich sehr gefreut. Ich danke dir für deinen Mut, wieder auf mich zuzugehen.

Du hast mich mal gefragt, warum ich eigentlich damals in die Philippinen gekommen bin, und was mich in das Schulungslager in den Bergen von Abra gebracht hat. Ich habe dir damals gesagt, es ginge mir um Gerechtigkeit und darum, dass alle Menschen eine Chance auf ein gutes Leben in Würde haben müssen. Das war ehrlich, aber es ist nur ein Teil der Antwort.

Kannst du dir ein Wochenende in einer Stadt im Rheinland vorstellen? Wir wohnten damals in einer ordentlichen Reihenhaussiedlung am Stadtrand von Hamberg. Samstags wurde der Rasen im Vorgarten gemäht, die Rosen beschnitten und das Auto gewaschen. Wir hatten einen hellblauen Wagen mit verchromten Zierleisten. Dafür gab es eine spezielle Paste, mit der man die kleinen Rostflecken wegpolieren konnte. Am besten war es, wenn mich die Nachbarn beim Polieren sahen. Dann gab es anerkennende Worte an meinen Vater für seinen fleißigen Sohn. Wenn du am Sonntagmittag durch unsere Straßen gingst, roch es nach Sonntagsbraten, aus jedem einzelnen Haus. Am Nachmittag gab es Kaffee und Kuchen, danach kam der Sonntagsspaziergang mit der ganzen Familie in den Ostpark oder die Hamberger Heide. Immer dieselben Wege, immer dieselben Begegnungen. Immer derselbe Streit mit meinen Brüdern, immer dieselben Ermahnungen meines Vaters. Es war nicht auszuhalten, die dumpfe Langeweile der unausweichlich immer und immer gleichen Wochenenden.

Als ich ungefähr fünfzehn war, hatte mich mein Vater mit nach Indien genommen. Seitdem war mir klar, dass ich mein Leben nicht in einer Reihenhaussiedlung verbringen würde. Ich wollte herausfinden, was das Leben sonst noch zu bieten hat. Ich hätte doch genauso gut ein indisches Mädchen oder ein Hochlandbauer in den Anden sein können. Zumindest wollte ich das Leben dieser anderen Menschen kennenlernen, die ich auch hätte sein können. Weg von Sonntagsbraten und Autowäsche. Wanderungen in der Cordillera statt Spaziergängen im Ostpark.

Dazu kam noch etwas anderes. An meiner Schule gab es mehrere engagierte Lehrer, die aus ihren Erfahrungen in Nationalsozialismus und Krieg den Schluss gezogen hatten, dass sie der nächsten Generation das *„Nie Wieder!"* einbrennen wollten. Unser Kunstlehrer – nach Schulschluss bannte er in unserem Schlachthaus blutige Schweine- und Rinderhälften in Acryl auf monumentale Leinwände – zeigte uns Dokumentarfilme über die Judenvernichtung im Dritten Reich. Bis heute sehe ich die Bilder der Gaskammern und Verbrennungsöfen vor mir. Die Berge aus nackten Leichen, nur noch Knochen und gespannte Haut, in unsteten Schwarzweiß-Bildern, haben sich mir unauslöschlich eingebrannt.

Mit diesen Bildern verschmolzen die abendlichen Berichte in unserem Schwarzweiß-Fernseher über den neuesten Body Count in Vietnam. Bizarr verrenkte, schmale tote Körper waren da zu sehen, bewacht von riesenhaften Soldaten mit Stahlhelmen und Schnellfeuergewehren. Das hätte ich doch genauso gut sein können, eine dieser ausgezehrten, halb verbrannten Leichen. Oder einer von diesen großen breiten Kerlen, die in einen Krieg geschickt worden waren, den sie nicht verstanden und nicht gewinnen würden. Der Vietnamkrieg empörte mich. *Nie wieder*, das hätte doch auch für Indochina gelten müssen. Dass ich damit in meiner Klasse alleinstand, kümmerte mich nicht. Ich war mir der stillen Sympathie einiger Lehrer gewiss. Dann würde ich eben ein Einzelkämpfer werden, wenn es der gerechten Sache diente.

Als das Angebot kam, als Entwicklungshelfer in den Philippinen zu arbeiten, wusste ich fast nichts über dein Land. Irgendein Tropendiktator mit spanischem Namen und einer extravaganten, schuhverrückten Frau hatte dort vor ein paar Jahren das Kriegsrecht ausgerufen und führte einen blutigen Krieg gegen verschiedene Gruppen von Aufständischen, weiter reichten meine Kenntnisse nicht. Während meiner Studienzeit hatte ich mich in verschiedenen Solidaritätsgruppen engagiert. Nikaragua und Südafrika waren in meinem Fokus gewesen. Die Philippinen? Nicht auf meiner Landkarte.

Aber das Angebot kitzelte mich. Wirtschaftliche Entwicklung von unten, Arbeit für eine einheimische, engagierte, linke Organisation, ich als einziger Ausländer im Team, das hörte sich verlockend an. Es gab da nur ein Problem. Ich war seit einem Jahr mit Jutta zusammen.

Jutta ist eine starke, eindrucksvolle Person. Was mich von Anfang an am meisten an ihr faszinierte, war ihre Stimme. So habe ich sie auch kennengelernt, bei einer Studentenparty. Da war sie die Sängerin der Band. Ich kam in den Saal und hörte eine ungeheuer kraftvolle, tiefe, ausdrucksstarke Stimme, die nach alten Whisky-Fässern und blauem Zigarrenrauch klang. Ich kämpfte mich zur Band durch, die auf einem niedrigen Podest spielte. Da stand sie, breitbeinig, das Mikrofon mit dem lässig aufgewickelten Kabel in der Hand, den Oberkörper leicht nach hinten gebeugt, und sang direkt in mein Herz. Sie trug ihr blondes Haar kurz, die Nase war ein bisschen zu spitz, der Mund ein wenig schief, sie war viel zu schmal für diese große Stimme, ich war völlig hingerissen.

Später sprach ich sie an und fand heraus, dass sie Soziologie studierte, aber dass das Singen ihre große Leidenschaft war. In der folgenden Woche fand ich sie in der Mensa wieder. Wir verabredeten uns zum gemeinsamen Mittagessen und nach zwei Wochen waren wir ein Paar. Die nächsten Monate vergingen wie im Rausch. Ich begleitete Jutta zu jedem Konzert, stand vorn an der Bühne, hielt ihr aufdringliche Fans vom Leib, und besorgte die Absacker nach ihren Gigs. Jutta war schnell und schlagfertig. Jutta strahlte, sie war Geschwindigkeit und Lebenslust. In dunkleren, atemlosen Momenten fragte ich mich, ob ich denn überhaupt mit ihr mithalten könnte.

Dann kam das Philippinenangebot. Obwohl ich schon länger mit dem Studium fertig war, lebte ich immer noch in Göttingen. Mit den üblichen Studentenjobs und einer halben HiWi-Stelle hielt ich mich über Wasser. Und nun etwas Richtiges, eine spannende Aufgabe am anderen Ende der Welt. Jutta war nicht begeistert. Aber ich würde nur zwei oder drei Jahre in Asien bleiben und wir wollten uns nicht trennen. Wir gaben uns gegenseitig das Versprechen, füreinander da zu bleiben und wieder zusammen zu kommen. Dann wollten wir heiraten und zwei Kinder haben. Erst viel später wurde mir klar, dass die Heirats- und Kinderperspektive, die mir so selbstverständlich war, für Jutta etwas Bedrohliches hatte.

Ich erinnere mich an den letzten Abend vor meiner Ausreise. Wir hatten gemeinsam geduscht und uns langsam und liebevoll gegenseitig eingeseift. Dann saßen wir in Juttas WG am Küchentisch; mein Zimmer hatte ich bereits ausgeräumt. Ich hatte einen indischen Curry gekocht, dazu tranken wir einen schweren Rotwein, der gegen das Essen keine Chance hatte. Wir versicherten uns unserer Liebe und erinnerten uns an die Vereinbarung, mindestens einmal im Monat mindestens zwei Seiten an den anderen zu schreiben. Genau genommen, hatte ich das vorgeschlagen und durchgesetzt.

Als wir uns in den Bergen von Abra trafen, Diwa, da hatte ich auch meine Beziehung zu Jutta im Gepäck. Ich weiß nicht mehr, ob ich dir damals davon erzählt habe oder ob ich zu feige war. Aber Jutta stand von Anfang an zwischen uns. Und ich kehrte zu ihr zurück. Sie hatte inzwischen ihr Soziologiestudium aufgegeben und sich ganz in die Musik gestürzt. Sie zog zu mir nach Bonn und reiste für ihre Auftritte durch ganz Deutschland, aber auch nach Belgien, Frankreich und Holland. Wir sahen uns nicht sehr oft, und wenn sie einmal eine Woche in Bonn verbrachte, war sie müde oder plante ihre nächsten Stationen oder probte. Wenn wir abends zusammensaßen, wollte ich über uns und das Leben sprechen, aber sie fand mich uncool und problemfixiert. Ich empfand unsere Gespräche immer oberflächlicher.

Dann wurde Jutta schwanger. Für mich begann eine wunderbare Zeit. Wegen der Schwangerschaft hatte Jutta ihre Auftritte stark zurückgefahren und in den letzten Wochen vor der Geburt ganz eingestellt. Ich konnte auch meine Arbeitszeit etwas begrenzen, und so verbrachten wir viele Stunden mit Gesprächen über ihre Erlebnisse mit dem kleinen Menschlein in ihr, über Lebensentwürfe für unser Kind, über Erziehungsfragen, Kinderzimmereinrichtung und Namen. Ich spürte aber auch, dass Jutta das schnelle Leben und ihre Auftrittsreisen zu fehlen begannen. Sie wurde unruhig und war manchmal kurz angebunden, fast grantig.

Julia, wir nannten sie von Anfang an Jule, war ein gesundes, einfaches Baby. Schon nach kurzer Zeit schlief sie nachts viele Stunden durch, weinte wenig und hatte selten Koliken. Aber Jutta war ungeduldig. Sie wollte sich bewegen, sie wollte wieder raus, auf die Bühne. Um meine Dienstreisen nach Asien entstanden Dramen: wie soll das gehen, ich auf Tour, du in Indonesien? Wer soll sich denn um Jule kümmern? Erwartest du, dass ich für dich meinen Beruf und meine Leidenschaft aufgebe? Willst du das, ein Hausmütterchen. Abends Pantoffeln und ein kühles Bier, wenn du nach Hause kommst?

Nein, das wollte ich nicht, Juttas Stimme, Juttas Lebenslust, Juttas rasante Art hatten mich fasziniert. Eine gezähmte, an die Leine gelegte Jutta, hätte ich die noch geliebt? Zwei Jahre verbrachten wir mit fast täglichen Auseinandersetzungen. Ich sah Juttas Glanz stumpf werden und verblassen. Ich fühlte mich schuldig und machtlos, gefangen, ohne Ausweg. Als ich an einem milden Maiabend nach Hause kam, fand ich auf dem Küchentisch eine Nachricht vor: „Bitte hol Jule von der Tagesmutter ab. Ich kann so nicht weiterleben. Vielleicht komme ich wieder, vielleicht bleibe ich fort. Ich werde mich melden. Ich liebe Jule und Dich, Jutta."

Jutta blieb fort. Jule blieb bei mir. Wir schafften es, unser Leben ohne Jutta einzurichten. Tagesmütter, Kindergarten, Ganztagsschule und eine großzügige Gleitzeitregelung der *Wefe* halfen. Mit den Jahren heilte der Riss zwischen Jutta und uns. Wir sehen uns in den letzten Jahren häufiger, manchmal gehe ich sogar wieder zu Juttas Konzerten, das tut nicht mehr weh. Aber ein Paar, eine Familie sind wir nicht wieder geworden, werden wir nicht mehr. Unsere Lebenswege haben sich getrennt und voneinander entfernt.

Liebe Diwa, du hast meine Beziehung zu Jutta angesprochen. Ich möchte, dass du weißt, wie es darum steht, jetzt, wo wir dabei sind herauszufinden, was wir füreinander bedeuten. Später werde ich dir wieder schreiben; vielleicht können wir uns treffen?

In Verbundenheit
Jan

Ich schreibe die Adresse auf den Umschlag, ein Postfach in der Luftpostverteilstelle am Flughafen in Manila. Das heißt nichts. Private Postdienste verteilen Briefe von dort aus im ganzen Land. Wo Diwa wohl jetzt ist?

25

Der Himmel ist voll dunkler Wolken. Draußen über der Bucht geht ein heftiger Schauer nieder. Der Bambusboden auf der Restaurantterrasse glänzt feucht, die rostroten Nägel sind jetzt fast schwarz. Brenda möchte meine Bestellung aufnehmen. „Wo ist Sally? Heute frei?" „Keine Ahnung, wo die wieder ist. Ist einfach heute Morgen nicht gekommen. Was darf`s denn zum Frühstück sein?" Ich bestelle

Kaffee, Toast und Spiegeleier. Der Kaffee aus der Presskanne schmeckt bitter. Neben den Spiegeleiern liegen zwei hauchdünne Gurkenscheiben und eine durchsichtige Tomatenscheibe. Brenda stellt sich neben mich und stützt das Tablett auf dem Tisch auf. „Muss ja ein toller Abend gewesen sein, vorgestern. Was hast du denn mit Sally gemacht, dass sie nicht mehr kommt?" Das frage ich mich auch, und sage: „Kümmer' dich um deine anderen Gäste und lass mich frühstücken!"

Später reserviere ich ein Airswift-Ticket nach Cebu für den nächsten Montag. In dem Moment, in dem ich aus dem Reisebüro trete, fängt es an zu regnen. Es gießt wie aus Eimern, in Sekunden bin ich bis auf die Haut nass. Ich rette mich in ein Fischrestaurant. Der Fußboden ist mit einer dicken Schicht Sand bedeckt. Die hölzernen Tische und Stühle waren einmal hellblau. Die abblätternde Farbe gibt einen älteren, gelben Anstrich frei. Noch weiter darunter liegen dunkelbraun modernde Holzfasern und alte Nägel. Aber der frisch zubereitete Fisch ist unfassbar lecker. Ich fange an, in meinem Notizbuch Gedanken für das Gespräch mit Ben zu sammeln. Ich merke, dass ich keine Lust auf die Begegnung habe. Sonst freue ich mich auf die Treffen mit Ben. Über die Jahre haben wir viel zusammen erlebt. Wir hatten unangenehme Aufträge, sind in schwere Konflikte mit zweifelhaften Partnerorganisationen geraten, und haben am Ende fast immer eine Lösung gefunden. Auf Bens Urteil konnte ich mich verlassen. Und Ben wusste, dass ich ihn nicht hängen lasse. Als Celia schwanger wurde, fragte Ben mich, ob ich *ninong*, Pate, werden wollte.

Aber diesmal stimmt etwas nicht. Ich habe ein unangenehmes Gefühl. Am liebsten möchte ich das Treffen mit Ben absagen. Ich habe damals seinen Bericht zu den anonymen Vorwürfen gegen das CDC abgenommen. Der Bericht war, wie immer bei Ben, pünktlich gekommen, umfangreich, sorgfältig argumentiert und gut formuliert. Er hatte Unregelmäßigkeiten in der Mittelverwendung von CDC aufgespürt und gut belegt. Und doch stellte Bens Bericht mich nicht wirklich zufrieden. Es war ein vages Gefühl; dass sich hinter den aufgedeckten Unterschlagungen etwas anderes verbarg. Etwas, das Ben gefunden hatte, das er aber nicht offenlegen wollte. Meine Referatsleitung war mit dem Bericht zufrieden, wir stellten eine Rückforderung an CDC; was die Weltverantwortung betraf, wurde der Fall als geklärt und bereinigt zu den Akten genommen. Aber ich war fast sicher, dass an der Affäre mehr war, als Ben aufgeschrieben hatte. Als ich ihn bei meiner nächsten Philippinenreise danach fragte, reagierte er mit Gemurmel. Das nahm ich als Bestätigung, dass es wirklich noch mehr gab. Aber dann war der Druck unserer neuen Fälle groß und die Zeit knapp, und ich wollte meine Beziehung zu Ben nicht belasten. Der Fall war doch abgeschlossen.

Aber jetzt bin ich nicht mehr *Weltverantwortung*; und für mich ist der Fall nicht abgeschlossen. Ben, was weißt du noch? Was hast du mir bisher verschwiegen? Und wie bringe ich dich dazu, es mir jetzt zu erzählen. Aber vielleicht ist es jetzt auch leichter. Inzwischen sind über 20 Jahre vergangen. Viele Dinge erscheinen mit den Jahren in milderem Licht. Zugleich verwischt sich die Erinnerung, wird überlagert von neuen Erfahrungen, mit Fußnoten und neuen Bewertungen versehen, durch das wiederholte Erinnern umgestaltet und neu archiviert. Ich habe keine Lust auf das Treffen mit Ben. Aber ich weiß auch, gerade die Dinge, auf die ich mit Unlust und Abwehr blicke, bringen mich weiter. Ich spüle den Fisch mit einem Becher heißen *kalamansi*-Saft hinunter.

Den Rest des Tages verbringe ich im Hotel. Der Regen legt sich. Sally taucht nicht wieder auf.

26

Der Morgen ist frisch und klar. Ich gehe zu dem Laden über die Straße. Der Rollladen ist hochgezogen. Da steht mein Roller, an der Wand hängen mehrere Reihen wasserdichter Beutel und Rucksäcke in vier Größen und grellen Farben. Darunter steht ein Regal mit Wasserflaschen, 10 l, 5 l, 1,5 l und 0,5 l. In einer verglasten Kommode liegen Chips, Erdnüsse und Kekse in winzigen Tütchen. Ich fische ein Erdnusstütchen heraus. Inhalt 3 g, steht auf der Rückseite. Die geschäftige Managerin wirkt jung, sie trägt ihre schwarzen Haare zusammengebunden. Ihre oberen Schneidezähne stehen weit auseinander, dazwischen blinkt in der Mitte ein schmaler goldener Stift und gibt ihrem Lächeln eine besondere Wärme. Ich reiche ihr fünf Hunderter. Sie nimmt die Scheine und schlägt damit ein paar Mal auf die Chipstüten und Kekse, bevor sie sie in die Kassenschublade steckt. Ich nehme den Rollerschlüssel und fahre los.

Die Straße ist glatt und leer, ich komme gut voran. Links draußen über dem Meer bauen sich dunkle Wolken auf. Ich fahre schneller, ich möchte vor dem Regen ankommen. Aber die Regenwolken gewinnen. Wie eine Wand sehe ich den Regen auf mich zukommen. Von einem Moment zum anderen schlagen hummeldicke Tropfen auf mich ein, trommeln auf meinen Helm, den Lenker, das Licht, und nehmen mir die Sicht. Zwischen all dem Wasser ist fast keine Luft mehr, das Atmen fühlt sich wie Trinken an. Ich muss husten. Ich halte den Roller an, ich kann nichts mehr sehen. In wenigen Sekunden bin ich durch und durch nass. Warme Bäche laufen über meinen Rücken, meine Brust, die Beine hinunter und in die Schuhe.

Der Wolkenbruch endet genauso plötzlich, wie er begonnen hat. Die Sonne brennt, die Luft ist heißer als vor dem Regen. Ich fahre weiter. In einer Senke steht Wasser auf der Straße. Ich drehe das Gas auf und ziehe gleichzeitig die Bremse. So säuft der Motor nicht ab, während ich durch die vollgelaufene Mulde fahre. Der Auspuff blubbert, blauer Rauch bricht durch die Wasseroberfläche. Ich erreiche die andere Seite, der Motor läuft noch. Im Fahrtwind wird mir kalt, es wird eine Weile dauern, bis T-Shirt und Hose wieder trocken sind. Sonne, Regen, Hitze, Kälte, ich fange an zu pfeifen, ich spüre das Leben.

Ich komme an dem *sari-sari-store* vorbei, die alte Frau ist nicht zu sehen. Bald erreiche ich *Tinagong Paraiso* und stelle meinen Roller ab. Ich bin etwas enttäuscht, dass die meditierenden Frauen heute nicht auf der Meerterrasse sitzen. Ich laufe zum Gemeinschaftshaus hinauf. Dodong sitzt am Tisch und liest, Eric ist in der Küche beschäftigt. „Hi Jan, *kamusta*? Schön, dass du wieder da bist!", grüßt mich Dodong. „*Kumain ka na*?", ruft Eric aus der Küche, *hast du schon gegessen*? „Ich habe das Essen gleich fertig, nimm dir einen Teller aus dem Regal." Ich setze mich neben Dodong.

Bald sitzen zehn oder zwölf Menschen um den Tisch. Mina erzählt von einem unmöglichen Pärchen aus Manila, mit dem sie Tauchen war. Die beiden hätten die ganze Zeit herumgezappelt, die Höhe nicht halten können und sich an den Korallen festgehalten. Angeblich waren sie zertifiziert, aber sie hatten weder ihre PADI-Karten, noch ihre Logbücher dabei. „Mina arbeitet manchmal als Tauchführerin bei der Basis an Nacpan Beach", flüstert Dodong mir zu. Jhun beschwert sich, dass er das Dach seiner Hütte immer noch nicht dicht bekommen hat. Tina ist stolz, endlich funktioniert ihre Solaranlage richtig. Sie hat einen Fehler im Schaltplan entdeckt und ihn heute Morgen behoben. Dann wird es still und alle konzentrieren sich auf die Fischsuppe.

Nachdem alle ihre Teller abgewaschen und Eric und ich die Küche in Ordnung gebracht haben, gehen wir an den Strand.
„Wie funktioniert das hier eigentlich? Seid ihr eine Art Kommune?"
„Du musst dir *Tinagong Paraiso* als eine lockere Gemeinschaft vorstellen. Die meisten verbringen nur einige Wochen oder Monate hier, kommen aber immer wieder. Bei anderen ist es nur ein einziger Besuch. Drei von uns sind immer hier. Dodong ist einer davon, seine Eltern sind Immobilienmakler. Vor fünf Jahren sollten sie dieses Grundstück für einen Klienten verkaufen. Als sie über mehr als ein Jahr keinen Käufer finden konnten, hatte Dodong die Idee, das Grundstück selber zu kaufen und hier eine Gemeinschaft zu gründen. Wer länger hierbleiben möchte, kann sich eine Hütte bauen. Platz gibt es genug."
„Und wovon lebt ihr?"
„Ach, das ist ganz unterschiedlich. Ich zum Beispiel bin Ingenieur. Acht Monate im Jahr arbeite ich auf einer Bohrinsel vor Vietnam. Vier Monate bin ich dann hier. Mina ist Tauchführerin. Dodong arbeitet meist online im Immobiliengeschäft seiner Eltern. Tina ist so eine Art Elektriker-Notdienst für die Dörfer im Umkreis. Alles verschiedene Ge-

schäfte, aber hier brauchen wir auch nicht viel. Die Gemeinschaftsarbeit teilen wir uns."
„Und die Elektrikerin meditiert? Passt das zusammen?"
„Du hast seltsame Vorstellungen davon, was zueinander passt. Vergiss nicht, *Tinagong Paraiso* ist ein Ort für Suchende."

Wir setzen uns unter einen ausladenden *talisay*.
„Ich wollte dich noch nach etwas anderem fragen, Eric."
„Hat das mit deiner Diwa zu tun?"
„Vielleicht, ich weiß nicht genau. Kannst Du mir von deiner Zeit in Mindanao erzählen, von deiner Familie?"
„Komische Frage, Jan. Ist aber schon ok. Also gut. Kann ich einen Schluck aus deiner Wasserflasche haben, ich habe meine vergessen."
Ich reiche Eric meine Flasche, gefiltertes Regenwasser aus der Küche. Er nimmt einen Schluck und räuspert sich.
„Also dann, von vorne. Ich komme aus einem kleinen Ort südlich von Cagayan de Oro, fast schon in Maguindanao. Meine Familie besaß die einzige Reismühle am Ort, unsere Familie lebte in bescheidenem Wohlstand und war angesehen im Ort. Ich glaube, mein Vater war keiner der üblichen Ausbeuter, wie du sie unter Mühlenbesitzern und Reishändlern oft findest. Meine Mutter starb früh, bei der Geburt meiner jüngsten Schwester, da war ich sieben. Das nächste Krankenhaus war in Cagayan de Oro, als mein Vater dort mit ihr ankam, war sie schon verblutet. Aber meine Schwester überlebte."
Eric räuspert sich und schluckt.
„Du musst mir das nicht erzählen, Eric."
„Nein, alles gut, kein Problem, gibst du mir noch einen Schluck Wasser?"

Nach einer Weile fährt er fort. „Der Tod meiner Mutter war ein Einschnitt. Danach ging nichts mehr wirklich glatt. Bei einem heftigen Gewittersturm brannte unsere Reismühle ab. Bis heute weiß ich nicht, ob die NPA die Mühle angesteckt hat. Mühlenbesitzer sind in ihren Augen Ausbeuter und Schmarotzer. Mein Vater hat einmal angedeutet, dass er aufgefordert wurde, *Revolutionssteuer* zu zahlen, aber ob der Brand damit zusammenhing, weiß ich nicht. Jedenfalls zogen wir in die Stadt, nach

Cagayan de Oro, mein Vater machte dort einen Reishandel auf. Ich glaube, mein Vater hat in der Stadt nie richtig Fuß gefasst. Das Geschäft lief einigermaßen, aber die Stimmung bei uns zuhause war oft gedrückt. Meist sind wir uns aus dem Weg gegangen. Das wurde erst etwas besser, als Eva bei uns einzog. Eva war so etwas wie die gute Seele unseres Geschäfts. Sie machte die Verhandlungen mit den Bauern und Zwischenhändlern, sie kannte alle Stammkunden mit ihren Lebensgeschichten und hatte ein Lächeln und ein freundliches Wort für jeden. Damit erreichte sie am Ende sogar meinen verbitterten Vater. Eva wurde meine Stiefmutter."

Eric macht eine Pause. „Richtig gut ging es mir aber erst wieder, als ich an die Uni kam. Ingenieurwesen hört sich vielleicht für dich langweilig an. Das war es auch meistens. Aber das Studentenleben war aufregend. Davao war damals schon eine Millionenstadt. Aber die Stadt war weitläufig und entspannt. Nicht die Hektik, der Lärm und der Dreck von Manila. Manche haben damals gesagt, Davao ist Manila im Himmel. Na ja, aber ich habe das Leben und Studieren in Davao genossen. Ich fand schnell eine Freundin, Milena studierte Medizin. Milena war klein, schmal, drahtig und nicht unterzukriegen. Sie hatte einen breiten roten Mund, der fast immer lachte. Milena glaubte, dass in jedem Menschen ein Wunder steckt, und dass jeder das Recht hat, glücklich zu sein. An Wochenenden und in den Semesterferien beteiligte sie sich an *Medical Missions*, Exkursionen von medizinischem Personal in die Berge und abgelegenen Regionen von Mindanao. Dort leben Lumad, indigene Gruppen, die von der Mehrheitsbevölkerung, den Muslimen und den Christen, an den Rand gedrängt wurden, und oft überhaupt keinen Zugang zu medizinischer Versorgung haben. Dass wir hier keine richtige Krankenversicherung haben, weißt du. Und die Indigenen haben eben meist kein Geld für medizinische Behandlungen. Die *Medical Missions* brachten Ärzte und Pflegepersonal in arme und entlegene Gegenden und leisteten kostenlose Hilfe. Allgemeinmediziner waren immer dabei, meist auch Zahnärzte mit fußbetriebenen Bohrern, manchmal Orthopäden für die vielen schlecht behandelten und krumm verwachsenen Knochenbrüche. Furchtlose Medizinstudentinnen und -studenten, sowie Krankenschwestern komplettierten die Teams. Die Missionen wurden vorher angekündigt, meist warteten die Behandlungsbedürftigen schon seit Stunden am vorgesehenen Ort, wenn die Teams ankamen.

Milena kam immer ganz erfüllt von ihren Trips wieder und erzählte von den Menschen und Schicksalen, denen sie begegnet war. Wenn sie helfen konnte, war Milena überglücklich; und todtraurig, wenn sie mit tragischen Schicksalen konfrontiert war. Einmal kam sie aus einem riesigen Sumpfgebiet südöstlich von Davao wieder, wo sie auf eine Masernepidemie gestoßen waren. In einer einzigen Siedlung waren dort 17 Kinder an Masern gestorben. 15 hatten überlebt, mehr als die Hälfte der Kinder in diesem Dorf war tot. Als sie zurückkam, fiel sie mir in die Arme und begann zu schluchzen. Dann erzählte sie mir, dass sie bei der Totenwache für drei Kinder gewesen waren. Die Kinder, zwei Mädchen und ein Junge im Alter von sechs, sieben und neun Jahren, alle miteinander verwandt, waren in grob gezimmerten kleinen Särgen aufgebahrt, die Gesichter und Hände noch von Pusteln bedeckt. Um die Särge saßen die Eltern und Großeltern, die Tanten und Onkel und ein paar der verbliebenen Kinder. Da war nicht einer, der in den letzten Wochen keinen engen Angehörigen verloren hatte.

‚Eric, stell dir vor, die Kinder sind an Masern gestorben. An Masern und Armut. Weißt du, dass man dagegen impfen kann? Und weißt, was die Impfung kostet? 15 Pesos pro Kind. Nur 15 Pesos, und keins dieser Kinder wäre gestorben. Kannst du dir das vorstellen? So billig ist es, ein Kind zu retten. Und was tut unsere Regierung? Nichts. Gar nichts. Ich halte das nicht mehr aus‘, brach es aus Milena heraus, Wut und Empörung, Tränen und Trauer. Milena war tagelang bedrückt und verließ ihr Studentenheim nur mit Sonnenbrille. Ich fragte sie, ob sie sich nicht mit der Teilnahme an den Missionen zu viel zumutet. Aber Milena war entschieden, jetzt erst recht mitzumachen.

Milena kam aus einer guten Familie, nicht reich, aber wohlhabend genug, dass sie sich nie Sorgen um Geld machen musste. Ihre Gesundheitsmissionen in die armen, abgelegenen Gebiete von Mindanao konfrontierten sie mit einem Land, das sie nicht gekannt hatte, und mit

Lebensgeschichten von Armut, Elend, Hunger und Ausweglosigkeit, die ihr bis dahin fremd gewesen waren. Wenn wir zusammen waren, führten wir endlose Gespräche über unser Leben. Wir waren beide recht behütet aufgewachsen, hatten nie Angst vor Hunger gehabt und uns um die nächste Mahlzeit sorgen müssen. Aber Milena sah nun, dass das Elend weit verbreitet war, dass kleine Kinder an belanglosen, unnötigen und leicht heilbaren Krankheiten starben, dass viele Menschen mit 40 oder 50 Jahren alt und gebrechlich waren und auf einen frühen Tod warteten. Ich spürte, wie sie immer radikaler wurde; das machte mir Angst. Ich träumte von einer guten Stelle als Ingenieur, wir würden heiraten, einen Haufen netter Kinder haben, die wir in gute Schulen und Universitäten schicken würden, wir würden in einem schönen Haus in einem gepflegten, sauberen Viertel leben. Milenas Radikalisierung erschütterte meinen Traum, er wurde blasser und unbestimmter, verlor an Klarheit und Anziehungskraft, und irgendwann wurde mir klar, wenn ich zwischen meinem Traum vom guten Leben und einem Leben mit der wirklichen Milena wählen müsste, würde ich Milena wählen. Aber dann kam es doch anders."

27

Ich habe nicht auf den Weg geachtet und merke plötzlich, dass wir schon in der nächsten Bucht sind. Der Sand ist weiß und fein, aber dazwischen ragen scharfkantige graue Felsbrocken auf. Die Sonne glitzert auf kleinen Wellen, die aussehen, als hätte das Meer eine Gänsehaut. Wir schwitzen beide, unsere T-Shirts sind nass. Wir setzen uns auf den Stamm einer vom Sturm gefällten Kokospalme. Der Sand ist fast zu heiß zum Barfußlaufen.

„Habt ihr geheiratet, Eric?"
„Heirat zeichnete sich immer deutlicher am Horizont ab. Du hast vielleicht gehört, dass es in den Philippinen immer noch arrangierte Ehen gibt. Das kann schon sein, aber ich persönlich kenne keine einzige. Nein, Milena und ich hatten uns gefunden und wollten zusammenblei-

ben. Zu Ostern arrangierten wir ein Treffen unserer Eltern. Wir reservierten einen Tisch in einem fabelhaften Restaurant auf einem Hügel hinter Davao, von dem aus man am Abend einen unglaublichen Blick über die Stadt und die Bucht bis nach Samal Island hat. Ich glaube, Milenas Vater mochte mich nicht sehr, aber er zeigte zumindest keine offene Ablehnung. Meinem Vater waren Milenas politische Ansichten, die sie ungeniert vortrug, zu radikal. ‚Da hast du dir aber eine aufrechte Kommunistin geangelt', flüsterte er mir zu. Ich glaube, in dem Moment sah er seine Reismühle wieder in Flammen aufgehen, angesteckt von seiner kommunistischen Schwiegertochter. Trotzdem gefiel ihm Milenas offene, fröhliche Art. Meine Stiefmutter setzte sich neben Milenas Mutter und verwickelte sie sofort in ein intensives Gespräch. Ich konnte nicht verstehen, was sie miteinander besprachen, aber ich hörte sie immer wieder kichern und auflachen. Das beruhigte mich sehr. Milena und ich betrachteten dieses Treffen unserer Eltern als Verlobung, auch wenn das Wort niemals fiel.

Drei Wochen später brach Milena zu ihrer letzten *Medical Mission* auf."

Eric macht eine Pause und blickt aufs Meer. „Ach Jan, diese Geschichte habe ich seit Ewigkeiten niemandem erzählt. Das alles ist schon über dreißig Jahr her, aber es ist immer noch schwer. Lass uns ein Stück weitergehen."

Schweigend laufen wir nebeneinander über den Strand. Wir gehen jetzt dicht am Wasser. Dort ist der Sand fester und nicht so heiß. Unsere Füße hinterlassen deutliche Abdrücke, die Augenblicke später unter der nächsten auslaufenden Welle verschwimmen und sich auflösen.

Nach einer Weile fängt Eric wieder an zu erzählen. „Diesmal sollte es in eine Bergregion fünf Busstunden von Davao entfernt gehen. Milenas Gruppe bestand aus acht Personen. Eine Woche sollte die Mission dauern. Nach drei Tagen passte mich ein junger Mann ab, als ich aus einer Vorlesung kam. Er stellte sich als *Ka*-irgendwas vor, also ein Genosse. Ich hatte ihn schon früher gesehen und denke, er war aus der politischen Studiengruppe von Milena. Er zog mich zur Universitätskirche, die um die Zeit am frühen Nachmittag leer und kühl war. Er schob mich in eine Bank und setzte sich neben mich. Er müsse mir eine schreckliche Nachricht überbringen. Milena sei tot. Erschossen vom Militär. Alle acht Mitglieder der *Medical Mission* seien erschossen worden. Das Militär verbreite, es habe einen Schusswechsel mit einer Gruppe von NPA-Kämpfern gegeben, bei dem alle Guerilleros ums Leben gekommen seien. Auf Militärseite habe es keine Verluste gegeben. Das würde auch die Version sein, die ich in den kommenden Tagen in den Zeitungen lesen würde.

In Wirklichkeit habe es natürlich keinen Schusswechsel gegeben. Die Gruppe sei in einen Hinterhalt des Militärs geraten. Für das Militär seien die *Medical Missions* von den Kommunisten gesteuerte Propagandaveranstaltungen und die Ärzte und Pflegekräfte nichts anderes als Guerilleros in Verkleidung. Der Mord an ihnen habe den Soldaten aber offenbar nicht genügt. Allen acht Gruppenmitgliedern seien die Kleider heruntergerissen worden. Den Männern haben sie die Genitalien abgeschnitten und in den Mund gestopft. Die drei jungen Frauen aus der Gruppe seien noch nach ihrem Tod von mehreren Soldaten vergewaltigt worden. Anschließend seien die Leichen auf Ochsenwagen drapiert und durch die Dörfer paradiert worden.

Zurzeit bemühe sich eine Menschenrechts-Organisation, die Freigabe der Toten zu erreichen, um sie von unabhängigen Ärzten untersuchen zu lassen. Bis zur Beerdigung könne es noch dauern.

Ich weiß nicht, wie ich damals nach Hause gekommen bin. Ich erinnere mich, dass ich einmal von einem Wagen angehupt wurde, dazu habe ich Bremsenkreischen im Ohr. Wenn ich in dem Moment umgefahren und getötet worden wäre, ich wäre froh gewesen. An die nächsten Wochen erinnere ich mich kaum. Alles verschwand hinter einer dicken Milchglasscheibe, die nur Schemen und gedämpftes Murmeln durchließ. Ich war bei Milenas Totenwache und Beerdigung. Sie hatten meine tote Milena schön zurecht gemacht. Sie lag im offenen Sarg in der Trauerkapelle des Beerdigungsinstituts. Aber das in dem Sarg war nicht mehr

Milena. Da lag ein Körper, der an Milena erinnerte. Aber ohne ihr Lachen, ohne ihre blitzenden Augen, ohne ihre Wärme war das in dem Sarg nicht mehr Milena."

Eric ist stehen geblieben. „Komm, Jan, das war mehr als genug für heute. Lass uns zurückgehen und was Gutes kochen." Ich versuche etwas zu sagen, aber mir fällt nichts Passendes ein. Wir drehen um. Eric beschleunigt seine Schritte. Wir gehen schnell. „Ach ja, Gretchen ist für ein paar Wochen weg. Du kannst in ihrer Hütte schlafen, wenn du willst."

28

Gretchens Hütte ist eigentlich nur ein steiles Satteldach aus dicht miteinander verflochtenen und in vielen Lagen übereinander befestigten Palmblättern auf einer Plattform aus gespaltenen Bambusstämmen. Vorn, auf der Meerseite, schützt das weit vorgezogene Dach eine großzügige Terrasse, weiter hinten ist die auf dem Spaltenboden liegende Matratze durch einen Vorhang und ein Moskitonetz abgetrennt. Nach hinten, zum Hang hin, schließt eine Wand aus geflochtenem Bambus die Hütte ab. Auf der Seite sehe ich ein Solarpanel mit Kabeln, die zu großen Batterien unter dem Hüttenboden führen. Ich teste den Lichtschalter, die von einem Balken baumelnde LED-Lampe leuchtet auf. Hier kann ich es aushalten.

Erics Essen ist gut wie immer. Am besten schmeckt mir der Salat. Eric hat orange, rosa und violette Bougainvillea-Blüten darüber gestreut, die ich, wie er sagt, ruhig mitessen soll. Auf eine seltsam wohlige Art gefällt es mir, die zarten Blütenblätter mit ihren lebenstrunkenen Farben in mich aufzunehmen. Es fühlt sich an, als wollten mich die Blüten von innen mit Leben, Freude und Farbe füllen.

Wieder ist ein knappes Dutzend Männer und Frauen zum Essen erschienen. Ich sehe mich in der Runde um. Eric und ich sind die ältesten.

Erics Stirn hat tiefe Falten, um seine dunkelbraunen Augen gibt es einen Fächer kleiner Lachfältchen, aber sonst ist seine Haut glatt und straff, auch wenn er über 50 sein muss. Sein Haar hat sich ein Stück zurückgezogen und ist dünn geworden. Die Kopfhaut scheint durch. Aber seine Arme sind muskulös, sein Körper strahlt Energie aus.

Eric erzählt der Tischrunde, dass er mir angeboten hat, in Gretchens Hütte zu übernachten. Das sei im Übrigen ja auch Diwas Platz gewesen. Ich sehe einige nicken. „Ich habe gedacht, dass Jan vielleicht bei uns bleiben will. Jan ist doch auch ein Suchender."

„Hör doch auf mit dem Suchen-Quatsch", fährt es da aus Tina heraus. „Ihr wisst doch alle, dass wir keine Suchenden sind! Flüchtlinge sind wir. Jeder Einzelne von uns ist geflohen, weggelaufen, entkommen. Unter Schmerzen, mit Wunden und Verletzungen. Du Dodong, du Liza, und Bambi und Rudy und Mina und Jhun und Junjun, nein dich habe ich auch nicht vergessen, Inday mit deinen großen feuchten Augen. Jeder von uns ist schreiend davongelaufen!" Jetzt sehen alle Tina an. „Und du, Eric, du bist doch der Allerdavongelaufenste von uns. Ja, kuck nur so, das ändert überhaupt nichts. Du kannst ja noch nicht einmal darüber sprechen, dass deine Schwiegereltern dir nach dem Tod von Laleng deine Tochter weggenommen haben. Dass du es nicht mehr ertragen hast, die kleine Elvie jeden Tag sehen zu müssen, aber nicht mehr mit ihr sprechen zu dürfen, sie nicht mehr im Arm zu halten, sie nicht zu trösten, wenn sie sich die Knie aufschlägt, weil deine Schwiegereltern dich für den Tod von Laleng verantwortlich machen. Was ist, das wissen wir doch hier alle, du bist der Einzige, der nicht darüber reden kann."

Zornig blickt Tina sich um. „Und du, Bambi," Tina deutet mit dem Kinn auf die schmale Frau mit den violetten Strähnen im Haar, die ihr gegenüber sitzt, „was dein Onkel, der Bruder deiner Mutter, jahrelang mit dir gemacht hat, das wissen wir auch. Du warst ein Wrack, als du eines Morgens hier am Strand lagst. Ich würde sagen du hast es gerade noch hierher geschafft. Voll Narben und frischen Wunden waren deine

Unterarme, ich will nicht wissen, wie oft du versucht hast, dich umzubringen, statt es diesem Arschloch zu geben.

Susmariahosep, die geliebte Familie! Wie war das denn mit dir, Inday, und jetzt bitte keine Tränen! Du hast als Supermarktmanagerin in Vietnam geschuftet, jeden *dong* zweimal umgedreht und alles nach Hause geschickt, damit deine Eltern sich ein Grundstück kaufen und ein Haus bauen können. Nach drei Jahren bist du zurückgekommen, da war dein Freund mit einer Anderen verheiratet, und deine Eltern hatten mit deinen Ersparnissen große Feste gegeben. Nichts mehr da, kein Grundstück, kein Haus, kein Mann, alles weg. Und du solltest schnell wieder nach Hongkong oder Singapur, mehr Geld ranschaffen."

Inday sitzt am Tischende, ihr Gesicht liegt im Schatten, aber ich sehe, wie große Tropfen auf ihr T-Shirt fallen. „Es sind doch meine Eltern, ich will nicht, dass du schlecht über sie redest!" Indays Stimme vibriert. „Sie haben mir das Leben gegeben und immer so viel für mich getan. Diese Schuld kann ich niemals abtragen."

„Kommt jetzt die *utang-na-loob*-Nummer? Die Dankesschuld, die niemals abgetragen werden kann? Ist nur komisch, dass deine Eltern nicht dir dankbar sind dafür, dass du sie jahrelang finanziert hast. *Utang-na-loob* ist doch keine verdammte Einbahnstraße."

Wütend starrt Tina Inday an. Inday schluchzt und greift sich einen Streifen Toilettenpapier aus einem geflochtenen Halter auf dem Tisch. „Du hast ja recht, Tina. Aber meine Mama hat auch recht. Wir müssen doch füreinander da sein." Die letzten Worte werden von einem Aufschluchzen fast verschluckt.

„Ja," meldet sich Bambi, „du hast recht, Tina. Ich weiß noch, ich habe das in der Schule gelernt. ‚Philippinische Werte' hieß das. Gehorsam gegenüber den Eltern, Respekt gegen Ältere, *utang-na-loob*, ewige Dankbarkeit, *pakikisama*, glatte soziale Beziehungen, der ganze Mist. Aber wie sieht es denn in unseren Familien wirklich aus? Ihr wisst ja, was mein Onkel mit mir gemacht hat. Und hat meine Mutter mir geholfen?

Das ist halt so, hat sie zu mir gesagt, das ist normal, du weißt doch, ohne Onkel Ping verliert Papa seine Arbeit und wir brauchen seine Miete. Und jetzt stell dich nicht so an."

„Aber du bist unser Glückskind, Dodong. Liebevolle Eltern, Wohlstand, gute Schule, angesehene Universität. Wovor läufst du denn weg?", schaltet sich Eric wieder in die Diskussion ein. „Ich glaube, das reicht für heute Abend, Boys and Girls. Kommt, ich gebe einen Gin Tonic aus." Dodongs Augen blitzen, ich glaube, er lächelt, während er hohe schmale Gläser aus dem Regal an den Tisch reicht.

Später sitze ich auf der Terrasse vor Gretchens Hütte. Es ist immer noch heiß, aber vom Meer weht ein leichter, salziger Wind, der die Schwüle erträglicher macht. Die Sterne sind ferne Ahnungen hinter einem dünnen, hohen Wolkenschleier. Draußen auf dem Wasser haben die Fischer ihre starken Lampen eingeschaltet. Die Lichtpunkte flirren und schwanken in der Ferne.

Eric ist mir ein Rätsel. Dieser starke, freundliche Mann mit den Lachfältchen um die Augen lebt mit toten Frauen und einer entfremdeten Tochter? Wie geht das zusammen. Ich nippe an meinem dritten Gin Tonic. In mir flammen plötzliche Bilder von nackten Toten auf. Ich will das nicht. Ich will das Leiden dieser Menschen nicht. Sie sollen mich, verdammt nochmal, in Ruhe lassen. Ich habe genug an meinen eigenen Gespenstern. *Tinagong Paraiso* ist kein Ort für mich.

29

Ich breche im Morgengrauen auf. Als ich an Dodongs Hütte vorbeigehe, höre ich lautes Schnarchen. Wer schläft hier eigentlich mit wem? Dodong scheint eine besondere Rolle zu haben, Glückskind, Gründer, Eigentümer. Passt er zu Tina, die gestern Abend die Wortführerin war? Oder sind Dodong und Tina die entgegengesetzten Pole der Gemeinschaft? Paar oder Konkurrenten? Vielleicht auch beides? Aber was kümmert es mich.

Ich spüre das Moped unter mir vibrieren, die Reisfelder fliegen vorbei, der Wind malt samtene Wellen in den sattgrünen Blätterteppich. Ein schneeweißer Reiher steht auf seinem schlammverkrusteten Wasserbüffel, der unbeeindruckt vor sich hin kaut. Ich lebe, ich fange an zu pfeifen. Der kühle Fahrtwind fegt die Töne von meinen Lippen, ich muss lachen.

Im Hotel packe ich meine Sachen zusammen und checke aus. Sally ist noch nicht wieder da. Jemand hat einen Zettel für mich abgegeben. Gelbes Papier mit blauen Linien, mehrfach gefaltet und mit einem Hefter fixiert. Neben der Heftklammer steht in blau „*Für Jan*". Ich falte das Blatt auseinander und sehe auf die kleine, steile Schrift.

Hallo Jan, dich zu treffen, hat mir viel bedeutet. Pass auf dich auf! Wenn du sowas tust: bete für mich. Sally

Ich muss schlucken. An der Rezeption hat niemand Sally gesehen. Ich nehme ein *tricycle* zum Flugfeld.

Der kleine weiße Flieger nach Cebu hebt pünktlich von der Piste ab. Die beiden sechsflügeligen schwarzen Propeller verbreiten ein sonores, verlässlich klingendes Brummen. Mir geht die Frage durch den Kopf, ob auch dieses Geräusch schon von findigen Sound-Ingenieuren optimiert worden ist. Kurz nach dem Start schlafe ich ein und wache erst bei der Landeansage wieder auf.

Ich habe mich nicht bei Betsy und Hari angemeldet; das wäre mir aufdringlich vorgekommen. Im Internet habe ich ein billiges Hotel gebucht. Das Zimmer ist genauso deprimierend, wie ich es erwartet habe. Ein angestoßenes Bett mit dünner Schaumstoffmatratze, ein wackeliger brauner Schreibtisch mit schmalem, ungepolsterten Resopalstuhl, das einzige Fenster geht aufs Treppenhaus. Aber es gibt eine Klimaanlage und warmes Duschwasser und das Frühstück ist im Preis inbegriffen. Die Rezeptionistin hat ein bezauberndes Lächeln. Die Lage in der Nähe des ehemaligen Flughafens, der inzwischen *Cebu IT Park* heißt, ist auch nicht schlecht.

Ich beschließe den Tag im *Oktoberfest – German Biergarten*. Im *Oktoberfest* kann man in mehreren, Bierfässern nachempfundenen, Seitennischen sitzen. Drei junge Frauen in rot-weiß karierten Dirndln mit weitem, gerüschten Ausschnitt bedienen die europäisch-philippinisch gemischten Gäste. Genau genommen handelt es sich um eine einseitige Mischung. Fast alle Männer sind weiß und vermutlich deutsch, österreichisch oder amerikanisch, während fast alle Frauen philippinisch sind und so jung, dass sie die Töchter oder Enkelinnen der Männer sein könnten.

Ich bestelle Käsespätzle und ein Bier vom Fass – die Happy Hour, in der es zwei Bier zum Preis von einem gibt, habe ich knapp verpasst. Die Spätzle schmecken passabel, vielleicht sind sie wirklich hausgemacht. Das Bier ist geschmacksarm und hat zu wenig Kohlensäure; aber es ist eiskalt, und das ist an diesem Tag die Hauptsache. Ich sehe, wie im Nachbarfass ein Mann seinen Arm um die Hüfte einer Kellnerin legt und sie an den Hintern greift. Die junge Frau in ihrem Dirndl, das sie kaum ausfüllt, lächelt gequält und versucht, sich aus der Umklammerung zu winden. Ich rufe sie zu mir und bitte um ein weiteres Bier. Dann frage ich mich, ob ich feige oder phantasielos bin und spüle die fehlende Antwort mit dem zweiten faden Bier herunter.

II

Räubertochter

30

Ich sitze im Garten des *Barako Bean* neben der Ayala Mall. Blassblaue Abgasschwaden von der nahen Archbishop Reyes Avenue hängen zwischen den Bäumen. Vor mir liegt das aufgeschlagene Notizbuch. Merkpunkte für mein Gespräch mit Ben. Heute will ich die ganze ungeschönte Geschichte hören. Bens Bericht damals über die Unregelmäßigkeiten beim CDC war zu glatt und zu einfach. Natürlich war Bischof Gonzales der logische Bösewicht, nach der Affäre um das Sampaguita Hospital war er unser üblicher Verdächtiger. Aber das machte mich auch wieder misstrauisch. Natürlich ging ich meinem unguten Gefühl nicht energisch nach, für mich hätte die Sache bei der *Weltverantwortung* ja nicht besser ausgehen können. Ein Schuldiger war gefunden, und das CDC hatte die Gelder sogar zurückgezahlt. Alles gut. Oder nicht?

Ich treffe Ben im Shangri-La auf Mactan, ein anderes, nicht ganz so verborgenes Paradies. Wir begrüßen uns mit einer Umarmung und finden einen Platz unter einem Sonnensegel am Strand. Der feine Sand hat die Farbe von teurem Recycling-Papier und blendet. Ben trägt eine Sonnenbrille, meine habe ich im Hotel vergessen. Wir bestellen eisgekühltes Kokoswasser mit Rum; das steht nicht auf der Karte, aber der Bartender ist bereit, es uns zu servieren. Wir sitzen nebeneinander und blicken auf den Mactan Channel. Die Hitze des frühen Nachmittags wird durch keinen Wind gemildert.

„Ben, du weißt, worüber ich mit dir sprechen möchte."
„Diwa."
„Diwa, aber heute die ganze Geschichte. CDC und die Unregelmäßigkeiten. 1994."
„OK. Worum geht's?"
„Was war damals los?"
„Sag du's mir."
„Du hast mir den Arsch gerettet. Aber du hast mich angelogen."
„Jan, der Bischof war's. Wahrscheinlich. Vermutlich. Kann gut sein."
„Das stand in deinem Untersuchungsbericht."

„Wie geht es eigentlich mit Jules Studium, was studiert sie nochmal gleich, Botanik?"
„Ben!"
„Muss ich?"
Wir sehen uns an. Ich ziehe die Augenbrauen hoch. Nach einer langen Zeit schüttelt Ben den Kopf und nimmt einen großen Schluck von seinem *Buko*-Rum.
„Ich weiß, die Geschichte bin ich dir schon lange schuldig. Aber, Scheiße, ich komme dabei nicht gut weg. Die ganze Sache ist so peinlich. Ja, ich schäme mich."
Ben blickt nach unten, dann sieht er mich von der Seite an.
„Jan, ich erzähle dir jetzt die ganze Geschichte, alles, wie es wirklich war. Sind wir danach noch Freunde?"
„Sei nicht dramatisch, Ben."

„Gut, April 1994. Ich erinnere mich genau an deinen Anruf. Du warst panisch, dein Englisch war durcheinander, ich habe eine Weile gebraucht, bis ich verstand, was du von mir wolltest. Dann war das Gespräch vorbei und ich war nicht begeistert. Bis dahin war es mir gelungen, die beiden Welten schön auseinander zu halten. Du erinnerst dich an deine Jahre in den Philippinen. Nach der Erklärung des Kriegsrechts 1972 war ein guter Teil der radikalen Studenten in den Untergrund gegangen und hatte sich der NPA und der Partei angeschlossen. Viele andere wurden zu NGO-Gründern; in den späten 1970-er und 80-er Jahren schossen Organisationen wie Pilze aus dem Boden. Auf der kirchlichen Seite entstanden die Social Action Centers und radikalisierten sich. Viele dieser neuen Organisationen hatten nicht nur Sympathien für den bewaffneten Kampf und die Partei. Sie waren so etwas wie die legalen Außenposten des Untergrunds."

Ich erinnere mich. „Das war ein Teil meines Elends hier, ich habe ewig gebraucht, bis ich verstanden hatte, dass die sichtbaren Büros und Strukturen nur der kleine, sichtbare Teil eines viel größeren unterirdischen Organismus sind. Ich habe manchmal gedacht, ich werde verrückt, weil nichts so funktionierte, wie ich es erwartet hatte. Ich bekam nichts zu fassen, ich verstand nicht, wie die NGOs funktionieren, ich war oft kurz davor, alles hinzuschmeißen, Ben."

„Ich weiß. Du hast mir mal erzählt, dass Diwa dich damals gerettet hat. Als du einmal wieder am Verzweifeln warst, hat sie deine Hand genommen und gesagt: ‚Pass auf, ich erkläre dir jetzt mal was, und dann kann ich dir einen Kontakt machen'. Gut, jedenfalls wurde damals in den NGOs, die zu dem radikalen Netzwerk gehörten, eine Dreiteilung der Projekte praktiziert. Es gab die Vorhaben für *full implementation*, die bewilligten Gelder wurden fast vollständig für die Projektumsetzung verwandt. Dann gab es *credible reality*, Projekte, die umgesetzt wurden, aber mit Sparvorgaben. Bei Seminaren und Tagungen wurde die Teilnehmerzahlen aufgebläht, Honorare in voller Höhe quittiert, aber nur teilweise ausgezahlt. Mitarbeiterinnen führten beträchtliche Teile ihres Gehalts an den Untergrund ab. Schließlich gab es die *ghost projects*, Projekte, die nur auf dem Papier existierten.

Manchmal hatten Projekte sogar mehrere Vollfinanzierungen von ausländischen Geldgebern. Ich erinnere mich, dass ich einmal im Abstand von einer Woche die Delegationen von zwei Geldgebern aus zwei europäischen Ländern zu einer ländlichen Webergenossenschaft geführt habe. Beide waren der Meinung, sie hätten den Aufbau der Genossenschaft mit ihrer Zuwendung möglich gemacht. Die Genossenschaft machte für beide Delegationen eine prima Show, Musik und Tanz, *lechon*, ein am Spieß gebratenes Schwein, und schließlich bekam jeder Besucher ein eigens für den Anlass handgewebtes Umschlagtuch mit dem Logo der jeweiligen Förderorganisation. Die Besucher waren glücklich, die Fördermittel beider Organisationen für weitere Jahre gesichert."

„Aber du weißt doch, Ben, dass wir das bei der *Weltverantwortung* nie mitgemacht haben."

„Ja klar, und das hatte wieder viel mit mir zu tun. Ich habe nämlich dafür gesorgt, dass ihr nur die Projekte unterstützt habt, die wirklich und ernsthalft durchgeführt wurden. Aber jetzt kommen wir zum peinlichen Teil. Dein Auftrag hat mich nämlich aus einem ganz anderen

Grund gekitzelt. Du kennst ja Celia, du weißt, dass unsere Beziehung nie einfach war. Celia wollte immer mehr. Egal, was ich ihr gab, egal, was ich erreicht hatte, sie wollte mehr. Mehr Geld, mehr Prestige, mehr Anerkennung, ein schöneres Haus in einer besseren Gegend, ein besseres Auto. Natürlich ist Celia eine faszinierende, schöne, intelligente Frau, aber ich war oft nur noch fertig und kaputt. Immer hatte ich das Gefühl, ihr nicht zu genügen, zu klein und unfähig zu sein. Ich ging gern auf Dienstreisen, es war, als fiele eine Last von mir ab, sobald ich die Haustür hinter mir zumachte."

„Ich habe Celia kennen gelernt, ich kann mir das vorstellen, Ben."

„Wir hatten gerade wieder eine komplizierte Phase. Es ging um Kinder. Du weißt, dass ich immer Kinder wollte. Aber Celia war strikt dagegen. Schwangerschaft ruiniert die Figur und Kinder nehmen der Mutter jede Freiheit. ‚Willst du das? Willst du mich zuhause einsperren? Willst du mich zum Hausmütterchen machen? Willst du dafür Kinder haben? Um mir meine Freiheit zu nehmen? Du mit deinem tollen Job in der weiten Welt und ich bleibe im Haus, wechsele Windeln und warte auf dich? Das könnte dir so passen. Mit mir nicht, mein Lieber, vergiss es. Und zwar ganz schnell!' Kannst du dir Celias Stimme und ihre Augen vorstellen, und die wütende Falte auf ihrer Stirn? Und diese Auseinandersetzung hatten wir praktisch täglich. Dagegen kam ich nicht an, Celia gewann. Maribel kam erst Jahre später, und das war ein Unfall."

Ich muss mir plötzlich vorstellen, wie Celia eine halbwüchsige Maribel am Arm greift und ihr erklärt, ‚Bel, du warst ein Unfall. Sorry, ich habe dich nicht gewollt. Was hätte ich für ein Leben ohne dich haben können!' Ich schüttele mich unwillkürlich.

„Dann rufst du an und bittest mich, die Vorgänge beim CDC zu untersuchen. Maria Manoto hatte ein paar Jahre vorher die Leitung übernommen. Maria kam auch aus der Studentenbewegung unter dem Kriegsrecht. Maria, ich weiß gar nicht, wie ich sie beschreiben kann, sie war intelligent, kenntnisreich, charmant, einnehmend, eindrucksvoll und überzeugend. Sie berührte etwas in mir, das Celia nie erreicht hat.

In ihrer Gegenwart fühlte ich mich lebendig. Wenn ich an sie dachte – ich kannte sie ja eigentlich nicht gut, nur von den Prüfungen in eurem Auftrag – wurde mir warm. So ein kleines, sanftes, weiches Gefühl. Wehe, du lachst jetzt! Im Nachhinein habe ich mich gefragt, ob es wirklich Maria war, die das Gefühl in mir ausgelöst hat, oder ob ich da eine leere Stelle, eine trockene Ödnis hatte, die ich halt mit Fantasien gefüllt habe. Die habe ich dann an irgendwelche Leute geklebt. Kann sein, dass das bei Maria so war. Aber die Vorstellung, für ein paar Tage zum CDC zu fahren und mit Maria an der Aufklärung zu arbeiten, erregte mich.“

Ben stützt den Ellbogen auf die Armlehne und zwirbelt seine drei langen schwarzen Haare auf dem Muttermal zwischen den Fingern. Dabei sieht er auf das glitzernde Meer hinaus.

„Du kannst jetzt sagen, das war von vornherein unprofessionell. Du hast recht, und wie recht du hast. Das weiß ich auch. Aber nach deinem Anruf war ich regelrecht high. Ein Auftrag von dir, der mich für ein paar Tage aus der Reichweite von Celia bringen würde; und die Aussicht auf die Begegnung mit Maria, was konnte es Besseres geben.“

31

„Ich sollte herausfinden, ob eure Gelder veruntreut worden waren. Falls ja, sollte ich die Schuldigen finden und, wenn möglich, eine Rückzahlung durchsetzen. Falls nein, sollte ich dafür sorgen, dass Bericht und Abrechnung endlich nach Bonn geschickt werden. Schließlich sollte ich herausfinden, wer der anonyme Hinweisgeber sein könnte.

Ich entschied mich für ein zweigleisiges Vorgehen. Immerhin, Jan, ein Rest von Professionalität war noch da. Als erstes machte ich eine Verabredung mit Diwa, die ich damals als Ka Linda kannte. Ich wusste nicht, welche Funktion sie genau hatte, aber sie wusste über die unterirdischen Finanzflüsse Bescheid, die Geldpipelines zwischen den legalen Organisationen und dem roten Untergrund. Ich denke, sie war ein wichtiges Mitglied der regionalen Parteiorganisation. Ich vermute, dass sie eine Art Aufsichtsfunktion über das CDC und andere NGOs in Nordluzon hatte. Wir trafen uns im Coffeeshop des Interconti-Hotels in Makati. Seltsamer Ort für ein Treffen mit einem kommunistischen Kader. Aber Ka Linda hatte erklärt, dass das Personal dort dem organisierten Untergrund angehörte und für unsere Sicherheit garantieren könne.

Ich wollte von Diwa wissen, ob die Mittel für die beiden Kleinprojekte vielleicht für den bewaffneten Kampf in den Untergrund abgeflossen waren. Das wäre zwar gegen die Verabredung gewesen, dass die Mittel der *Wefe* nur für legale und legitime Vorhaben verwendet werden dürfen. Aber auf der moralischen Ebene hätte ich es anders bewertet als eine blanke Unterschlagung. Natürlich hättet ihr auch in diesem Fall eine Rückzahlung verlangen müssen. Aber in meinen Augen wäre es immerhin kein Fall von Korruption gewesen.“

Diwa ein führender Parteikader? Das passte zu den Angeboten, die sie mir gemacht hatte. Sie konnte Dinge aufklären, die für mich undurchsichtig und unverständlich waren. Sie machte Begegnungen und Gespräche möglich. Sie konnte verborgene Zusammenhänge erklären und war immer unglaublich gut informiert. Genossin Diwa.

„Das Treffen im Interconti war bizarr. Zwei Tische weiter saß der Direktor der staatlichen Planungsbehärde NEDA Habito mit dem Landreformminister Garilao zusammen. Ich hätte viel darum gegeben zu hören, was die beiden zu besprechen hatten. Aber wir hatten ja unser eigenes geheimes Gespräch, Ka Linda und ich. Weiße Damasttischdecken voll alter, schlecht gewaschener Flecken. Fünf Sterne hatte ich mir anders vorgestellt. Aber zum Kaffee gab es Milch aus einem silbernen Kännchen, immerhin.

Ich zeigte Ka Linda das anonyme Schreiben. Während sie las, schüttelte sie immer wieder den Kopf. Als sie durch war, sagte sie, das ist wichtig, Ben. Ich kümmere mich darum. Ich fragte sie, ob sie einen Verdacht hat, wer den Brief geschickt haben könnte, und ob an dem Vorwurf etwas dran sein könnte. Sie nickte nur, ich lasse dich wissen, wenn ich etwas herausfinde. Als wir aufbrachen, verschwand Diwa kurz hinter der Schwingtür in der Küche. Ich sah, wie sie beim Herauskommen einen kleinen flachen Gegenstand in ihrer Tasche verschwinden ließ. Wir verabschiedeten uns, ich sollte das Hotel ein paar Minuten nach ihr verlassen. Danach sah ich sie lange Zeit nicht wieder."

Ben schüttelt den Kopf und nimmt einen langen Zug aus seinem Glas. „Glaub mir, Jan, ich hatte keine Ahnung, was ich mit diesem Treffen in Bewegung setzte. Macht mich das schuldig? Trage ich mit Schuld an dem, was dann geschah? Und wenn ich gewusst hätte, was dieses Gespräch auslöst, hätte ich Diwa dann nicht getroffen? Ehrlich, ich weiß es nicht."

Ein Kellner mit weißem Hemd und gegeltem Haar kommt und fragt, ob wir weitere Wünsche haben. In unserem Rücken verschwindet die Sonne hinter dem Hotelgebäude. Wir bestellen die nächste Runde Drinks. Eine junge Frau in weißer Bluse stellt kleine flackernde LED-Lichter auf die Tische. Ben blickt aufs Meer, das sich dunkler färbt. Ein schwarz rauchender Kohlefrachter schwebt über dem Horizont.

Der Kellner mit dem gegelten Haar bringt unsere Getränke. Jetzt trägt er auch ein eingefrorenes Lächeln und fragt, ob wir die Speisekarte wünschen.

32

„Am nächsten Tag bin ich dann nach San Fernando gefahren. Seltsamerweise war kaum Verkehr, ich kam schnell voran. Das nahm ich als gutes Zeichen. Maria erwartete mich an der Eingangstür zum CDC-Büro. Sie begrüßte mich mit großer Herzlichkeit, Küsschen und Umarmung. So nah waren wir einander nicht gewesen, aber es jagte mir einen warmen Schauer durch den Körper. Du erinnerst dich, damals residierte das CDC in diesem Reihenhaus. Im Haus gab es die üblichen kleinen Schreibtische mit den Glasplatten. Ich glaube, sie hatten damals auch noch die weiß gestrichenen Bretter, die sie als Arbeitsplätze an die Wand geschraubt hatten, weil mehr Tische einfach nicht in das Haus passten. Maria führte mich in ihr Büro. *Ruh dich erstmal aus, du musst von der Fahrt erschöpft sein.* Eine Mitarbeiterin brachte kaltes Wasser und Teller mit *pancit* und *pandesal.*

Mit dieser Begrüßung hatte ich nicht gerechnet. Ich hatte erwartet, dass Maria und Pascal mich abwartend oder kühl-professionell empfangen würden. Die *Wefe* war der wichtigste Geldgeber von CDC, der Veruntreuungsvorwurf gefährdete ihre Existenz. Misstrauen gegenüber dem Kontrolleur wäre nur natürlich gewesen. Stattdessen der herzliche Empfang mit Küsschen und *pancit.* Das hätte mich von vornherein misstrauisch machen müssen. Ach, ich Trottel!

Schon Minuten nach meiner Ankunft in San Fernando war ich davon überzeugt, dass Maria und ihr Vize Pascal genauso brennend an der Aufklärung der Affäre interessiert waren wie ich und mir jede denkbare Unterstützung geben würden."

Der Kellner bringt zwei lackierte Kokosnussschalen mit Kartoffelchips und Erdnüssen und lächelt sein eingefrorenes Lächeln. Ich nicke ihm zu. „Aber du willst mir jetzt nicht sagen, dass dein Bericht falsch war? Dass der Bischof nichts mit den Unterschlagungen zu tun hatte? Ben!"

„Du musst dir das bitte vorstellen, Jan. Ich wurde herzlich aufgenommen. Alle Akten und Belege hatte Pascal schon bereitgelegt. Maria und Pascal beteuerten ihren festen Willen, alle Vorwürfe rückhaltlos aufzuklären. Sie versicherten mich und die *Wefe* ihrer vollen Unterstützung. Aber bevor ich mich damit befassen konnte, gab es einen dieser berühmten CDC-Abende am Strand. Ich glaube, du hattest auch mal so einen. Der Tisch am Strand vor dem Fischrestaurant, lodernde Scheite im Feuerkorb, eine junge Countrysängerin im kurzen Kleid. Und Maria sah an diesem Abend einfach hinreißend aus. Sie trug eine ausgeschnittene Bluse, tief ausgeschnitten, aber noch drei Finger breit von ordinär entfernt. Ich kann nicht beschreiben, was sie mit ihrem Haar gemacht hatte, es wogte in tiefen weichen Wellen um ihr Gesicht, dazu der weinrote, volle Mund und die strahlenden Augen, ich konnte mich ihrem Anblick nicht entziehen. Erinnerst du dich an ihren Schönheitsfleck, das kleine runde Muttermal auf der linken Backe? Diese winzige Unregelmäßigkeit machte sie perfekt. Der arme Pascal saß mit uns am Tisch, aber neben Maria war er vollkommen unsichtbar."

Ben räuspert sich und kaut ein paar Erdnüsse, bevor er fortfährt.

„Jetzt beginnt der peinliche Teil. Auf einmal fühlte ich mich leicht und unbeschwert. Celia und ihre Unzufriedenheit waren weit weg. Meine Unfähigkeit, ihr das Leben zu bieten, das sie verdient hatte, spürte ich kaum noch. Das schlechte Gewissen, das in Celias Gegenwart unablässig an mir nagte, gab Ruhe. Maria neckte mich, ich sei ja offenbar das große Rettungsfloß der Deutschen in den Philippinen. Der stille Herr über die Spendenmillionen. Letztlich hänge es doch von meinen Einschätzungen und Empfehlungen ab, welche Gruppe gefördert und wer vom Spendentropf abgeschnitten werde. Und das ja völlig zu Recht, niemand könne Berichte so fundiert, objektiv und ausgewogen schreiben wie ich. Sie sei froh, dass ich nach San Fernando geschickt wurde, um den Unterschlagungsfall zu recherchieren. Und man könne auch mit niemandem so nette Abende verbringen wie mit mir. Mein Gott, an diesem Abend hätten bei mir alle Alarmglocken läuten müssen. Aber ich sonnte mich in Marias Aufmerksamkeit und überschwänglichem Lob. Die Nacht begann zu leuchten und ich schwebte. Nie hatte ich besseren Fisch gegessen, nie hatte warmer Sand meine nackten Füße sanfter gestreichelt. Oder waren das Marias Füße unter dem Tisch?

Die nächsten Tage vergingen wie im Rausch. Pascal wusste zu berichten, dass Bischof Merten Gonzales, der Vorsitzende des CDC-Vorstands, bestimmt eine Rolle in dem Fall spielte. Es gebe hartnäckige Gerüchte, dass er einige unordentliche Frauengeschichten habe. Eine Geliebte des Bischofs, Crispina Kandong, habe sich in Bauang, 15 Kilometer südlich von San Fernando, vor drei Jahren mit einem Landhandel selbständig gemacht. Ich glaube, Jan, du erinnerst dich an sie. Neben ihrem Landhandel war sie nämlich auch die Chefin einer NGO für landwirtschaftliche Beratung, die von Euch gefördert wurde. Ich hatte von der Förderung abgeraten. Dass Crispina zuerst mit ihrer Beratungsorganisation die Bauern berät, und dann mit ihrem Landhandel an ihnen verdient, das fand ich reichlich unsauber. Ich konnte euch aber nicht von der Förderung abhalten. Da muss der Bischof dahinter gesteckt haben mit seinen guten Beziehungen zu den deutschen Kirchen."

„Ja, es gab ziemlichen Druck aus der Pfalz, sie hätten uns die Kollekte entzogen, wenn wir hart geblieben wären. Um die Kollekte wäre es nicht schade gewesen, aber unser Kuratorium wollte nicht in den Konflikt mit den Pfälzern gehen. Du hast recht, die Sache stank von vorne bis hinten." Inzwischen hat sich die Nacht auf Meer und Strand gesenkt. Die junge Kellnerin hat Bambusfackeln in den Sand gesteckt, die mit ihrem flackernden rußigen Licht hüpfende Schatten werfen.

„Das CDC hatte die beiden Anträge für den Kleinprojektefonds gut dokumentiert. Beide trugen eine Empfehlung von Bischof Gonzales. Im Wesentlichen, hatte der Bischof geschrieben, gehe es um Nothilfemaßnahmen in mehreren Dörfern in La Union nach dem Taifun Uring. Du erinnerst dich bestimmt, Uring hatte damals in Ormoc eine Flutwelle ausgelöst, die mehr als 5.000 Menschen ins Meer spülte und ertränkte. Die Schäden in Nordluzon waren gering, aber Gonzales war halt der Vorsitzende des Vorstands, und die Empfänger der Reislieferungen sollten wohl seine Kirchenmitglieder sein. Dachte jedenfalls Pascal. CDC holte euer OK ein. Dass kein Bericht kam, dass die Abrechnungen fehlten, das sei Maria und Pascal leider nicht aufgefallen.

Ich war so blind. Ich glaubte an Marias vorbehaltlose Kooperation. Die Anträge waren von zwei *People's Organizations* gestellt worden, informellen Vereinigungen auf Dorfebene, so was wie Bürgerinitiativen. Maria war zögerlich, als ich vorschlug, die beiden Organisationen zu besuchen und uns vor Ort ein Bild zu machen. Das muss am dritten Tag gewesen sein. Am Abend zuvor hatte mich Maria zum Abendessen eingeladen. Wir hatten auf der Dachterrasse ihrer Dienstwohnung gesessen. Ich war entspannt und fühlte mich leicht. Marias Hand auf meinem Arm kitzelte ein wenig. Ich spürte eine wunderbare Wärme und Vertrautheit. Als ihr Gesicht mir immer näher kam, fanden meine Lippen wie von selbst ihren Mund. Ihre Lippen schmeckten nach Mango und Salz. Von der Dachterrasse zu ihrem Schlafzimmer waren es nur wenige Schritte. Wir entkleideten uns gegenseitig, es fühlte sich selbstverständlich an. Maria war überraschend schmal ohne ihre Kleider. Ihre Haut war hell, fast weiß, und kühl. Später habe ich oft gedacht, in diesem Moment hätte ich die Berechnung spüren müssen, das Unechte, Gespielte. Aber da war nichts. Wir fanden zueinander wie zwei Teile eines ursprünglichen Ganzen, die schon immer zusammengehört und sich endlich gefunden hatten. Da war Erregung und Atemlosigkeit, aber mehr noch Vertrautheit und Selbstverständlichkeit. Dieser Frau konnte ich nicht misstrauen."

Eine vielleicht 40-jährige Frau mit weißer Bluse und schwarzem Rock bringt die Speisekarte. Der Kellner mit dem gegelten Haar hat Schichtende. Wir bestellen eine große Pizza und Bier. Ben besteht auf San Mig Light, das ich für schwach gefärbtes Wasser mit Alkohol halte.

„Ich musste mit den beiden *People's Organizations* sprechen. Die nächste Spur war eine Marisa Melgar. Unter diesem Namen waren die beiden Schecks für die Nothilfemaßnahmen bei einer Filiale der Rural Bank of Rosario eingelöst worden. Wieso, um Himmels willen, Rosario? Wir fuhren nach Rosario. Die Bank befand sich in einem einstöckigen Eckhaus, das vor Jahren einmal weiß gestrichen war. Von den großen grünen Buchstaben und den stilisierten Reisrispen waren einige mitsamt dem Putz bereits abgesprungen. Wir betraten die *ural Ban of Rosa*. Der aufmerksame Kassierer konnte sich zu meiner Freude noch an die Scheckeinlösung erinnern. Der Betrag sei so hoch gewesen, das komme in seiner kleinen Bank nur selten vor, er habe Frau Melgar sogar auf den nächsten Tag vertrösten müssen, so viel Geld habe er nicht in seinem Tresor. Sicher könne er die Frau beschreiben. Dann blickte er Maria an, etwa so sei sie gewesen, so groß, elegant, auch so alt, glattes, schulterlanges Haar, heller Teint, und Sonnenbrille, die habe sie sogar in der Bank nicht abgesetzt; hätte eine Schwester von Maria sein können. Maria lachte ihr helles Lachen und strahlte mich an. Ja, er habe auch ihre Adresse, schließlich müsse alles seine Ordnung haben. Er habe ihre Meldebescheinigung, die *sedula*, kopiert, hier sei sie auch schon.

Die Hausnummer auf der *sedula* gab es nicht, wir fragten die Nachbarn, niemand kannte eine Marisa Melgar. Als wir am nächsten Tag mit einem Foto von Crispina Kandong nach Rosario zurückkamen, war der Kassierer der Rural Bank so gut wie sicher, in ihr die Frau wiederzuerkennen, die die Schecks eingelöst hatte. *Na ja, die Sonnenbrille hat es schwierig gemacht, wie eine Schwester eben von Ihnen, Frau Manoto.*"

33

„Lass uns für heute Schluss machen, Ben." Es ist ganz dunkel geworden. Dunst liegt über dem Mactan Channel, nur wenige Sterne sind zu sehen. „Nein Jan, der Abend ist noch nicht zu Ende." Ich ziehe die Augenbrauen hoch und lege den Kopf zur Seite. „Wie du meinst." Die Kellnerin bringt Pizza und Bier. Ich bitte um die Chili-Soße, die Kellnerin bringt Olivenöl mit Chili-Flocken.

„Natürlich musste ich mit dem Bischof sprechen. Zuerst wollte ich aber die beiden *People's Organizations* treffen. Die Barrios lagen im Hinterland von San Fernando. Maria und Pascal kamen mit. Burgos ist eins dieser trostlosen Dörfer, in denen es immer zu staubig oder zu schlammig ist. Es riecht nach Schweinemist und die Kampfhähne krakeelen den ganzen Tag. Wir fragten uns nach dem *barangay captain* durch. Der *kapitan* war ein wettergegerbter, drahtiger Mann in den Fünfzigern. Von einer *Burgos Concerned Citizen's Alliance*, die die Reislieferungen beantragt hatte, hatte er noch nie gehört. Ob er für möglich halte, dass es eine solche Gruppe in seinem Ort gebe, ohne dass er davon wisse? Ausgeschlossen. Ob ihm der Name Marisa Melgar etwas sage? Eine Familie Melgar gebe es in Burgos nicht.

Dasselbe in San Gabriel. Die Antragsteller unbekannt, Schäden habe es durch Taifun Uring kaum gegeben, nichts, was man nicht mit ein paar

Nägeln wieder hätte richten können. Marisa Melgar – nie gehört.

Viel hatte ich nicht herausgefunden, als ich an diesem Abend zum Gästezimmer des CDC oben in ihrem Büro zurückkehrte. Mit Maria und Pascal verabredete ich, am nächsten Tag den Bischof aufzusuchen.

Am Morgen weckte mich das Klappern von Geschirr in der Büroküche. Perla, die Botin, Putzfrau und Köchin des CDC, eine pausbäckige, runde Frau unbestimmten Alters, war dabei, das Frühstück für mich vorzubereiten. Ich glaube, es war *three-in-one-Kaffee*, Banane, Spiegeleier, Knoblauchreis, wie immer. Sie begrüßte mich strahlend, ‚*Magandang umaga po, Sir Ben*!' Ich bedankte mich für das Frühstück. Ach, das sei doch normal, das mache sie für alle Gäste des CDC. Der Bischof sei ja oft auch über Nacht hier, für den müsse sie auch immer *tuyo*, Trockenfisch, braten. Er habe mit der Chefin immer viel zu besprechen, bis tief in die Nacht. Sie sei froh, dass sie um fünf nach Hause gehen könne, aber Maria und der Bischof, die blieben dann meist noch im Büro. Der Bischof sei ja ein sehr netter Mann, immer bringe er *pasalubong* mit, mal eine Jackfrucht, mal Plätzchen. Manchmal komme er auch mit Gästen, neulich zum Beispiel mit so einer eleganten Frau. Da habe er sich richtig wie ein Gentleman betragen, Tür aufhalten, Schirm halten, so was. Ihr mache es einfach Freude, Gäste zu bewirten und ihnen den Aufenthalt schön zu machen. Schließlich habe sie einen festen Job, und mit den zwölftausend Pesos könne sie auch zurechtkommen."

Ben macht eine Pause und isst ein Stück von der Pizza, die nur noch lauwarm ist. Etwas Öl läuft ihm das Kinn hinunter.

„Bei zwölftausend bin ich hellhörig geworden. Ich hatte am Vortag noch den Monatsabschluss von CDC durchgesehen. Perla hatte fünfzehn- oder sechzehntausend Pesos Gehalt quittiert. Ich fragte sie vorsichtig nach der Differenz. ‚Ach das', sagte sie, ‚das ist doch für einen guten Zweck, das haben wir in unserer Gruppe beschlossen, das geben wir alle. *Ate* Maria bringt es nach Manila.' Natürlich, so musste es sein. Gab es da einen Zusammenhang mit der Uring-Soforthilfe?"

Die Kellnerin schaut wieder vorbei. Wir bestellen die nächste Runde Bier. Endlich ist ein leichter Wind aufgekommen und macht die Schwüle erträglicher. Die Tische um uns herum haben sich mit jungen, gut gekleideten Menschen gefüllt, ich schätze, es war gerade Schichtwechsel in einem der Call Centers. Sie unterhalten sich angeregt und laut, immer wieder bricht ein Tisch in unbändiges Lachen aus.

„Nach dem herzhaften Frühstück wartete ich auf Maria und Pascal. Ich sah noch einmal in die Buchhaltungsunterlagen. Plötzlich flog die Tür auf. Maria stürmte mit einem breiten Lächeln in den Raum. ‚Der Fall ist gelöst, alles klar, ihr bekommt euer Geld zurück!' Das verschlug mir die Sprache. Wir wollten doch jetzt zu Bischof Gonzales fahren und ihn befragen. Maria lachte mich an. ‚Du siehst aus wie ein frisch gevögeltes Eichhörnchen. Komm, freu dich mit uns!' Ich war verblüfft. Wie konnte das sein, wie konnte sich der Fall so schnell auflösen? ‚Komm, Ben, schau nicht so. Ich habe mit Bischof Gonzales gesprochen. Er hat zugegeben, dass Marisa Melgar und seine Geliebte Crispina Kandong ein und dieselbe Frau sind. Crispina hat ihm gedroht, ihre Affäre öffentlich zu machen, und das kurz vor seiner anstehenden Wiederwahl. Er hat sie dann mit den Nothilfe-Geldern abgefunden. Der Landhandel, der ist wohl daraus entstanden. Der Bischof hat versprochen, das Geld zurückzuerstatten. Als erstes wird er sein Auto verkaufen.' *Sein Auto*, das war die alte Ambulanz des Sampaguita Hospitals, beschafft mit *Wefe*-Mitteln, die er vor Jahren unterschlagen hatte. Damals hattet ihr vergeblich gegen ihn prozessiert. Aber zum Verkauf kam es nie, trotzdem wurde euch der Schaden zurückerstattet. Ich denke, das Geld kam aus der schwarzen Kasse von Maria."

„Das hast du einfach so geschluckt, Ben? Der Bösewicht besinnt sich über Nacht, und alles wird wieder gut? Das ist doch wie im Märchen."

„Ja sicher, ich hätte Maria fragen müssen, wie sie den Bischof so schnell dazu bekommen hat, den Betrug zu gestehen und Ersatz zu leisten. Ich weiß. Aber ich war unsagbar erleichtert. Der Fall war gelöst. Maria war nicht in die Veruntreuung verwickelt. Ich konnte dir einen schlüssigen Bericht präsentieren. Dein Hals war aus der Schlinge, und ich hatte mich wieder als unverzichtbarer Berater der *Weltverantwortung* erwiesen. Marias Nachricht drang allmählich zu mir durch. Ich spürte, wie ich anfing breit zu grinsen. Ich nahm Maria in den Arm und schwenkte sie durch das Büro. Später, als Pascal an seinen Schreibtisch gegangen war, flüsterte sie mir ins Ohr: ‚Jetzt haben wir uns eine Belohnung verdient. Morgen ist Samstag, komm mit mir an den Strand, ich kenne ein kleines, gemütliches Resort nicht weit von hier. Du hast bestimmt noch ein paar offene Dienstreisetage, und das Resort kann ich aus meinem Beratungsbudget zahlen. Was meinst du?', fragte sie mit strahlenden Augen.

Das Resort war großartig. Bambushütten, aber von der noblen Sorte, luftig, gediegen, jede mit einer eigenen Freiluftdusche, die von einem kleinen Dschungel umgeben war. Zum weißen Strand waren es nur wenige Meter, aber wir fanden an diesem Wochenende nicht oft aus dem breiten, weichen Doppelbett. Ich erinnere mich an das gewaltige, bodenlange Moskitonetz, das unser Bett und den größeren Teil des Raums umschloss und sich sanft in der Brise bewegte, die durch die Hütte strich. Unter dem Netz waren wir geborgen und beschützt und zugleich wehte der Wind der Welt sanft über unsere Körper. Wieder war es erregend, Marias Haut und Atem zu spüren, das Kitzeln ihrer Wimpern an meinem Hals; aber mehr noch hatte ich das Gefühl, endlich den Ort gefunden zu haben, an den ich gehöre, meine Heimat. Wie sollte es bloß mit Celia weitergehen?

Als ich mich am Montag zur Abfahrt bereit machte, kam Maria mit einem Laptop, du erinnerst dich, die waren damals noch neu und bleischwer. Der sei bei ihnen über, sie hätte gesehen, dass ich ihn brauchen könnte. Über die Kosten solle ich mir keine Gedanken machen. Hätte ich natürlich machen sollen, aber nach diesem Wochenende war ich nicht in der Lage, etwas, das von Maria kam, mit Abstand zu betrachten. Ich nahm den Laptop und fuhr los.

Darüber, wie es mit Celia weitergehen sollte, hätte ich mir keine Gedanken machen müssen. Ich bin sicher, dass Pascal dahintersteckte. Natürlich war ihm nicht verborgen geblieben, was zwischen Maria und mir vorging. Die E-Mail muss von ihm gewesen sein. Als ich nach Hause kam, stand meine blaue Reisetasche vor der Tür. Der Eingang war von innen versperrt. Ich klopfte und rief, schließlich kam Celia und öffnete die Tür einen Spalt breit. Auf ihrer Stirn stand eine tiefe Zornfalte. ‚Du kommst hier nie wieder rein. Deine Sachen stehen vor der Tür.' ‚Celia, was ist los, lass mich doch rein!' Aber ich wusste, dass ich auf schwankendem Boden stand. Ich spürte mein Gesicht heiß werden. ‚Du weißt, warum. Hier, lies!' Dabei hielt sie mir den Ausdruck vors Gesicht. *Frag Ben doch mal, wie er seine Nächte in San Fernando verbringt.*

Ich zog in eine billige, laute Pension, nach ein paar Tagen mietete ich ein Zimmer in der Nähe meines Büros. Maria hatte gelegentlich in Manila zu tun, dann übernachtete sie bei mir. Aber die selbstverständliche Vertrautheit, das Gefühl, dass in der Umarmung mit ihr alles richtig war, die Gewissheit meiner Haut, in der Berührung mit ihrem Körper die Heimat gefunden zu haben, stellte sich nicht mehr ein. Eine Weile lebte unser Zusammensein noch von den Erinnerungen an die lichtdurchfluteten Tage in San Fernando, dann wurden Marias Besuche seltener und unsere Gespräche anstrengender.

Aber Maria erhob weiter Anspruch auf mich, sie hielt mich fest. Mehr und mehr fühlte es sich an, als betrachte sie mich als ihr Eigentum. Celia und ich hatten wieder angefangen, miteinander zu sprechen. Zuerst ging es nur um unsere Wohnung, die wir mit einem großen Kredit gekauft hatten. Celia brauchte mich, um die Raten zu zahlen. Sie war nicht bereit, mir zu verzeihen, und ich wollte mich nicht entschuldigen. Aber unsere Gespräche verliefen zivilisiert. Wir trafen uns in einem Café, in dem wir früher viel Zeit miteinander verbracht hatten, die Wohnung war weiter tabu. Ich merkte, dass es mir Freude machte, mit Celia zu sprechen. In der neutralen Umgebung, die zugleich angenehme Erinnerungen hervorrief, war es leicht, nicht zu streiten und auf die Eskalation der gegenseitigen Vorwürfe zu verzichten. Manchmal kam ich pfeifend aus dem Café.

Hatte ich mich über meine Gefühle für Maria getäuscht? Hatte sie mir etwas vorgespielt und ich war auf ihr Spiel hereingefallen? Oder hatten wir große Gefühle gehabt, die aber nur für eine kurze Weile brennen konnten, bis sie zu Asche zerfielen? Ich weiß es bis heute nicht. Jedenfalls zog ich nach ein paar Monaten wieder bei Celia ein.

Wie Maria davon erfahren hatte, weiß ich nicht. Eines Abends hämmerte sie an unsere Tür. ‚So, bist du zu deinem Frauchen zurückgekrochen, du Jammerlappen. Wo ist mein Computer?' Damit ging sie zu meinem Schreibtisch, den ich in einer Ecke unseres Wohnzimmers stehen hatte, griff den Laptop, klappte ihn auf und schlug damit auf die Schreibtischplatte, bis der Monitor splitterte und einzelne Tasten über den Fußboden sprangen. Dann nahm sie Anlauf und warf den Computer mit einem gellenden Schrei durch das geschlossene Fenster. Das Glas zerbarst mit einem Knall, gefolgt vom klirrenden Regen der Splitter auf dem Fußboden und dem Beton des Fußwegs drei Etagen unter uns. Zugleich zerschellten Glas und Plastik des Geräts auf dem harten Gehweg und zersprangen in hundert Teile. ‚Das war's, du Arschloch. Viel Spaß mit deinem Frauchen!', brüllte Maria mir, nach Luft schnappend, entgegen, bevor sie aus der Wohnung stürmte und die Tür hinter sich zuwarf.

Nach diesem Abend habe ich Maria nie mehr lebend gesehen."

Ben nimmt den letzten Schluck aus seiner Bierflasche und blickt auf das dunkle Meer hinaus. Seine Füße scharren unruhig im Sand. Es wird Zeit, Schluss zu machen.

„Danke, Ben, dass du mir die ganze Geschichte erzählt hast. Aber jetzt weiß ich immer noch nicht, wer damals das Nothilfe-Geld unterschlagen hat, und wer die Geschichte bei uns verpfiffen hat."

„Ok, Jan, leider habe ich dazu auch nur eine Vermutung. Dass Maria immer wieder Geld an den roten Untergrund abgeführt hat, das wissen wir von Diwa. Ich glaube, dass sie den Bischof brauchte, um die Umleitung von Geldern unter der Decke zu halten. Als Vorsitzender des Vorstands hatte er Macht und Gelegenheit, sich die Geschäfte von

CDC genau anzusehen. Für seine Frauengeschichten und die Wiederwahl brauchte er Geld. Ich stelle mir das wie eine gegenseitige Erpressung vor. Der Bischof droht Maria, sie beim Militär und der *Wefe* anzuschwärzen, wenn sie ihn nicht an den Einkünften beteiligt. Maria, im Gegenzug, wird seine Frau und den Kirchenrat über seine dunkle Seite informieren; Ehe und Bischofsamt ade. Ob die beiden sich am Ende auf einen festen Schlüssel geeinigt haben, nach dem sie die beiseite geschafften Mittel verteilten? Könnte ich mir denken."

„Und was weißt du über den Tod von Bischof Gonzales?"

„Sorry, da fragst du den Falschen. Ich weiß nur, dass der Bischof zwei oder drei Monate nach meiner Untersuchung in San Fernando tot war. Gerüchte gab es jede Menge, du weißt wie das mit dem *tsismis* ist. Mord, Selbstmord, Herzinfarkt, keine Ahnung. Wenn du's wirklich wissen willst, musst du nach San Fernando fahren. Ich denke, dass sie bei CDC Bescheid wissen, auch wenn da jetzt ein ganz neues Team arbeitet. Ich fand den Bischof immer schmierig und unangenehm, für mich war die Hauptsache, dass ich nichts mehr mit ihm zu tun hatte."

„Danke für die offenen Worte, Ben! Und wer war jetzt der Whistleblower?"

„Da kommen viele infrage, ich weiß es nicht. Eine Zeitlang habe ich gedacht, vielleicht war es die Frau vom Bischof. So ahnungslos, wie sie immer tat, kann sie nicht gewesen sein. Die Affären ihres Mannes können ihr nicht verborgen geblieben sein. Aber ihre brave Musterehe mit dem geistlichen Würdenträger musste sie schützen. Da hätte es gepasst, über Bande zu spielen, CDC bei euch anzuschwärzen und so die Geldquelle für die Eskapaden ihres Mannes auszutrocknen. Das schlechte Englisch des Briefs hätte zu Tilda gepasst.

Später hatte ich eher Pascal im Verdacht. Der hat Maria immer geliebt, ist aber bei ihr nicht gelandet. Eifersucht, gekränkte Liebe? Nach seinem Ausscheiden bei CDC hat er seine eigene Umweltschutz-NGO aufgemacht. Vielleicht hat er sich gedacht, wenn er CDC verpfeift, hat er bessere Chancen, seine neue Gruppe von euch finanziert zu bekommen. Aber zwei Dinge passen nicht dazu, sein Englisch ist exzellent, und er konnte nicht sicher sein, dass bei so einer Aktion nicht auch ein Schatten auf ihn fällt. Das hätte seine weiteren Pläne gefährdet. Ich weiß es wirklich nicht.“ Ben räuspert sich und blickt in den Himmel. „Jedenfalls kann nur jemand aus dem direkten Umfeld von CDC all die Einzelheiten gekannt haben.“

Die Tische um uns herum haben sich schon lange geleert. Eine Kellnerin schaltet die flackernden LED-Lichter auf den Tischen aus und sammelt sie ein. Nur unser kleines Licht glimmt noch. Ich fühle mich aufgekratzt und erschöpft zugleich.

„Und was Diwa angeht, da musst du sie selber fragen. Ich will auf keinen Fall zwischen euch stehen. *Sige*.“ Damit steht Ben auf und verschwindet ohne ein weiteres Wort.

34

Ich wache mit einem pulsierend stechenden Schmerz im Kopf auf. Die rostige Klimaanlage stottert und stöhnt. Vorsichtig öffne ich die Augen. Das Zimmer ist billig; es hat keine Fenster, nur eine Luke zum Treppenhaus, die mit Glaslamellen verschlossen ist. Der Vorhang lässt eine dämmrige Ahnung von Morgenlicht herein. Die angestoßene, dunkelbraun lackierte Einrichtung ist schemenhaft zu erkennen. Bin ich jetzt weiter als gestern Morgen? Habe ich von Ben etwas Neues erfahren? Ich habe gesehen, wie schwer es ihm war, über seine Affäre mit Maria zu sprechen. Aber neue Erkenntnisse?

Was will ich eigentlich in den Philippinen? Soll meine Reise das schwarze Loch füllen, das sich klaffend aufgetan hat, als ich nicht mehr zur Arbeit gehen musste? Brauche ich die Suche, um meinem neuen Leben Sinn zu geben?

Und was ist mit den Träumen? Seit Monaten geistert die tote Maria wieder durch meine Nächte. Warum bin ich hier? Ich suche nach Wahrheit. Aber was für eine Suche ist das? Interessiert mich die Wahrheit so, wie Jule sich für ihre Pflanzen interessiert? Ist die Vergangenheit nur ein interessanter Ort unter vielen? Was treibt mich auf diesen Weg? Wie frei bin ich in meinen Entscheidungen? Könnte ich morgen zurückfliegen, zurück nach Bonn, zurück zu Jule? Oder bin auch ich nur ein Getriebener, wie die lädierten Gestalten von *Tinagong Paraiso*?

Was ist, wenn ich am Ende nicht mehr weiß als zu Beginn meiner Reise? Wenn sich die alte Geschichte nicht mehr aufklären lässt, wenn es bei Vermutungen und Spekulationen bleibt? Was mache ich dann?

Oder, anders herum, was, wenn ich die ganze Geschichte erfahre, wenn sich alles aufklärt, was dann? Womit fülle ich meine Tage, nachdem ich gefunden habe, wonach ich suche? Was hält mich dann wach und lebendig? Wofür stehe ich morgens auf, wenn alles geklärt ist und die Vergangenheit kein Geheimnis mehr birgt? Brauche ich das Suchen, aber nicht das Finden? Wäre es besser, meine Reise würde ohne Ergebnis bleiben?

Und was erwarte ich von Diwa? Suche ich bei ihr Aufklärung? Vergebung? Verständnis? Erlösung? Liebe?

Stimmt es wirklich, dass diese alte Geschichte mein Leben entscheidend beeinflusst hat? Stünde es um Jule und mich, um Jutta, wirklich anders, wenn es damals diese Kette von Ereignissen nicht gegeben hätte?

Juttas Abschied lag doch viele Jahre vor den Ereignissen. Damals schwebte Diwa wie ein Hausgespenst durch meinen Kopf; aber ich hatte mich für Jutta entschieden. Als der Brief kam, lebte Jutta längst auf ihrem fernen Planeten. Und doch wurde damals etwas anders.

Das Leben wurde schwer. Die Arbeit bei der *Weltverantwortung* hatte mir Spaß gemacht. Ich erinnere mich, dass ich manchmal pfeifend zur Arbeit fuhr. Ich genoss die Tage an meinem Schreibtisch. Es war wie ein

Spiel. Ich wusste, unsere Partnerorganisationen und die vielen neuen Antragsteller versuchten, das meiste aus uns herauszuholen. Dazu nutzten sie alle Tricks, manche legal und clever, andere nur clever, wieder andere durchschaubar und dämlich. Ich fühlte mich wie ein Detektiv in kniffligen Untersuchungen. Ich wollte den Tricks auf die Spur kommen, die Guten, Klugen, Ehrlichen finden und belohnen, die Betrüger, die Gierigen und Unverschämten entlarven und abstrafen. Natürlich entschied ich nicht allein, aber ich bereitete die Entscheidungen des Vergabe-Ausschusses vor, ich schrieb die Vorlagen, gab die Empfehlungen. Ich wusste, dass ich schnell den Ruf hatte, sorgfältige, gut recherchierte und ansprechend geschriebene Projektdossiers vorzulegen. Es war selten, dass der Ausschuss meinen Empfehlungen nicht folgte. Ich spürte, dass ich Macht hatte; die Macht machte mir Freude.

Besonderen Spaß hatte ich an dem Spiel mit Maria Manoto. Maria war charmant, scharfsinnig, witzig. Ich genoss die Gespräche mit ihr. Selbst Budgetdiskussionen konnte Maria zu einem prickelnden Spiel machen. Ich wusste, dass Maria Gelder aus dem CDC an den Untergrund abzweigte. Und sie gab mir zu verstehen, dass sie wusste, dass ich es wusste. Ohne je offen darüber zu sprechen, rangen wir um die *Wefe*-Mittel, ich mit dem Ziel, sie vollständig in die Projektumsetzung zu bringen, Maria mit der fast sportlich-augenzwinkernden Absicht, auch hier einen Abzug für den Untergrund durchzusetzen. Mit ihren anderen Geldgebern konnte sie das Spiel nicht spielen, die durchschauten das unsichtbare Netz zwischen NGOs und Untergrund nicht. Aber ich hatte mich in dem Netz bewegt, ich kannte die Tricks der Zentralisierung, wie die Umleitung von Mitteln an den roten Untergrund intern genannt wurde.

Ich kann nicht einmal bestreiten, dass ich es für fast legitim hielt, dem korrupten Klassensystem der Philippinen entschiedenen Widerstand entgegenzusetzen. Aber was geschah mit den zentralisierten Mitteln? Damit wurden radikale Streiks von Fabrikarbeiterinnen möglich gemacht, Massenaktionen finanziert, Medikamente und Verpflegung für die Kämpfer in den Bergen besorgt, und schließlich auch Waffen und Munition. Das wollte Maria, und das musste ich verhindern.

Dann kam der Brief, ich löste Bens Untersuchungsmission aus, Bischof Gonzales starb, ich reiste in die Philippinen und wurde Zeuge, wie die tote Maria Manoto aus ihrem flachen Grab im Zuckerrohrfeld gegraben wurde. Meine Arbeit erschien mir mit einem Mal bleischwer. Kein Räuber-und-Gendarm-Spiel mehr. Mit dem, was ich an meinem Bonner Schreibtisch tat, vergab ich kein Spielgeld und keine Bonuspunkte. Was ich tat, hatte Auswirkungen bis an das andere Ende der Welt, wirkliche, reale, harte Konsequenzen. Ich war Teil einer Ereigniskette, die töten konnte. Die getötet hatte.

Ich hörte nicht auf mit meiner Arbeit bei der *Weltverantwortung*. Aber nach der Exhumierung auf dem Zuckerrohrfeld spürte ich die Last der Verantwortung. Was ich tat, war für mich kein Spiel mehr. An jedem meiner Projektdossiers hingen Menschenschicksale, ich spürte ihr Gewicht, fühlte, wie sie mich nach unten zogen, wie sie meinen Rücken beugten. Die aufgequollene tote Maria zog durch meine Träume. Mit ihr kam ein Tross von weinenden Kindern und ausgemergelten Männern und Frauen, die mich vorwurfsvoll ansahen. Wie oft wachte ich noch vor der Dämmerung auf und wälzte die Formulierungen und Entscheidungsvorschläge meiner Projektvorlagen im Kopf hin und her. Was würde es für die Mitarbeiterinnen unserer Partnerorganisationen bedeuten, wenn ich die Gehälter wegen fehlender Ortsüblichkeit zusammenkürzte? Hatte ich wirklich recht mit meiner Vermutung, dass die Ansätze für die Schulspeisung zu hoch waren? War ein Projektauto mit Allradantrieb wirklich nötig oder tat es auch ein Motorrad? Konnte ich verantworten, die Auszahlung der Projektmittel zurückzuhalten, bis der überfällige Bericht der Buchprüfung endlich da war? Was passierte in der Zeit mit den Mitarbeiterinnen? Den Schulkindern?

Auch aus meinem Leben mit Jule verschwand die Leichtigkeit. Mir wurde deutlich, dass jede Minute, die ich ihr verbrachte, genauso wie jede Minute, die ich nicht bei ihr war, ihr Leben für immer prägen würde. Ich war ihre wichtigste Bezugsperson, ihr Vater, ihre Eltern, ihr Erzieher. Von mir lernte sie, wie sie mit dem Leben umgehen würde.

Von mir nahm sie die Aufträge entgegen, an denen sie sich in den kommenden Jahren und Jahrzehnten abarbeiten würde. Aber wusste ich überhaupt, welche Aufträge ihr Leben reich und bunt machen würden? Gab ich ihr womöglich mit den falschen Anweisungen untragbare Lasten mit auf den Weg? Konnte ich auch nur ahnen, was ich meinem fröhlichen kleinen Mädchen unbewusst und ungewollt an Felsbrocken aufbürdete, die sie ihr Leben lang drücken und beschweren würden? Wie oft saß ich abends mit einer Flasche Rotwein in der Ecke unseres Sofas und ließ den vergangenen Tag in mir noch einmal ablaufen. Wie hatte der Tag auf Jule gewirkt? Was würde sie mitnehmen in ihr Leben? Wie würde es sie prägen? Was würde ihre Welt weit und offen machen, was würde sie klein und schüchtern werden lassen? Was musste ich tun, um meiner Jule die Tür zu einem freien, frohen und selbstbewussten Leben weit zu öffnen?

Ich versuchte, das Richtige zu tun. Ich bemühte mich, alle Handlungsoptionen rechtzeitig zu bedenken, abzuwägen und klug zu wählen. Aber das Leben war fast immer schneller als ich. Im Rückblick erkannte ich meine Fehler. Unbeabsichtigt hatte ich das Falsche bewirkt. Ich musste noch sorgfältiger abwägen, mehr Faktoren berücksichtigen, genauer prüfen, und blieb damit doch immer weiter hinter dem Leben zurück. Meine Tage wurden zäh und schwer. Ich gab mir nicht direkt die Schuld an den Todesfällen. Aber ich war von meiner Verantwortung überzeugt. Ich hatte nicht ernsthaft geprüft, welche Folgen jede meiner Handlungsoptionen haben könnte. Genau das wäre aber meine Aufgabe, meine Verantwortung gewesen. Darum hatten die Toten ein Recht auf meine Nächte.

Ohne meinen Verantwortungsfelsen, wie mutig hätte ich sein können! Wie selbstbewusst hätte ich das Leben mit Jule in meine Hände nehmen und gestalten können. Aber die Leichtigkeit kam nicht zurück. Weil mir immer deutlicher wurde, dass ich die Folgen meiner Handlungen nie wirklich würde überblicken können, ich aber dennoch für alles verantwortlich war, was ich auslöste, ergriffen Zaghaftigkeit und Mutlosigkeit von mir Besitz. Sicher war das auch der Grund dafür, dass ich es nie weiter als bis zum Referatsleiter bei der *Wefe* gebracht habe.

Ich erinnere mich, wie ich wieder einmal niedergeschlagen von der Arbeit nach Hause kam. Ich kniete mich hin, um die vielleicht elfjährige Jule zur Begrüßung zu umarmen. Da nahm sie meinen Kopf in ihre warmen kleinen Hände, blickte mir lange in die Augen und sagte dann voll Überzeugung: „Papa, du musst deinen inneren Frieden finden."

Das Bad riecht nach Desinfektionsmitteln und Insektentod. Aber es gibt heißes Wasser. Ich lasse es mir lange über Kopf und Nacken laufen, bis die pulsierenden Stiche hinter meinem linken Auge nachlassen. Das Hotel bietet kein Frühstück an, über die Straße gibt es einen Coffee Shop. Ich bestelle den größten Milchkaffee, Rührei mit Speck und zwei Croissants. Das Einzige, was gegen Migräne wirklich hilft, ist ein voller Magen.

35

Ich nehme ein *habal-habal* zum *Garden of the Redeemer*. Betsy hatte gesagt, das darfst du auf keinen Fall verpassen, Cebu hat eine neue Attraktion, einen riesigen Christus, oben in den Bergen hinter der Stadt. Das Motorradtaxi windet sich widerwillig jaulend die steilen Serpentinen hinauf. Schließlich erreichen wir eine Abzweigung. Die letzten Meter muss ich zu Fuß gehen. Tatsächlich, auf einem hoch über der Stadt aus dem Berg geschlagenen Plateau erhebt sich eine riesenhafte Christusstatue, die Arme zum Segen ausgebreitet, und blickt über Cebu und die vorgelagerten Inseln. Eine breite Freitreppe, bewacht von zwei überlebensgroßen goldenen Löwen, führt zu einem eindrucksvollen Portal, das den Weg in das bodenlange Gewand der Statue öffnet.

Den Platz vor Christus, dem Erlöser, ziert ein Brunnen. Vier marmorne Pferde und vier mythische Fische speien Wasser in das Becken. Zwischen ihnen erhebt sich eine Schale, auf der drei aus weißem Marmor gehauene nackte Grazien, die Arme innig ineinander verschränkt, die Besucher begrüßen. So viel Kitsch erfordert Mut, ich muss lächeln.

Die Erlöserstatue hat ihr Erbauer seiner Frau Cleo gewidmet. Auf einer Messingtafel lese ich, dass Cleo einst Schönheitskönigin war, was ihr den Eingang in die bessere Gesellschaft von Cebu eröffnete. Sie heiratete den Kaufhauskönig der Visayas, der allein in Cebu drei riesige Malls betrieb. Den Erlöser hat ihr Mann nach ihrem Tod für sie bauen lassen, ein Taj Mahal der ewigen Liebe, auch wenn Cleo hier nicht begraben liegt.

Bong, der *habal-habal*-Fahrer, der beschlossen hat, mich zu begleiten, er erwartet dafür ein großzügiges Trinkgeld, erzählt mir, mit der ewigen Liebe sei es so eine Sache gewesen. Der Kaufhauskönig, auch er inzwischen tot, habe eine ganze Perlenkette junger Gespielinnen gehabt. Am liebsten habe er die Mädels mit auf Reisen genommen, *baon* nenne man das. *Baon*, wie Pausenbrot. Die Christusstatue habe er wohl eher für sich gebaut. Und natürlich habe es einen Ort für die Sammlung seiner Frau gebraucht, nein, nicht Schuhe wie bei Imelda. Cleo habe Porzellan gesammelt, chinesisches Porzellan, vorzugsweise uralt, aus untergegangenen Schiffen, die Sammlung müsse Millionen wert sein und befinde sich nun unter dem Betongewand des Erlösers.

Und überhaupt, ob ich denn wisse, woher das Geld für diesen Prachtbau komme. Bong wird heftig: „Bist du mal in einem dieser Kaufhäuser gewesen? Hast du dir die Kassen angesehen? Da stehen immer drei junge Frauen, eine kassiert, eine packt ein, eine kontrolliert. Meine älteste Tochter hat das auch mal gemacht. Weißt du, wofür kontrolliert werden muss? Die Frauen werden immer nur für fünf Monate eingestellt, solange bekommen sie nur den Lohn für kurzzeitige Aushilfskräfte. Ab dem sechsten Monat müssten sie voll bezahlt werden. Nach einem Monat können sie sich wieder bewerben. Aber auf diese Weise weiß keine von ihnen wirklich Bescheid, deshalb müssen sie permanent beobachtet und kontrolliert werden. Trotzdem ist das viel billiger, als professionelle feste Verkäuferinnen und Kassiererinnen einzustellen. Diesen Christus hat Hector, der Mann von Cleo, vielen Generationen von fast unbezahlten Angestellten abgepresst."

Bong hat sich in Rage geredet. Die protzige Statue erscheint mir mit einem Mal viel dunkler. Selbst die drei Brunnen-Grazien mit ihrem schamhaft gesenkten Blick scheinen sich nicht wegen ihrer Nacktheit zu schämen.

„Aber ich sage dir, Sir, das ändert sich jetzt langsam. Sie finden nicht mehr so viele Mädels, die bereit sind, das schmutzige fünf-Monats-Spiel mitzuspielen. Die neuen Callcenter fischen hier alle jungen Leute ab, die gut Englisch sprechen. Und die zahlen fast das Dreifache. Ist auch irgendwie ein Scheißjob, unmögliche Arbeitszeiten, Nachtschichten, aber es wird wenigstens anständig bezahlt.

Und jetzt zeige ich dir mal was, Sir, komm mal mit!“ Wir steigen die Treppe zum Heiligtum hinauf. Bong zeigt nach oben. „Siehst du das? Tausend Jahre soll der Erlöser von der Liebe zwischen Hector und Cleo künden. Aber der Beton ist bereits undicht, da wachsen schon Tropfsteinzapfen. Und hast du dir draußen den Hang angesehen? Vor ein paar Jahren gab es hier einen großen Erdsturz. Mal sehen, wie lange es dauert, bis diese ganze Herrlichkeit ins Tal rutscht. Wenn du mich fragst, ich gebe dem Erlöser höchstens zwanzig Jahre. Und das ist dann auch wieder schade. Was hätte er mit dem ganzen Geld seine Sklaven gut bezahlen können!“ Bong lacht jetzt, dabei blitzen seine Zähne auf. Ich spendiere eine Cola. Wir setzen uns unter einen Sonnenschirm und blicken auf die Stadt, Mactan und das Meer hinaus. Der Sonnenschirm ist heute eigentlich überflüssig. Der Himmel ist bedeckt, aber es regnet nicht.

Ich gebe Bong sein Trinkgeld, er verabschiedet sich. „*Sige*, Sir, nice meeting you, have a nice day!" Ich bleibe noch sitzen, ich muss darüber nachdenken, wie es weitergehen soll. Mein Handy vibriert in meiner Tasche. Jule hat eine WhatsApp geschickt: „Hallo Papa, du hast wieder einen Brief von Diwa bekommen, ich habe nur gerade Probleme mit dem Scanner. Ich schicke ihn dir, sobald ich den Scanner wieder hinbekomme. Küsschen, Jule.“

Ob Diwa schon auf meinen Brief reagiert hat? Wie könnte ihre Reaktion aussehen? Habe ich mich mit meinen Bekenntnissen zu weit aus dem Fenster gelehnt? Vielleicht hat sie ja gar kein Interesse an mir als Person. Ich merke, dass ich unruhig geworden bin.

San Fernando? Ich sollte wirklich herausfinden, wie Bischof Gonzales sein Ende gefunden hat. Außerdem bin ich neugierig, wie sich CDC entwickelt hat. Wir haben das Zentrum über viele Jahre gefördert, auch nach dem Tod von Maria. Also San Fernando.

Für den Weg zurück in die Stadt nehme ich einen *jeepney*, das philippinische Massenverkehrsmittel. Der Wagen ist voll und ich bin, wie immer, zu breit für meinen Platz auf einer der beiden in Fahrtrichtung montierten Bänke. Zu groß bin ich auch und stoße mir bei jedem Schlagloch den Kopf an der Wagendecke. Aber die Fahrt ist billig, bald bin ich wieder in der Stadtmitte. Zum Glück schaffe ich es noch vor der nachmittäglichen Rush Hour, wenn der Verkehr in Cebu zum Stillstand kommt.

36

Im Internet finde ich einen Abend-Flug nach Manila. Das Hotel meiner ersten Tage in Manila hat noch ein Zimmer frei. Trotz Feierabendstau erreiche ich den Flughafen rechtzeitig. Die Maschine ist überraschend pünktlich. Wir kommen am schmucklos-funktionalen Terminal 3 in Manila an. Die Rezeptionistin im Hotel schenkt mir ihr anmutigstes Lächeln. „Wie schön, Sie wieder hier zu haben, Sir Jan!" Der Swimmingpool im Hotel ist frei von chinesischen und anderen Jugendlichen. Ich schlafe tief und traumlos.

Am Morgen rufe ich CDC an. Ein junger Mann meldet sich. Pepe kennt mich nicht, aber er habe schon viel von mir gehört. Dena, die Chefin, komme am Nachmittag wieder, und natürlich sei ich sehr herzlich willkommen.

Im Bus ist es viel zu kalt. Auf dem Fernseher, der über dem Fahrer montiert ist, läuft ein amerikanischer Superheldenfilm. Ich erreiche San

Fernando am frühen Nachmittag.

Die St. William The Hermit-Kathedrale sieht immer noch wie eine alte spanische Kirche aus, die versucht, wie eine viel jüngere spanische Kirche auszusehen. Oder ist es anders herum? Auch der chinesische Ma-Cho-Tempel präsentiert sich mit Beton und Plastik und verstrahlt bei allem Drachengeschnörkel eine nüchterne Sachlichkeit. Pepe begrüßt mich bei CDC. Das Büro wirkt, anders als ich es in Erinnerung habe, professionell. Pepe sitzt an einer Art Empfangstisch. Er trägt glänzend polierte schwarze Lederschuhe, eine schwarze Hose mit Bügelfalte und ein grünes T-Shirt mit dem neuen CDC-Logo, einem Fisch, der nach oben links aus einem Kreis herausspringt. Seine Haare sind kurz geschnitten und so ordentlich gescheitelt, wie ich es schon lange nicht mehr gesehen habe. Pepe erklärt mir, er sei Office Management-Student und leiste hier gerade seine 600 Praxisstunden ab, er könne sich gut vorstellen, später für eine Einrichtung wie das CDC zu arbeiten. Er stellt mir einen Becher, eine chinesische Thermoskanne und drei Plastikdöschen mit Pulverkaffee, braunem Zucker und Kaffeeweißer hin. Dena müsse gleich da sein, ob ich so lange mal in den letzten Jahresbericht von CDC schauen wolle. Ich nicke, er legt mir ein Heft hin. Die Zahlen belegen ein über die Jahre hinweg eindrucksvolles Wachstum der Organisation, vor allem bei den erreichten Familien. Aber die Fotos – sie sind durchweg gestreckt oder gestaucht, um den vorhandenen Platz möglichst lückenlos auszufüllen. Das macht die Gesichter zu freundlichen Monden und traurigen Nullen. Ich muss mich schütteln.

Mit energischen Schritten betritt Dena das Büro. „Wo ist er, Pepito?", und schon ist sie bei mir. „Wie schön, dass du gekommen bist! Natürlich freuen wir uns über deinen Besuch. Dass du nicht mehr bei der *Wefe* bist, spielt doch keine Rolle!" Dena nimmt mich in den Arm und drückt mir einen Kuss auf jede Backe. Gewachsen ist sie nicht mehr in den letzten Jahren, aber etwas runder geworden. Sie muss jetzt an die fünfzig sein, seit 10 Jahren leitet sie das CDC. „Pass mal auf Jan, ich muss jetzt noch einen Bericht fertig machen. Hast du etwas Zeit mitgebracht? Ich würde dir morgen gern etwas zeigen, aber dafür müssen wir rausfahren, in die Berge. Ich hole dich um sieben Uhr ab. Ist das ok? Ach, wo wohnst du eigentlich? Sollen wir dir ein Zimmer besorgen? St. William hat ein schönes Retreat Center am Strand, soweit ich weiß, läuft da gerade nichts. Pepito, rufst Du an? Gut, alles klar, entschuldige, ich muss, bis morgen.“ Noch eine kräftige Umarmung, dann ist Dena in ihrem Direktorenkabuff verschwunden. Pepe strahlt mich an. „So ist das hier immer. Ich kann Sie zu ihrer Unterkunft bringen, es ist ganz nah.“

Mein Zimmer ist schlicht, aber zweckmäßig eingerichtet. Keine Klimaanlage, ein großer grauer Deckenventilator verschafft Kühlung. Hier am Strand ist es nie so unerträglich heiß wie in der Stadt. Später sitze ich in einem Fischrestaurant, das nach glimmender Holzkohle und Frittierfett riecht. Aber das *kinilaw na tanigue* ist vorzüglich. Ich bin auf morgen gespannt. Und wann kommt endlich Diwas neuer Brief?

37

Pünktlich um sieben steht Dena mit dem alten Dienstwagen von CDC vor dem Retreat Center. Sie fährt den roten Pick-up selber. Auf die Ladefläche ist eine Fiberglaskabine montiert. Dena erklärt, sie müssten so oft mehr Leute mitnehmen, als in den Wagen passen. Mit der Kabine würden die beim plötzlichen Bremsen nicht von der Ladefläche purzeln. „*Kumainka na ba*? Ich habe jedenfalls noch nicht gefrühstückt. Wir können auf dem Weg anhalten, eine Stunde von hier gibt es ein schönes Frühstückslokal.“

Das Restaurant liegt auf einem Bergvorsprung und bietet unter Segeltuchplanen einen atemberaubenden Panoramablick auf die Küste und das Südchinesische Meer. Wir müssen jetzt vielleicht vierhundert oder fünfhundert Meter über dem Meeresspiegel sein, es ist merklich frischer. Dena bestellt uns beiden ein großes Frühstück, Rührei mit Frühlingszwiebeln, hausgebackenes Brot, Guavabutter und eine große Kanne *native coffee*.

„Jan, seit deiner Zeit hier hat sich viel verändert. Ich weiß, du bist wegen der alten Veruntreuungsgeschichte hier. Aber ich möchte dir heute zeigen, wie wir unsere Arbeit weiterentwickelt haben. Ich mache dir auch noch den Kontakt zu der Familie von Bischof Gonzales, aber darüber reden wir heute nicht."

„Ok, Dena, aber ich bin nicht mehr bei der *Weltverantwortung*."

„Ich weiß, Jan, aber das musst du sehen. Unsere früheren Community Development-Projekte folgten alle demselben Muster. Wir schickten unsere Community Organizer in ein Dorf. Die erhoben dort den Bedarf der Familien und organisierten nach Möglichkeit eine Dorforganisation, eine PO, eine *People's Organization*. Dann kamen sie zurück und suchten nach Ressourcen für das Dorf. Schön, wenn das Ganze schon Teil eines genehmigten Projektpakets war. Wenn nicht, mussten wir nach Geldquellen suchen. Vielleicht erinnerst du dich noch, damals gab es ein Kompendium, in dem wir und mit uns verbundene NGOs über hundert Funding Agencies eingetragen hatten. Da standen die Adressen und Telefonnummern, zu Anfang auch noch Telexadressen, dann Faxnummern, die Namen der Verantwortlichen, die Spezialitäten der Geldgeber, und, vielleicht am wichtigsten, die Schlüsselbegriffe. Die mussten in den Anträgen verwendet werden, das erhöhte die Bewilligungschancen enorm. Das Kompendium war ein extrem nützliches Werkzeug. Du weißt ja, dass wir fast alles finanziert bekamen. Die Zeiten der Papierkompendien sind natürlich vorbei, wir haben jetzt eine Datenbank in der Cloud."

Ein dünner Kellner mit schütterem, schwarz nachgefärbten Haar bringt unser Rührei und den Kaffee. „*Benguet coffee*", sagt er und strahlt. Dabei zeigt er seine großen, nicht mehr vollständigen Zähne. Ich bitte um die Chilisoße.

„Mit den Geldern von euch und den anderen Finanziers haben wir dann Trinkwassersysteme gebaut, Ziegen, Hühner und Fischerboote angeschafft, Kinder auf die Höhere Schule geschickt und Plastikkisten für den Gemüsetransport zum Markt gekauft."

„Daran kann ich mich erinnern. Ich habe ein paar von den Vorhaben durchgerechnet. Bei einer NGO, die ich mal beraten habe, gab es ein Schmiedeprojekt. Die NGO kaufte alte LKW-Blattfedern auf, aus denen die Dorfschmiede *bolos* herstellten, Macheten, das Universalwerkzeug der Bauern. Damit sie mit den kommerziellen *bolos* konkurrieren konnten, musste sie ihre handgeschmiedeten zu einem Preis verkaufen, der unter dem Einkaufspreis der Blattfedern lag. Das Ganze funktionierte so lange, wie die Finanzierung der NGO reichte. In dem Moment, wo die geschenkten Blattfedern ausblieben, war Schluss mit der Dorfschmiede."

„Redest du von Kalinga, Jan?"

„Das spielt doch keine Rolle."

„Ich glaube, ich kenne das Projekt. Na, wie auch immer, ein Nebeneffekt dieses Projektansatzes war, dass er die Tür für Veruntreuung und Unterschlagung aufmachte. Es wurde viel Material bewegt, dafür wurde eine Menge Geld benötigt. Wo viel Geld fließt, entstehen Begehrlichkeiten und Gelegenheiten. Es war so einfach, ein und dasselbe Projekt an zwei oder drei Geldgeber zu verkaufen. Man musste nur dafür sorgen, dass die möglichst aus verschiedenen Ländern kamen und ihre Repräsentanten nicht gleichzeitig aufschlugen. Es war ja wirklich ein Kinderspiel, die Quittungen zu fälschen. Als die beim Finanzamt registrierten *official receipts* eingeführt wurden, war es nicht schwer, auch die offiziellen Quittungsblöcke selbst zu drucken. Außerdem gab es genug Finanzbeamte, die gegen eine kleine Beteiligung *official receipts* nicht amtlich registrierten. Die mit der kommunistischen Partei verbundenen NGOs haben das System perfektioniert. *Full implementation*, *credible reality*, *ghost*, das war eine regelrechte Geldmaschine. Ich würde mich nicht wundern, wenn es unter euch *agency boys and girls* einige gegeben hätte, die das Spiel kannten und begeistert mitmachten. Aber ich bin sicher, es gab auch jede Menge einfach kriminelle Unterschlagung. Hier bei CDC muss es eine Mischform gewesen sein, mit Maria und dem Bischof. Einen Anteil für die Partei, einen für den Bischof, einen für Maria. Manchmal frage ich mich, wie blöd ihr eigentlich gewesen sein müsst."

„Komm, Dena, ihr wart auch ziemlich clever. Und wenn einer von uns alle zwei Jahre mal für einen oder zwei Tage vorbeikommt, was soll der da finden. Die Schwachstelle sind die Buchprüfer, wir haben doch immer geprüfte Abschlüsse verlangt."

„Du weißt selbst, dass die Bewegung ihre eigenen *Certified Public Accountants*, ihre CPAs, hatte. Die erste Frage bei deren Prüfungen war doch immer: ‚Sagt uns am besten gleich, was sollen wir diesmal nicht finden?'

Aber diese Projekte hatten noch einen anderen, entscheidenden Nachteil. Erinnerst du dich an die ganzen *mud crab fattening*-Projekte? Die Leute sammelten oder kauften kleine Krebse, setzten sie in ein eingezäuntes Stück Mangrovensumpf, fütterten sie mit Abfällen und verkauften sie, wenn sie groß und fett genug waren. Für mehrere Dörfer hatten wir tausende kleine Krebse gekauft und an die Familien verteilt. In einer Freitagnacht wehte ein großer Taifun über den Golf von Lingayen und spülte die Umzäunungen in den Mangroven weg. Viele Familien waren die ganze Nacht damit beschäftigt, die Zäune zu reparieren und die davongelaufenen Krebse wieder einzufangen. Nur die Familien, denen wir die Krebse geschenkt hatten, waren im Bett geblieben. CDC hat's geschenkt, der Taifun hat's genommen, der Name des Herrn sei gelobt. Damals haben wir angefangen, über *ownership* nachzudenken."

„Ich erinnere mich an die Krebsprojekte. Fand ich ähnlich bescheuert wie die Ziegenprojekte."

„Für uns war das ein oftmals schmerzhafter Lernprozess. Viele von uns kommen aus der Sozialarbeit der katholischen Kirche. In den linken NGOs findest du jede Menge aktive und ehemalige Nonnen und Priester, und noch mehr ehemalige Seminaristen. Wir haben den Barmherzigen Samariter sozusagen mit der Muttermilch aufgesogen. Verkaufe alles, was du hast, und gib es den Armen. Die soziale Spaltung der Philippinen ist überall grausam sichtbar. Am unteren Ende der Gesellschaft, vor allem in den Dörfern, findest du Kinder, die nicht eine einzige ordentliche Hose und kein T-Shirt ohne Loch haben. Familien, die mitten auf dem Land leben, aber keinen Quadratmeter davon besitzen, und die niemals genug zu essen haben. Hast du schon Kinder getroffen, die stundenlang vor Hunger schreien, bis sie vor Erschöpfung verstummen? Das gibt es hier. Und ihren Eltern geht es nicht besser. Wenn du das erlebst, möchtest du sofort etwas tun, geben, was du nur geben kannst. Wir mussten erst mühsam lernen, dass das Geben manchmal eine unmittelbar drängende Not beseitigt, aber auf die Dauer gar nichts nützt. Und oft sogar schadet.

Besondere Schwierigkeiten mit diesem Lernprozess hatten natürlich die Priester in den kirchlichen Social Action Centers. Aber auch dort sehen sie mit aufmerksamem Interesse, was wir inzwischen aufgebaut haben.

Das möchte ich dir heute zeigen. Wir nutzen einen neuen Projektansatz. Nein, eigentlich ist er nicht neu. In Indien machen sie das schon seit Jahrzehnten. Ein deutsches Kinderrechtswerk hat den Ansatz aufgenommen und weiterentwickelt. Wir nutzen ihn jetzt seit fünf Jahren und finden, das ist das Beste, was wir seit unserer Gründung getan haben. Aber viel mehr will ich jetzt gar nicht sagen, das musst du selbst sehen!“

Den Rest der Fahrt nach Osten, hinauf in die Berge, verbringen wir schweigend. Wir fahren mit offenen Fenstern. Der Fahrtwind zerrt an meinen kurzen Hemdärmeln. An einer Abzweigung verlassen wir die asphaltierte Straße und winden uns in steilen Serpentinen über einen steinigen Schotterweg in ein enges Tal hinunter, dann gegenüber wieder auf einen Bergrücken hinauf. Dena hält den Wagen vor einer betonierten Fläche an, auf der nach der Ernte Reis getrocknet wird. Ich schaue auf mein Handy, gibt es endlich eine Nachricht von Jule? Keine Verbindung.

38

Auf der anderen Seite des Platzes sitzen fünfzehn Frauen auf Bambusbänken um einen roh gezimmerten Tisch, darüber wogt ein buntes Segel, das wie ein alter Fallschirm aussieht. Hinter ihnen flattern ein paar große Packpapier-Charts an Raumteilern aus Sperrholz. Kleine Kinder wuseln um die Bänke. Dena wird von den Frauen freudig begrüßt, dann stellt sie mich vor. „Dürfen wir uns zu euch setzen und ein bisschen mithören?“, fragt sie die Frauen. Nicken und Gelächter, die Frauen rücken zusammen und machen uns Platz auf der Bank. Ein dreijähriges Mädchen entdeckt Dena und versucht, ihr auf den Schoß zu klettern. Dena hebt sie hoch und streicht ihr über die roten Backen. Das Mädchen juchzt vor Vergnügen.

Eine Frau erhebt sich und stellt sich vor: „Ich heiße Grace und bin 42 Jahre alt. Ich bin verheiratet und habe drei Kinder. Ich bin die Präsidentin unserer Selbsthilfegruppe. Wir haben uns den Namen *kayamunan* gegeben, das heißt *Schatz*.“ „Und *Zuckerwürfel*“, fällt ihr eine andere ins Wort. Wieder bricht Gelächter aus. Grace fährt fort: „Wir sind fünfzehn Frauen, alle aus diesem Dorf. Wir sind alle Mütter und treffen uns jede Woche.“ Eine andere unterbricht und sagt „und jetzt stellen wir uns alle selber vor, ich bin Princess.“ Der Reihe nach nennt jede ihren Namen, die Zahl ihrer Kinder und sagt ein oder zwei Worte zu ihrer Familie.

Jetzt hat wieder die Präsidentin das Wort. „Jede von uns bringt jede Woche zehn Pesos mit, die wir in unsere gemeinsame Kasse legen. Die Kasse ist unser Schatz, unser gemeinsames Kapital. Daraus geben wir uns Kredite, die mit Zinsen zurückgezahlt werden.“

Eine Frau auf der anderen Seite des Tisches ergreift das Wort: „Ihr habt sicher gesehen, dass es hier viele Guava-Bäume gibt. In der Saison tragen die endlos viele Früchte, mehr als unsere Kinder und die Schweine essen können. Ich habe von der Gruppe einen Kredit bekommen und einen großen Topf und Gläser mit Schraubdeckel gekauft. Dann habe ich sechzig Gläser Guavabutter gekocht und auf dem

Markt in San Fernando verkauft. Ein Hotel hat mir gleich 10 Gläser abgekauft und will noch mehr haben. Nachdem ich den Kredit mit Zinsen zurückgezahlt hatte, hat es auch noch für das Schulgeld gereicht."

Grace reicht einen Blechteller mit gekochten Cassava-Stücken herum. Eine Frau nach der anderen erzählt nun, wie sie die Gruppe von ihrer Geschäftsidee überzeugt hat, was sie mit dem kleinen Kredit angefangen hat, und wie sich dadurch ihr Leben zum Besseren gewendet hat. Ich verstehe, dass vielleicht das Wichtigste an dieser Gruppe ist, dass die Frauen jede Woche zusammenkommen, sich von ihren Sorgen und Problemen erzählen, sich beraten und gegenseitig stärken.

Die Sitzung schließt mit Gebet und einem gemeinsamen Lied, dann sammeln die Frauen ihre Kinder ein und gehen nach Hause.

Dena steht jetzt vor mir und nimmt einen Schluck aus ihrer Wasserflasche. „Weißt du, was das Beste an diesen Gruppen ist? Nach kurzer Zeit haben die Mitglieder die Kontrolle über ihr Leben zurück. Sie werden nicht mehr von Schulden und Kredithaien getrieben, sie wissen, wie sie das Schulgeld für ihre Kinder zusammen kriegen, das Gruppenkapital ist ein Sicherheitsnetz für Krankheits- und Katastrophenfälle, und Hunger kommt fast gar nicht mehr vor. Hast du gesehen, wie selbstbewusst die Frauen sind? Wenn du sie fragst, sagen sie, nein, wir sind nicht mehr arm. Nach deinen Maßstäben sind sie bestimmt noch bettelarm, aber sie sind wieder Herrinnen ihres eigenen Lebens." Ich spüre Denas Begeisterung.

Dena nimmt sich eins der übrigen Cassava-Stücke und beißt davon ab. Nach einer Weile fährt sie fort. „Verstehst du, wieso dieser Ansatz etwas ganz Neues ist? Wir verteilen keine Ziegen, keine Hühner, keine Krebse und keine Fischerboote mehr. Wir geben keine Geschenke. Wir zeigen den Menschen einen Weg, sich Ziele zu setzten und sie aus eigener Kraft zu erreichen.

Das führt auch dazu, dass wir mit unseren kleinen Mitteln viel mehr

Menschen erreichen. Und es gibt viel weniger Möglichkeiten für Veruntreuung und Unterschlagung; das ganze System ist total transparent. Unten an der Küste ist einmal ein Gruppenmitglied mit der Kasse abgehauen. Aber da hat die ganzen Gemeinde nach ihr gesucht und sie wieder aufgespürt."

„Hört sich wie eine Zauberformel gegen die Armut an. Aber ist dazu nicht die Ungerechtigkeit viel zu tief in der philippinischen Gesellschaft verankert? Lassen sich denn die Kredithaie, die Agrarfirmen und Großgrundbesitzer von euren Selbsthilfegruppen beeindrucken?"

„Nein, natürlich keine Zauberformel. Aber du hast doch selbst gesehen, wie selbstbewusst die Frauen geworden sind. Sie haben sich die Kontrolle über ihr Leben zurückgeholt. Sie fühlen sich nicht mehr ohnmächtig und hilflos. Und das ist der Anfang von allem." Dena spuckt ein paar Cassava-Fasern aus.

„Und warum gibt es in den Gruppen nur Frauen? Was ist mit den Männern?"

„Das haben wir versucht, Jan, es funktioniert einfach nicht. In gemischten Gruppen wollen sie alles bestimmen. Aber es gibt jetzt auch ein paar Männergruppen. Wir sind gespannt, ob dabei etwas Sinnvolles herauskommt.

So, Jan, Princess hat gekocht. Die Gruppe lädt uns zum Essen ein. Lass uns gehen."

39

Am nächsten Morgen holt Dena mich um neun Uhr ab. Diesmal ist sie zu Fuß. „Sieh dir die Wolken über dem Meer an." Dena reicht mir einen Faltschirm. „Bischof Gonzales hat hier in der Stadt gewohnt. Nach seinem Tod ist Tilda, seine Frau, mit dem Sohn in die USA gegangen. Ich weiß nicht, ob die Frau noch lebt. Die Tochter wohnt jetzt mit ihrer

Familie in dem alten Haus. Ich glaube, es gab nur zwei Kinder. Ich habe die Tochter gestern noch erreicht, sie ist bereit, mit dir zu reden." Eine Motorradwerkstatt hat den schmalen Bürgersteig mit Kanistern und Motorteilen belegt. Wir weichen auf die Straße aus. Eine heftige Böe weht mir Sand in die Augen.

Nach zehn Minuten hält Dena vor einem Bungalow. Ein kleiner Garten umgibt das Haus. Vom Rand des überstehenden Daches hängen Konservendosen mit rot und gelb blühenden Pflanzen. „Dena, du erstaunst mich. Du bist bestimmt die einzige Filipina, die freiwillig zehn Minuten zu Fuß geht. Warum haben wir kein *tricycle* genommen?" „Ach Jan, du bist schon lange nicht mehr hier gewesen. Pflege nur deine Vorurteile."

Im Haus beginnt ein Hund zu bellen, kurz darauf öffnet eine Frau mit kurzen schwarzen Haaren die Fliegengittertür. „Kommt herein." Sie stellt sich als Abigail vor, „Sagt Abi zu mir!" „Abi war meine Schülerin in *Elementary*. Jan, das weißt du wahrscheinlich nicht, ich habe als Grundschullehrerin angefangen. Abi und ihre Familie kenne ich schon eine halbe Ewigkeit. Schön habt ihr es euch hier gemacht, Abi, viel gemütlicher als früher." Abi weist uns einen Platz auf dem Sofa an. Ich sehe mich um. Neben dem Flachbildfernseher blubbert die Umwälzpumpe in einem bescheidenen Aquarium mit Schiffswrack und Taucher mit altmodischem Messinghelm. Dann entdecke ich auch zwei eingeschüchterte Fische.

Ich suche nach den richtigen Worten. „Vielen Dank, Abi, dass Sie sich bereit erklärt haben, mit mir zu sprechen. Dena wird Ihnen gesagt haben, dass ich lange bei der *Weltverantwortung* gearbeitet habe. Die *Wefe* ist eine Hilfsorganisation, die sich für die Rechte von armen und an den Rand gedrängten Menschen einsetzt. Wir haben viele Jahre das CDC unterstützt, das tut die *Wefe* immer noch. Ich arbeite seit ein paar Monaten nicht mehr da, ich bin im Ruhestand. Vor mehr als zwanzig Jahren bekamen wir in unserem Büro in Bonn einen Brief mit schweren Anschuldigungen gegen das CDC. Angeblich sollten Gelder veruntreut worden sein. Wir gaben eine Untersuchung in Auftrag. Dabei geriet auch Ihr Vater unter Verdacht. Später habe ich dann erfahren, dass Bischof Gonzales, Ihr Vater, plötzlich und unerwartet gestorben ist. Jetzt bin ich hier, weil ich verstehen möchte, was damals wirklich geschehen ist.“

In dem Moment betritt ein stämmiger Mann mit bereits schütterem Haar das Wohnzimmer. Er sieht mich an, dann Abi. „Ist das der Mann, der Daddy auf dem Gewissen hat?“, bricht es aus ihm heraus. „Sie sind hier nicht willkommen. Raus hier! Verlassen Sie sofort mein Haus!“, herrscht er mich an. „Ganz ruhig, Freddie. Das hier ist mein Haus, und ich habe ihn eingeladen. Daddy ist mein Vater, nicht deiner. Du bist der Schwiegersohn, vergiss das nicht!“ Als hätte Abi den Stöpsel gezogen, fällt Freddie in sich zusammen und schleicht aus dem Wohnzimmer. „Tut mir leid, Freddie ist manchmal so emotional. Er denkt, er muss mich beschützen.“ Abi rückt ihre geblümte Bluse zurecht und streicht ihren Rock glatt. Draußen wird es dunkel. Regen schlägt in schweren Tropfen auf das Blechdach. Ein gewaltiger Donner übertönt das Trommeln auf dem Dach.

„Ich möchte, dass Sie meinen Vater verstehen. Ich will Ihnen ein wenig von ihm erzählen. Sie müssen wissen, dass mein Vater ein leidenschaftlicher Pastor war. Für seine Gemeinde war er 24 Stunden am Tag da. Wenn ein Gemeindeglied nachts um drei seine Hilfe oder seinen Trost brauchte, machte er die Tür auf und gab, was gebraucht wurde. Als er Bischof wurde, war er genauso für die ganze Diözese da wie vorher für seine Gemeinde. Ich erinnere mich noch, wie einmal mitten in der Nacht ein Mann aus der Gemeinde an die Tür hämmerte. ‚Meine Frau stirbt, sie liegt schon seit Stunden in den Wehen, und ich kann keinen Arzt erreichen.‘ In seinem Schlafanzug sprang Daddy in den Wagen, holte die Frau und brachte sie ins Krankenhaus. Wie gut, dass wir damals eine Ambulanz als Auto hatten. Die Frau bekam noch in der Nacht ein gesundes Baby und alles ging gut aus. Wir waren auch fast nie nur zu viert am Esstisch, immer hatten wir Gäste, die getröstet oder auch nur einfach gefüttert werden mussten. Mommy hat immer schon gleich die doppelte Menge gekocht, und am Tisch wurde immer ein

Platz mehr gedeckt, für unseren Herrn Jesus. Daddy traf nie eine Entscheidung, ohne vorher seine Bibel um Rat gefragt zu haben. Ich habe keine Ahnung, wie er das machte, für meine Fragen hat die Bibel leider nicht immer eine Antwort."

Abi spricht jetzt sehr laut, um den Regen auf dem Dach zu übertönen.

„Ich glaube, Daddy war sehr hart gegen sich selbst. Er sagte immer ‚Wenn die Herde ihren Hirten braucht, ist der Hirte da.' Auch gegen uns Kinder war er hart. Er wusste genau, was richtig und was falsch, was gut und was böse war. Lügen und kleine Diebstähle wurden mit Schlägen bestraft. Er schärfte uns ein, dass Gott alles sieht, auch die Sünden, die wir begehen, wenn die Eltern nicht da sind. Diese Sünden wird er später im Jüngsten Gericht bestrafen. Einmal fand ich meinen Bruder, wie er ein Loch in eine Stranddüne grub. ‚Was machst du da?', fragte ich. ‚Ich grabe mir ein Loch und mache Sand ganz fest überall um mich herum, damit der liebe Gott mich nicht sehen kann.'"

Abi sieht uns an. „Ich habe euch noch nicht einmal Wasser angeboten, tut mir leid." Damit steht sie auf und geht in die Küche. Dena zieht die Augenbrauen hoch. Einen Augenblick später kommt Abi mit drei kalt beschlagenen Wassergläsern und einem Teller *Skyflakes* wieder. Sie reicht uns das Wasser und setzt sich wieder in den Sessel.

„Ich weiß noch, ich war gerade dreizehn geworden, da ging es in der Schule los. ‚Dein Vater ist ein heiliger *Womanizer*!' riefen die anderen Kinder hinter mir her. Ich fragte meine Mutter, was ein *Womanizer* ist. Heilig kannte ich ja. Mommy fing an zu weinen. ‚Glaub nicht, was die anderen Kinder zu dir sagen, die sind neidisch, weil du so einen wichtigen Vater hast.' Dann fingen die Kinder an, mich *Räubertochter* zu nennen. Darunter konnte ich mir auch nichts vorstellen, aber ich traute mich nicht mehr, Mommy zu fragen. Ich merkte, dass sich etwas in unserer Familie veränderte. Mein Vater war plötzlich dauernd zu Hause und schloss sich im Schlafzimmer ein. Er hatte da seinen Schreibtisch, über dem ein hölzernes Kruzifix aus Baguio hing, daneben sein Bücherregal. Manchmal kam er nicht einmal zu den Mahlzeiten heraus.

Abends hörte ich, wie meine Eltern lange miteinander flüsterten; verstehen konnte ich sie nicht. Das ging ein paar Wochen so. Ich dachte schon, jetzt wird alles wieder normal. Mein Vater kam wieder zu den Mahlzeiten und abends wurde nicht mehr so lange geflüstert. Mommy fuhr an einem Wochenende zu ihrer Schwester nach Dagupan. Daddy wollte zum ersten Mal wieder einen Gottesdienst halten. Mein Bruder und ich gingen mit ihm zu unserer Kirche. Er war immer eine halbe Stunde früher in der Kirche, um sicher zu stellen, dass alles seine Ordnung hatte, dass die Altarbibel an der richtigen Stelle aufgeschlagen war, dass die Osterkerze brannte und so weiter. Mein Bruder und ich saßen in der ersten Bank. Dann läuteten die Glocken. Das war vom Band über Lautsprecher. Wir hatten damals noch keine richtigen Glocken. Normalerweise war die Kirche beim Hauptgottesdienst am Sonntag ganz voll. Aber an diesem Sonntag kamen nicht einmal zehn Leute, und dabei habe ich meinen Bruder und mich schon mitgezählt. Als mein Vater aus der Sakristei kam, blieb er erschrocken stehen. Aber das war nur für einen Moment. Dann ging er weiter und hielt den Gottesdienst, als wäre überhaupt nichts. Auf dem Weg nach Hause nahm er uns an den Händen, aber es fühlte sich so an, als hielten wir ihn. Mommy kam erst am Montagmorgen wieder."

Abi muss sich räuspern und nimmt einen Schluck Wasser. „Es ist immer noch schwer, aber ich habe es Dena versprochen." Sie räuspert sich noch einmal.

„Mommys Schrei werde ich mein Leben lang nicht vergessen. Sie war ins Schlafzimmer gegangen, um nach Daddy zu sehen. Eigentlich hätte er auf sein müssen, auch wenn sie schon um sieben gekommen war. Sie ging ins Schlafzimmer, und dann hörte ich einen grässlichen Schrei, wie ich ihn noch nie von einem Menschen gehört hatte. Sie schrie und schrie und hörte überhaupt nicht mehr auf. Mein Bruder und ich schlichen leise zur Schlafzimmertür. Da sahen wir meine Mutter über Daddy gebeugt, die rechte Hand auf seiner Backe, auf seinem Haar. Ich sehe das alles noch vor mir, es ist wie in Zeitlupe eingefroren, ein endloser Moment. Dann drehte Mommy sich langsam zu uns um und sagte ‚Holt Onkel Teo. Daddy ist heimgegangen.' Onkel Teo war ein treues Kirchenmitglied und unser Hausarzt.

Unser Vater wurde noch am selben Nachmittag eingeäschert. Die Totenwache fand vor der Urne statt. Ich glaube, Mutter hat die Verbrennung so schnell veranlasst, um eine Autopsie zu verhindern. Dabei hatte Onkel Teo einen ordentlichen Totenschein ausgestellt. Natürliche Todesursache, Herzstillstand. Mutter wollte Gerüchte verhindern und hat sie mit der schnellen Verbrennung gerade gefüttert.

Die Totenwache haben wir fast nur in der Familie gehalten. Ich glaube, von seinen Pastoren und vom Geistlichen Rat kamen nur drei oder vier Männer vorbei; dann waren noch ein paar Frauen und Männer da, denen er in all seinen Jahren als Hirte geholfen hatte. Aber es war eine einsame Totenwache. Die Gerüchte waren so bösartig.

Es gab Leute, die behaupteten, Daddy sei vergiftet worden. Es gab da die Geschichte mit diesem Jungen, dieser schwulen Tunte, der sich immer Mädchenkleider anziehen wollte. Daddy soll ihn einmal im Auftrag seines Vaters verhauen haben, obwohl ich das nicht glaube. Der Vater soll ihn dann vergiftet haben. Aber das ergibt doch gar keinen Sinn, Daddy hat ihn doch in seinem Auftrag zurechtgewiesen.

Ein anderes Gerücht war, dass Daddy sich das Leben genommen hat. Aber das hätte er niemals tun können. Gott hat uns das Leben gegeben, kein Mensch darf es nehmen. Selbstmörder können nicht auf dem christlichen Friedhof begraben werden. Ihnen ist die ewige Verdammnis bestimmt. Damals war ich ganz sicher.“ Abi nimmt einen Schluck Wasser.

„Sicher bin ich heute nicht mehr. Ich möchte euch etwas zeigen.“ Abi steht auf und zieht ein Blatt Papier aus einer blauen Aktentasche.

„Wir haben damals eine Art Tagebuch auf seinem Schreibtisch gefunden. Meine Mutter hat es mit nach Amerika genommen. Aber ich habe die letzte Seite abgeschrieben. Hier.“ Sie reicht uns das Blatt.

Herr, mein Gott, ich habe gesündigt vor dir, vor meiner Familie und meiner Gemeinde. Ich habe mein Ehegelöbnis missachtet und die Ehe gebrochen. Ich habe meines Nächsten Weib begehrt und meines Nächsten Gut gestohlen. Ich habe falsches Zeugnis geredet wider meine Familie und meine Gemeinde. Ich habe den Tisch des Herrn zum Gespött gemacht. Ich bin es nicht wert zu leben. Ich habe Deine Gnade verwirkt. Oh du großer, allmächtiger Gott, erbarme Dich meiner.

Ich reiche Abi das Blatt zurück. Sie sagt: „Das muss natürlich nicht heißen, dass er sich umgebracht hat. Aber er war zutiefst verzweifelt. So oder so hat ihn seine Verzweiflung umgebracht.“ Abi nimmt noch einen Schluck aus ihrem Glas und blickt aus dem Fenster.

„Freddie hat eben gesagt, dass Sie für den Tod von Daddy verantwortlich sind. Sie fragen sich ja selbst, ob das stimmt. Aber ich glaube das nicht. Durch Sie, oder eher durch den Briefschreiber, ist etwas ans Licht gekommen. Aber was Daddy umgebracht hat, das war seine Schande. Und die muss er sich selbst zuschreiben. Dafür ist kein anderer verantwortlich als er selber. Er hat meine Mutter und uns Kinder betrogen und verraten. Und wenn es stimmt, dass er seiner Geliebten Crispina das Geld von CDC zugeschoben hat, dann hat er auch die armen Familien in den Bergen betrogen, denen das hätte helfen sollen. Wenn ich daran denke, dann schäme ich mich für meinen Vater. Aber er war auch mein Vater, er war für uns da, und er hat sich Mühe gegeben, uns den richtigen Weg zu zeigen. Auch wenn er selbst davon abgekommen ist.“

Abi steht auf. „Bitte, kommen Sie mit zum Friedhof.“ Aus der Küche bringt sie einen Strauß weiße Chrysanthemen, die sie am Morgen vor unserem Besuch gekauft haben muss. Sie drückt mir den Strauß in die Hand. „Sie müssen sich ordentlich verabschieden.“ Ich merke auf einmal, dass ich diese Frau bewundere.

Der Regen hat aufgehört, die schwarzen Wolken sind in Richtung der Berge gezogen. In den Schlaglöchern auf der Straße stehen tiefe, schlammige Pfützen. Es ist wieder schwül. Zum Friedhof sind es noch einmal zehn Minuten zu Fuß. Wir erreichen das Grab. In den Rasen ist eine Granitplatte eingelassen. Die Schrift ist eingemeißelt, die Buchstaben schwarz ausgemalt. „Bischof Merten Gonzales III. Faithful Shepherd of His Flock." Ich setze den Chrysanthemenstrauß in eine Vase, die auf dem Grab im Boden steckt. Ich sehe den Grabstein an. Sätze gehen durch meinen Kopf. Bischof, du warst ein furchtbares Arschloch. Du hast Deine Familie betrogen und deine Kinder gequält. Du hast von den Armen gestohlen. Dieses Ende hast du trotzdem nicht verdient. Wir machen doch alle zu viel Scheiß. Oh Gott, hoffentlich gibt es dich, Gott, aber nicht als grausamen Weltenrichter. Diese beschissene Welt braucht doch so sehr einen versöhnenden und vergebenden Gott. Hörst du mich? Amen. Ich sehe jetzt etwas undeutlich, ich habe Tränen in den Augen.

Ich bedanke mich bei Abi. Sie nimmt mich in den Arm und lässt mich eine lange Weile nicht los. Dann sehe ich, dass auch sie Tränen in den Augen hat.

40

Im Retreat Center fahre ich meinen Laptop hoch. Ich klingele Jule an.
„Hallo Papa, keine Sorge, der Brief ist praktisch schon bei dir. Der Scanner war nicht kaputt, ich musste ihn nur neu starten, aber egal. Du hast dich lange nicht gemeldet, wie geht es dir, wo bist du überhaupt?"
„Erinnerst du dich an den betrügerischen Bischof, von dem ich dir mal erzählt habe? Ich war heute an seinem Grab. Ich habe seine Tochter gesprochen, die hat mich beeindruckt. Eine durch und durch traurige Geschichte. Aber mir geht es gut. Was macht deine Masterarbeit?"
„Darüber, Papa, möchte ich auch mit dir reden. Du weißt ja, ich mache eine experimentelle Arbeit. Es geht um die sensorischen Fähigkeiten von Pflanzen. Ich möchte herausfinden, ob Pflanzen lernen können. Heute habe ich die ersten beiden Testreihen ausgewertet; du wirst es nicht glauben, meine Pflanzen lernen. Ich habe überhaupt keine Ahnung, wie sie das machen. Pflanzen haben kein Nervensystem und kein Gehirn, aber sie lernen. Wie soll ich das erklären? Es ist so aufregend, Papa!"

„Ich sehe schon, du stehst vor bahnbrechenden Entdeckungen. Der Nobelpreis winkt."
„Ach Papa, der Brief ist übrigens wirklich interessant. Ich glaube, du hast mir eine ganze Menge aus deinem früheren Leben nicht erzählt. Was ist das mit dieser Schuld?"
„Jule, ich verspreche, ich erzähle dir die ganze Geschichte. Aber ich muss das hier zu Ende bringen, und du musst endlich deinen Bio-Master fertig kriegen. Und jetzt den Brief bitte!"

Augenblicke später piept der Computer, Jules Mail mit dem Scan ist da.

Mein lieber Jan,

Deinen ausführlichen Brief habe ich erhalten. Ich bin froh, dass du mir so offen begegnest. Ich empfinde große Hochachtung dafür, wie du die Verantwortung für deine Tochter angenommen hast. Ich habe Jutta gegoogelt und mir ein paar Videos angesehen. Jutta ist eine ausdrucksstarke Sängerin, selbst in ihrem Alter noch, und eine eindrucksvolle Persönlichkeit. Es tut mir leid, dass eure Lebenswege nicht enger verbunden bleiben konnten.

Du hast dich vielleicht gefragt, warum ich dir Briefe schreibe. Dein Brief beantwortet diese Frage schon auf eine bestimmte Weise. Mit unseren Briefen haben wir unser Gespräch wieder aufgenommen. Ich schreibe dir und teile darin ein Stück meines Lebens. Du hast mit deinem Leben geantwortet. So nähern sich unsere Lebenslinien aneinander an. Ich glaube, das wäre per E-Mail nicht in gleicher Weise möglich, gar nicht zu reden von WhatsApp, Facebook und Instagram. E-Mail geht so schnell, E-Mail verlangt nach einer unmittelbaren Antwort. Ist sie geschrieben und abgeschickt, ist sie auch schon angekommen. Dadurch entsteht eine Atemlosigkeit, die Tiefe und Gründlichkeit im Weg steht. Aber ich möchte dich verstehen, mir ist wichtig, dass du mich verstehst. Das braucht Zeit zum Nachspüren, Nachdenken, in mich Hineinhören. Mein Schreiben muss nachklingen können, ich brauche Zeit, um zu fühlen, ob meine Worte das ausdrücken, was ich dir sagen möchte. Mir ist die Zeit wichtig, die es braucht, um einen Brief zum Versand fertig zu machen und aufzugeben. Wie schnell ist eine E-Mail verschickt, und damit vielleicht Worte, die ich missverständlich gesetzt habe, oder die mir unbedacht in die Tastatur gelaufen sind.

Du hast dich auf mich und das Briefeschreiben eingelassen. Das ist mir sehr wertvoll. Ja, ich will dich treffen, unsere Begegnung liegt vielleicht nicht einmal mehr fern. Ich bin fast bereit. Ich weiß ja, welche Frage du mir stellen willst. Es geht um Schuld, du willst herausfinden, welche Schuld wir damals auf uns geladen haben. Aus einem anderen Blickwinkel geht es dir auch darum, welche Schuld am Ende zwischen uns steht. Was bedeuten die Ereignisse aus den neunziger Jahren dafür, wie weit unsere Lebenslinien sich einander annähern, ob sie sich miteinander verschränken können.

Darauf, mein lieber Jan, ist die Antwort nicht einfach. Ich werde dir meinen Teil der Antwort geben. Deinen musst du selber finden. Aber versteh bitte, dass es nicht nur um die neunziger Jahre des letzten Jahrhunderts geht. Dieses Jahrzehnt ist eingebettet in größere und längere Zusammenhänge, die wir nicht außer Acht lassen können, wenn wir unsere Geschichte und uns selbst verstehen wollen.

Ich möchte dir deswegen einen Vorschlag machen. Wie gesagt, ich bin bereit, dich zu treffen, ich bin voll ängstlicher Freude, wenn ich daran denke, dass wir uns bald wiedersehen werden. Aber ich bitte dich, vorher einen alten Freund und Genossen von mir zu treffen. Carlos lebt heute in Dumaguete, wir haben eine lange Zeit miteinander verbracht. Es gab Momente, in denen wir mehr waren als Genossen. Aber darum geht es nicht, das ist lange vorbei. Carlos kann, das wirst du sehen, dir helfen, die Ereignisse, die dich beschäftigen, in einer größeren Perspektive zu sehen. Bitte missverstehe mich nicht. Ich zweifele nicht an deiner Fähigkeit, kluge Schlüsse aus deinem Erleben zu ziehen. Aber Carlos wird dir den Rahmen zeigen können, in dem die Entwicklungen vor zwanzig, dreißig Jahren stattfanden.

Ich habe Carlos angefragt. Er freut sich darauf, mit dir zu sprechen. Du musst allerding zu ihm fahren; seit einer schweren Verletzung ist er nicht mehr mobil. Ich habe ihm deine Handynummer gegeben, er wird sich bei dir melden.

Nimmst Du meinen Vorschlag an?

Ich hoffe, dass wir uns bald sehen und grüße dich in Verbundenheit

Diwa

Jetzt also Dumaguete. Die Stadt der deutschen Rentner. Vor Jahren war ich einen Abend im *YNot*. Um die Tische saßen deutsche Rentner mit sehr jungen Filipinas, 70 und 17 passen doch prima zusammen. Letztlich ist das ganze Leben ein Geschäft. Solange die beiden sich gegenseitig etwas anbieten können, warum nicht? Der Barkeeper erklärte mir die Philosophie des Betriebs. Viele Mädchen und einige Männer trugen silberne Anhänger mit einem Ypsilon, der untere Balken mit Knoten. YKnot, why not, warum nicht. Wäre das in meinem Fall 66 und 16? Um Himmels willen.

Wo stehe ich nach dem Besuch bei der Bischofstochter? Was war das für ein Besuch am Grab. Der Bischof ist also an seiner Schande gestorben? Aber wenn er an der Schande gestorben ist, dann spiele ich darin sehr wohl eine Rolle. Schande ist nicht gleich Schuld, Schande ist die aufgedeckte Schuld, gespiegelt im Urteil der anderen. Solange die Schuld verborgen und verdeckt bleibt, gibt es keine Schande, die Schuld kann noch so groß sein. Aber im Aufdecken der Schuld des Bischofs habe ich eine entscheidende Rolle gespielt. Ich war nicht der einzige, zuerst gab es den anonymen Brief, dann den Auftrag an Ben, Bens Mission und Marias Rolle darin; vielleicht einen Pascal mit seinen eigenen Absichten. Kann ich die Schuld in dieser Kette der handelnden Personen aufteilen? Ein Fünftel für jeden? Wird die jeweils zuzurechnende Schuld durch Aufteilung kleiner oder muss jeder mit der vollen Last zurechtkommen?

Hat Abi sich vielleicht ungeschickt ausgedrückt, meinte sie eigentlich, der Vater sei an seiner *Schuld* gestorben? Aber warum sprach sie dann von seiner *Schande*?

Wenn aber Abi Schande gesagt und gemeint hat – muss ich mir das zu eigen machen? Ohne seine Betrügereien, ohne seine moralische Härte, ohne seine Gier wäre Bischof Gonzales doch nicht in diese Lage geraten. Spielt es da überhaupt eine Rolle, ob er an Schuld oder an Schande gestorben ist? Schließlich hätte es ohne Schuld keine Schande gegeben.

Welche anderen Handlungsoptionen hätte ich gehabt, wenn ich von Anfang an gewusst hätte, dass die Ereignisse, die ich in Gang setze, das Leben von Bischof Gonzales in Gefahr bringen? Den Brief abheften, nichts tun? Das war keine Option. Ich hatte eine Verpflichtung gegenüber der Integrität meiner Organisation und dem Vertrauen ihrer Spender. Einen anderen als Ben schicken? Wer hätte das sein sollen?

In der Nacht stützt Bischof Gonzales sich keuchend auf mich. Abi brüllt mich an: „Merkst du nicht, dass Daddy zum Zahnarzt muss?“ Ich sehe den Bischof an. Es ist dunkel, von irgendwo kommt gelbes Licht. Fingerdicke Würmer schlängeln sich aus dem Mund des Bischofs und kriechen meinen Arm hinauf. Ich wache schweißgebadet auf.

Das erste Morgenlicht fühlt sich wie Erlösung an.

41

Kein Frühstück heute Morgen, ein Becher 3-in-One muss reichen. Ich nehme den ersten Bus nach Manila. „Wieder zurück, Sir Jan? Wie schön, herzlich willkommen in Ihrem Zuhause in Manila!“ Die Rezeptionistin strahlt mich an. Sie reicht mir ein kleines kaltes, feuchtes Tuch, für mein verschwitztes Gesicht und die klebrigen Hände. „Unser neuer Service, Sir!“ Ich danke ihr und reibe mich ab. Ich bin früh zurück, mein Zimmer ist noch nicht fertig, aber ich kann mich in der Lobby ausruhen und Zeitungen lesen. Ein Sexskandal erschüttert die Hauptstadt. Eine bekannte, bekanntermaßen glücklich verheiratete, Schauspielerin wurde früh morgens erwischt, wie sie aus dem Hotelzimmer eines Ministers kam. Dass gegen eben diesen Minister eine größere Korruptionsuntersuchung läuft, beeindruckt weder die bekannte Schauspielerin, noch die Öffentlichkeit. Der *tamaraw*, der philippinische Wasserbüffel, ist im vergangenen Jahr aus bisher unbekannten Gründen im Durchschnitt wieder um 0,4 Kilogramm leichter geworden. *Mother's Choice* bringt eine neue Marmeladenreihe auf den Markt, die zwar genau so süß ist wie die bisherige, aber 35% weniger Zucker enthält. Ich lege die Zeitung zur Seite.

Ein Mann mit Mopp und Wassereimer läuft durch die Lobby. Die Rezeptionistin nickt mir zu. „Sir Jan, Ihr Zimmer ist jetzt für Sie bereit!" Ich nehme die Treppe in den zweiten Stock. Die Rezeptionistin hat mich im selben Zimmer wie letztes Mal untergebracht. Ich packe den Laptop aus und fahre ihn hoch. Das Wlan-Signal ist stark, ich klicke Jule an.

Jule meldet sich sofort. „Hallo Papa, na endlich, bekomme ich jetzt die Geschichte? Du siehst etwas verbraucht aus. Wie geht es dir?"
„Ach, ich bin schon ok. Ich bin gerade aus San Fernando zurück in Manila. Da, wo dieses Coastal Development Center ist, bei dem es damals die Korruptionsvorwürfe gab. In San Fernando hat auch der Bischof Merten Gonzales gelebt und gearbeitet. Der Bischof, der im Zuge der Untersuchung plötzlich verstorben ist. Ich habe mit seiner Tochter gesprochen."
„Ich weiß, Papa, du wolltest herausfinden, was du mit seinem Tod zu tun hast. Du hast doch damals die Untersuchung in Auftrag gegeben."

Ich gebe Jule einen ausführlichen Bericht. Sie hört mir aufmerksam zu und stellt hin und wieder eine Zwischenfrage. Sie möchte wissen, ob denn klar ist, woran der Bischof gestorben ist. „Nein, das ist nie sicher festgestellt worden. Nach allem glaube ich nicht, dass er vergiftet oder sonstwie umgebracht worden ist. Entweder hat er sich das Leben genommen oder sein Herz ist einfach stehen geblieben. Wie seine Tochter gesagt hat, so oder so ist er an seiner Schande gestorben."
„Und wie geht es dir jetzt, Papa? Gibst du dir weiter die Schuld an seinem Tod?"

„Ich weiß es nicht, Jule. Der Bischof war keiner von den Guten. Er hat Geld unterschlagen, das für die bitterarmen Familien in der Gegend bestimmt war, er hat dabei gemeinsame Sache mit der damaligen Leiterin des CDC, Maria Manoto, gemacht. Er hat seine Frau und seine Familie betrogen, wahrscheinlich nicht nur mit dieser Crispina Candong. Er war brutal gegen seine Kinder. Der Bischof war wirklich ein Schwein. Aber hat er dafür den Tod verdient? Kein Gericht hätte ihn zum Tode verurteilt, und das ist gut so. Bin ich schuld? Vielleicht ist Schuld das falsche Wort. Vielleicht geht es um Verantwortung. Der Tod des Bischofs steht am Ende einer langen Kette von Ereignissen. In dieser Kette bin ich ein wichtiges Glied. Ich hätte alles aufhalten können, wenn ich damals den anonymen Brief geschreddert hätte. Aber ich bin nicht einmal sicher, ob ich den Brief unterdrückt hätte, wenn ich das Ende gekannte hätte. Und am Ende war ja nicht nur der Bischof tot."

„Papa, jetzt hör mir mal gut zu, ich erkläre dir jetzt den Jan." Ich muss lachen. „Mit dir ist das so: du fandst den Bischof ekelhaft, weil er euch ein paar Mal bestohlen hat, und du konntest nichts dagegen machen. Du bist einfach nicht gegen ihn und sein Netzwerk und die philippinischen Gerichte angekommen. Das hat dich furchtbar geärgert. Als du erfahren hast, dass der Bischof tot ist, hast du dich gefreut, richtig gefreut. Du hast gedacht, das ist die gerechte Strafe für einen üblen Bösewicht. Aber du bist ein guter Mensch, und deshalb hast du einen Schreck bekommen, dass du dich über den Tod eines Menschen freust. Und als Buße für deine Freude über die grausame Gerechtigkeit der Weltenläufte hast du dir die Schuld am Tod des Bischofs auferlegt. Kannst du mir soweit zustimmen?"

Ich sehe auf die Laptop-Tastatur. Das Plastik zwischen den Buchstaben ist fleckig. Sind das Krümel oder eher kleine Haare? Bartstoppeln? Aus irgendeinem verborgenen Grund glänzt die Leertaste wie sorgsam poliert. „Jule, ehrlich, ich weiß nicht, kann sein, ich glaube du liegst nicht ganz daneben."

„Papa, du hast dir die Schuld am Tod des Bischofs selbst aufgeladen. Das warst du und niemand sonst. Und was du dir ganz allein aufgeladen hast, das kannst du auch selbst wieder ablegen. Das kostet ein bisschen

Anstrengung. Aber du kannst es tun. Denk daran, der Bischof war ein Arschloch, ein ganz mieses Schwein. Am Ende hat er sich in seinem eigenen Netz von Untreue und Betrug gefangen. Das war er, nicht du. Wie hört sich das für dich an?"

Natürlich glänzt auch die Eingabe-Taste, aber das ist leicht zu erklären. Ich sehe Jule wieder an. „So einfach geht das doch nicht, Schuld einschalten, Schuld abschalten." Vielleicht nehme ich ein feuchtes Tuch und reibe die Tastatur ab. Oder soll ich sie lieber umdrehen und ausklopfen? Was wohl besser hilft? „Aber ich danke dir, meine kluge Tochter. Du hast mir was zum Denken gegeben."
„Was machst du denn jetzt weiter, fliegst du nach Dumaguete, du weißt doch, ich lese alle deine Liebesbriefe."
„Wahrscheinlich mache ich das. Aber ich warte noch darauf, dass dieser Carlos sich meldet. Ich habe schon eine Ahnung, worum es da geht."
„Darüber reden wir ein anderes Mal. Ich muss mich dringend wieder um meine schlauen Pflanzen kümmern. Ich drücke dich, Papa, und beim nächsten Mal möchte ich, dass du nicht so abgenutzt aussiehst! Ciao, Papa!"
„Ich gebe mir Mühe. Tschüss, Jule!"

Das Nachmittagslicht färbt die Stadt mild und freundlich ein. Ich habe Lust auf einen *special halo-halo*. Wenige Schritte die Straße hinunter gibt es eine Eisdiele, die einen wunderbaren *halo-halo* zubereitet, *shaved ice* mit pappsüßer Kondensmilch, Jackfruit, süßen Bohnen, Kokosgelee, Stücken von dickem Milchpudding und *ube*-Eis. Ich mische das violette *ube*-Eis mit den anderen Zutaten in ihrem hohen Glas. Ein kleines lila Rinnsal läuft durch die Kondenswasserperlen am Glas hinunter. Ich kann mich nicht erinnern, wann ich zuletzt einen so guten *halo-halo* hatte. Die Sonne nähert sich dem Horizont, nur die oberen Stockwerke auf der anderen Straßenseite baden noch im letzten Nachmittagslicht. Eigentlich ist das Leben doch nicht so schlecht.

III

Kontinentalverschiebung

42

Den nächsten Tag verbringe ich in Manila. Es wird immer heißer. Ich möchte ein paar Hosen und Hemden kaufen. Mit einem *Grab*-Taxi fahre ich zu einer der großen Malls. Es ist noch früh, die Mall öffnet um zehn Uhr. Vor dem imposanten Eingang hat sich bereits eine beträchtliche Traube von Menschen gesammelt. Um Punkt zehn kommen vier uniformierte Angestellte und machen sich an die Schlösser. Das am Boden ist schnell aufgeschlossen. Für das Schloss oben an der Tür haben sie einen hohen roten Plastikhocker mitgebracht, den nun einer nach dem anderen besteigt, um die Türen oben aufzuschließen. An den beiden grauen Metalldetektoren haben sich bereits die Guards mit ihren hölzernen Schlagstöcken aufgebaut. Männer rechts, Frauen links, passieren wir durch die Detektoren. Ein elektronischer Piepton erklingt, als ich durch den grauen Rahmen gehe. Der Guard grüßt freundlich „Welcome to Malate Mall, Sir!"

Eine halbe Stunde später sind die Gänge des Einkaufszentrums voll. Ich stelle mir vor, die Mall ist so etwas wie der Wald zu Hause. Hier ist es kühl, man kann spazieren gehen, die anderen Spaziergänger beobachten und mit spöttischen Bemerkungen kommentieren, man kann Eis essen und Kaffee trinken. Im Unterschied zum deutschen Wald gibt es in der Mall Kinos und sogar eine Eislaufbahn. Freizeitvergnügen Malling.

Ich finde meine Hosen und ein paar mit bunten Papageien und Paradiesvogelblüten bedruckte T-Shirts. In einer Sammelumkleide probiere ich zwei kurzärmelige Hemden an. Da klingelt mein Handy.
„Jan, hallo!"
„Carlos hier. Der Freund von Diwa. Gut, dass ich dich gleich erreiche."
„Carlos, ich habe deinen Anruf erwartet, Diwa hat dich angekündigt."
„Du kannst mich Kaloy nennen. Wir kennen uns übrigens."
„Wir kennen uns?"
„Letztes Jahrhundert. Erinnerst du dich an deine *urban poor exposure* in Tondo?"

„Hm."
„Ich habe damals einen anderen Namen getragen. Ich war für die *Exposures* verantwortlich, die wir für sympathisierende Ausländer organisiert haben. Wir waren zusammen in einer *squatter area* und haben da übernachtet. Na ja, jetzt will ich dich nach Dumaguete einladen. Diwa möchte, dass ich dich ein bisschen auf den Stand bringe, was die achtziger und neunziger Jahre angeht. Hast du Lust?"

„Klar, ich bin gespannt."
„Ok, du hast jetzt meine Handynummer. Sag Bescheid, wann du kommst, ich gebe dir die Instruktionen für das Taxi vom Flughafen. Du brauchst dir kein Hotel zu nehmen; wenn das ok für dich ist, kannst du gern bei mir wohnen, Platz ist genug."
„Danke Kaloy, das nehme ich gern an. Ich melde mich. *Sige, salamat!*"
„*Salamat din, ingat!*"
Ich bringe die Hemden zurück. Sie sind zu kurz.

Die *urban poor exposure*, ich erinnere mich genau daran. Ich war erst seit ein paar Wochen im Land. Der Chef meiner NGO war der Meinung, ich sollte mich mit der sozialen Situation im Land vertraut machen. An einem Nachmittag brachte er mich in das Büro einer befreundeten Organisation in Manila. In der Küche wartete ein Mann auf mich. Seltsamerweise trug er selbst in der Küche eine Baseball-Kappe, die er tief ins Gesicht gezogen hatte. Aber er hatte eine schöne, warme Stimme. An seinen Namen erinnere ich mich nicht; das war also jetzt Kaloy. Er gab mir eine Einführung in die Situation der Menschen in den endlosen Slumgebieten der Hauptstadt. Tondo, Hafenviertel, hier herrschte ein ständiger, zäher Kampf um Land und Lebensraum. Viele zehntausend Menschen lebten illegal in selbst zusammengeflickten Unterkünften aus Palettenbrettern, Wellblech und Plastikplanen, stets bedroht von Hafenerweiterungen und Straßenbau. Kurz vor Sonnenuntergang brachen wir auf. Am Eingang zur *squatter area* begrüßte Kaloy zwei stämmige, über und über tätowierte Männer. Ich weiß noch, ich dachte, die beiden sehen aus wie Karikaturen von Disco-Türstehern. Kaloy erklärte mir, dass die beiden vom Sicherheitsdienst der Squatter-Organisation waren und am Eingang Wache hielten. Unser Besuch war angekündigt, wir standen jetzt unter dem Schutz der Organisation. „Was meinst du wohl, was passiert wäre, wenn du einfach so versucht hättest, hier reinzulaufen?“ fragte Kaloy.

In den letzten Tagen hatte es viel geregnet. Der Weg, der auf den ersten Metern noch asphaltiert gewesen war, wurde schnell schmaler und verengte sich zu einem Pfad, auf dem das Wasser in zahllosen ölig schillernden Pfützen stand. Kaloy fand seinen Weg durch das Labyrinth enger Gassen offenbar ohne Mühe. Nach vielleicht zehn Minuten hielten wir vor einer niedrigen Hütte an. An vier oder fünf vorstehenden Kanthölzern hingen rostige Konservendosen mit Pflanzen. Ich war völlig durchgeschwitzt. „*Tao po*!“ Die Brettertür öffnete sich nach innen. „*Pasok, mabilis*!“ Eine Frau, die sich als Mila vorstellte, reichte uns die Hand. Mila stand schief neben der Tür. Ihr rechtes Bein wirkte viel zu kurz. „*Mabuhay kayo.*“ Wir traten in einen engen Raum. Die eine Seite nahm ein niedriges Podest aus rohen Brettern ein. An einem Ende lagen zusammengerollte Decken. Auf der anderen Seite stand ein Gaskocher auf dem Lehmboden. Ein paar Taschen aus Pandanus oder Palmblättern waren an die Decke hochgezogen. Was mich überraschte, war eine große schwarze Tafel, die die ganze Rückwand der Hütte einnahm. Darunter lagen Kreide und ein Filzblock zum Auswischen. Im Licht der zischenden Petromax-Lampe konnte ich einen Plan des Slumgebiets erkennen.

Wir setzten uns auf das Bretterpodest. Mila reichte uns Wasser in Plastikbechern. „Keine Angst, das Wasser ist sicher.“ Dabei lachte sie. „Es kommt nicht aus dem *estero*.“ Misstrauisch nahm ich einen kleinen Schluck. „Du kannst das wirklich trinken, Jan!“ Kaloy sah mich aufmunternd an.

Ich erfuhr, dass Mila als junge Frau einen Unfall gehabt hatte, bei dem sie sich ihren rechten Oberschenkel gebrochen hatte. Im Krankenhaus war sie abgewiesen worden, weil niemand ihre Behandlung bezahlen konnte. Ein Sanitäter aus der Nachbarschaft hatte das Bein dann notdürftig geschient. Aber der Knochen war falsch zusammengewachsen,

Milas rechtes Bein blieb zu kurz. Jetzt, mit Mitte dreißig, war Mila *community organizer*. Aus Blicken und Andeutungen konnte ich schließen, dass das eine Art Anstellung bei einer linken NGO bedeutete, aber darüber hinaus mit Aufgaben anderer Art verbunden war.

„Was meinst, wer hier im Slum wohnt, Jan?", fragte Mila. Arbeitslose, Kleinkriminelle, Drogenhändler und ihre Kunden, Straßenhändler und Nutten, dachte ich.
Ich sagte: „Arme und Abgehängte."
„Ja klar, aber weißt du, wer die Armen sind?" Ich sah Mila fragend an. „Meine direkten Nachbarn sind eine Krankenschwester, ein Polizist und eine Grundschullehrerin. Bei keiner von denen reicht das Gehalt, um eine Familie zu ernähren und noch Miete zu zahlen. Deswegen leben sie mit ihren Kindern hier, in einer Hütte, illegal, aber mietfrei."
Ich versuchte mir vorzustellen, wie die Krankenschwester in ihrem schneeweißen Kittel morgens aus einer dieser Hütten trat und sich durch den schwarzen Schlamm der engen Pfade auf den Weg zur Arbeit machte. Die Vorstellung hatte etwas Außerweltliches.
„Ich zeige dir das morgen früh. Dann kommen sie alle aus ihren Hütten, die Lehrerin mit ihrer weißen Bluse, die Krankenschwester mit dem weißen Kittel, der Polizist mit gebügelter Uniform. Kannst du dir vorstellen, wieviel Mühe das kostet, hier sauber und ordentlich gekleidet aus dem Slum zu kommen?"
Das konnte ich mir sehr gut vorstellen. Jetzt fiel mir ein, dass ich auf dem Weg zu Mila an zwei „Wäschereien" vorbeigekommen war. Dort hingen hunderte Blusen, Hemden und Hosen auf Drahtbügeln von Wäscheleinen, die unter freiem Himmel in vielen Reihen neben- und übereinander gespannt waren. Aus einer Hütte daneben hatte ich laute Musik gehört, und Frauenstimmen, die dazu sangen. Durch eine geöffnete Klappe hatte ich mehrere Frauen gesehen, die im Halbdunkel bügelten.

Auf dem Plan an der großen Wandtafel waren verschiedene Bereiche des Slums in rot und blau markiert und mit Namen und Buchstaben versehen. Mila erklärte, dabei handele es sich um die Kennzeichnung von Organisationsgrad und bestimmten Funktionen. Fast alle seien hier schon Mitglieder in der *people's organisation*. Dabei gehe es vor allem um die Sicherung des Lebensraums und der Wohnrechte der Bewohner. Mehrere geplante Räumungen von Teilen der Gemeinschaft habe man schon verhindern können. Dabei bediene man sich einerseits der legalen politischen Instrumente wie Demos, Streiks, Eingaben und Sit-ins. Aber es gebe auch radikalere Formen. Es seien schon Frontlader und LKWs der Stadtverwaltung in Flammen aufgegangen, obwohl sie natürlich nicht wisse, wer dafür verantwortlich gewesen sei.

Erst später, während der Tage in den Bergen von Abra, habe ich verstanden, dass die *people's organizations* in den Slums der Hauptstadt einerseits mächtige Interessenvertreter der illegalen Siedler waren. Zugleich dienten sie aber auch der Rekrutierung von Kämpfern für die Berge. Wer sich im Einsatz für die Rechte der Armen bewährte und radikale Aktionen nicht scheute, der wurde gefragt, ob er der Sache des Volkes nicht noch wirksamer dienen wolle. Im bewaffneten Kampf in den Bergen und auf dem Land, der *highest form of struggle*.

Während Mila erklärte, zeigte, auf meine Fragen antwortete, spürte ich, wie Kaloy mich beobachtete. Im Stillen dachte ich, er sammelt Material für den Bericht, den er morgen über mich schreiben wird.

Die Nacht werde ich nicht vergessen. Zunächst führte Kaloy mich zur Gemeinschaftstoilette, einer zweitürigen Bretterbude auf wackeligen Stelzen über dem *estero*, die über ein schmales Brett erreichbar waren. Die Ausscheidungen fielen vom Donnerbalken umstandslos in den schwarzen Fluss hinunter. Wasser zum Reinigen oder, luxuriöser, Toilettenpapier musste man selber mitbringen. Ich nahm mir fest vor, die Toilette auf keinen Fall in der Nacht aufzusuchen und für den Rest des Abends nichts mehr zu trinken.

Als wir zurückkamen, war Mila dabei, ein einfaches Abendessen zu kochen, Reis mit gebratenem Trockenfisch und Tomatenscheiben. Zum Essen erschienen ihre beiden halbwüchsigen Kinder, ein Mädchen und ein Junge, die mit Mila hier wohnten. Während wir mit den Händen aßen, gab Kaloy mir einen Abriss der Geschichte der *people's organization*, ihrer Kämpfe, der großen Siege und kleinen Niederlagen. Zuletzt hatte das Marcos-Regime versucht, Bewohner für bewaffnete Bürgerwehren, sogenannte vigilantes, zu rekrutieren. Mit Argumenten und notfalls unter Androhung des Ausschlusses aus der Gemeinschaft war es gelungen, nicht mehr als eine Handvoll junger Leute an die rechte Bürgerwehr zu verlieren.

Für die Nacht legte Mila eine Decke auf das Holzpodest, wo Kaloy und ich schlafen sollten. Sie selbst und ihre Kinder würden auf dem *banig*, einer aus Pandanus-Blättern geflochtenen Matte, auf dem Boden schlafen. Mila reichte uns Wasser zum Zähneputzen. Wir spuckten Zahnpasta und Wasser durch die Fensteröffnung direkt auf den schlammigen Pfad. Die Hütte war heiß, obwohl die zischende Petromax-Lampe bereits gelöscht war. Bald hörte ich die gleichmäßigen Atemzüge von Mila und ihren Kindern. Kaloy begann schnurrend zu schnarchen, ein seltsam beruhigendes Geräusch. Auch in den Hütten um uns herum wurde es stiller. In der Stille hörte ich jetzt das trockene Rascheln in den großen Taschen an der Decke. War da nicht auch ein leises Tappen und Huschen auf dem Boden? Ich spitzte die Ohren und versuchte, den Ursprung der Geräusche zu lokalisieren. In der betäubenden Hitze muss ich eingeschlafen sein. Plötzlich wachte ich von einer Berührung auf. Etwas nicht ganz Leichtes, nicht sehr Schweres hatte sich meinen Arm hinaufbewegt, war auf meinen Kopf gesprungen, und dann auf Kaloys Seite verschwunden. Mein Herz raste, ich brauchte lange, um mich zu beruhigen und wieder einzuschlafen. Im Morgengrauen stieß Kaloy mich an: „Na, wie war die Nacht? Hast du die Ratte bemerkt?"

43

Ich nehme den ersten Morgenflug nach Dumaguete. Im Flieger ist es erschreckend kalt. Meine Jacke habe ich mit dem Koffer eingecheckt. Eine junge Stewardess reicht mir eine dünne Fleecedecke gegen Leihgebühr. Von meinem Fensterplatz aus sehe ich, wie wir dem Wasser immer näher kommen. Die Flügelspitzen berühren fast die Wellenkämme, dann setzt die Maschine hart auf der ins Meer hinausgebauten

Landebahn auf. Nur ein niedriger Stacheldrahtzaun trennt das Ende der Landebahn von der betonierten Provinzstraße. Der Flieger rollt aus, wendet und fährt zum Abfertigungsgebäude zurück. Auf der Gangway beschlägt meine Brille in der warmen feuchten Meerluft. Blind tappe ich hinter den anderen Fluggästen zur Gepäckausgabe. Der Himmel ist wolkenlos, es verspricht ein heißer Tag zu werden.

Kaloy muss noch etwas warten. Ich packe meinen Koffer auf ein *tricycle* und bitte den Fahrer, zu den Balinsasayao Twin Lakes zu fahren. Ein Stück nördlich des Flughafens verlassen wir die Küstenstraße. Das *tricycle* quält sich keuchend die Schotterstraße in die Berge hinauf. Die Straße ist von Häusern gesäumt, die meisten davon eher Hütten, viel zu dicht an den Fahrbahnrand gebaut. Dazwischen handtuchgroße Maisfelder, Cassava, Süßkartoffeln. Erst kurz vor Lake Balinsasayao schließt sich der Wald dicht um die Straße. So wie hier oben müssen die Philippinen früher einmal überall ausgesehen haben. Dichter Wald, unberührte Seen. Ich bitte den Fahrer auf mich zu warten. Ich nehme den Wanderweg zum Lake Danao, dem anderen See. Nein, unberührt ist hier nichts mehr. Ruderboote ziehen über den See, der kurze Wanderweg ist ausgeschildert. Und doch ist die Luft hier anders. Ich höre Vögel und einen Laut wie heiseres Husten. Hören sich so Affen an? Ein großer Raubvogel mit breiten Schwingen zieht seine Kreise hoch über dem Doppelsee. Das muss ein philippinischer Seeadler sein. Ich setze mich auf einen umgestürzten Baumstamm und schließe die Augen. Ich lausche den Geräuschen, dem leisen Plätschern der Ruder im See, den kleinen Wellen, die auf den Uferkies aufschlagen, dem Rascheln und verhaltenen Rauschen des Laubs der alten Bäume, den Vogelstimmen und dem seltsamen Husten. Es ist noch früh, Moskitos sind nicht unterwegs. Eine Touristengruppe auf dem See unterhält sich laut. Die Luft riecht nach modrigem Waldboden und ein wenig stechend nach aufdringlichen Blüten. Ich gehe weiter. Der Wald und die grünen Bergkuppen spiegeln sich im dunklen See.

Ich frage den *tricycle*-Fahrer, nach einem direkten Weg von den Twin Lakes nach Valencia, dem Ort in den Hügeln hinter Dumaguete. Nein, alles Wald und steile Schluchten. Wir fahren zur Küste zurück und in die Stadt hinein. Vor Jahren war Dumaguete ein ruhiges Universitätsstädtchen. Siliman University, die große protestantische Hochschule, bildet hier den Pfarrernachwuchs für die United Church of Christ aus und bietet auch andere Studiengänge an. Ich mochte die Bibliothek, ein luftiger Holzbau, in dem ich viele Stunden mit stockfleckigen Bachelor-Arbeiten und muffigen Folianten verbrachte. Natürlich war das kein guter Ort für Bücher; schon vor Jahren wurde er durch einen klimatisierten Zweckbau ersetzt. Für die Bücher und die Konzentration ihrer Leser ist das gewiss besser. Aber ich denke mit Wehmut an die alte Bibliothek.

Auch die Uferpromenade hat sich verändert. Damals wurden abends niedrige Tische und Holzbänke aufgestellt. Dutzende winzige Stände fingen an, Hühnerbeine, Lebern, Krallen und Herzen zu grillen. Kaltes Bier gab es aus Kühlboxen, die bis zum Rand mit gebrochenen Eisblöcken und Wasser gefüllt waren. An einem dieser lauen Abende auf der Uferpromenade ruinierte ich mir meine schönste braune Sommerhose. Meine Bank war frisch gestrichen, ich hatte mich, ohne es zu bemerken, auf die noch feuchte Farbe gesetzt. Beim Ausziehen entdeckte ich die weißen Streifen auf der Hosenrückseite. Waschbenzin und *Tide* halfen nicht, meine braune Sommerhose begann ein neues Leben als Renovierungs- und Anstreichhose.

Jetzt gibt es Verkehrsstau auf der Uferpromenade. Eine Schlange von *tricycles* wartet mit knatternden Zweitaktern vor der Kreuzung. Drinnen sitzen Schülerinnen mit karierten Röcken, weißen Blusen und gemusterten Krawatten. Schulende in einer der High-Schools. Wir quälen uns durch die Stadt. Auf der anderen Seite des Zentrums kommen jetzt die Eisenwarenläden. Verzinkte Metallrohre, Armiereisen, Baumatten, Wellblech. Dann Bambus in allen Dicken und Längen. Toiletten, Waschbecken, PVC-Rohre, Badarmaturen. Endlich biegen wir wieder nach rechts ab, in die Hügel. Der Weg wird steiler, die Schlaglöcher häufiger und tiefer. Hibiskushecken säumen die Straße. Große rosa Blüten recken sich gedankenverloren in den Himmel. Mein Fahrer hält an, um nach dem Weg zu fragen. Straßennamen und Hausnummern haben diesen Ort noch nicht erreicht. *An dem sari-sari-store unter dem großen Jacaranda-Baum rechts ab, dann noch zweihundert Meter leicht bergan, bei der Akazie links, dann ist es das dritte Haus auf der rechten Seite.*

Schließlich hält das *tricycle* vor einem Bambushaus mit gepflegtem Garten. Eine akkurat gestutzte Hecke umgibt das Hanggrundstück. Der Fahrer wuchtet meinen Koffer aus dem Fahrzeug. Ich zahle. „*Tao po! Ako si Jan. Nandito na ako!*" In der Haustür erscheint ein etwa sechzigjähriger Mann im Rollstuhl und mustert mich einen Augenblick, ehe er mit kräftiger sonorer Stimme antwortet: „*Halika na, pasok! Huwag matakot!*" Ich rolle meinen Koffer zum Eingang und mustere Kaloy. Ich sehe in sein freundliches Gesicht und habe einen kurzen Moment das Gefühl in einen tiefen Brunnen zu fallen. Das alte Gesicht schält sich, während ich falle, ein ums andere Mal, wird jünger und jünger und verwandelt sich in das des Kaders, mit dem ich vor mehr als zwei Jahrzehnten die Nacht in einer Slumhütte von Tondo verbracht habe. „Kaloy, ich freue mich sehr, dich wiederzusehen!" „Hattest du nicht damals Haare, Jan?" „Du hast dich auch gar nicht verändert, Kaloy." Ein Bambushaus, aber der Boden besteht nicht aus den üblichen gespaltenen Bambusstangen. Er ist glatt und eben, als wäre der Bambus von einer gewaltigen Presse glattgewalzt worden. Das muss dem Rollstuhl des Bewohners geschuldet sein. Ich ziehe meine staubigen Schuhe aus und folge Kaloy ins Haus.

Kaloy ist älter geworden, sein Haar ist graumeliert, aber voll. Das Grübchen im Kinn ist jetzt ausgeprägter, um die dunklen Augen und auf der Stirn zeichnen sich tiefe Falten ab, aber er wirkt energisch und kraftvoll. Mit seinen Armen treibt er den Rollstuhl geschickt durch das Haus.

Kaloy führt mich auf die Talseite des Hauses. Eine überdachte Veranda öffnet den Blick auf Bananen- und Ingwerstauden, Kokospalmen und Abacapflanzen. In der Ferne ahne ich das Meer. Die Temperatur ist angenehm, es ist sicher fünf Grad kühler als unten in Dumaguete. Um einen Bambustisch stehen vier braune Monoblock-Stühle mit Armlehnen. Kaloy rollt an den Tisch und weist mir einen Stuhl an. „Setz' dich,

Jan, hier, da hast du den schönsten Blick ins Tal." Eine junge Frau bringt Wasser in einem beschlagenen Glaskrug. „Anne ist meine Nichte. Sie hilft ein bisschen im Haus, ich finanziere ihr Studium unten in Dumaguete. Anne, du bist mein Engel, *di ba*?"

„Hat das Leben es gut mit dir gemeint, Jan?"
„Ich habe eine wunderbare Tochter, Jule. Aber sonst war es ziemlich gemischt."
„Erzähl mir davon. Frauen? Beruf? Gesundheit?"
Talambuhay? Na dann. „Okay, aber danach erzählst du mir von dir."
„Natürlich. Ich denke, du wirst wissen wollen, wie Diwa und ich zueinander stehen. Wir haben alle Zeit der Welt."

„Den Anfang kennst du vielleicht noch. Damals, bei meiner Tondo-*Exposure* habe ich dir schon viel erzählt. Erinnerst du dich?" Kaloy schmunzelt und klopft auf ein zerfleddertes Notizbuch, das er neben sich auf den Tisch gelegt hat. „Deine Notizen von damals, vor dreißig Jahren? Komm, das kann nicht sein."
„Das erkläre ich dir später. Du wirst es verstehen, wenn du das große Bild siehst, das ich dir in Diwas Auftrag malen soll. Jetzt bist aber erst einmal du dran."

Da sitze ich mit einem fast Unbekannten auf der Veranda eines Bambushauses in den Bergen einer fast unbekannten Stadt. Nur fast unbekannt, fällt mir jetzt ein. Vor Jahren war ich schon einmal in Valencia, zur Prüfung einer Umwelt-NGO. Die hatte sich den Kampf gegen die Meeresverschmutzung auf die Fahnen geschrieben. Es war Trockenzeit. Die Umweltaktivistinnen brachten mich zu einer engen Schlucht. Hier wurde der ganze ungetrennte Abfall abgekippt. Bald würde die Schlucht randvoll mit Plastikflaschen, Getränkedosen, Batterien, Babywindeln und Snackpackverpackungen sein. Falsch, sagten die Frauen. Die Trockenzeit ist fast zu Ende. Wenn der Regen kommt, entsteht in der Schlucht ein reißender Fluss und spült den ganzen Müll ins Meer. Dann ist wieder Platz für den Abfall des nächsten Jahres.

Kaloy sieht mich aufmunternd an, in seinen Augen lese ich Interesse.

Ein kleines Lächeln spielt um seinen Mund. Irgendwie fühlt es sich richtig an, mit diesem Mann zu reden. Was habe ich zu verlieren? „Können wir noch eine Sache klären, ehe wir anfangen, Kaloy? Ich rede gern mit dir. Aber ich muss mich darauf verlassen können, dass alles, was wir miteinander besprechen, unter uns bleibt. Wenn ich denke, dass du über unser Gespräch anderen, der Partei, berichtest, dass du Protokolle anfertigst und weitergibst, dann ist unsere Begegnung hier zu Ende."

Kaloy lacht. „Ich verspreche dir, dass unser Gespräch unter uns bleibt. Vielleicht vereinbaren wir zum Schluss, was ich an Diwa weitergeben darf. Aber außer ihr soll niemand erfahren, was wir miteinander besprechen. Ich erzähle dir später von meinen Erfahrungen. Dann wirst du verstehen, dass ich keinen Anlass habe, irgendetwas an die Partei weiterzugeben."
„Ich weiß nicht wirklich, warum, aber ich vertraue dir, Kaloy."

Die Sonne nähert sich dem Horizont. Millionen Grillen machen einen unfassbaren Lärm. Ich kann Kaloy kaum verstehen. Anne bringt eine Schüssel Popcorn und Bier. Kaloy lächelt sie an, sie blickt lächelnd zur Seite. Anne ist hübsch, auf eine unaufdringliche, bescheidene Art. Ich glaube, es liegt an ihren Augen. Sie ist präsent, ohne zu fordern. Ihre Augen nehmen Kontakt auf, sie stellt Verbindung her. Ich blicke ihr nach. „Es ist wirklich ein Glück, dass ich Anne hier habe. Sie ist die Tochter einer entfernten Cousine. Ich bin ja nicht verheiratet und brauche ein bisschen Hilfe, obwohl ich auch allein ganz gut zurechtkomme. Aber immer allein sein ist auch Scheiße. Und was Diwa angeht, hast du ja wohl gewonnen."

Ich sehe Kaloy an. Er schaut in die Ferne und sieht nicht so aus, als wolle er weitersprechen. Ich beginne meinen Lebensbericht, mein *talambuhay*. Mein Abschied aus den Philippinen, der Einstieg bei der *Weltverantwortung*, Jutta, Jule, der anonyme Brief, die Nachforschungen, Maria und der Bischof, meine Entscheidung, in die Philippinen zurückzukehren und nach der Wahrheit zu suchen. Schuld und Verantwortung. Diwa.

Kaloy hört aufmerksam zu. Hin und wieder stellt er kleine Zwischenfragen. Ich bin dankbar, dass er sich keine Notizen macht. Die Dunkelheit kommt schnell. Die Grillen haben ihr Lärmen eingestellt. Anne hat eine zweite Runde Bier gebracht. Weiter unten krähen Kampfhähne um die Wette. Ich höre Karaoke und knatternde *tricycles*, die sich den Berg heraufquälen.

„Möchtest du morgen die Highlights von Valencia besuchen? Ich kann dir ein *tricycle* mit Führer besorgen. Bei den Twin Lakes warst du schon. Aber wir haben hier einen Leuchtturm auf einem Berg weit weg vom Meer, heiße Quellen und ein Geothermie-Kraftwerk, das die ganze Insel mit Strom versorgt." Kaloy zeigt mir mein Zimmer. Bambuswände, Bambustür, Bambusbett. Am nächsten Morgen soll es um neun Uhr losgehen. Am Nachmittag wollen wir weiterreden. Anne serviert gebratenen *kesong puti*, Büffelkäse, mit *pandesal*, dazu einen zarten Salat. Wir trinken *kalamansi*-Saft mit viel Wasser. Nach dem Essen verabschiede ich mich in mein Zimmer. Die Temperatur ist angenehm, den Ventilator lasse ich aus. Ich schlafe früh und wache um sechs Uhr von Geräuschen in der Küche auf.

44

Am späten Nachmittag komme ich von meiner Tour zurück. Der Tag war grau und regnerisch. Landregen gibt dem Ort einen trostlosen Anstrich, selbst aus den Palmen und Bananen ist still das Leben ausgelaufen. Nebelschwaden haben den verlorenen Leuchtturm auf dem Berg umhüllt. Aber das kleine Thermalbad hat mich entspannt. Ich spüre meine Haut von der Stirn bis in die kribbelnden Zehen. Ich bin lebendig und zufrieden. Ich streiche über meinen Arm, leichter Schwefelgeruch steigt auf.

Kaloy empfängt mich auf der Veranda. „Ich habe was für dich." Er reicht mir ein paar Blätter, eine alte Fotokopie. Ich höre den gedämpften Aufschlag der schweren Regentropfen auf dem Palmdach. Ein Brief, auf Deutsch geschrieben. „Der wurde verfasst, als wir uns in

Tondo getroffen haben, im selben Monat. Ich weiß, was drinsteht, ich habe ihn mir übersetzen lassen.“ Ich fange an zu lesen.

Liebe Veronika, liebe Genossen an der Heimatfront,

nun bin ich also endlich in die Berge gekommen. Ein Führer hat mich bis zu einem Dorf am Rand des befreiten Gebiets gebracht. Dort erwarteten mich zwei bewaffnete Genossen. In der Dunkelheit sind wir losmarschiert. Die Genossen hatten Taschenlampen, die waren aber bis auf einen schmalen Spalt mit schwarzem Isolierband zugeklebt. Meine Taschenlampe durfte ich nicht benutzen. Wir sind die ganze Nacht marschiert, es ging durch Reisfelder, Bäche und Schlammlöcher. Ihr könnt euch vorstellen, was das für eine Rutschpartie war, fast ohne Licht und ohne richtige Wege. Aber ich habe mich gut geschlagen, die Genossen haben mich gelobt, ich hätte sie gar nicht aufgehalten. Meine Hochachtung für die bewaffneten Genossen ist noch einmal gestiegen, stellt euch vor, sie müssen solche Wege fast jede Nacht gehen, um dem reaktionären Militär Fallen zu stellen oder um sich in Sicherheit zu bringen.

Zwei Mal sind wir durch Dörfer gekommen. In beiden Siedlungen wurden wir von Leuten empfangen, die uns mit Wasser und Süßkartoffeln versorgt haben. Ich konnte richtig spüren, wie tief die Revolution hier Wurzeln geschlagen hat, wie sehr das Herz der Massen für ihre Kämpfer schlägt. Das sind echte Gänsehautmomente!

Die letzten beiden Stunden ging es steil bergauf, kurz vor der Morgendämmerung haben wir das Camp erreicht. Ihr müsst euch das Leben im Camp vorstellen! Hier ist sie schon Wirklichkeit, die neue solidarische Gemeinschaft der Menschen, ohne Eigennutz und Neid. Alles wird geteilt, alle essen dasselbe und trinken dasselbe Wasser, denselben Reiskaffee. Alle waschen ihr Geschirr selbst ab. Es gibt einen kleinen Wasserfall. Da baden zu festen Zeiten zuerst die Frauen, dann die Männer. Auch seine Wäsche muss jeder selbst waschen.

Es gibt in der Einheit verschiedene Funktionen, aber auch der kommandierende Genosse hat keine besonderen Privilegien. Er genießt einfach wegen seiner militärischen Erfahrung den größten Respekt. Die Frauen sind den Männern vollkommen gleichgestellt. Ich habe gehört, dass manche Einheiten auch weibliche Kommandeure haben. In jeder Einheit gibt es eine Parteizelle. Die Partei schult die Kämpfer und sorgt dafür, dass auch die militärische Arbeit unter den korrekten ideologischen, politischen und organisatorischen Bedingungen geleistet wird. Die NPA ist schließlich keine Räuberbande. Ich atme hier wirklich die Luft der Freiheit und erlebe den Aufgang des neuen Tages, an dem die Völker ihre Ketten sprengen und das Joch des Imperialismus abwerfen.

Heute habe ich an Schießübungen teilgenommen. Jeder im Camp muss eine Waffe tragen und wissen, wie man damit umgeht, auch ausländische Genossen. Ich bekam eine Kalaschnikow, ein AK-47. Die Genossen kleben zwei Magazine umgekehrt und versetzt aneinander, dann können sie mit einem Griff nachladen. Die Übung fand am Rand einer engen Schlucht statt. Wir mussten auf Ziele auf der anderen Seite schießen. Bei der Zielübung durften wir nur den Einzelschuss-Modus benutzen. Das spart kostbare Munition. Vielleicht ist es auch wegen dem Lärm, den die Schusssalven machen. Es ist ein unglaubliches Gefühl, die Kalaschnikow zu halten. Wie soll ich das beschreiben? Revolutionäre Praxis in der Heimat besteht doch meist nur aus dem Studium der Klassiker, hitzigen Diskussionen, Flugblätter drucken und verteilen, und gelegentlichen Aktionen. Aber mit einem Schnellfeuergewehr im Arm ist das etwas ganz anderes. Wirklicher, radikaler, klarer, endgültiger. Mit der Waffe fühlst du dich unverletzbar und stark. Wer soll sich dir in den Weg stellen? Jeder Schuss macht einen irrsinnigen Knall, es hat mir fast das Trommelfell gesprengt. Das ist der wahre Sound der Revolution. Du fühlst den Rückschlag, es reißt dich abrupt nach hinten, kugelt dir fast die Schulter aus. Du siehst den Einschlag deiner Kugel. Nur so kommt die Befreiung. Ich habe zwei Mal mitten ins Ziel getroffen. Da wusste ich es, die Revolution wird siegen. Die Städte werden fallen, wenn die Kämpfer sie aus den Bergen umzingelt haben, der Imperialismus wird fallen, das Volk wird siegen. Am liebsten würde ich hierbleiben und mich dem bewaffneten Kampf anschließen. Mich zu den Genossinnen und Genossen unter die Zeltplane setzen und mit ihnen den nächsten

Angriff auf die reaktionären Söldner der verrotteten US-Marcos-Diktatur planen. Wie abstrakt und blutleer ist dagegen oft der Kampf an der Heimatfront. Das hier, der bewaffnete Kampf in der *countryside*, das ist wirklich die endgültig notwendige, die höchste Form des Kampfes.

Ich sende euch solidarische Grüße aus dem befreiten Gebiet, *lotta continua, sa tagumpay ng rebolusyon*!

Euer *Kasama* Gerald

Ich sehe Kaloy an. „Ach du liebe Güte, was für ein Revolutionskitsch." Kaloy lacht. „Sei nicht so hart. Wir waren alle jung, wir waren voller Ideale. Und ihr aus Europa hattet es nicht leicht. Den Kapitalismus habt ihr abgelehnt, den Imperialismus sowieso. Aber was sollte denn die Alternative sein? Ihr Westdeutschen hattet die DDR vor der Haustür. *Wir erfüllen unsere Plantermine. Die Partei, die Partei, die hat immer recht.* Der real existierende Sozialismus sah so grau und abstoßend aus, das wolltet ihr auch nicht. Aber da waren die Befreiungsbewegungen der Dritten Welt, der Sieg der Revolution in Kuba 1959, die Welle der Entkolonialisierung in den 1960-er Jahren, der Kampf der Vietnamesen um ihr Land im großen Amerikanischen Krieg. Dann Nikaragua, der Sieg über die Apartheid in Südafrika, die Unabhängigkeit von Namibia. Befreiungsbewegungen erkämpften die Unabhängigkeit und Freiheit ihrer Länder. Wir waren alle fasziniert von der revolutionären Welle, die um die Welt lief. Und für euch in Europa waren diese Kämpfe die Leuchttürme, an die ihr eure Hoffnung auf eine bessere Welt heften konntet. Sicher hat auch die Literatur und Musik aus Lateinamerika und dem südlichen Afrika eine große Rolle für euch gespielt. Miriam Makeba, Ernesto Cardenal, Fidel Castro haben euch begeistert. Du warst doch auch in der Solidaritätsbewegung aktiv."

Ein junger Mann in Jeans und T-Shirt kommt auf die Veranda. „Brauchen Sie etwas, Sir? Soll ich jetzt das Abendessen fertig machen?"
„Ja bitte, Marc, und bring uns doch Bier."
„Gerne, Sir."

„Ist Anne nicht mehr da?"
„Marc ist mein Gärtner. Er kümmert sich um mich, wenn Anne frei hat oder zu längeren Veranstaltungen an der Uni ist. Ein geschickter junger Mann. Aber ihm fehlt ein bisschen Selbstbewusstsein." Augenblicke später ist Marc wieder da. Er bringt Bierflaschen und eine Schale mit Erdnüssen und geröstetem Knoblauch.
„Danke, Marc. Wenn du das Essen fertig gemacht hast, kannst du nach Hause gehen."

„Und heute Jan, wo stehst du heute?" Ich blicke über das Bambusgeländer in die Bäume. Zwischen den Palmblättern blinkt ein einzelnes Licht vom fernen Meer herauf. Die Luft ist schwer und feucht. Es riecht nach nasser Erde und Schimmel. Ich fahre mir mit der Hand über den Kopf. Ich spüre kleine Kügelchen, die eine verborgene Armee von Käfern aus dem Palmblätterdach regnen lässt.

„Darüber denke ich oft nach, Kaloy. Daniel Ortega, Robert Mugabe, Pol Pot, Jacob Zuma. Zu viele Befreiungshelden haben sich als blutrünstige, korrupte Diktatoren herausgestellt, wenn sie erst an der Macht waren. Ganz zu schweigen von den Großverbrechern Mao und Stalin. Aber ich sehe auch das durch und durch verrottete Klassensystem in den Philippinen und kann mir kaum vorstellen, wie es ohne massive Gewalt beseitigt werden kann.

Aber was kann Gewalt wirklich erreichen? Gewalt produziert Gegengewalt, am Ende hast du Opfer auf allen Seiten und kaum Chancen auf einen gerechten Ausgleich. Ach Scheiße, ich weiß es nicht."

Nach und nach zeigen sich neue Lichter in der Ferne. Weiter unten dröhnt eine Karaoke-Anlage. „Ich weiß nur, dass ich für Gewalt nicht gemacht bin. Eine Waffe habe ich nie angefasst, selbst hier in den Bergen. Bei meinem Besuch in dem Camp in Abra habe ich mich geweigert, eine Schusswaffe zu tragen. Ich glaube, das ist damals nicht gut angekommen."

Kaloy lacht. „Stimmt."
„Sag mal, woher weißt du das? Was weißt du über mich? Was steht eigentlich in der Kladde, die du gestern hattest?"
Kaloy schweigt. Nebenan bellen zwei heisere Hunde.
„Komm Jan, lass uns erst mal essen."

Marc ist kein begnadeter Koch. Es gibt *sinangag*, aufgebratenen Reis mit viel Öl und Knoblauch, dazu *longanisa*, und ein Spiegelei, eigentlich ein Frühstück. Wir spülen es mit Bier herunter.

„Jan, du hast Gerald damals kennengelernt. Ihr wart beide auf der Solidaritätskonferenz in Manila, die mit der Demo, die kurz vor der Mendiola-Brücke vom Militär gestoppt wurde."
„Ich erinnere mich an die Konferenz. Aber wer war Gerald?"
„Kann sein, dass er bei der Versammlung einen anderen Namen benutzt hat. Aber er war leicht zu erkennen. Er war immer der etwas Andere. Eine Zeitlang ist er hier in Manila mit *G-String* rumgelaufen, dem traditionellen Lendenschurz der Igorot. Manchmal hat er Zigaretten verkehrtherum geraucht, mit der Glut im Mund. Das hatte er bei den Frauen in der Cordillera gesehen. Mittelgroß, lange Haare, freundliches Gesicht. Fast immer hatte er einen *pasiking* dabei, einen der geflochtenen Rattan-Rucksäcke."
„Jetzt kommt es wieder, ich erinnere mich an den *pasiking*-Mann. Als die internationalen Gäste der Soli-Konferenz zögerten, ob sie zu der Demo gehen sollten, hat er eine flammende Rede gehalten. Wir sollten uns schämen, wir hätten Angst, uns einem Marsch für Freiheit und Frieden anzuschließen, während die Kämpfer in den Bergen ihr Leben für ihr Volk opfern. Er packte die Teilnehmer bei ihrer Ehre, schließlich gingen alle mit. Ein böses Ende hat es ja auch nur für die Kommunisten aus Samoa gehabt. Die waren zu groß und zu breit, um in der Masse der Demoteilnehmer unterzutauchen. Vier von ihnen wurden geschnappt und abgeschoben. Das war also Ka Gerald."
„Katholischer Theologiestudent aus Münster."
„Dann warst du auch bei der Konferenz? Ich habe dich nicht bemerkt."
„Manchmal war es besser, nicht sichtbar zu sein. Komm, wir setzen uns wieder auf die Veranda. Wenn du den Ventilator mitnimmst, können

wir die Moskitos vertreiben."
Kaloy rollt gewandt nach draußen. Ich stelle den Ventilator auf. Ein LED-Band um das Geländer taucht die Veranda in diffuses weiches Licht. In der Nähe muss es eine Kampfhahnzucht geben. Die Hähne kreischen um die Wette.

„Du warst also irgendwie für die ausländischen Sympathisanten zuständig, Kaloy."
„So in der Art. In den späten siebziger Jahren wurde uns klar, dass der Amerikanische Krieg in Vietnam vor allem in den USA verloren wurde. Die amerikanische Öffentlichkeit hat den Krieg nicht mehr mitgetragen. Es gab eine starke Anti-Kriegsstimmung. Wir nahmen an, dass eine starke Solidaritätsbewegung für den Kampf gegen die US-Marcos-Diktatur in den Philippinen ein wichtiger Faktor für unseren Sieg werden könnte. Darum gründete die Partei eine Einheit für den Aufbau der internationalen Solidarität, das International Liaison Committee."
„Und du warst der Chef davon", rate ich.
„Nicht ganz. Ich war für die ausländischen Freiwilligen, Praktikanten, Entwicklungshelfer, Abenteuertouristen und so weiter zuständig. Ich habe Informationen gesammelt, vielversprechende Leute angesprochen, *exposure trips* organisiert, Hintergrundinformationen zusammengestellt."
„Das steht in deiner Kladde!"
„Darin habe ich die Daten und Beobachtungen gesammelt, aus denen ich meine Berichte zusammengestellt habe."
„Und über mich hast du auch einen Bericht an deine Parteioberen geschrieben?"
„Ja, auch über dich habe ich ein SI verfasst, eine *social investigation.* Klassenhintergrund deiner Familie, soziale Bindungen, politische Aktivitäten, ideologische Neigungen, Potenzial für die philippinische Befreiungsbewegung."
„Was hast du über mich geschrieben, Kaloy?"
„Dass du aus einer kleinbürgerlichen Familie kommst mit Bindung an den westdeutschen Staat. Dass du politisch offen bist, kein Antikommunist. Dass es ein gewisses Potenzial gibt, dich für die Bewegung zu gewinnen. Dass du aber starke *petty bourgeois hangovers* hast. Du willst

alles genau verstehen, alles hinterfragen, zu allem auch die anderen Positionen kennenlernen und abwägen. Das wird zu einem gewissen Grad aufgewogen durch deine Empathie, durch deine Fähigkeit, dich an das Leben und – nicht zuletzt – das Essen hier zu gewöhnen. Aber ideologisch habe ich dich für einen Wackelkandidaten gehalten. Womöglich Pazifist. Und du hattest diese Neigung, sozioökonomische Analysen von ausgewiesenen Revisionisten zu lesen. Damit hast du die Parteizelle in deiner NGO mehrfach durcheinandergebracht. Meine Empfehlung war daher, dich als Sympathisanten zu behandeln. Du solltest hin und wieder zu Briefings zur politischen Lage eingeladen werden, du konntest um gewisse Gefälligkeiten gebeten werden, solange sie nicht zu weit in den klandestinen Bereich hineingingen. Du konntest uns Informationen aus den westdeutschen Organisationen und der Botschaft besorgen. Aber du solltest keine Einladung in die Partei erhalten. Selbst für den Kandidatenstatus warst du aus meiner Sicht nicht geeignet. Dir fehlte die Härte, die Radikalität, man könnte auch sagen, die revolutionäre Einseitigkeit. Bist du mit dem Konzept des demokratischen Zentralismus vertraut?"
„Klar, unten wird fleißig gesammelt, Informationen, Erfahrungen, Ressourcen, und nach oben gemeldet, oben wird entschieden und Befehle an das Fußvolk verfasst. *Rule by memo*."
„Das ist jetzt etwas einseitig. Aber mir war damals klar, dass du dich nicht in den *DemZen* fügen würdest. Du musstest immer zu viel selber denken und eigenständig entscheiden. Damals habe ich das bedauert. Aber es ist sicher nicht deine schlechteste Eigenschaft. Ich habe mich dagegen ausgesprochen, dass du in die Partei eingeladen wirst."
„Deshalb bin ich also nie *candidate member* geworden. Ich dachte, das lag daran, dass ich Ausländer bin. Konnte mir nicht denken, warum sonst all die jungen, unerfahrenen Frauen in meiner NGO in der Parteizelle verschwanden. Und ich nicht."

Kaloy schmunzelt. Im milden Licht der Leuchtdioden wirkt sein Gesicht weich. Die Kampfhähne haben sich beruhigt. Es fängt wieder an zu regnen. Kleine Tropfen fallen leise auf das Palmdach. „Soll ich mal nachsehen, ob es noch Bier im Kühlschrank gibt?"
„Oh, *sige, salamat*."

In der feuchten Nachtluft beschlagen die eiskalten Flaschen sofort. Schmale dunkle Rinnsale malen eine vergängliche Landkarte auf das braune Glas.
„Cheers!“
„Cheers! Sagt ihr nicht mehr *mabuhay*?“
„Ach Jan.“
Eine Weile trinken wir schweigend. Der Regen wird stärker. Ein Windstoß trägt feuchtigkeitssatte Luft und Tropfen auf die Veranda.
„Inzwischen denke ich, es hätte der Partei vielleicht die schrecklichste Phase in ihrer Geschichte erspart, wenn wir mehr Leute wie dich bei uns gehabt hätten.“
Ich ahne, worum es geht. Hat Diwa mich deswegen zu Kaloy geschickt?
„Morgen machen wir einen Ausflug, mein Lieber. Ich will dir etwas zeigen.“
„Ok, wohin gehen wir?“
„Morgen, Jan, morgen.“
Schweigend trinken wir unser Bier. Der Regen lässt wieder nach. Die Karaokeanlage verstummt.

45

Diwa steht am anderen Flussufer. Sie beugt sich vor, die Hände zum Trichter vor den Mund gelegt. Diwa schreit, den Mund weit geöffnet. Ihre Augen sind aufgerissen. Aber ich kann sie nicht hören. Es ist still, vollkommen geräuschlos. Plötzlich stehen Hunderte Menschen neben Diwa, mit riesigen Augen und klaffenden Mündern. Sie schreien mit aller Kraft, sie krümmen sich unter ihrer Anstrengung, aber ihre Schreie sind tonlos, es bleibt still, ganz still. Ich wende mich ab und gehe davon. Ich wache auf und gehe zur Toilette. Eine dieser lästigen Entwicklungen, ich muss immer häufiger nachts aufstehen und pinkeln gehen. Gut, wenn ich danach schnell wieder einschlafen kann. Aber die Träume machen es schwer. Dann liege ich lange wach und folge den Bildern, die an meinem inneren Auge vorbeiflimmern. Was machst du jenseits des Flusses, Diwa? Wer sind die schreienden, grauen Menschen um dich? Die Kampfhähne krakeelen schon wieder. Es muss gegen drei

Uhr sein. Wie ich die albernen, Testosteron-gesteuerten Kampfhähne hasse. Ich zähle langsam von 500 herunter. Um 286 verliere ich die Übersicht.

Anne ist wieder da. Es gibt ein wunderbares Frühstück, Papaya mit *kalamansi*-Saft, selbst gebackenes Brot, Butter, Spiegeleier, Mangokonfitüre und *barako*-Kaffee aus der Presskanne. Kaloy erscheint gut gelaunt. Heute trägt er ein kurzärmliges weißes Hemd und eine dunkle Krawatte.
„Uy Kaloy, was ist los?“
„Heute machen wir einen Ausflug.“
Mehr will er nicht sagen. Anne setzt sich zu uns und isst mit. Unten in Dumaguete gab es gestern einen Banküberfall. Es kam zu einer Schießerei zwischen der Polizei und den Bankräubern mit Toten, auch unter den Zuschauern, die die Szene mit ihren Handys filmten. Die Bankräuber waren offenbar Soldaten. Anne war nicht in der Nähe gewesen, aber zwei Kommilitonen hatten alles miterlebt und in der Uni aufgeregt berichtet.

Anne reicht mir ein Lunchpaket. Kaloy gibt ihr einen Kuss auf die Stirn. Anne lächelt. Ich folge Kaloy aus dem Haus. Unter dem vorgezogenen Dach steht sein dreirädriges Moped.
„Brauchst du Hilfe, Kaloy?“
„Das kriege ich allein hin. Du kannst Annes Roller nehmen, sie muss heute nicht mehr in die Stadt.“
Annes Helm ist eng, er drückt mir auf die Stirn.
„Den kannst du nachher abnehmen. Im Wald ist keine Polizei.“

Wir fahren den Berg hinauf, Richtung Westen. Die Straße, im Ort noch leidlich asphaltiert, wird zum Schotterweg. Wir fahren langsam. Mir rutscht immer wieder das Hinterrad weg. Hütten und Felder werden seltener, bald tauchen wir in den Wald ein. Die Straße erinnert jetzt an einen Maultierpfad. Wir scheinen die höchste Stelle des Weges hinter uns gelassen zu haben und bewegen uns allmählich abwärts, immer weiter nach Westen, auf die Grenze zur Nachbarprovinz Negros Occidental zu.

In einer scharfen Linkskurve biegt Kaloy vom Pfad ab.
„Ab hier wird es ein bisschen schwierig, aber wir sind fast da."
Ein Weg ist nicht mehr zu erkennen. Kaloys Dreirad bahnt sich den Weg durch Cogon-Gras und Büsche. Schließlich hält er auf einer Lichtung an. Der Platz liegt auf einer Bergnase und ist auf allen Seiten von Bäumen und Gebüsch umgeben. Auf der Talseite gibt es Sichtschneisen, durch die man hinunter auf einen Fluss und wenige verstreute Hütten sehen kann.

„Hier, das will ich dir zeigen."
Kaloy deutet auf einen grauen Felsblock, gut einen Meter hoch, der zu einer groben Pyramide gehauen ist. Auf der dem Berg zugewandten Seite stehen sechs Namen. Ka Noel, Ka Mira, Ka Bel, Ka Gil, Ka Santa, Ka Abs. Auf der gegenüberliegenden Seite lese ich „*Den Toten und ihren Henkern. Möge der HErr ihnen vergeben.*"

„Wo sind wir hier, Kaloy? Was ist das?"
„Noel und Santa waren meine Freunde. Hier war ein NPA-Lager, *Camp-29*, in den 1980-er Jahren, ein Rückzugs- und Ruheort für Einheiten, die in den Zuckerrohrplantagen im Westen gekämpft haben. Der Name erinnert daran, dass die NPA am 29. März 1969 gegründet wurde. Die sechs hier wurden als DPAs denunziert, als *deep penetration agents* des reaktionären Regimes. Sie wurden hierhergebracht und gefoltert. Sie gestanden und wurden hingerichtet."
Kaloy sieht lange auf den groben Felsblock.
„Ihre Gräber haben wir nicht gefunden."

Am Fuß der Pyramide liegen verwelkte weiße Chrysanthemen und zerlaufenes Kerzenwachs, darin die heruntergebrannten schwarzen Reste von Dochten. Es ist heiß geworden. Die Sonne steht fast senkrecht über uns, ich werfe praktisch keinen Schatten. Schweiß läuft mir den Rücken hinunter. Ich setze mich unter einen Baum an den Rand der Lichtung. Kaloy folgt mir mit seinem Roller.

„Ein grausamer, ein friedlicher Ort. Nachher, zu Hause, erzähle ich dir mehr davon." Die Luft flimmert über der Lichtung.

Nach einer langen wortlosen Zeit machen wir uns auf den Weg. Irgendwo über Valencia hält Kaloy an einem *sari-sari-store*. Wir besorgen kalte Cola und öffnen unser Lunchpaket. Als wir in Valencia ankommen, hat sich die Sonne bereits dem Horizont genähert. Das Licht ist jetzt golden, der graue Beton hat einen warmen Glanz angenommen. Die bescheuerten Kampfhähne kommentieren unsere Rückkehr mit infernalischem Wettkrähen.

46

Anne begrüßt uns. Sie hat *dinoguan* mit *puto* vorbereitet. Warme Blutsuppe mit Innereien vom Schwein, dazu kleine elastische Kuchen aus Reismehl. Ein passender Imbiss, denke ich. Sie bringt kaltes Wasser auf die Veranda. In den Bergen hinter uns geht die Sonne unter. Annes Fußnägel sind frisch lackiert. Auf dem blutroten Lack glitzern winzige goldene Sterne.

„Hast du das damals gespürt?"
Ich sehe Kaloy an. „Was meinst du?"
„Damals, als du hier warst, Mitte der achtziger Jahre, wurde etwas grundlegend anders. Es war, als würden sich die Kontinentalplatten verschieben und der Kompass seine Richtung ändern. Die Marcos-Herrschaft ging zu Ende, seine Macht erodierte. Die Ermordung von Ninoy Aquino war ein strategischer Fehler des Regimes gewesen. Dann die Ausrufung der *snap elections*, der vorgezogenen Präsidentschaftswahlen, zu denen die Witwe von Aquino antreten wollte. Die Stimmung kippte. Ich konnte es fast körperlich spüren, eine seltsame Energie lag in der Luft. Selbst meine stockkonservative Mutter sagte auf einmal, *jetzt geht es ihm an den Kragen*. Aber die Parteiführung blieb dabei, die Wahlen sind nur ein schmutziger Trick der US-Marcos-Diktatur. Am Ende wird Marcos weiter im Malacañang sitzen. Nur der *protracted people's war* und die Einkreisung der Städte vom Land wird ihn stürzen. Unsere ausländischen Freunde stellten immer mehr Fragen: wo bleibt

die linke Bewegung? Wie stellt ihr euch zu den Entwicklungen? Wie positioniert ihr euch in den Wahlen und zu einem möglichen Wahlsieg von Cory Aquino? Wir blieben die Antwort schuldig. Stattdessen rief die Bewegung zum Wahlboykott auf, Befehl von oben. Wir beharrten darauf, die Wahlen seien ein Trick. Marcos gewinnt, alles bleibt beim Alten. Ich habe das auch gesagt. Aber in mir drinnen ahnte ich, dass das die falsche Antwort war. Die Genossen müssen gemerkt haben, dass ich zum ersten Mal nicht auf Linie war."

Kaloy nimmt ein paar Löffel *dinoguan.* Ein schmaler Faden Blutsuppe läuft von seinem linken Mundwinkel zum Kinn. Er reißt ein Stück Toilettenpapier vom Spender auf dem Tisch und tupft sein Kinn ab. „Heute Abend lernst du eine Freundin von mir kennen. Bernie und ich sind selten einer Meinung. Aber ich verdanke ihr mein Leben." Wir löffeln unsere Suppe und essen dazu die schwammartigen weißen Reiskuchen. Anne setzt sich diesmal nicht zu uns. Ich höre sie in der Küche werken.

Vor dem Haus hält ein Wagen. Über die Veranda-Brüstung erkenne ich einen uralten Kia Pride, der einmal rot gewesen sein muss. Eine Frau steigt aus und nähert sich dem Haus. Kaloy rollt zur Tür. Ich höre, wie die beiden sich herzlich begrüßen.

„Bernie, das ist Jan, ein Freund von Diwa."
„Schön, dich kennenzulernen, Jan."
Bernie hat ein kluges, waches Gesicht. Sie trägt ein T-Shirt der Uni unten in der Stadt, dazu ausgewaschene Jeans mit akkurater Bügelfalte. An den Füßen hat sie braune Lederslipper. Ihr schwarzes Haar entblößt am Scheitel einen weißen Streifen. Bernie ist rund, sie muss einmal sehr attraktiv ausgesehen haben.

„Machen wir heute wieder Archäologie der Schande, Kaloy?"
„Ich war mit Jan bei dem Mahnmal am alten *Camp-29.*"
„Hast du ihm gesagt, welcher Name auf der Pyramide fehlt?"
„Ich wollte, dass wir ihm die Geschichte zusammen erzählen."
„Gut, du fängst an, Ka Rambo."

„*Ka Rambo,* das war mein Deckname im Untergrund. Ich hatte mich der Bewegung früh angeschlossen. Schon in meiner Highschool-Zeit faszinierte mich philippinische Geschichte, der Aufstand gegen die Spanier, die kurzlebige philippinische Republik, der Kampf gegen die Amerikaner. Bernie kenne ich schon aus der Highschool. Sie war in der Klasse über mir. Aber wir gehörten zu derselben *barkada.* Wir waren fast so etwas wie Geschwister. Wir sind als Studienanfänger auch praktisch gleichzeitig in die Bewegung eingetreten. Bei uns war für junge Rekruten eine *country side exposure* obligatorisch, wir verbrachten ein paar Tage bei einer NPA-Einheit. In meinem Fall war das eine komplette Katastrophe. Ich bin Grobmotoriker, dazu war ich immer unsportlich. Bei den Gewaltmärschen bin ich nicht mitgekommen, von den schmalen Dämmen zwischen den Reisfeldern bin ich dauernd abgerutscht und im Schlamm gelandet. Und bei den Schießübungen haben sie mir das M-16 aus dem Arm gerissen und gesagt, ich soll nicht weiter kostbare Munition verschwenden. Für meine Ungeschicklichkeit haben sie mir dann den Decknamen *Rambo* verpasst. Aber reden und denken, das konnte ich. Ich wurde daher der Arbeit in den Städten zugeteilt, *white area work*. Studenten ansprechen und für die Revolution gewinnen. *Kabataan Makabayan*, die revolutionäre Jugend- und Studentenbewegung organisieren. Nach kurzer Zeit war ich dann verantwortlich für die Kurse, den *Basic Mass Course*, den *Basic Party Course* und alles mögliche Andere."

Anne bringt kalten *kalamansi*-Saft. Die Gläser beschlagen sofort. Es wird jetzt schnell dunkel. Anne schaltet die LED-Kette ein.

„Dann wurde ich mehreren NGOs als *political officer* zugeteilt. Damit war ich das Bindeglied zwischen der Parteizelle in der Organisation und dem übergeordneten Kollektiv. Ich sorgte dafür, dass die NGOs regelmäßige Planungs- und Auswertungssitzungen abhielten, dass Kritik und Selbstkritik auf sensible und verantwortliche Art geübt wurden. Ich entwickelte eine besondere Liebe zur Theoriebildung. Theorie ist reflektierte und geronnene Erfahrung. Auswertungen so gestalten, dass sie einzelne Erfahrungen auf die Ebene des Allgemeingültigen heben, aus der konkreten Arbeit Theorie bilden, das wurde meine Leidenschaft. Gleichzeitig war ich dafür verantwortlich, die Anweisungen der Zentrale an die Parteizellen in den Organisationen weiterzugeben. Ich war so etwas wie das Nervensystem des Demokratischen Zentralismus. Ich meldete Erfahrungen und Empfindungen der Basis an die Zentrale und gab die Steuerbefehle der Zentrale an die Peripherie weiter."

Bei den Kampfhähnen geht es wieder los. Ein paar *habal-habal*-Mopeds kommen knatternd die Straße herauf.

„Diese Aufgaben hast du auch großartig erledigt, Kaloy. Ich war beeindruckt von den Berichten, die unter deiner Anleitung entstanden sind und die Theoriebildung der Partei für die Arbeit in den *white areas* und mit den progressiven NGOs enorm weitergebracht haben. Und die NGOs waren auch hoch zufrieden mit dir", schaltet sich Bernie ein.

„Das war die Entschädigung für ein hartes Leben. Ich weiß nicht, Jan, ob du dir das vorstellen kannst. Für ein Leben im Untergrund musst du dein altes Leben völlig hinter dir lassen. Du brichst mit deiner Familie, entweder, weil sie deinen Schritt in den Untergrund nicht versteht und ganz und gar ablehnt. Oder du kappst die Verbindung mit ihnen, weil du sie nicht gefährden willst. Damit du selbst nicht erpressbar wirst. Wie leicht verplapperst du dich bei einer Familienfeier. Wie schnell hast du deiner Schwester verraten, mit welchen Freunden aus der Highschool du dich im Untergrund bewegst, deine Schwester erzählt es ihrer besten Freundin, die hat einen Freund, der für die Armee arbeitet. Schon hast du einen Genossen auf die Fahndungsliste gebracht. Du kontrollierst jeden Satz zwei Mal, ehe du ihn aussprichst. Informationen gibst du nur nach dem *need-to-know*-Prinzip weiter. Du teilst Informationen in kleine Happen auf, die du nur denen reichst, die sie unmittelbar benötigen. Du lernst zu lügen. Du lebst mit mehreren Identitäten, unter verschiedenen Namen. Du schläfst in deinen Klamotten. Du prüfst jeden Raum, den du betrittst, auf Fluchtmöglichkeiten. Im Kopf hast du eine Landkarte der sicheren Wohnungen und der toten Briefkästen. Bei deiner Aufnahme in die Partei hast du geschworen, die Revolution mit deinem Leben zu verteidigen.

Das ist nicht leicht dahingesagt. Du akzeptierst, dass du gefangen, gefoltert und ermordet werden kannst. Das ist keine vage, ferne Möglichkeit. Jeder einzelne von uns hat Genossen und enge Freundinnen an das reaktionäre Regime verloren. Wir haben ein Leben auf Messers Schneide geführt. Was mich dabei getragen hat, war die Kameradschaft unter den Genossinnen und Genossen. Menschen, mit denen du gemeinsam dem Tod ins Angesicht gesehen hast, werden dir näher als Geschwister. Ich habe meine Arbeit mit den NGOs und die Theoriebildung geliebt. Ich wusste, dass ich mein Leben für die Freiheit meines Volkes gebe, für ein Leben in Würde aller Menschen in diesem Land. Das hat mich getragen."

„Du warst ein enthusiastischer Genosse, Kaloy. Ich war berührt von deiner Ernsthaftigkeit und beeindruckt von deiner intellektuellen Klarheit. Wenn ich mich richtig erinnere, habe ich damals auch vorgeschlagen, dass du dich um die ausländischen Sympathisanten kümmern solltest. Ich glaube, das ging auf deinen Umgang mit einer deutschen Studiengruppe zurück. Naive Kirchenleute und neugierige Journalisten, die das wirkliche Leben in unserem Land kennenlernen wollten. Du hast dich um sie gekümmert, sie sind begeistert abgereist, und die Journalisten haben nützliche Artikel geschrieben."

„Ich erinnere mich an die Gruppe. Nach dem Slumbesuch ist einer der Pastoren regelrecht zusammengebrochen. Er fühlte sich persönlich schuldig am Elend der Menschen hier. Das war ein Stück Arbeit, ihn wieder auf die Beine zu bekommen, sodass er an dem Programm weiter teilnehmen konnte. Ja, ich wurde der Einheit für internationale Beziehungen in Manila zugeteilt. Da sind wir uns dann begegnet, Jan."

„Du warst mir damals ein bisschen unheimlich, Kaloy. Ich hatte die ganze Zeit das Gefühl, dass du mich beobachtest. Du hast auf mich wie ein Beobachter und Berichterstatter gewirkt. Das Reden hast du ja meist den anderen überlassen, dieser Frau, die so gut Bescheid wusste und mich mit ihrer Ruhe und Entschiedenheit beeindruckt hat, Mila hieß sie, glaube ich."

„Zu Mila habe ich viele Besucher gebracht. Sie hat alle für sich und ihre Sache eingenommen, da musste ich nicht viel reden. Ich konnte mich auf dich konzentrieren."

„Danach hast du dann das großartige SI verfasst."

„So ist es, beschwer dich nicht, du hast dich darin wiedergefunden."

„Sollen wir jetzt mal über das Camp reden, ihr zwei?"

„Willst du anfangen, Bernie?"

„Mach du, Kaloy."

Kaloy sieht sein halb leeres Glas an. Um den Boden hat sich eine Wasserlache gebildet. Langsam, sehr langsam kriecht ein schmales Rinnsal auf die Tischkante zu.

„Mit allem Möglichen hatte ich gerechnet, die ganze Zeit im Untergrund. Mit Überfällen, mit Fallen, mit Razzien in der toten Stunde, mit Folter und Tod. Ich hatte mich gestählt. Ich dachte, ich bin bereit, wenn sie mich fangen. Ich verrate nichts und niemanden. Ich werde schweigend sterben. Man wird sich an mich erinnern als einen Märtyrer und Helden der Revolution. Ich fand die Vorstellung vage attraktiv, als Märtyrer der nationalen Befreiung zu sterben. Sie würden ein Guerilla-Einheit nach mir benennen, und später vielleicht eine Straße in meiner Heimatstadt. Jugendlicher Größenwahn, Revolutionskitsch. Irgendwie musst du schließlich mit der dauernden, konkreten Lebensgefahr umgehen.

Aber mit dem, was dann geschah, hatte ich nicht gerechnet. Darauf war ich völlig unvorbereitet. Es kam wie ein Taifun aus blauem Sommerhimmel. Ich bekam eine Nachricht, ich sollte mich zu einer Planungssitzung nach Negros begeben. Die Verantwortlichen für internationale Arbeit aus den Fronten überall im Land würden sich für ein

Koordinationsmeeting treffen. Ich nahm die Passagierfähre aus Manila und kam früh am Morgen verfroren in Dumaguete an. Am Hafen erwarteten mich zwei mir unbekannte Genossen, die mich führen sollten. Mit einem *tricycle* fuhren wir ein Stück in die Berge. Ab hier würden wir wandern. Ich setzte meinen Rucksack auf. Ein Genosse ging vor mir, einer hinter mir. Nach Stunden anstrengender Wanderung bergauf, meist durch dichten Wald, erreichten wir das Camp. ‚Wir sind da', sagte der Genosse in meinem Rücken und trat mir von hinten in die Kniekehle. Ich ging hart zu Boden und schürfte mir die Hände bei dem Versuch auf, meinen Fall abzufangen. ‚Was soll das, bist du bescheuert, Genosse?' Jetzt kniete der andere Kämpfer auf mir und band mir die Hände hinter dem Rücken zusammen. Ich hörte ihn sagen ‚im Namen der Kommunistischen Partei der Philippinen'. Die Augen hatte er mir bereits mit einem braunen Lappen verbunden, der nach Waffenöl roch. Diesen Geruch werde ich nie mehr vergessen. Waffenöl. Der Geruch meiner Gefangenschaft."

Bernie räuspert sich. „Jetzt bin ich wohl dran. Ich war als Politoffizier in das Camp geschickt worden. Nichts, das ich mir ausgesucht hätte. Aber als gute Parteisoldatin tat ich, was man mir sagte. Die Partei sei in unmittelbarer Gefahr. Dem reaktionären System sei es gelungen, eine große Zahl von Spionen bei uns einzuschleusen, DPAs, *deep penetration agents*. Vom Militär bezahlte Spitzel, Saboteure, Attentäter. Eine tödliche Gefahr für die ganze Bewegung. Es hatte regionale Untersuchungen gegeben, Spitzel waren entlarvt und bestraft worden. Ich hatte einen besonderen Auftrag. In Negros sollten einige Kader verhört werden, die nationale Aufgaben wahrnahmen. Deswegen reiste Ka Rambo aus Manila an.

Jan, du musst dir das nicht wie ein normales Untersuchungs- und Gerichtsverfahren vorstellen. Wie hätte das unter den Bedingungen der Arbeit im Untergrund funktionieren sollen. Unsere Einheiten mussten mobil sein, wir zogen alle paar Tage weiter, immer im Alarmzustand. Objektive Untersuchung, Anklage, Verteidigung, unabhängige Richter, Gefängnis, wie hätte das gehen sollen? Es war einfach unmöglich, und wir erklärten das ganze Konzept als *burgis*, als Teil des bürgerlichen Unterdrückungsapparats. Unschuldsvermutung? Wir arbeiteten mit der Schuldvermutung. Das war das Prinzip unserer Volksgerichte, der *hukumang bayan.*

Southern Tagalog hatte 1982 eine Säuberungskampagne durchgeführt und darüber im folgenden Jahr eine Auswertung veröffentlicht. Das war so etwas wie unser Handbuch für die Durchführung der Untersuchungen."

„Oh ja, an das Handbuch habt ihr euch gehalten. Ich wurde direkt zum Verhör gebracht. Bernie, du warst da, hast geschrieben, Gerichtsschreiberin, soll ich dich so nennen? Dann ein langer, hagerer Genosse und eine kleine Genossin mit kaltem Hass im Blick. Vor der ersten Frage bekam ich ein paar harte Schläge ins Gesicht. *Gib zu, dass du ein Spion des Militärs bist! Was ist dein Rang? Wieviel verdienst du? Wer ist dein Führungsoffizier? Wen hast du rekrutiert?*

Ich war vollkommen schockiert. Ich leugnete, ich schwor, ich flehte dich an, Bernie, wir kannten uns doch, seit wir Kinder waren. Auf jede Leugnung folgte ein Schlag, meine Backen schwollen an, aus dem linken Auge konnte ich kaum noch sehen. Ich brüllte und heulte. So hatte ich mir meine Folter nicht vorgestellt. Vom Militär gefoltert werden, darauf war ich vorbereitet. Heldenhaft zu schweigen, das hatte ich mir vorgenommen. Aber von Genossinnen und Genossen verhört und geschlagen zu werden, das traf mich im Innersten."

„Meinst du, für mich war das leicht? Ich mochte dich, wir hatten diese lange gemeinsame Geschichte. Aber hier ging es um den Schutz der Bewegung. Es ging um Menschenleben. Wenn du wirklich ein Spion warst, dann hättest du mit deinem Verrat unglaublichen Schaden anrichten können. Du kanntest hochrangige Genossen mit Klarnamen, du wusstest über das ganze internationale Netzwerk Bescheid. Dein Verrat hätte Leben gekostet und unsere internationale Arbeit um Jahre zurückgeworfen. Glaub nicht, dass mir das leicht gefallen ist, aber ich schaffte es, meine Gefühle für dich zurückzudrängen und eine neutrale, objektive Position einzunehmen."

„Das kannst du doch nicht im Ernst eine neutrale Position nennen, wenn du zusiehst, wie ich geschlagen und erniedrigt werde. Bernie!"

„Du weißt, dass ich das später anders bewertet habe. Wir lagen falsch, ganz furchtbar falsch."

47

Kaloy sieht zu Bernie und lächelt. Dann fährt er fort: „Ich konnte nicht begreifen, was passiert war. Ich war wie in Trance, nicht in dieser Welt. In meinem Kopf stürzten Worte und Sätze durcheinander. Ich bin nicht hier. Das geschieht mir nicht. Ich bin ein guter Genosse. Ich bin unschuldig. Ich habe doch mein ganzes Leben der Revolution hingegeben. Macht mich los. Ich muss meine Arbeit tun. Ihr schändet die Revolution.

Die Genossen legten mir die Augenbinde wieder an und zogen sie brutal fest. Dann stießen sie mich einen Pfad entlang und warfen mich schließlich auf ein Lager. Augenbinde wieder ab. Ich fand mich auf einem Feldbett aus zwei Reissäcken, die zwischen junge Baumstämme gespannt waren. Hände und Füße banden sie am Bett fest. Neben mir lag ein ausgezehrter Mann, gefesselt an eine zweite Liege. Geschwollene Hände, Blutergüsse im Gesicht und an den Armen. ‚Ich kenne dich, du bist Ka Rambo, ich habe bei dir den *basic mass course* gemacht.' Ich erkannte ihn nicht.

‚Ich bin Ka Gil. Pass auf, du musst gestehen, sonst bringen sie dich sofort um. Du musst eine glaubwürdige Geschichte erfinden. Sag, was sie hören wollen. Sag viel, aber nicht zu viel, damit sie einen Grund haben, dich leben zu lassen. Weil sie noch mehr aus dir rausquetschen wollen.' Ich habe nichts zu gestehen, ich bin ein treuer Genosse und guter Parteisoldat, wollte ich sagen. Aber ich konnte nicht sprechen. Der hagere Genosse hatte mir so schwer auf den Kiefer geschlagen, dass ich meinen Mund nicht bewegen konnte. Ich schüttelte den Kopf. ‚Glaub mir, du musst gestehen, sonst bist du morgen Abend tot.‘

So begann die schlimmste Nacht meines Lebens. Wie ein Film in Endlosschleife lief der Tag immer wieder vor mir ab. Der plötzliche Tritt in die Kniekehle. Die Augenbinde. Im Namen der Kommunistischen Partei der Philippinen. Die Durchsuchung auf Waffen. Meine Freundin und Genossin Bernie auf der Seite meiner Ankläger. Ich konnte mich kaum bewegen. Die Handschellen, mit denen sie mich an die Liege gefesselt hatten, schnitten mir in die Gelenke. Später fing es an zu regnen, ich war froh über die Abkühlung für mein geschwollenes Gesicht. Aber dann wurde mir kalt. Mein T-Shirt und meine Hose klebten nass auf der Haut und fühlten sich eisig an. Ich begann zu zittern. Ich heulte Rotz und Wasser. Nichts war übrig von dem Helden der Revolution.

In der Frühe brachte eine Wache eine winzige Portion Reis mit einer Prise Salz für meinen Mitgefangenen und mich. Dann holten sie mich wieder zum Verhör ab. Sie banden meine Arme mit den Handschellen an einem Baum nach oben. Dann stellten sie die Fragen vom Vortag. *Seit wann bist du Spion? Was ist dein Rang? Wieviel verdienst du? Wer ist dein Führungsoffizier? Wen hast du rekrutiert? Was hast du verraten?* Nach jeder Frage zogen sie mich ein Stückchen höher, bis ich auf den Zehenspitzen stand und die Handfesseln mir das Blut abdrückten. Das nannten sie die *Fahnenzeremonie*. Ich leugnete, ich fluchte, ich brüllte, ich flehte Bernie an, mir zu glauben.

Den nächsten Tag ließen sie mich in Ruhe. Ich hörte Schreie, Schreie von Frauen. Mein Nachbar sagte, ja, hier werden auch Frauen gefangen gehalten. Ich sah sie am nächsten Abend. Wir waren fünf, wir beiden Männer und drei Frauen. Wir wurden aneinander gefesselt und aus dem Lager geführt. Auf einer Lichtung waren fünf Gräber ausgehoben. Wir mussten uns vor die Gräber stellen. Dann begann der Hagere einen Abzählreim. ‚Du, mein Freund, bist dran‘, sagte er und zeigte auf meinen Mitgefangenen. ‚Für Verbrechen gegen die Revolution und gegen das philippinische Volk haben wir dich zum Tode verurteilt. Willst du noch etwas sagen?‘ Ka Gil liefen Tränen über die Backen, aber er sah seinem Henker ins Gesicht. ‚Sagt meiner Familie nicht, dass ihr, meine Genossen, es wart, die mich umgebracht haben!' Der Hagere holte aus und schlug Ka Gil seinen langen Hartholzprügel auf den Kopf. Ein entsetzliches Geräusch, ein Geräusch, wie wenn man eine Melone, nein, eine Kokosnuss zerschlägt, dumpf und tief und endgültig. Ka Gil sank mit eingeschlagenem Schädel hintenüber in sein Grab. ‚Ihr habt gesehen, was mit Verrätern passiert. Jetzt zurück, eure Zeit kommt noch.'

In dieser Nacht begann ich, mein Geständnis zu konstruieren. Dinge, die mir nicht gelungen waren, Zufälle, Schwierigkeiten erklärte ich als konterrevolutionäre Absicht. Ich erfand einen Agentenführer und eine Anwerbegeschichte. Sie wollten Namen von anderen DPAs hören, Namen würde ich ihnen geben. Ich würde viel erzählen, genug, um sie neugierig zu machen. So neugierig, dass sie mich leben lassen würden, um mehr zu erfahren. Ka Rambo, die Scheherazade des philippinischen Dschungels. Eine neue Heldenrolle für mich. Vielleicht könnte ich mich ja aus der Situation herausquatschen."

„Und das hast du ja wirklich geschafft, so wahr wir hier sitzen, Kaloy. Als du am nächsten Morgen zum Verhör kamst, warst du bereit zu gestehen. Du wolltest reden. Wir mussten dich kaum am Baum hochziehen. Zuerst kam dein Geständnis stockend. Ich hatte das Gefühl, du zierst dich noch. Aber dann sprudelte es fast aus dir heraus. Da war er wieder, der redegewandte Kaloy. Ich notierte dein Geständnis gewissenhaft. Von der Cousine Rachel, die, selbst mit einem Navyoffizier verheiratet, dich angeworben hatte. Von deiner Mutter, die dir auf dem Schwarzmarkt eine nachgebaute Glock besorgt hatte, von den Genossen, die du in der Bewegung rekrutiert hattest. Aber halt, die Cousine Rachel hatte es tatsächlich gegeben, nur war sie schon als Kind am Denguefieber gestorben. Deine Mutter lebte seit vielen Jahren in Australien, wie hätte sie dir eine Pistole besorgen sollen. Wahrscheinlich lebten auch alle deine angeblichen Rekruten im Ausland, waren lange tot oder frei erfunden. Die ganze Geschichte war hanebüchener Unfug. Blödsinn von vorne bis hinten. Was für ein Geständnis sollte das sein?

Plötzlich wurde mir klar, du erzählst uns genau das, was wir hören wollen. Aber du vermeidest, andere zu denunzieren. Du schonst die Genossinnen und Genossen. Weil du selbst immer noch einer von uns bist.

Hattest du dein Geständnis erfunden, um der Folter zu entgehen? War das die Art von Geständnissen, die die Folter hervorbrachte. Ich musste an Gil denken. War sein Geständnis denn wirklich glaubwürdig gewesen oder hatte auch er uns frei erfundenen Unsinn erzählt. Brachten unser Schläge, die Fahnenzeremonie, die Abzählhinrichtungen das hervor: falsche Geständnisse und Bezichtigungen? Tödlichen Unsinn? Verzweifelte Rettungsversuche?

Das war der Moment, in dem ich innerlich ausgestiegen bin. Unsere Verfahren waren vollkommen sinnlos. Es gab keine Erkenntnisse über irgendetwas anderes als die Verzweiflung der beschuldigten Kämpfer. Wir waren dabei, unsere Kader hinzurichten – für nichts.

Ich musste diesem Verfahren ein Ende machen, mit dem vorgesetzten Kollektiv sprechen, die Gefangenen freilassen. Ich musste die Kette der unter Folter erpressten Denunziationen brechen, die hingebungsvollen Genossinnen und Genossen schützen, die unverdient unter Verdacht gerieten. Dieser Wahnsinn musste ein Ende finden. Schnell. Sofort.

Ich bat Ka Flex, den Untersuchungsleiter, um eine Unterbrechung des Verhörs. Ich erklärte ihm meine Beobachtung. Er hörte mich an, aber ich sah, wie sich seine Augenbrauen immer weiter zusammenzogen. Als ich ausgesprochen hatte, zischte er mich an. Ob ich eine Affäre mit Rambo hätte? *Sexual opportunism*, das sähe mir ähnlich. Ob ich mir das ausgedacht hätte, um einer eigenen Untersuchung zuvorzukommen. Ob ich mich gegen das Zentralkomitee stellen wolle, das die Untersuchungen beauftragt habe. Ob ich auch vom reaktionären Regime gekauft sei. In wessen Auftrag ich solche konterrevolutionären Ideen vortrage. Ich entschuldigte mich, es seien halt so ein paar Gedanken gewesen, die mir durch den Kopf gegangen seien. Aber mir sei nun klar geworden, dass das gefährlicher kleinbürgerlicher Unsinn sei. Ich bedankte mich bei ihm, dass er die Dinge für mich wieder in die richtige revolutionäre Perspektive gesetzt habe. Kopfschüttelnd ging er davon und mir war klar, dass ich das Lager so schnell wie möglich verlassen musste."

48

„Die folgende Nacht war stockdunkel. Finstere Wolken waren aufgezogen und verbargen Mond und Sterne. Zwei Stunden nach Mitternacht sah ich meine Chance. Barfuß schlich ich zum Gefangenenlager der Männer. Dort lag nur noch Ka Rambo, angekettet an sein Reissack-Feldbett. Ka Gil hatte ja die Nacht zuvor nicht überlebt. Die Wache hatte ich ein paar Dutzend Meter weiter an einen Baum gelehnt rauchen gesehen. Rambo schlief. Ich legte ihm die Hand auf den Mund und flüsterte ihm ins Ohr: ‚Psst, Rambo, kein Geräusch.' Dann löste ich mit großer Vorsicht seine Fesseln."

„Mein erster Gedanke war, jetzt bin ich dran. Dass ich bei einem Fluchtversuch von hinten erschossen werde. Ich hatte genug amerikanische Kriegsfilme gesehen. Nein, ich bleibe liegen. Bernie, wir stehen nicht mehr auf derselben Seite, ich traue dir nicht. So einfach mache ich es euch nicht." Kaloy sieht Bernie an.

„Aber da war etwas mit deiner Hand, die du mir auf den Mund hieltst. Von deiner Hand ging Wärme aus, es war wie ein warmer, dunkler Energiestrahl. Deinen Worten misstraute ich, aber deine Hand log nicht. Ich nickte, du nahmst die Hand von meinem Mund und strichst mir kurz über die Backe, dann machtest du mich los.

Du zogst mich nach oben. Das Aufstehen fiel mir unglaublich schwer. Meine Beine fühlten sich taub an, ich konnte meine Füße nicht spüren. Die Fesseln hatten sich tief in meine Hand- und Fußgelenke geschnitten und das Blut abgedrückt. Ich hatte vergessen, wie man das Gleichgewicht hält."

Bernie fährt fort: „Ich habe dich kaum von deinen Reissäcken hoch bekommen. Wir mussten doch alles völlig geräuschlos machen und dabei sehr schnell sein. Wie lange würde die Wache noch am Baum rauchen? Wie viel Zeit würden wir haben, ehe sie unsere Flucht entdecken und uns verfolgen würden? Die Nacht war kühl, aber ich war völlig durchgeschwitzt, als ich dich endlich aus dem Lager hatte. Ich musste dich die ganze Zeit stützen, dein Arm über meiner Schulter. Ich hatte Angst, dass du plötzlich anfängst zu stöhnen, ich hatte Angst, dass du mir umfällst und dabei aufschreist, ich hatte Angst, auf einen knackenden Ast zu treten und die Wachen zu alarmieren, ich war voll von rasender, stechender, brennender Angst."

Bernie schüttelt den Kopf, als wolle sie ihre Angst abschütteln.

„Und dann geschah es. Kaloy rutschte aus, stürzte einen Hang hinunter, nahm Äste, Blätter und Ranken mit, Steine kamen ins Rollen und polterten hinter ihm her. Es gab einen höllischen Lärm, ich dachte, der weckt alle Geister des Waldes. Wir verharrten regungslos, ich atmete flach und tonlos, Kaloy musste Schmerzen haben, aber ich hörte ihn nicht. Ich horchte mit aller Kraft in den Wald, den Berg hinauf, aber da war nichts. Weiter unten bellten Hunde auf. Oben in den Blättern raschelte etwas, Vögel, Affen, Wolkenratten, weiß der Himmel, was, aber das Oben war nicht gefährlich. Ich hörte das Blut in meinen Ohren pochen. Die Minuten vergingen. Endlich traute ich mich den Hang hinunter zu Kaloy. Ich hatte meine Kalaschnikow im Lager gelassen, zu viel Ballast. Und ich wollte nicht in die Lage kommen, auf meine Kameraden zielen zu müssen, wenn sie uns gestellt hätten."

Kaloy nimmt den Faden auf. „Bei dem Sturz hatte ich mir den Fuß verstaucht. Schon vor den Tagen in *Camp-29* war ich im Gelände nicht geschickt. Aber nach den Verhören, der Folter, nach den Ketten im Feldbett, konnte ich kaum laufen. Ohne Bernie hätte ich es nie aus dem Lager geschafft. Praktisch hast du mich getragen. Und nun lag ich da, mit verstauchtem Fuß, schmerzenden Gelenken, verquollenen Augen, in der stockdunklen Nacht. Meine Gedanken waren noch finsterer als die Nacht. Ich fühlte mich verraten, kraftlos, ein pulsierender Schmerz, der nur noch aufhören sollte. Sterben, gut, es soll einfach alles aufhören. Ohne dich, Bernie, wäre ich da liegen geblieben und hätte ausgeatmet, nur ausgeatmet, immer wieder, bis ich mein ganzes geschundenes Leben ausgeatmet hätte.“ Kaloy sieht Bernie an, in seinem Blick liegt große Wärme.

„Es war verdammt schwer, dich wieder auf die Beine zu bekommen. Ich habe doch gemerkt, dass du am liebsten dort liegen geblieben wärst. Dass du nicht mehr weiter wolltest. Dass der Tod dich nicht mehr geschreckt hat. Aber das wäre doch so sinnlos gewesen. Ich hatte endlich verstanden. Bei deinem Verhör war mir klar geworden, was die Bewegung, was wir da Furchtbares taten. Wie vollkommen sinnlos die große Säuberung war. Wir jagten Schatten, nichts, überhaupt nichts, was wir in den Verhören unter Folter erpressten, hatte den kleinsten Wert. Es musste aufhören, wir waren dabei, uns selber und mit uns die ganze Bewegung zu zerstören. Wir folterten und töteten unsere Genossen. Und wir, die Folterer und Chronisten der Geständnisse, verloren dabei unsere Seele. Du, Kaloy, musstest leben! Wenigstens dich musste ich retten. Das konnte die anderen, deren Verfahren ich mitgeschrieben hatten, die ich befragt, gequält und erniedrigt hatte, nicht zurückbringen. Aber wenigstens dieses eine, letzte Mal musste ich das Richtige tun.

Ich zerrte dich nach oben. Wären wir nicht auf der Flucht gewesen, hätte ich dich angebrüllte, ich hätte geschrien und geflucht, ich hätte dich geschüttelt und geohrfeigt, bis meine Wut dir Kraft gegeben hätte. Aber wir waren im Wald, es war tiefe Nacht, wir waren auf der Flucht. Nie hat ein Mensch leiser geschrien als ich. Endlich erreichte ich dich. Ich sah, wie ein Licht in deinen Augen anging, als wäre der Lebensfunke zurückgekehrt. Kann eigentlich nicht sein, es war so dunkel, trotzdem bin ich sicher. Ich habe es gesehen. Die Kraft kehrte in deinen Körper zurück. Ich musste dich noch stützen, aber du warst fast aufrecht, ich musste dich nicht mehr vorwärts ziehen, du stütztest dich leichter auf mich, wir wurden schneller.“

„Wäre ich bloß liegen geblieben, wäre mir das hier sicher erspart geblieben.“ Kaloy klopft auf die Lehne seines Rollstuhls.
„Klar, dann wärst du tot. Tote brauchen keine Rollstühle.“
„Vielleicht hätte ich auch überlebt und das wäre nicht passiert.“
„Wir werden es nie wissen. Aber als du da im Wald lagst, am Fuß des Abhangs, da warst du dem Tod näher als dem Leben.“
„Tut mir leid, Bernie, du hast das Richtige getan. Ich stehe in deiner Schuld.“
„Lass uns jetzt nicht über Schuld reden!“

„Ich habe euch nichts zu trinken angeboten.“ Kaloy rollt zum Wandregal und bringt drei Gläser und eine Flasche mit einer Flüssigkeit in der Farbe von schwachem Tee zum Tisch. „*Lambanog*, doppelt gebrannt und in französischer Eiche gereift. Damit lässt sich die Geschichte leichter ertragen.“ Kaloy füllt drei kleine Gläser und reicht sie uns. „*Mabuhay*, auf das Leben!“ Wir leeren unsere Gläser, Kaloy schenkt noch einmal ein.

Bernie fängt wieder an. „Ich weiß, dass du nicht gern über deinen Unfall sprichst. Ich mache das jetzt. Wir gingen also immer weiter, vorsichtig, leise, aber zügig nach Südosten. Das meinten wir jedenfalls, aber ohne Mond und Sterne war die Orientierung schwierig. Es erschien wie die sicherste Option, bald auf eine Straße oder Siedlung zu stoßen. Wir müssen drei oder vier Stunden unterwegs gewesen sein, im Osten wurde der Horizont schon heller, da geschah es. Der Wald hatte aufgehört, wir waren geduckt durch ein Maisfeld geschlichen, als Kaloy mir plötzlich wegrutschte. Das Maisfeld endete an einer steilen Böschung, der Boden war durch den Regen der letzten Tage weich und glitschig geworden. Kaloy rutschte auf dem Bauch die hohe Böschung hinunter. Mit den Händen versuchte er sich festzuhalten, aber da war nichts, das ihm Halt gab. Er glitt immer schneller und landete schließlich, immer noch auf dem Bauch, mit den Beinen auf der Provinzstraße. Das hätte uns eine große Erleichterung sein können. Aber genau in diesem Moment kam ein früher Überlandbus die Straße herunter auf Kaloy zu und rollte mit großer Geschwindigkeit über seine Beine. Der Bus raste weiter, und nach einer Zeit, die sich dehnte und weitete und ausbreitete und jedes Geräusch schluckte, schrie Kaloy auf, jetzt schrie er endlich, und schrie, *meine Beine, meine Beine*!"

Kaloy trinkt seinen *lambanog*. Er blickt auf den Boden. Dann schenkt er sich wieder ein.

Bernie fährt fort: „Der Rest ist schnell erzählt. Das Maisfeld gehörte zu einer kleinen Siedlung. Dort klapperte schon das Kochgeschirr auf den offenen Feuern, die Frauen kochten das Frühstück. Von Kaloys Schmerzensschreien angelockt, kamen nun Menschen aus ihren Hütten. Ein Bauer lud Kaloy auf seinen Büffelwagen und fuhr ihn zur Gesundheitsstation im Dorf. Von da ging es nach einer ersten Wundversorgung zum Krankenhaus in Dumaguete. Operationen, ein wenig Physiotherapie, Rollstuhl."

„Die Partei hat euch einfach so laufen gelassen?", warf ich ein. „Das kann ich mir nicht vorstellen. Ihr seid desertiert. Das lassen die einfach so zu?"

Bernie schmunzelt. „*Wir* sind nicht desertiert. In den Monaten nach unserer Flucht haben sich unsere Wege getrennt. Als ich endlich zur Ruhe kam, ich versteckte mich bei einer Studienfreundin in San Carlos, rasten mir Fragen durch den Kopf. Warum tue ich das? Stelle ich die alte Freundschaft mit Kaloy über die Hingabe an die Revolution? Verrate ich die Revolution, der ich doch mein ganzes Leben versprochen habe? War ich wirklich in Gefahr gewesen? Was bleibt von mir, wenn ich das aus meinem Leben reiße, was mir das Allerwichtigste ist?

Und was, wenn Kaloy doch ein Verräter ist? Ein Spion, ein Agent? Ein *deep penetration agent*? Was macht mich sicher, dass er ein Genosse ist?

Ich versteckte mich im Zimmer meiner Freundin, ich ging selten aus dem Haus, ich fing an zu rauchen und konnte kaum essen. Wozu sollte mein Leben gut sein, wenn ich nicht mehr für Gerechtigkeit und Freiheit für unser Volk kämpfte? Heiraten? Kinder kriegen? Lehrerin werden? Das fühlte sich so fade und falsch an. Die Probleme waren doch alle immer noch da, die krasse Ungleichheit der Lebenschancen, die Armut, das Elend der Landarbeiter und Slumbewohner, die amerikanischen Militärbasen, die grottenschlechten Schulen, die ungleiche Landverteilung, alles noch da und kein bisschen besser geworden. Sollte ich davor jetzt die Augen schließen und sagen, das geht mich nichts mehr an. Ich richte mich in meinem Leben ein und mache es mir gemütlich?

Aber da war auch der Schmerz über meine Schuld. Ich hatte mich an der großen Säuberung beteiligt. Ich war sicher gewesen, dass wir das zum Schutz der Bewegung tun mussten. Der Feind hatte die Organisation unterwandert. Wie ein Krebsgeschwür wucherte die Konterrevolution in unserer Mitte. Das Geschwür musste herausgeschnitten werden, sonst hätte es die Revolution verschlungen. Gab es eine größere Schuld als den Verrat an der Revolution? Jede Strafe war gerechtfertigt gegen die Verräter. Sie hatten die Folter und den Tod verdient. Das hatte ich geglaubt, davon war ich überzeugt. Bis Kaloy mit seinen geschickten Lügen kam und mir mit einem Mal klar wurde, dass die Säuberung ein grausamer Irrtum war.

Mir ist wichtig, dass ich nie selbst einen unserer Genossen umgebracht habe. Das haben andere getan. Aber ich war ein williger Teil der Untersuchungs- und Mordmaschine. Kannst du dir das vorstellen, Jan, unsere Gefangenen vom Militär haben wir immer human behandelt. Wir hielten uns strikt an die Genfer Konvention. Aber unseren eigenen Genossen erklärten wir, dass die humanitären Regeln für Kriegsgefangene auf Spione und Agenten nicht angewendet werden können. Damals habe ich meinen Frieden verloren. Ich weiß, wir Folterer haben kein Recht auf Mitleid. Aber es hat unsere Seelen gefressen. Damals hat die linke Bewegung ihre Unschuld verloren.

Und zu deiner Frage, Jan, nein, die Kommunistische Partei der Philippinen ist kein *sendero luminoso*, niemand wird umgebracht, wenn er die Bewegung verlässt. Jedenfalls dann, wenn er der Bewegung danach nicht mit seinem Insiderwissen aktiv schadet. Und das hat keiner von uns beiden getan."

„Aber Bernie, du hast die Bewegung ja nicht verlassen", schaltet sich Kaloy ein.

„Ja, nach ein paar Wochen bin ich aus meiner Erstarrung aufgewacht. Mir war auf einmal klar, dass ich etwas tun musste. Ich musste den Wahnsinn der Säuberungen stoppen. Irgendwie musste ich zu den Verantwortlichen vordringen, wenn es sein musste bis zum Politbüro und zum Zentralkomitee, und ihnen erklären, was ich bei den Verhören erlebt hatte. Dass all die Geständnisse und Bezichtigungen nichts wert waren. Weil jeder Mensch unter der Folter alles sagt, wenn er nur die Hoffnung hat, den Schmerzen zu entgehen und zu leben.

Mir war klar, dass meine neue Mission gefährlich war. Dass ich wirklich unter Verdacht geraten konnte, selbst ein DPA zu sein. Ich akzeptierte die Gefahr. Ich nutzte alle meine Verbindungen und Kanäle, ich brachte meine Botschaft vor. Na ja, irgendwann hörte es dann auf und ich möchte gern denken, dass ich meinen Anteil daran hatte.

Habe ich damit meine Schuld abgetragen? *Utang na loob* ist die Dankesschuld, die nie abgetragen werden kann. Du stehst ewig in der Schuld derer, die dir Gutes getan haben. Es gibt auch ein dunkles *utang na loob* gegenüber denen, die du verletzt, erniedrigt und getötet hast. Eine Schuld, die nie vergeht. Die, an denen ich schuldig geworden bin, sind tot. Wie soll ich sie um Vergebung bitten?"

„Aber du hast es versucht, Bernie!", sagt Kaloy. „Das Mahnmal im alten Camp, das war deine Initiative. Du wolltest, dass die Namen nicht vergessen werden. Du wolltest einen Ort der Erinnerung und einen Platz für die Trauer schaffen. Das war, weiß Gott, nicht leicht. Fast alle Genossinnen und Genossen waren gegen dich."

„Aber die Gräber, wir haben doch nicht einmal die Gräber gefunden. Wir konnten ihnen kein anständiges Begräbnis mit einem ordentlichen Grabstein mehr geben."

„Wenigstens hast du dafür gesorgt, dass die Familien endlich erfuhren, was mit ihren Brüdern und Schwestern, mit ihren Kindern geschehen war."

„Das waren wir ihnen schuldig."

Kaloy hakt ein: „Habt ihr eigentlich auch die Familie von Ka Gil informiert? Der wollte doch nicht, dass seine Eltern je erfahren, dass er von den eigenen Genossen erschlagen wurde. Ich weiß nicht, was mit seiner Familie war; aber er wollte verhindern, dass sie die Bewegung für Mörder hält. Bis zum Schluss hat er sich Sorgen um die Partei gemacht."

Bernie sieht hinaus in die Nacht und seufzt. „Ka Gil, ich kannte ihn gut. Ein besonnener und mutiger Kämpfer. Erinnerst du dich an den Überfall auf die Polizeistation im Hinterland von Kabankalan? Gil hat die NPA-Einheit geführt, die dort fünf M-16 und ein paar Handfeuerwaffen eroberte, während die Polizisten *Tanduay* tranken und Karten spielten, ohne etwas zu bemerken. Im Verhör warfen wir ihm vor, dass er die Polizisten damals nicht neutralisiert hat."
„Und, hast du seine Familie informiert?"
„Das habe ich nicht über mich gebracht. Sie glauben immer noch, dass er bei einem Feuergefecht mit der Armee ums Leben gekommen ist."

Kaloy räuspert sich. „Schwierige Entscheidung. Ich glaube, ich hätte es anders gemacht. Aber ich respektiere deine Entscheidung. Du bist ja auch in der Bewegung geblieben."

Bernie nickt. „Ja, ich bin dabeigeblieben, anders als du, Kaloy, auch nach der Spaltung, ich bin immer noch dabei. Ich versuche, das Richtige zu tun."

„Das weiß ich, Bernie, trotzdem verstehe ich dich nicht. In den achtziger Jahren haben sich alle Koordinaten verschoben. Marcos wurde gestürzt, und wir, die linke Bewegung, standen schockstarr am Rand. Wir waren blind und taub, wir haben nicht erkannt, wie sich unsere Welt rasend schnell veränderte. Stattdessen waren wir damit beschäftigt, unsere eigenen Genossen zu verdächtigen und umzubringen. Und als wir damit fertig waren, hat die Partei einfach den Kampf der siebziger Jahre wieder aufgenommen, ohne zu merken, dass sich die Welt inzwischen weitergedreht hat."

„Ach Kaloy, du weißt, dass wir uns da nicht einig werden. Gib mir noch was von deinem *lambanog*, dann muss ich los."

Kaloy schenkt die Gläser noch einmal voll, dann rollt er zum Bücherregal. „Hier, Bernie, hier habe ich noch was für dich." Er reicht Bernie ein Buch, dann sagt er zu mir: „Bernie und ich sind beide Fans von Science Fiction und Mystery. Es gibt einen ziemlich guten philippinischen Autor, der so eine Art Mystery-Fiction über die Aliens auf Mt. Banahaw schreibt. Das hier ist sein neuester Band."

Bernie lacht, gibt Kaloy einen Kuss auf beide Backen, packt ihre Tasche und verlässt mit leicht wackeligen Schritten das Haus. Wenig später springt der alte Kia Pride vor der Veranda an. Das gelbe Scheinwerferlicht legt eine helle Decke auf den zersprungenen Asphalt. Dann ist Bernie verschwunden.

49

Die Geckos in meinem Zimmer spielen an der Decke Fangen und keckern dabei unvorstellbar laut. Wie produzieren sie bloß mit so kleinen Körpern ein solches Geschrei? Ich nehme eine Dusche im beige gefliesten Bad. Aus dem Duschkopf tröpfelt es nur. Aber unter dem Wasserhahn steht ein großer roter Plastikeimer mit einem blauen Schöpfer. *tabo*-Dusche. Das kalte Wasser erfrischt.

Als ich ins Zimmer zurückkomme, zeigt das Handy eine neue Nachricht an. Jule: *Wenn du da bist, ruf mich mal an*. Ich fahre den Laptop hoch. Jule antwortet sofort.
„Hallo Papa, wie geht es dir, was machen deine Nachforschungen?"
„Ich habe heute eine ziemlich grauenhafte Geschichte gehört."
„Hat das was mit deiner Diwa zu tun?"

„Weiß ich noch nicht. Vielleicht nicht. Aber sie will, dass ich das höre. Warum auch immer."
„Erzähl mal, wenn du willst!"
„Du magst doch keine schrecklichen Geschichten."
„Papa!"
Jules Ausrufezeichen kann ich regelrecht spüren.
„Jule, das muss sich noch setzen, ich muss sortieren."
„Ach Papa, du und dein Innenleben. Dann erzähle ich dir was von meinen schlauen Pflanzen. Ich habe heute zwei neue Versuchsreihen gestartet. Diesmal nicht mit einem positiven Reiz wie beim letzten Mal, sondern mit einem negativen. Doppelblindtest, obwohl ich keine Ahnung habe, ob man das bei Erbsen und Mimosen wirklich machen muss. Aber sicher ist sicher. Ich bin super gespannt, ob sie auch lernen können, von dem negativen Reiz wegzuwachsen. Ehrlich, ich glaube, wir unterschätzen die Pflanzen total. Bei uns muss ja immer alles so schnell gehen. Bei den Pflanzen dauert halt alles länger. Das nehmen wir nur nicht wahr, weil wir so ungeduldig sind. Unsere Aufmerksamkeitsspanne ist einfach zu kurz. Wusstest du, dass eine normale Buche 300 Jahre lebt? Da kannst du dir natürlich mehr Zeit lassen."
„Ich würde gern einen Film über deine Experimente und die Ergebnisse sehen. Machst du so was?"
„Dauert dir das Lesen wieder zu lang, Papa? Willst du einen Dreiminutenfilm, damit du nicht lesen musst? Du bist echt schrecklich!"
„Ich liebe dich auch, Jule!"

Das Gespräch mit Jule hat etwas verändert. Die Schwere, die sich in der Begegnung mit Kaloy und Bernie auf mich gelegt hat, weicht zurück. Die kurze Begegnung mit meiner Tochter hat mir Abstand gegeben, Jule hat mich zu sich herüber gezogen, mein Raum wird größer.

Was war eigentlich damals, in den Achtzigern, mit mir? Habe ich irgendetwas von der *Kontinentalverschiebung* mitbekommen? Die politischen Veränderungen in Europa sind mir natürlich nicht verborgen geblieben. Ich denke an mein kleines Kurzwellenradio und die verrauschten Nachrichten der Deutschen Welle. Die wochenalten, vom Durchblättern und der Feuchtigkeit welligen Ausgaben des *Spiegel*, die ich bei

Freunden in Manila las. Aber die Säuberungen in der Bewegung? Mir fällt die Konferenz in Cebu ein. Entwicklungspraktiker aus NGOs in den ganzen Philippinen sollten drei Tage über erfolgversprechende Strategien ländlicher Entwicklung diskutieren. Fast alle Teilnehmer waren bereits im Tagungszentrum eingetroffen, da wurde die Konferenz plötzlich abgesagt. Unter der Hand hieß es, ein Memo der Partei habe die Absage unter Hinweis auf Sicherheitsprobleme angeordnet. Vermuteten sie DPAs unter den Konferenzteilnehmern? Ein absurder Gedanke, es ging doch um ländliche Entwicklung, was hätte ein DPA daran sabotieren können?

Oder ging es in Wirklichkeit darum, dass die Partei ländliche Entwicklung mit Misstrauen beobachtete. *Ökonomismus*, der Vorwurf stand schnell im Raum: wenn es der ländlichen Bevölkerung zu gut geht, lässt sie sich nicht mehr für den bewaffneten Kampf rekrutieren. Aber so zynisch waren mir die Vertreter der Bewegung nie vorgekommen.

Die Geckos haben sich beruhigt und beobachten mich still von der Zimmerdecke herab. Ich stelle mir Jule in ihrem Laborkittel vor, wie sie Erbsen in Pflanztöpfe drückt und dabei freundlich mit ihnen spricht. Mit dem Gedanken an Jule schlafe ich ein.

Anne summt eine traurige Ballade, während sie das Frühstück aufdeckt. In scharfem Kontrast zu der melancholischen Melodie strahlt ihr Gesicht. Ihre Fingernägel sind heute tief schwarz und glänzen frisch lackiert. Kaloy rollt herein. Er sieht zerzaust aus. Vielleicht hat er am Abend noch mehr *lambanog* gebraucht.

Nach dem Frühstück sitzen wir zusammen auf der Veranda.
„Wie hast du das alles eigentlich ausgehalten, Kaloy?"
Kaloy rückt das T-Shirt zurecht und streicht die Jeans an seinen dünnen Oberschenkeln glatt.
„Für mich war das eine beschissene Zeit. Ich war dem Tod knapp entkommen, ich war ein Krüppel. Aber ich habe ja nicht nur meiner Beine verloren. Es war einfach alles weg. Ich stand vor dem Nichts. Die Bewegung, die Partei war mein Leben, mein Herz und Verstand gewesen.

Meine Freunde, meine Familie. Mein Lebensunterhalt. Aber sie hielten mich für einen Spion, für einen feindlichen Agenten. Sie hatten mich verhört und gefoltert und fast umgebracht. Und ich war davongelaufen, entkommen, mit knapper Not. Gerade eben so am Leben, aber das war auch alles. Außer meinem versehrten, beschädigten Leben war alles weg. Keine Freunde und Genossen mehr. Mein Sinn im Leben – zerstört. Mein Lebensziel – in Scherben. Mein Lebensunterhalt – weg.

Ich glaube, am Ende waren es zwei Menschen, die mich gerettet haben, Bernie und Diwa. Bernie war in den ersten Wochen fast jeden Tag bei mir. Wir haben zusammen geheult vor Wut und vor Trauer. Wir haben Rachepläne geschmiedet. Wir haben davon geträumt uns gemeinsam umzubringen. Wir haben geredet, geredet, geredet. Und geschwiegen, wir haben viele Stunden zusammen geschwiegen. Langsam heilten meine zertrümmerten Knochen zusammen, auch wenn die Ärzte sagten, dass ich nie wieder laufen würde. Diwa kam. Sie war immer noch ein treues Parteimitglied. Aber sie verurteilte die Säuberungskampagne. Sie sorgte dafür, dass Bernie und ich wegen unserer Flucht nicht verfolgt wurden. Diwa blieb wochenlang hier. Sie saß an meinem Bett im Krankenhaus und las mir Romane vor. Ich verliebte mich in ihre Stimme, so tief, so sanft und doch voll Kraft."

„Diwa hat mir angedeutet, dass ihr euch sehr nah gekommen seid."

„Ja, Diwa war das Licht in dieser furchtbaren Klinik. Kennst du den Geruch der Landkrankenhäuser? Diese unerträgliche Mischung von Urin, schwärenden, faulenden Wunden, Desinfektionsmittel und gebratenem Trockenfisch in den überbelegten Schlafsälen. Der Geruch wirft dich um und wenn du es nicht schon bist, macht er dich krank. Nicht auszuhalten. Aber Diwa kam, setzte sich an mein Bett mit der durchgelegenen Matratze und dem rostigen Gestell, strich mir über das Gesicht, kämmte mich, klappte ihren Roman auf und las. Ich schloss die Augen, der Gestank verschwand und Diwas Stimme zauberte die Gestalten und Landschaften ihrer Bücher vor mein inneres Auge, ich wurde Teil von ihnen, mein geschundener, zerschlagener Körper verschwand. Das war pure Magie."

„Ich weiß, wovon du redest. Diwa hat diese besondere Gabe."

„Sie blieb auch noch eine Weile, als ich aus dem Krankenhaus entlassen wurde. Bernie hatte mir eine kleine Wohnung unten in der Stadt besorgt, nahe beim Strand. Sie hatte sogar schon eine Rollstuhlrampe bauen lassen. In den Nächten lag Diwa neben mir. Wenn ich ihren warmen Körper spürte, wichen die Dämonen, ich konnte schlafen, die Alpträume ließen nach. Ihre glatte Haut, ihr warmer weicher Körper strahlten Gewissheit und Zuversicht aus. An ihrer Seite wurde mein rasendes, stolperndes Herz ruhiger. Allmählich nahmen Verzweiflung und Todessehnsucht ab. An den Tagen fing ich an, mit Diwa über meine Optionen zu sprechen.

In mein altes Leben konnte ich nicht zurück. Wie hätte das ohne Beine gehen sollen. Aber noch dringender war mir etwas anderes. Ich wollte verstehen. Bernie und Diwa halfen mir. Diwa hatte in ihrer Funktion einiges über die Säuberungen erfahren, auch wenn sie selbst nie an Verhören und Hinrichtungen beteiligt war. Ich fragte Freunde und Genossen, ich studierte jeden Artikel, jedes Memo, jeden Fetzen Papier, den ich ergattern konnte. Ich schrieb Briefe, hörte mich um, hielt die Augen offen. Ich traf zwei alte Kontakte, die die Todescamps überlebt hatten. Leicht war das nicht, in den ersten Monaten konnte ich noch nicht reisen. Nicht viele waren bereit, mit mir zu reden, ich glaube, es war zu schmerzhaft. Und doch fand ich nach und nach die Puzzlestücke, die zusammen ein furchtbares Bild ergaben.

Was ich in *Camp-29* erlebt hatte, war kein Einzelfall, kein schrecklicher Irrtum. Wie eine langsame, tödliche Flutwelle hatten sich die Säuberungen über die Philippinen ausgebreitet. Es hatte 1982 in Southern Tagalog begonnen. Über 30 Genossinnen und Genossen verloren dort ihr Leben. Am schlimmsten wüteten die Säuberungen in Mindanao, während das Zentralkomitee sein 10. Plenum in Manila abhielt. Bis Anfang 1986 kamen in der *Kampanyang Ahos* bis zu 1.000 Kader ums Leben. Es ist undenkbar, dass das Zentralkomitee nichts davon wusste. Und dennoch ging das Morden weiter. *Takip Silim* in Süd-Quezon, 30 Tote.

Oplan Missing Link, 66 Tote. *Olympia* in Luzon, Leyte und Cebu zog sich noch bis 1989 hin, dann war endlich Schluss.

Camp-29 hier in Negros war nur eine Fußnote, ein lokaler Schnörkel des großen Schlachtens. Niemand weiß genau, wie viele Genossinnen und Genossen unter Verdacht gerieten, festgesetzt, gefoltert und nach erfundenen Geständnissen und Bezichtigungen erschlagen, erdrosselt, erstochen, erschossen wurden. Schätzungen gehen weit auseinander. Die Gräber wurden selten gesucht und seltener gefunden. Eine Aufarbeitung gab es nicht. Noch heute wissen viele Angehörige nicht, was mit ihren Schwestern und Brüdern, Männern, Frauen und Kindern geschah. Die übliche Botschaft war ja, dass die Genossinnen und Genossen bei einem Schusswechsel mit dem Feind gefallen waren. Nur wenige Angehörige erfuhren, was wirklich geschehen war; normalerweise nur dann, wenn es im Todeslager Überlebende gab, die die Familien informierten.

Kannst du dir vorstellen, was das bedeutet? Die Nachrichten über die Todeslager sickerten langsam durch und verbreiteten sich. Selbst die Familien, deren Angehörige tatsächlich vom Militär getötet worden waren, fingen an sich zu fragen, was mit ihren Lieben wirklich geschehen war. Hatten Soldaten sie erschossen? Oder hatten sie auch zu denen gehört, die unter Verdacht gerieten und von den eigenen Genossen erschlagen wurden.

Lange hatte die NPA als eine disziplinierte Robin-Hood-Truppe gegolten. Sie sorgte für Gerechtigkeit in unserem korrupten Land der ungleichen Lebenschancen. Den ländlichen Massen war sie ein Freund, dem Feind gegenüber war sie fair. Von der NPA freigelassene Kriegsgefangene berichteten wieder und wieder, wie human sie von den Guerilleros behandelt worden waren. Und nun das. Der moralische Kredit, den die NPA und die ganze linke Bewegung bis weit in das bürgerliche Lager hinein besessen hatte, war dahin, verloren, mit den beschuldigten Kämpfern erschlagen.

Dass die Familien der Ermordeten und die Überlebenden die Partei mit anderen Augen sahen, ist klar. Aber auch mit den Folterern und Mördern geschah etwas. Das wurde mir bei meinen Gesprächen klar. Viele hatten mit der Überzeugung begonnen, die Bewegung vor einer gefährlichen Infiltration zu schützen. Sie waren gewiss, einer zwar unangenehmen, aber absolut notwendigen Sache zu dienen. Bernie war nicht die Einzige, der in den endlosen Verhören aufging, dass die wenigsten Beschuldigten wirklich Spione sein konnten. Bald aber wurden viele von ihnen von der Angst getrieben, dass ihr eigener Name unter der Folter genannt werden könnte; sei es aus Rache oder Verzweiflung. Umso härter betrieben sie die Verhöre, umso gnadenloser wurde die Bestrafung. Ich weiß nicht, wie diese Genossinnen und Genossen nach dem Ende der Säuberungen schlafen. Ich stelle mir vor, dass ein Heer von Gefolterten und Ermordeten sie jede Nacht heimsucht."

„Aber war das Ganze denn wirklich Parteipolitik? Hat das Zentralkomitee die Säuberungen in Auftrag gegeben? Und anschließend – gab es so etwas wie ein Schuldbekenntnis?"

„Was denkst du, mein Freund mit dem guten Herzen? Nein, nichts davon gab es. Die Führung der Partei, die seit den späten achtziger Jahren in Holland residiert, hat sich nie zu ihrer Verantwortung bekannt. Nicht ein einziger Verantwortlicher wurde je zur Rechenschaft gezogen. Angeblich gab es eine Handvoll Ausschlüsse aus der Partei. Ein paar Genossen wurden degradiert. Das war es dann. Unter der Hand hieß es, wenn man alle Beteiligten an den Verfahren zur Rechenschaft ziehen wolle, könne man die Partei in weiten Teilen des Landes dicht machen. In den Säuberungen verlor die Partei ihre Unschuld. Und ohne Aufarbeitung, ohne Schuldbekenntnis, ohne Erschrecken über die Monstrosität der Massaker und ohne Trauer verlor sie auch noch ihre Seele."

„Hat Diwa mich deswegen zu dir geschickt, damit du mir das erzählst, Kaloy?"

„Ich denke schon. Und es gibt noch einen weiteren Aspekt, den du dir klar machen musst. Die Bewegung hat vor dreißig Jahren nicht nur ihre Seele verloren, sondern auch den Anschluss an die Wirklichkeit. Die großen Säuberungen fanden in einer unglaublich aufregenden Zeit statt. Eine bürgerliche Revolution unter der Führung der katholischen Kirche und ohne Beteiligung der Linken zog das Militär auf ihre Seite und vertrieb den Diktator Marcos. Mit einem Mal entstand dieser riesige Freiraum für eine lebendige Zivilgesellschaft. Gleichzeitig fing der real existierende Sozialismus in Europa an zu zerbröseln. Wenig später, als wir kaum aufgehört hatten unsere Genossen zu verdächtigen, fiel der Eiserne Vorhang. Ihr Deutschen bekamt eure Wiedervereinigung. Die Sowjetunion löste sich auf. Anfang 1992 mussten die US-Militärstützpunkte die Philippinen verlassen. Vietnam setzte zur wirtschaftlichen Aufholjagd an. Millionen Filipinas und Filipinos verließen ihre Heimat, um in praktisch jedem Land der Erde besser bezahlten Jobs nachzugehen. Und hier jagte die kommunistische Partei Gespenster. Nach der Geisterjagd machte sie weiter, als könne sie in den Philippinen von 1990 die chinesische Revolution von 1940 nachspielen. Du weißt ja, dass die Bibel der philippinischen Revolution, *Philippine Society and Revolution*, eine wenig modifizierte Umsetzung der chinesischen Revolution auf unser Land ist. Seitdem operiert die Bewegung in einem imaginären Land der Vergangenheit und kämpft mit den Waffen der Gegenwart einen Kampf des letzten Jahrhunderts."

„Das hört sich tragisch an."

„Das ist tragisch, Jan, das ist fruchtbar. Denn die Philippinen brauchen eine grundstürzende Veränderung, eine wirkliche Revolution. Aber die Philippinen von heute, nicht dieses untergegangene Land von *Semifeudalismus*, *Semikolonialismus* und *bürokratischem Kapitalismus*. Bloß, was willst du machen, wenn die Bewegung von ein paar alten Männern und Frauen gesteuert wird, die seit Jahrzehnten auf einem anderen Planeten leben?

Selbst von den überlebenden Opfern sind viele zur Bewegung zurückgekehrt. Sie sahen, dass sich an den ungleichen Lebenschancen in unserem Land kaum etwas geändert hatte. Wer, außer der roten Bewegung, setzte sich dem entschieden entgegen? Dazu kommt, wenn du den größten Teil deines Erwachsenenlebens einer Sache gewidmet hast, vielleicht dein Studium oder deine Ausbildung abgebrochen, den Kontakt zu deiner Familie gekappt, Kinder gehabt, die bei der Verwandtschaft oder bei Bauern aufgewachsen sind und dich nicht kennen, wohin gehst du dann? Da ist nichts mehr, wohin du zurückgehen kannst, es gibt kein Zurück, da ist einfach Nichts. Du musst dich neu erfinden. Du musst einen neuen Sinn für dein Leben finden. Irgendwie musst du auch an Geld kommen. Bisher hatte dich die Bewegung mit dem Lebensnotwendigen versorgt. Aber die Partei zahlt keine Rente."

„Und du, Kaloy, wovon lebst du?"

„Das hört sich vielleicht blöd an, aber meine Beine machten es mir in gewisser Weise einfacher. Meine Optionen waren beschränkt. Aber ich hatte immer eine Liebe zu Büchern, zu Theoriebildung, zu den Sozialwissenschaften. Damit fiel es mir nicht schwer, unten in Dumaguete eine Anstellung an der Universität zu bekommen. Ich unterrichtete Soziologie und hatte diese kleine Wohnung mit Rollstuhlrampe nahe beim Strand. Ich unterrichte immer noch, aber nur noch ein paar Stunden, kein volles Deputat mehr. Das Haus hier habe ich mir vor drei Jahren bauen lassen. Ein guter Teil gehört noch der Bank, aber das geht ja den meisten so. Weißt du, letztlich hat das Leben es gut mit mir gemeint.

So, mein Lieber, jetzt habe ich Hunger. Lass uns unten in der Stadt was Gutes essen."

Kaloy rollt zur Küche. Ich höre, wie er mit Anne spricht. Dann kommt er wieder zu mir. „Anne begleitet uns. Du kannst mit ihr fahren."

50

Anne vor mir auf dem Roller ist kleiner und viel leichter als ich. Ich spüre, wie sie ihr Gleichgewicht auf der steilen Straße in die Stadt hinunter finden muss. Vielleicht ist sie es nicht gewohnt, mit Sozius zu fahren. Dennoch rast sie in halsbrecherischem Tempo vor Kaloys Dreirad her. Schotter schießt unter den Reifen in alle Richtungen davon.

Annes langes Haar ergießt sich aus dem Helm, flattert unbändig im Fahrtwind und kitzelt mich in der Nase. Es riecht nach Pfirsichshampoo. Der Himmel ist jetzt bedeckt, aber es ist trocken. Wir passieren die Kampfhahn-Zucht. Die albernen Gockel blicken uns ratlos nach.

Wir halten vor einer Reihe von *turo-turo*-Ständen. Anne bestellt *tokwa't baboy*, *pinakbet* und Reis. Die Schweineohren mit Tofu sind knusprig, das Gemüse bitter, aber nicht zu sehr. Wir trinken eiskalte Cola mit rosa Stohhalmen aus durchsichtigen Plastiktüten, was eigentlich schon verboten ist, aber doch ungemein praktisch.

„Und jetzt Karaoke", sagt Kaloy, und das hört sich nicht wie ein Vorschlag an, sondern wie der unvermeidliche nächste Akt in einem alten Ritual. Wir fahren zu einer *Family Karaoke Lounge*. Wie sich herausstellt, hat Anne bereits online einen Raum reserviert. Ein kräftiger Angestellter begrüßt uns, umarmt Kaloy und hilft ihm auf das Sofa vor dem großen Flachbildschirm. „Heute bitte jugendfrei", sagt Kaloy, und Anne lacht.

Wir suchen Songs aus der laminierten Broschüre aus. Kaloy schmettert *My way*. Anne schluchzt *I will always love you* und zwinkert dabei Kaloy zu. Ihre Stimme ist kräftig und nur ein kleines Bisschen zu hoch. Dann bin ich dran, *Where have all the flowers gone*. Die Anlage hat ein Bewertungssystem. Nach jedem Song zeigt der Bildschirm einen Prozentwert. Wir wetteifern um die Bestwertung. Ich finde heraus, dass es nur um Lautstärke geht. Ob ich den Text oder die Melodie treffe, spielt überhaupt keine Rolle, Hauptsache laut. Die Melodie von *Himig ng Pagibig* ist mir völlig unbekannt, aber laut kann ich. Hundert Prozent. Anne und Kaloy grölen. Prustend brüllt Kaloy „Wer sagt denn, dass Krüppel keinen Spaß haben dürfen!"

Später sitzen wir am Strand und trinken *frozen margaritas*. Die Wolken ziehen ab und öffnen ein blaues Fenster über dem Horizont. Die Sonne färbt sich rot-orange und schwebt riesengroß und rund auf das ferne Meer zu. Als sie in das Wasser eintaucht, wundere ich mich, dass es nicht zischt und spritzt und dampft. Kaloy dreht sich zu mir.

„Mir ist noch etwas eingefallen. Du bist doch wegen der Sache mit Maria Manoto hier. Irgendwann, als die Säuberungen schon zu Ende gingen, ist auch Maria unter Verdacht geraten. Ich weiß nicht genau, worum es ging. Ich glaube, es hatte mit ihrer Rolle in den legalen NGOs zu tun und mit ihrer Scharnierfunktion zwischen denen und dem Untergrund. Angeblich soll sie Genossen an das Militär verraten haben, die in den offenen Organisationen arbeiteten. Das war natürlich Unsinn. Ich weiß nicht, ob du damit etwas anfangen kannst. Na ja, du musst dir halt selber einen Reim drauf machen."
Kaloy blickt zum Horizont. „Ist das nicht ein fabelhafter Sonnenuntergang?"

Wir stoßen mit unseren neuen *frozen margaritas* an.

„*Mabuhay*, auf die untergegangene Sonne und auf das Leben!"

IV

Tinagong Paraiso

51

Am nächsten Morgen ist der Himmel makellos blau. In den Palmblättern des Daches knackt und raschelt es. Insekten und andere, größere Tiere gehen ihren Tätigkeiten nach. In der Küche höre ich Anne singen, heute ist es eine fröhliche Melodie. Sie brät Trockenfisch, Verwesungsgeruch weht durch das Haus.

Tsampurado, süßer Schokoladenreis, und gebratener Trockenfisch, das gibt ein festliches Frühstück für Kaloy und seine Nichte. Für mich hat Anne voller Rücksicht *pandesal* und *pandecoco* besorgt. Strahlend wünscht sie Kaloy und mir einen wunderschönen Morgen. In den Ohrläppchen trägt sie heute erbsengroße, schwarz glänzende Perlen, passend zu ihrem Nagellack.

Kaloy verabschiedet mich mit einer langen, festen Umarmung. Bei seinem Versuch aufzustehen fällt der Rollstuhl um. „Komm wieder, Jan, ich mag das Reden mit dir. Ich sortiere dabei mein Leben. Das bringt die alten Geschichten zum Abschluss. Dich habe ich nicht reden lassen. Na ja, das machen wir beim nächsten Mal!"

Anne sagt, sie müsse sowieso in die Stadt, und bringt mich mit ihrem Moped zum Busbahnhof. Sie warnt mich, auf Negros gelte manchmal die Inselzeit, alles eine Viertelstunde früher. Am Schalter kaufe ich ein Ticket nach Sipalay. Der Bus steht schon da, der Motor läuft. *How is my driving?* steht in roter Schrift am Heck. Ob das auch auf dem Bus stand, der Kaloy die Beine abfuhr? Anne verabschiedet mich mit einem Kuss auf beide Backen. Sie sagt: „Komm wieder, Jan, du tust Kaloy gut." Ich sehe ihr in die blitzenden Augen und frage: „Und dir?" Anne lacht und dreht sich weg.

Ich besteige den *Spirit of Negros No. 59* und finde meinen Platz. Es ist erbärmlich kalt. Anne hat mich gewarnt, ich habe meine Jacke schon aus dem Rucksack geholt. Tatsächlich fährt der Neunuhr-Bus schon um acht Uhr fünfundvierzig ab. In der Reihe hinter mir diskutieren zwei

Männer in mittlerem Alter darüber, was die Fahrbahnmarkierungen wohl bedeuten könnten. Durchgehender Doppelstreifen in der Mitte gleich Parkverbot? Oder ist es was mit Fußgängern?

Warum hat Diwa mich zu Kaloy geschickt? Was habe ich in den Tagen gelernt? Es war spannend, aber auch ein bisschen verletzend, zu hören, wie wir ausländischen Sympathisanten auf unsere Nützlichkeit für die linke Bewegung geprüft und bewertet wurden. Dabei kann ich Kaloys Einschätzung nicht einmal widersprechen. Klar, ich wollte alles genau wissen und nichts ohne Rückfragen stehen lassen. Welterklärung per Memo war nicht meine Sache. Anweisungen vom *higher organ*? Die mussten mir einleuchten, sonst hätte ich sie nicht befolgt. Kein Wunder, dass die Partei mich nicht aufnehmen wollte. Aber wäre es nicht eine bessere Bewegung gewesen, wenn sie Diskussion und Austausch zugelassen hätte? Andererseits, wie soll das in einer Bewegung gehen, die einen Guerillakampf führt?

Undurchdringliche Bambusdickichte, dunkelgrüne Mangobäume und hoch aufragende Kapokstämme rauschen am Bus vorbei. Über dem Fahrer ist ein Herz-Jesu-Bild angeschraubt. Bei jedem Tritt auf die Bremse strahlt das Herz hell auf.

Wir passieren Dauin und Zamboanguita. In Bayawan ist Markttag. Polizisten mit tellergroßen, orange reflektierenden Handschuhen versuchen, den Verkehr zu regeln. An den *tricycles*, die in drei Reihen nebeneinander auf Fahrgäste warten, ist kaum ein Vorbeikommen. Der Fahrer lässt zwei fliegende Händler herein, die *chicharon* mit scharfer Essigsoße verkaufen. Sofort riecht der ganze Bus nach frittierter Schweineschwarte.

Natürlich hatte ich damals große Sympathie für die linke Bewegung. Es war doch so klar, dass dieses Land einen Umsturz braucht. Die Mehrheit der Bevölkerung war von allem abgeschnitten, was für ein anständiges Leben in Würde nötig ist. Selbst in der Provinz gab es Hunger, weil zu viele Menschen keinen Zugang zu eigenem Land hatten. Wer sich keine Privatschule leisten konnte – und das war die Mehrheit – war auf die grottenschlechten, unterfinanzierten Schulen angewiesen, in deren überfüllte Klassen die Kinder sogar ihre Stühle noch selber mitbringen mussten. Sauberes Trinkwasser? Hygienische Toiletten? Fehlanzeige. Und auf der anderen Seite, da gab es den obszönen Reichtum der herrschenden Familien. Die Oligarchen, deren Geländewagen-Kolonnen von der Polizei mit Blaulicht an jeden Stau vorbeigelotst wurden. Deren Söhne ungestraft vergewaltigen und töten konnten, während ihre Frauen und Töchter Wohltätigkeitsbälle veranstalteten. Wer sich dagegen auflehnt, ist im Recht.

Das moralische Recht war auf der Seite der linken Bewegung und ihres Untergrunds. Das sah nicht nur ich so. Bis weit in intellektuelle Kreise und die bürgerliche Mitte der philippinischen Gesellschaft reichten die Sympathien. Die Universitäten lieferten den Nachschub für die Propagandaeinheiten und die Kampfgruppen in den Bergen. Unter den empörten Studenten rekrutierten die legalen NGOs aus dem Netzwerk der kommunistischen Partei ihren enthusiastischen Nachwuchs. Alle lebten und arbeiteten in dem Bewusstsein, auf der richtigen Seite zu stehen und für ein besseres, gerechteres Morgen zu kämpfen.

In den späten Jahren der Marcos-Diktatur lagen die Dinge einfach. Es gab den finsteren Diktator, die dunkle Welt von Ausbeutung und Unterdrückung mit ihren Blutsaugern und Henkern, mit ihren Mitläufern und Feiglingen. Und es gab die strahlende Welt des Widerstands, die gefährliche, aufregende, bunte, energiegeladene Welt des Lichts. Dazwischen war nichts, nur die Wahl zwischen richtig und falsch, strahlend hell und mitternachtsdunkel.

Ich hatte die Energie, die unbändige Kraft des Aufstands gespürt. Ich war fasziniert von den klaren, entschiedenen, lebendigen Menschen, die ihr Leben dem Kampf für ihre neue Welt gaben. Ich bewunderte ihre Ausdauer, ihren Erfindungsreichtum, ihre Leidensbereitschaft, ihren Humor. Mich beeindruckte ihre rohe, verletzliche Lebendigkeit. Ich wusste, dass ich nie ganz dazu gehören würde. Dazu war ich zu zögerlich, zu sehr Beobachter und Zweifler. Aber die klare Aufteilung der Welt in eine richtige und eine falsche Seite beantwortete viele meiner

Fragen und gab mir eine seltsame Ruhe und Gewissheit.

Und jetzt? Kaloys Geschichte verändert die Vergangenheit. Die strahlende Welt des Widerstands hat es wirklich gegeben. Aber das war nicht das ganze Bild. In die Welt des Guten und Richtigen waren Folterverhöre und Massaker eingedrungen. Vielleicht war die Vorstellung von der sauberen Zweiteilung der Welt auch damals schon ein schöner Traum. Schön, um zu motivieren, gut, um sich daran festzuhalten, nützlich, um besser durchzuhalten und das Unerträgliche besser zu ertragen. Aber nur ein Traum.

Der Bus hält vor einem Restaurant für Überlandbusse. Zwanzig Minuten Pause. Die Kellner bedienen schnell und effizient. Das Essen ist kalt, zäh und geschmacklos. Dann öffnet der Fahrer die Bustür und hupt. Es geht weiter.

Warum wollte Diwa, dass ich Kaloy treffe? Welche Botschaft will sie mir damit senden? Dass die Dinge auch vor 25 Jahren schon kompliziert waren? Ich bekomme den Gedanken nicht zu fassen, es muss mit Verantwortung und Schuld zu tun haben. Was bedeutet Kaloys Hinweis auf Marias Rolle bei der DPA-Jagd? War das die wichtigste Botschaft meines Besuchs? Warum dann aber versteckt im Sonnenuntergang bei einem *frozen margarita*?

Am frühen Nachmittag hält der Bus in Sipalay. Ich steige aus dem eisigen Fahrzeug. Die feuchte Hitze schlägt mit ihrem großen nassen Lappen nach mir. Meine Sonnenbrille beschlägt. Für einen Augenblick bin ich blind. Ein halbwüchsiger Junge bietet an, meinen Rucksack zum Strand zu tragen. Ich gebe ihm 20 Pesos. Am Ufer wartet die *banca* des Strandhotels, in dem ich gestern online ein Cottage reserviert habe. Das Beach Resort ist über die Straße nicht erreichbar. Das schmale blaue Auslegerboot vibriert im Takt des ohrenbetäubenden Motors. An ein Gespräch mit dem Bootsmann ist nicht zu denken. Ich genieße die zügige Fahrt. Gischt spritzt vom spitzen Bug und den weiß gestrichenen Bambusauslegern. Die zum Dach aufgespannte blaue Plane gibt Schatten. Das Boot scheucht einen fliegenden Fisch auf, der dicht über der

Wasseroberfläche davonschwirrt. Dann erreichen wir Trafalgar Beach. Keine Ahnung, wie dieses Stück Strand an seinen eindrucksvollen Namen gekommen ist. Knirschend bohrt sich der Bug der *banca* in den Sand.

52

Von oben muss das Resort praktisch unsichtbar sein. Die Cottages ducken sich unter die üppigen Palmen als suchten sie Schutz vor riesigen Raubvögeln, die am Himmel lauern. Ich beziehe meine Hütte, der Bettüberwurf in rot, braun und beige ist aus einem schweren *ikat*-Stoff. Keine Klimaanlage, aber ein großer grauer Deckenventilator. Ich ziehe meine Badehose an. Das Resort hat einen Infinity-Pool auf der Grenze zwischen Palmenhain und Strand. Im klaren, stillen Wasser spiegeln sich Palmwipfel und fedrige Wolken, die langsam vom Meer auf die Insel zu schweben. Das Poolwasser ist warm und hüllt mich weich und freundlich ein.

Später sitze ich am Strand, die nackten Füße im warmen, feinen Sand. Die Sonne sinkt auf den Horizont zu und färbt Meer, Strand und Palmen golden. Zwei Fischerboote ziehen knatternd unter der Sonne vorbei. Eine sanfte Brise spielt mit den Härchen auf meinen Armen.

Das Abendessen ist ordentlich. Zu den Spaghetti mit Basilikum-Tomatensoße gibt es selbst gebackenes Weizen-Vollkornbrot. Ich gehe früh zu Bett.

Die Landschaft ist weit und von einem hohen, tiefblauen Himmel überwölbt. Gelbe Ähren wiegen sich im Wind. Ein Feldweg schlängelt sich zum Horizont. Das Bild friert ein. Mir wird klar, ich sehe auf ein Foto. Auf dem nächsten Bild fließt ein schwarz-blauer Bach träge unter einem vereisten, blattlosen Ast. Die tief stehende Sonne bricht sich im Raureif und funkelt in 100 Farben. Plötzlich stockt der Bachlauf, das Bild bleibt stehen. Von hinten tritt Diwa zu mir.
„Jan, da bist du ja."

„Diwa!“ Ich drehe mich zu ihr.
„Ich will dir Lebewohl sagen.“
„Diwa?“
Ich drehe mich um, Diwa kommt näher. Sehr langsam bewegen sich ihre vollen Lippen auf meinen Mund zu. Jetzt berühren sie mich, meine Nackenhaare stellen sich auf. Wie von selber schiebt sich meine Zunge vor und teilt meinen Mund. Ich schmecke Diwas Lippen, sie sind warm und samtig. Ich rieche eine Ahnung von Zimt und etwas Schwerem, Bitteren. Meine Zungenspitze tastet und sucht die Öffnung zwischen ihren Lippen, dann fühle ich die Spitze ihrer Zunge, sie berührt mich und jagt einen warmen Schauer durch meinen Körper. Unvermittelt wendet Diwa sich ab und ist verschwunden. Vor mir erscheint ein neues Foto. Aus einem kahlen alten Baum erhebt sich ein Schwarm dunkler Vögel und fliegt davon. Das Bild friert ein, die Vögel hängen jetzt reglos am grauen Himmel.

Als ich aufwache, scheint bereits die Sonne. Das Aufstehen ist mühsam, das Zimmer dreht sich. Auf dem Weg zum Bad halte ich mich am Türrahmen fest. Das Waschbecken schwankt seltsam vor meinen Augen. Immer noch spüre ich Diwas Zungenspitze. Aus dem Duschkopf kommt ein unordentlicher, aber kräftiger Strahl warmes Wasser. Ich dusche lange, seife mich gründlich ein und spüle Salz und Sand aus meinen Haaren. Das Waschbecken beruhigt sich und bleibt stehen.

Nach zwei Bechern Kaffee aus der Presskanne fange ich an, über den Tag nachzudenken. Ich finde den *diveshop*. Die Ausrüstung ist neu und sieht gepflegt aus. Ich entscheide mich für einen langen Neoprenanzug, 3 Millimeter. 7 kg Blei, der Alu-Tank zeigt 210 bar, ich stelle den Tiefenmesser zurück. Das Auslegerboot, das mich gestern in Sipalay abgeholt hat, bringt unsere kleine Gruppe jetzt zum Tauchplatz. Wir sind zu fünft, ein Ehepaar aus Manila mit ihrem 18-jährigen Sohn, der Führer und ich. Das Meer ist ruhig und glänzt wie Frischhaltefolie. John, der *divemaster* und unser Führer für den Tag, ist braungebrannt, sehnig und hat sehr blaue Augen. Ich schätze ihn auf Ende 50. Er stammt aus Nordengland, wo er als Ingenieur bei einer Süßwarenfirma arbeitete. Er erzählt, dass er innerhalb einer Woche seinen Job, sein Haus und seine Frau verloren hat. Vor vier Jahren ist er auf die Philippinen gekommen, hat seine Zertifizierung gemacht und lebt seitdem als Tauchlehrer und -führer an den schönen Stränden des Landes. Seine beiden inzwischen erwachsenen Töchter besuchen ihn. Zu seiner Frau hat er keinen Kontakt mehr. Leben ohne Gepäck nennt er das.

Der Bootsführer vertäut die *banca* an einer Boje aus alten Plastikflaschen in einem blauen Fischernetz. Die hässlichen selbstgemachten Bojen, sagt er, werden nicht dauernd geklaut. Wir setzen die Presslufttanks auf und lassen uns hinterrücks ins Wasser fallen. John gibt das Zeichen, wir lassen die Luft aus unseren Tarierwesten und sinken in die Tiefe. Druckausgleich nicht vergessen, ich halte mir die Nase zu und drücke Luft in den Gehörgang. Der Boden ist an dieser Stelle sandig. Eine Kolonie Ohrfleck-Röhrenaale verschwindet wie auf Kommando in ihren Röhren. Ich lege die Arme zusammen und folge den anderen mit ruhigen Bewegungen meiner Flossen. Albert, ich soll ihn Berting nennen, ist mein *buddy*. Er bewegt sich hektisch und hat seine Tarierung noch nicht im Griff. Wahrscheinlich hat er seinen *open water diver* gerade erst gemacht, vielleicht ein Geschenk zum 18. Geburtstag. Mal verschwindet er nach oben, direkt darauf wirbelt er bei der Landung auf dem Boden riesige Sandwolken auf. Ich suche Abstand von meinem *buddy*. Es hilft nicht, mit einem Mal bin ich von aufgerührtem Sand und Sediment umgeben. Die Sicht beträgt keinen Meter mehr. Ich warte. Langsam wird die Sicht besser. Aber von den anderen Tauchern sehe ich keine Spur mehr. Auch die aufsteigenden Blasen ihrer Atemluft entdecke ich nirgends.

Die beige Fächerkoralle vor mir scheint zu schwanken. Eine Minute warten, wenn ich bis dahin keinen sehe, langsam auftauchen. Aber wo genau ist jetzt oben? Da war etwas mit den Luftblasen, da, wo die hinziehen, ist oben. Und jetzt kommt auch nicht mehr genug Luft aus dem Atemautomaten. Habe ich den Hebel am Mundstück verstellt? Muss ich ihn nach vorne drücken, um den Luftstrom zu verstärken, oder muss ich ihn zu mir hinziehen? Wie komme ich bloß vom Boden wieder hoch? Ich versuche, mich nach oben abzudrücken und schlage mit den Flossen. In einer ungeschickten Drehbewegung sinke ich nach links auf den Meeresboden. Die Sedimentwolke ist wieder undurchdringlich. Luft in die Tarierweste? Das ist die Rettung. Ich komme auf die Knie und steige auf. Schnell, viel zu schnell, ich steige schneller als die Luft, die ich ausatme. Aber ich komme nach oben, mit einem unterdrückten Schrei durchbreche ich die Wasseroberfläche.

Die *banca* liegt kaum hundert Meter vor mir an ihrer Boje. Ich ziehe die Maske herunter zum Hals und blase die Weste ganz auf. Dann lege ich mich auf den Rücken und schwimme auf das Boot zu. Neben mir bricht Johns Kopf durch die Wasseroberfläche. „Bist du ok, Jan?"
„Ja, John, jetzt ist alles in Ordnung, ich gehe raus."
„Ich gehe wieder runter und beende den Tauchgang mit den anderen. Der Bootsführer hat einen Kaffee für dich."

Der *boatman* lässt die Treppe herunter. Ich reiche ihm meinen Bleigurt und schnalle Tank und Weste ab. Zuletzt reiche ich ihm meine Flossen.
„Alles gut bei dir, du bist so schnell wieder oben? Hier, ich habe dir schon einen Kaffee gemacht und in der Dose sind Kekse."
„Mir war ein bisschen komisch, ich weiß nicht, ob der Atemautomat richtig eingestellt ist, den müsst ihr nachher mal prüfen. Aber jetzt ist alles ok", sage ich, aber das Boot bewegt sich wie blöd, obwohl das Meer flach wie ein Brett ist.

Mit kleinen Schritten kämpfe ich mich den Strand hinauf zu meinem *cottage*. Kaum bin ich auf mein Bett gefallen, klingelt das Handy.
„Ja, hallo?"
„Jan, bist du das? Hier ist Diwa."
„Diwa?"
„Die Diwa. Wo bist du, Jan?"
„Trafalgar Beach, Negros Occidental."
„Ich möchte Dir einen Vorschlag machen. Können wir uns in zwei Tagen in Palawan treffen? *Tinagong Paraiso*? Bis dahin habe ich alles erledigt und keine weiteren Pläne. Was hältst du davon?"
„Woher hast du meine Nummer?" Die Zimmerdecke dreht sich vor meinen Augen, der gestreifte Vorhang flimmert und flattert in der Sonne.

„Jan, die stand in deinem Brief. Also: *Tinagong Paraiso* in zwei Tagen?"
„Ja, Diwa, ja!"
„Wir sehen uns im Paradies. Bis dann, mach's gut. *Ingat*!"
„Warte, Diwa, muss es ausgerechnet *paraiso* sein?"
Aber Diwa hat schon aufgelegt.

Ich trinke die Wasserflasche leer und falle wieder auf das Bett. Ich schließe die Augen. Mein Rücken kribbelt, ich spüre meinen Herzschlag in den Fingerspitzen und den Zehen. Vor meinen Augen ziehen wilde Bilder vorbei, erst taghell, dann mitternachtsdunkel, in sprühenden, strahlenden Farben, dann wieder ausgewaschen grau, trostlos. Ich schlafe und wache wieder auf. Aber vielleicht träume ich auch nur, dass ich aufwache, das ist so schwer zu entscheiden.

Irgendwann klopft es an meiner Tür. „Hi, hier ist John, lässt du mich mal rein?"
Ich richte mich vorsichtig auf, tappe zur Tür und lasse John herein.
„Was war denn mit dir los, Jan?"
„Mir war schwindelig. Ich hätte nicht tauchen sollen. Sorry."
„Ich habe mir Sorgen gemacht. Erst warst du verschwunden, dann bist du viel zu schnell aufgetaucht. Wenn du jetzt noch Schwindel hast, dann denk auch an Deko-Krankheit."
„Nein, nein, ich bin schon fast ok. Lass mich noch eine Nacht gut schlafen, dann ist alles in Ordnung."
„Aber morgen solltest du noch nicht tauchen."
„Ist ok, John, ich muss sowieso morgen weiter."
„Das war aber nicht so geplant, Jan?"
„Ja, bei mir hat sich etwas Neues ergeben."
„Na dann, Jan, wäre toll, wenn du mal wiederkämst. Tauchen ist hier wirklich der Knaller!"

53

Der Morgen beginnt mit leichtem Regen. Das Meer hat sich zurückgezogen, die Ebbe legt einen breiten Streifen Sand frei. Durchsichtige

Krebse rennen aufgeregt über das feuchte Ufer. Wenn sie unvermittelt stehen bleiben und bewegungslos verharren, sind sie unsichtbar. John trägt meinen Rucksack. Die *banca* wartet schon im seichten Wasser. Ich wate zum Boot. John reicht dem *boatman* mein Gepäck.

„Komm wieder, Jan. Der nächste Tauchgang geht aufs Haus. Du sollst Trafalgar Beach in guter Erinnerung behalten!“ Ich schüttele John die Hand.
„Danke, John, das werde ich.“

Der *boatman* wickelt einen ausgefransten Strick um den Anlasser und zieht ruckartig an. Stotternd und hustend kommt der Motor in Gang. Das Meer ist ruhig und bleigrau. Mit einem dunkleren Strich geht es am Horizont in den grauen Himmel über. Am Ufer in Sipalay wartet der halbwüchsige Junge. Ich gebe ihm 20 Pesos; er trägt meinen Rucksack zur Straße. „When are you coming back, Sir? Next time I carry again”, sagt er. Ich lächele.

Der Überlandbus nach Dumaguete ist signalrot lackiert und trägt einen nach hinten breiter werdenden gelben Streifen um die Mitte. Im Bus ist es eiskalt. Meine Jacke steckt im Rucksack unten im Gepäckfach. Ich drücke mich in meinen Sitz und ergebe mich der Kälte.

Laut hupend fährt der Bus in Dumaguete ein. Ich winke das erste tricycle heran und gebe Anweisung, mich zur Fähre nach Tampi zu bringen. Ich erreiche die 14-Uhr-Fähre. Das Schiff sieht aus wie eine viel zu große, kantige Badewanne. Auf der Ladefläche drängen sich schwer beladene Laster und einige PKW in drei Reihen. Die Passagiere finden Platz auf dem kleinen Oberdeck. In einer weiß gestrichenen Kiste liegen Rettungswesten, in orange Polyester-Streifen eingenähte Styroporquader. Nach einer guten Stunde erreichen wir den Fährhafen von Bato an der Südspitze von Cebu. Noch fünf Stunden bis zum Flughafen von Cebu. Für die Abendmaschine wird es nicht reichen. El Nido kann nur bei Tageslicht angeflogen werden, die Landebahn hat keine Befeuerung. Als ich auf Mactan ankomme, ist es dunkel. Ich buche einen Platz auf der ersten Maschine am nächsten Morgen und suche mir eine einfache Unterkunft in der Nähe des Flughafens.

Die Reise hat mich erschöpft. Ich bin müde und ohne Energie. Im *turo-turo* neben dem Hotel, bestelle ich gebratenen Reis mit Spiegelei und spüle die ölige Mahlzeit mit einem Bier herunter. Die Quittung bekomme ich sofort. Heftiges Sodbrennen hindert mich am Einschlafen.

Ich tauche durch einen endlosen Kelpwald. Die armdicken grünen Stämme bewegen sich anmutig in der Dünung. Flirrendes Sonnenlicht malt wandernde Muster in den Sand. Plötzlich wird es dunkel. Aus dem Kelp tritt eine aufgequollene Gestalt. Maria sieht mich aus geschlossenen toten Augen an. Ich versuche zurückzuweichen, aber so sehr ich mit den Armen rudere und mit den Flossen strampele, ich bin festgefroren. Ich schwitze, ich atme schnell, aber es kommt nur Wasser in meine Lungen. Dann gibt der Boden nach, ich sinke und falle und stürze in einen namenlosen Abgrund.

Irgendwann ist die Nacht vorbei. In der Morgendämmerung gehe ich zum Flughafen hinüber. Der Wartebereich ist um sechs Uhr morgens schon voll von Menschen. Ich hole mir einen Kaffee und setze mich auf eine der kalten grauen Lochblechbänke. Direkt nach dem Abflug schlafe ich ein. Der wachsende Druck auf den Ohren beim Landeanflug weckt mich. Vor dem Fenster ziehen die zackig zerfransten Felsen der vorgelagerten Inseln vorbei. Ein grünes *tricycle* bringt mich in den Ort.

Auf der Restaurantterrasse des Hotels begrüßt mich Brenda: „Hi Sir Jan, schön, dass du wieder da bist. Willst du dein altes Zimmer?"
„Hallo Brenda, nein, ich brauche nur ein anständiges Frühstück. Dann muss ich wieder los. Bitte nichts mit Reis und Öl und Knoblauch. Hast du Vollkornbrot und Marmelade? Und eine große Kanne Kaffee bitte."
„Kommt sofort. Such dir den schönsten Platz aus!"
Ich setze mich an die Balustrade und sehe auf die Bucht. Die Touristenboote sind bereits unterwegs, nur noch wenige *bancas* ankern im flachen Wasser. Ein Hubschrauber rast mit dröhnendem Rotor auf eine fernere Insel zu. Er wird Gäste zu den exklusiven Resorts bringen,

denke ich, die weit jenseits meiner finanziellen Reichweite liegen.

Brenda summt, ihr Pferdeschwanz wippt im Takt ihrer Melodie, als sie mir das Frühstück bringt.
„Sag mal, Sir Jan, du bist doch der Freund von Sally, *di ba*?"
„Ja, schon, irgendwie. Wieso?"
„Sally hat mir eine *Viber*-Nachricht geschickt. Aus Bangkok. Sie sagt, jetzt wird alles gut. Und ich soll dich grüßen."

Sally hat es nach Bangkok geschafft. Ich freue mich für sie. Aber ist sie der Stadt gewachsen? Und dem, was ihr bevorsteht? Ich lächele Brenda an und merke, dass ich mir Sorgen um Sally mache.

Bei der zweiten Tasse Kaffee schiebe ich Sally energisch beiseite. Jetzt steht etwas anderes auf meiner Tagesordnung. Ich werde Diwa treffen. Was hat sie eigentlich mit *in zwei Tagen* gemeint? Ist das dasselbe wie übermorgen? Das würde bedeuten: heute. Oder hat sie von morgen gesprochen: nach Ablauf von zwei Tagen. Bin ich eigentlich bescheuert? Warum habe ich sie nicht sofort gefragt: welchen Wochentag meinst du? Aber spielt das eine Rolle nach den Jahren? Ich fahre heute nach *Tinagong Paraiso.*

Die geschäftige Managerin im Laden über die Straße ist gerade dabei, die wasserdichten Beutel an der Wand mit einem Federwedel abzustauben. Sie strahlt mich an. Dabei blitzt ihr kleiner goldener Extrazahn auf. „Du willst den Roller, richtig?"
„Klar. Ist der frei?"
„Kommt gleich, mein Bruder ist damit zur Tankstelle, Reifen aufpumpen, Sprit und sowas. Setz dich."
„Kann ich den Roller gleich für eine Woche haben?"
„Sicher."
„Und dann gibt es Rabatt? Eine ganze Woche und ich bin schließlich Stammkunde."
Die junge Frau lacht: „Dreitausend."
„Zweifünf?"
„Schon bei drei mache ich Verlust."

„Zweiacht?“
„Du gibst nicht leicht auf.“
„Ist das ein Ja?“
„Drei.“
„Komm schon!“
„Zweineun. Mein letztes Wort. Oder kein Roller.“
Wir müssen beide lachen. Ich reiche ihr drei Tausender. Sie kramt in ihrer Schublade. Endlich greift sie einen Hunderter und reicht ihn mir zögernd über den Ladentisch. Ich sage: „Hundert Dank!“
Die Managerin legt den Kopf zur Seite und meint: „Du brauchst aber noch Wasser. Und Kekse. Erdnüsse. Bier. Seife und Shampoo. Und hast du eigentlich eine wasserdichte Tasche für die Sachen?“
Sie hat recht. Ich suche eine grüne Tasche aus und fülle sie mit Vorräten für die nächsten Tage. Gerade bin ich wieder beim Bezahlen, da kommt ihr Bruder mit dem Roller.

„Sei vorsichtig, ich habe die Bremsen nachstellen lassen, die ziehen jetzt ordentlich. Tank ist voll, bring ihn voll wieder zurück!“, sagt der Bruder zu mir. „Und Liz ist übrigens noch zu haben. Na ja, du bist ein bisschen alt.“
Ich bedanke mich für das Angebot. Liz zwinkert mir zu. Ich nehme den Schlüssel und schiebe den Roller zum Restaurant. Schnell ist der Rucksack auf dem kleinen Gepäckträger verschnürt. Die Vorräte setze ich zwischen meine Beine. Es geht los, ich bin bereit.

54

Die warme Luft riecht nach blühenden Reisfeldern und gutem Leben. Der Fahrtwind lässt mein Hemd flattern. Was habe ich eigentlich gegen Tinagong Paraiso? Dass da lädierte Gestalten leben und ich nicht weiß, wer mit wem schläft? Wie einfältig ist das denn? Die Straße rollt unter mir vorbei. Der Beton ist glatt und festtagsgrau. Hier und da stehen kleine Pfützen. Brauner Wasserbüffeldung sprenkelt eine Abzweigung. Der Himmel ist blau-weiß.

Ich fahre auf den gordischen Knoten zu, der sich in Stunden oder Tagen lösen wird. Auflösung und Erlösung. Ich habe mich nicht angekündigt. Ob sie wissen, dass Diwa kommt? Und Diwa – wer ist das? Diwa, das Gespenst in meinem Kopf. Diwa, die Untote meiner Träume. Diwa, die mir Briefe voll Interesse und Wärme schreibt. Diwa mit den unergründlichen Augen. Diwa, das unabgeschlossene Kapitel eines lang vergangenen Lebens. Diwa, die Henkerin?

Ich halte bei dem *sari-sari-store* an. Die alte Frau sitzt auf einer schmalen Bank unter dem Vordach ihres Ladens. Sie erkennt mich und strahlt. „So you are finally moving in with them." Das ist eine Feststellung. Ich bitte um eine Cola und setze mich mit der Flasche neben sie auf die Bank. Die Sonne scheint auf unsere Füße.

„Soll ich lieber nicht?" Ich sehe die Frau von der Seite aus an.
„In *Tinagong Paraiso* wirst du glücklich." Sie überlegt. „Oder verrückt. Das liegt an dir." Sie lacht und zeigt ihre Betel-roten Zähne. „Haben sie dir von Holger erzählt?" Sie spricht es *Oldscher* aus. „Der war auch aus Deutschland. Eines Tages hat er ein Kajak genommen, ist rausgepaddelt und nie wiedergekommen. Er hatte eine fast erwachsene Tochter, die war dann hier und hat wochenlang Himmel und Hölle in Bewegung gesetzt. Aber nichts. Nicht einmal seine Leiche haben sie gefunden. Na ja, das ist sehr lange her. Ich bin nicht mal sicher, dass er in *paraiso* war. Oder Oldscher hieß."

Ich ziehe die Augenbrauen zusammen und schüttele den Kopf. „Was willst du mir damit sagen?"
„Vergiss nicht, dass das Leben kostbar ist. Und verlier nicht deinen Kopf. Wenn du ihn zu viel schüttelst, fällt er vielleicht runter."
Ich muss lachen, stelle die leere Flasche zurück in den Laden und fahre los.

Ein Wasserbüffel hebt den Schwanz und entlädt einen Schwall hellbraunen Dung. Den schlanken weißen Reiher auf seinem Rücken stört das nicht. Ich pfeife, irgendwas aus den Brandenburgischen Konzerten. Der Fahrtwind reißt mir die Töne von den Lippen. Egal, was kommt, ich lebe, die Welt ist freundlich und die Reisfelder riechen betörend. Die Welt ist freundlich? Was für ein Unsinn. Aber das Leben kribbelt in mir, von den Zehen bis zur Kopfhaut, im Rücken und in den Fingern. Ich weiß nicht, was kommt. Tragisch oder komisch, gerecht oder irre, taghell oder schulddunkel, sonnenwarm oder zitterkalt, es wird das Ende von etwas sein und den Weg freigeben für etwas Neues. Nur das zählt. Ich fahre der Auflösung entgegen.

Es ist Flut, das Wasser steht hoch. Kein fester feuchter Grund für meinen Roller. Ich rutsche im lockeren trockenen Sand und lehne den Roller schließlich an eine Palme. Die Meerterrasse ist leer, der riesige Buddha-Kopf steht verlassen da und blickt ins Nichts. Ich muss an die Frau vom *sari-sari-store* denken. Bei welcher Gelegenheit hat dieser Buddha seinen Kopf verloren?

Schließlich finde ich Eric in der Küche. Er umarmt mich fest. „Ich habe gewusst, dass du wiederkommst."
„Da hast du mehr gewusst als ich."
„Du kannst mir bei der Vorbereitung für das Abendessen helfen." Eric drückt mir ein Messer in die Hand. Nebeneinander schälen wir Zwiebeln, zerdrücken Knoblauch und schneiden Tomaten.

Es ist dunkel geworden. Eric schaltet die LED-Lampen ein. Nacheinander kommen sie nun herein, Mina mit nassen Haaren, Dodong mit dem Handy am Ohr, Tina in Latzhose, Inday mit ihren großen feuchten Augen, Junjun und Rudy. Drei Neue habe ich noch nicht gesehen, eine kleine Frau mit lauter, hoher Stimme stellt sich als Nellie vor, eine Cousine von Tina. Tap und Tong hat Mina vom Tauchen mitgebracht. Nein, das seien nicht ihre Namen, aber Mina bestehe darauf, sie so zu nennen. Die beiden lachen, Männer in ihren Dreißigern, die für den Spaß nach El Nido gekommen sind. Wie sie in Minas Tauchgruppe gelandet sind, können sie sich auch nicht richtig erklären.

Das Essen schmeckt, es wird still am großen Tisch. Schließlich sagt Eric: „Morgen kommt Diwa. Ich habe Jan gesagt, er soll erstmal wieder Gretchens Hütte nehmen. Wenn Diwa da ist, sehen wir weiter. Tong

und Tap, ihr könnt auf der Meerterrasse schlafen. Mina gibt euch Moskitonetze.“ Eric sieht zu Dodong, der nickt. „Dann habt eine gute Nacht und lasst euch nicht von den Baumgeistern ärgern, fiese kleine Biester.“
Tap dreht sich zu Eric: „Gibt es hier Geister?“
Dodong antwortet: „Nur die, die du selber mitgebracht hast.“
Alle lachen. Tap und Tong folgen Mina auf die Terrasse. Ich höre sie kichern und stelle mir vor, wie sie jetzt ihre Marijuana-Tüten bauen.

Ich bleibe bei Eric. „Hast du noch Lust, mit mir zu reden?“
„Sicher, Jan. Sollen wir auf Gretchens Terrasse gehen? Ich habe noch eine Flasche Don Papa. Nimmst du die Gläser mit?“
Der Rum riecht nach Vanille und läuft samtig mild die Kehle hinunter. Wir sitzen nebeneinander am Rand der kleinen Terrasse und lassen unsere Füße baumeln. Der Himmel ist wolkenlos, die Palmen rascheln leise im sanften Wind.

„Diwa kommt heute nicht mehr.“ Ich spreche in die Dunkelheit.
„Ja, glaube ich auch nicht.“ Eric nimmt einen kleinen Schluck aus seinem Glas.

„Eric, es ist völlig ok, wenn du nicht darüber reden willst. Aber du hast eine Tochter?“
„Hm.“
„Und die Mutter lebt nicht mehr?“
„Ach Jan.“

Wir sehen in den Himmel. Nach einer langen Zeit räuspert sich Eric und beginnt zu sprechen. „Nach Milenas Tod habe ich mich in mein Studium gestürzt. Gesellschaft konnte ich nicht mehr ertragen. Meine Freunde wollten mit mir ins Kino gehen, mich ablenken, auf andere Gedanken bringen. Einmal habe ich es versucht, ein alberner Liebesfilm. Aber als der jugendliche Held und seine Angebetete sich auf der Leinwand küssten, hat es mir das Herz zerrissen. Ich bin aus dem Kino gerannt und habe mich betrunken.

Ein Jahr nach Milenas Tod gab es an meiner Uni eine Gedenkveranstaltung für die Toten der *medical mission*. Die war von einer radikalen Studentenorganisation geplant worden. Aber von der medizinischen Fakultät waren auch fast alle Professoren dabei. Auf dem Podium der Aula hatten sie auf improvisierten Staffeleien große Portraitfotos der Ermordeten aufgebaut, Schwarzweißaufnahmen mit schwarzen und roten Bändern über die Ecken. Eine Studentin, die sich als Freundin von Milena und den anderen Mitgliedern der Gruppe vorstellte, hielt eine flammende Rede. Sie forderte endlich eine schonungslose Untersuchung der Morde, und besser noch, den Sturz der Regierung.

Nach der Veranstaltung ging ich zu ihr und fragte sie nach Milena. Es stellte sich heraus, dass die beiden sich wirklich gut gekannt hatten und zeitweise sogar ein Zimmer in einem Wohnheim geteilt hatten. Dabei war Laleng, so nannte sie sich, ganz anders als Milena. Sie war groß und energisch, es war als brenne in ihr eine große Wut. Geduld kannte sie nicht. Veränderung musste her, sofort. Heute würde ich sagen, sie war fanatisch. Damals war ich nur von ihrer Energie und Zielstrebigkeit beeindruckt.

Laleng beschäftigte mich. Zum ersten Mal konnte ich mir wieder vorstellen, eine Beziehung einzugehen. Ein paar Monate nach unserem ersten Treffen nahm ich meinen Mut zusammen und fragte sie, ob sie sich vorstellen könnte, meine Freundin zu werden. ‚Das ist eine ernste Sache', sagte sie. ‚Du bist doch noch gar nicht organisiert. Eine Beziehung mit einem Mann außerhalb der Bewegung kann ich mir nicht vorstellen.' Sie erklärte mir, zuerst müsste ich der Untergrundorganisation beitreten. Dann müsste es einen Klärungsprozess zwischen meinem Kollektiv und dem ihrem geben, vermittelt über das zuständige *higher organ*. Von dort würde dann auch die Genehmigung für unsere Beziehung kommen."

„Ihr habt eine Erlaubnis zum Flirten gebraucht? Ich glaube es nicht!"

„Ich fand das auch alles sehr seltsam, das kannst du mir glauben, Jan. Du darfst aber nicht vergessen, dass noch in der Generation meiner

Eltern arrangierte Ehen die Regel waren. Für mich war das Wichtigste: ich fühlte mich in Lalengs Nähe wohl, es war fast so, als würde sie mich wieder ins Leben ziehen. Außerdem verband uns die Freundschaft mit Milena. Also ging ich den Weg in die rote Bewegung und wurde Mitglied einer klandestinen Studentengruppe. Die anderen Kader waren zunächst ziemlich misstrauisch. Sie dachten, dass ich mich nur wegen der Liebe in den Kampf für die nationale Befreiung stürze. So war es ja auch, zumindest am Anfang. Aber mit der Zeit wurde ich immer überzeugter und radikaler. Ich dachte, dass ich mir dabei auch ein Stück Gerechtigkeit für Milena hole. Ich übernahm Aufgaben, auch gefährliche. Ich schmuggelte auf dem Schwarzmarkt gekaufte Waffen in die roten Gebiete. Ich transportierte Nachrichten, Verbandszeug und Geld. Ich brachte den NPA-Kämpfern Walkie-Talkies.

Nach meiner Bewährungszeit als *candidate member* wurde ich endlich Vollmitglied der Partei. Laleng und ich starteten von beiden Kollektiven aus den Genehmigungsprozess für unsere Beziehung. Sogar die Erlaubnis für unsere Hochzeit kam dann recht schnell. Wir legten einen Termin fest und reisten in eine *red area*."

„Rote Hochzeit im Rebellengebiet – im Ernst, Eric?"

„Klar, feierlich, mit revolutionärem Ehegelöbnis. Wir wurden in eine rote Fahne gehüllt, wir versprachen, unser gemeinsames Leben der Revolution zu widmen, und die Genossinnen und Genossen feuerten ihre Maschinengewehre. Danach gab es *lechon* und roten Reis.

Nach der Hochzeit erlebten wir ein paar intensive Wochen in Davao. Laleng hatte ihr Studium schon mehr oder weniger aufgegeben. Ihre Zeit verbrachte sie mit ihrem Kollektiv bei der Organisation der Studentinnen und Studenten für den Untergrund. Ich war auch weiter aktiv, wollte aber mein Studium auf jeden Fall zu Ende bringen. Ich genoss die Zeit, zum ersten Mal nach Milenas Tod hatte ich das Gefühl, wieder ganz im Leben angekommen zu sein. Laleng und ich stahlen uns gemeinsame Momente aus unserer Arbeit. Wir saßen am Meer und teilten uns ein Eis aus einem der bunten *sorbetero*-Karren. Wir schlichen uns sonntags in ein *double feature* im Kino, wo zwei Filme hintereinander in Endlosschleife gezeigt wurden. Von den Filmen haben wir nie viel mitbekommen, weil wir miteinander tuscheln und uns küssen mussten.

Aber Laleng war nicht für ein sesshaftes Leben gemacht. Dafür brannte die Wut in ihr zu heiß. Sie hatte entschieden, sich dem bewaffneten Kampf anzuschließen. Kein halbes Jahr nach unserer roten Hochzeit machte sie sich auf in die Berge. Ich hatte furchtbare Angst um sie, aber mir war klar, dass ich sie nicht aufhalten konnte. Wenn sie etwas beschlossen hatte, ließ sie sich nicht umstimmen.

Was wir beide nicht wussten, Laleng war bei ihrem Aufbruch schwanger. Während sie ihre Pflichtkurse und das Waffentraining absolvierte, wuchs ihr Bauch. Zwei Mal konnte ich sie in dieser Zeit besuchen.

Unser Kind wurde in einem NPA-Lager geboren. Zum Glück gab es dort eine gut ausgebildete Sanitäterin, eine rote Kämpferin, die als Krankenschwester gearbeitet hatte, bevor sie in den Untergrund ging. Die Geburt ging glatt, Laleng schenkte einem gesunden Mädchen das Leben. Wir hatten schon vorher besprochen, dass das Kind Elvira heißen sollte, wenn es ein Mädchen würde."

Babies bei der Guerilla, das kann ich mir überhaupt nicht vorstellen. „Was habt ihr mit dem Kind gemacht, Eric? Kann man mit MP und Baby auf dem Rücken auf Streife gehen?"

„Natürlich nicht. Aber wir waren ja Teil einer großen, solidarischen Bewegung, wo man füreinander einsteht. In den Dörfern gab es Bauernfamilien, die bereit waren, die Kinder der kämpfenden Genossinnen mit ihren eigenen aufzuziehen. Die Bewegung begrüßte das, weil die Kinder auf diese Weise gleich in ein einfaches bäuerliches Leben hineinwachsen würden. Das würde ihnen von Anfang an das richtige Klassenbewusstsein vermitteln. Laleng und ich waren froh, dass das zuständige Kollektiv eine liebevolle Familie für Elvie fand. Laleng und ich konnten unsere kleine Elvie hin und wieder sehen."

„Warum hast du die Kleine nicht zu dir genommen?"

„Ich war damals schon kurz vor meinem Zertifizierungsexamen als Ingenieur. Und alle übrige Zeit beanspruchte mein Kollektiv für die revolutionäre Arbeit. Ich denke, sie haben sich auch Sorgen um den Klassenstandpunkt meiner Tochter gemacht. Aufwachsen im studentischen Milieu von Davao wäre aus ihrer Sicht mit den Gefahren kleinbürgerlicher Verirrungen verbunden gewesen. Also musste Elvie bei ihrer Pflegefamilie im Dorf bleiben. Aber ich glaube, dass es ihr dort wirklich gut gegangen ist. Kennst du dieses angeblich afrikanische Sprichwort: *es braucht ein ganzes Dorf, um ein Kind großzuziehen*? Da ist etwas dran, unsere Elvie war ein aufgewecktes, fröhliches Kind und lebte unbeschwert mit den vielen anderen Kindern. Wir konnten sie hin und wieder besuchen, auch wenn unsere Besuche nicht sehr gern gesehen wurden, weil sie angeblich das Kind verwirren."

Eric gießt Rum in sein Glas. „Möchtest du auch noch, Jan?"
„Ja bitte."
Der Rum und diese Nacht, sie passen seltsam gut zueinander. Weich und warm, voll von Aromen, ein wenig zu nah, mit einem Hauch von Bitterkeit. Wir nippen still an unseren Gläsern. In den Palmwipfeln flattern unruhige Fledermäuse.

Nach einer Weile nimmt Eric den Faden wieder auf. „Dass Laleng nicht mehr lebt, hast du neulich schon gehört. Ihr Tod war nur einfach vollkommen sinnlos. Keine Schießerei mit dem reaktionären Militär, kein Überfall. Es ist im Lager passiert. Laleng lag in einer Hütte und schlief. Im Nebenraum hat eine Kameradin ihr AK 47 gereinigt und geölt. Dabei hat sich versehentlich ein Schuss gelöst und die Bretterwand durchschlagen. Niemand hat sich etwas dabei gedacht. Erst als Laleng nicht zur Lagebesprechung kam, haben sie sie gesucht. Da lag sie an der Wand unter ihrer Decke und die Decke war voll Blut. Sie muss sofort tot gewesen sein."

„Eric, das ist furchtbar!"

„Ich weiß nicht, wie ich es damals geschafft habe. Es waren grauenhafte Tage. Ich war bei der Beerdigung. Militärische Ehren und alles. Sie hatten ihren Körper in eine rote Fahne eingehüllt. Wieder wurde Salut geschossen; aber für mich hörte sich das alles hohl an. Ich holte Elvie aus dem Dorf. Ich hatte beschlossen, die Bewegung zu verlassen und unsere Tochter bei mir aufwachsen zu lassen. Ich lebte mein Leben Schritt für Schritt. Eine Stunde nach der anderen. Ein Tag nach dem anderen. Ich setzte mir keine Ziele, nur weiterleben. Für Elvie da sein.

Aber ich hatte die Rechnung ohne Lalengs Familie gemacht. Ihre Eltern hatten mich nie gemocht. Mit der Heirat waren sie nicht einverstanden, und dann auch noch eine kommunistische Hochzeit, ohne Priester, ohne Kirche, ohne weißes Kleid und Brautschleier, das ging für sie gar nicht. Ein paar Wochen nach meiner Rückkehr tauchte Lalengs Mutter plötzlich bei mir auf. Sie machte mich für den Tod ihrer Tochter verantwortlich. Ich hätte sie in den kommunistischen Untergrund gezerrt, gegen ihren Willen und gegen den Rat und die Tradition der Familie. Ich hätte sie überredet, sich der NPA anzuschließen. Ohne mich wäre Laleng jetzt eine junge, erfolgreiche Ärztin, vielleicht sogar schon in Los Angeles, an einem renommierten Krankenhaus. Ich sei schuld am Tod ihrer Tochter. Und nun wollte ich ihnen auch noch das Einzige wegnehmen, was von Laleng geblieben sei, Elvie, ihre Enkelin. Damit nahm sie Elvie auf den Arm und verschwand."

„Das hast du dir gefallen lassen?"

„Natürlich nicht, Jan. Aber ich konnte nicht viel machen. Unsere Hochzeit war ja staatlicherseits nicht anerkannt. Das Vormundschaftsgericht entschied für Lalengs Eltern, ich galt nur als möglicher unehelicher Vater von Elvie und hatte daher keine Rechte an meinem Kind. Ich hatte keine Chance. Lalengs Eltern haben es mir fast unmöglich gemacht, meine Tochter zu treffen, mit ihr zu sprechen, ja, sie überhaupt nur zu sehen. Das ist erst jetzt anders, seit Elvie volljährig ist und studiert. Nächstes Jahr will sie mich sogar hier besuchen kommen."

„Was hast du dann gemacht? Laleng tot, deine Tochter aus deinem Leben gerissen, dein Kollektiv wahrscheinlich sauer auf dich.“

„Ein Tag nach dem anderen. Ich habe meine Zertifizierung bestanden und mir einen Job im Ausland besorgt. Bauaufsicht in Saudi-Arabien. Eine langweilige Arbeit und ein ödes Leben. Vom Arbeiterwohnheim zu Arbeit, von der Arbeit zum Arbeiterwohnheim, Männer und Frauen streng getrennt, kein Kino, kein Basketball, kein Alkohol. Aber für mich war es das Richtige. Wie Exerzitien, wie Kloster. Ganz allmählich habe ich es geschafft, mich zu sortieren. Es gab ja keine Ablenkung, ich musste lernen, mit mir zurecht zu kommen. Als ich nach drei Jahren in die Philippinen zurückkam, ging es mir besser.“

„Hast du danach noch einmal geheiratet? Kinder gehabt?“
„Nein, dazu ist es nicht mehr gekommen. Ich war nicht immer allein, aber eine gute, lange Beziehung habe ich nicht mehr gehabt. Es ist nicht so, dass ich abergläubisch bin. Ich bin nicht verwunschen, ich glaube nicht, dass jede Frau, die ich liebe, ein gewaltsames Ende finden muss. Aber die Erfahrungen mit Milena und Laleng haben dazu geführt, dass ich dachte, für so etwas habe ich einfach nicht noch einmal die Kraft.

Weißt du, mit meinem Leben hier bin ich glücklich. Ich mache meine Arbeit auf den Bohrinseln vor Vietnam gern. Ich liebe die Ausflüge in das Land der Drachen und Pagoden und bewundere, wie sie sich aus dem Amerikanischen Krieg herausgearbeitet und ihr Land wieder aufgebaut haben. Ich arbeite gern mit den Vietnamesen, sie sind fleißig und zuverlässig. Inzwischen habe ich auch wirklich gute Freunde dort. Nur ihre Sprache ist die Pest.

Und wenn ich hier bin, geht es mir auch gut. Ich koche und treffe interessante Leute. Wie dich. Ich trage dazu bei, dass es Mina und Tina und all den anderen hier gut geht. Dass sie sich mit all ihren Verletzungen und Sorgen und Wunden und ihrer Trauer hier wohl und geborgen fühlen. Dass sie heilen und dem Leben wieder entgegentreten können. Aufrecht und zuversichtlich.“

„Das machst du, Eric, das machst du gut. Danke!“

Langsam trinken wir unsere Gläser aus. Die Palmwipfel rascheln leise im sanften Wind.

55

Die Internetverbindung ist langsam und reißt immer wieder ab. Schließlich erreiche ich Jule.
„Hallo, meine liebe Tochter!“
„Bist du heute rührselig, Papa?“
„Wie kommst du darauf?“
„Meine liebe Tochter – wonach hört sich das für dich an? Und warum ist die Verbindung so schlecht? Bist du auf der Rückseite des Mondes?“

Das Videobild ist pixelig und friert immer wieder ein. Ich schalte die Bildübertragung ab. Der Ton wird besser.

„Ich bin wieder auf Palawan, bei den Verrückten von *Tinagong Paraiso*. Morgen kommt Diwa.“
„Im Ernst?“
„Hm.“
„Ja und: bist du aufgeregt? Oder willst du lieber weglaufen?“
„Weglaufen kommt nicht in Frage.“
„Gibst du ihr denn eine Chance? Ich meine, eine echte Chance?“
„Keine Sorge, Jule. Sonst kriege ich doch Ärger mit dir.“
„Ah so, du machst das alles sowieso nur wegen mir, richtig?“
„Quatsch. Ich bringe eine alte Geschichte zu Ende. Vielleicht, wenn das Schicksal es gut mit mir meint, liegt auch ein neuer Anfang darin.“
„Schicksal ist ein großes Wort, Papa. Willst du dich mit dem Schicksal vor deiner Verantwortung drücken?“
„Ok, ich nehme das Schicksal zurück und gebe mir echt Mühe.“
„Prima, das wollte ich hören, Papa! Kriege ich dich zu täglicher Berichterstattung über deine Fortschritte?“
„Jule, du bist nicht meine Mama. Und der hätte ich schon gar nichts

erzählt."
„Schon klar, Papa. Und du meldest dich!"
„Ich liebe dich auch, Jule!"

Mit dem Bild von Jule vor Augen schlafe ich ein. Die Nacht ist heiß. Der leichte Wind dringt nicht durch das Moskitonetz. Ich schwitze. Das feuchte Laken klebt an meinem Bauch und den Beinen, das Gefühl ist unangenehm. Kleine Käfer verrichten knabbernd und knisternd ihr Werk im Blätterdach der Hütte. Erst gegen Morgen wird es kühler.

Ich stehe früh auf. Eric und ich sind noch allein in der Gemeinschaftshütte. Eric stellt mir ein Glas mit frischem heißen Kaffee hin. „Vorhang auf für den großen Tag?", sagt Eric. „Lieber kein Knoblauch im *sinangag*?"
Ich nicke.
„Aber wie soll das gehen, gebratener Knoblauchreis ohne Knoblauch? Und alles wegen der Liebe."
„Lass mich bloß in Ruhe, Eric!"
Ich nehme mein Kaffeeglas und verbrenne mir zuerst die Finger und dann die Zunge. Der Kaffee ist stark und süß und aromatisch.

Dann, mit einem Mal, steht sie da, auf der Terrasse der Gemeinschaftshütte. Ich bin mit Eric dabei, das Gemüse für unser Mittagessen vorzubereiten. Da steht Diwa barfuß auf der Terrasse und schaut lächelnd in die Küche. Sie lächelt und schweigt. Sie wartet darauf, dass wir sie wahrnehmen. Es ist unverkennbar Diwa, auch wenn ich sie Jahre nicht gesehen habe. Sie trägt Jeans und eine legere weinrote Bluse. In ihr braun-schwarzes Haar haben sich weiße Strähnen gemischt.

Ich sehe sie an und möchte etwas sagen. *Hallo Diwa, wie schön, dass du da bist* – wie banal. *Komm doch rein, hier gibt es frischen Kaffee* - geht gar nicht. *Hallo Diwa, du hast dich gar nicht verändert* – nur peinlich. Mir fällt nichts Passendes ein. Mein Blick klebt an ihr und kann sich nicht lösen. Da ist etwas Neues in ihrem freundlichen, warmen Gesicht. Ich suche nach einem Begriff, um die feinen Linien zu beschreiben, die sich um ihre Augen und auf der Stirn gebildet haben. Zuversichtliche Gelassenheit, trifft es das? Weisheit?

Noch etwas ist anders und irritiert mich. Ich brauche einen Augenblick, um es zu begreifen. Es hat mit ihren Augen zu tun, mit ihren faszinierend ungleichen Augen. Das eine, das interessiert in die Gegenwart schaut und am Leben teilnimmt und das andere, melancholische, das in eine unerreichbare Ferne blickt. Wo ist die Melancholie geblieben? Beide Augen sehen mich mit warmem Interesse an.

„Diwa!", endlich bringe ich ihren Namen heraus. Ich lege das Geschirrtuch ab, das ich als Schürze umgebunden habe, und gehe langsam auf sie zu. Wie werden wir uns begrüßen? Reichen wir uns die Hand? Umarmen wir uns? *Beso-beso*, Küsschen auf die Backen? Wie entscheiden wir über die Begrüßung? Müssen wir das besprechen? Kann unsere Begegnung schon im ersten Moment an der falschen Begrüßung zerschellen? Ich merke, dass ich anfange verlegen zu lächeln. Diwa lacht auf. „Ach Jan, wie schön, dich wiederzusehen!", sagt sie, kommt auf mich zu, umarmt mich und legt ihre warme Backe an meine. Diwa riecht angenehm, nach gelben Blüten, leicht und luftig, mit einer kaum merklichen Spur von Schweiß. Angenehm, vertraut, auf seltsame Weise heimatlich.

Wir setzen uns an den langen Tisch. Eric bringt Gläser und eine große Kanne kaltes Wasser mit Ingwerstücken. „Ich lasse euch mal allein, ich muss noch etwas besorgen", sagt er und verschwindet schmunzelnd aus der Hütte.

Diwa mustert mich. „Lass dich ansehen, Jan. Ist das Leben freundlich zu dir gewesen? Du bist älter geworden. Aber du siehst nicht bitter aus." Ihre Stimme, ich hatte den Klang ihrer Stimme vergessen, so weich und sanft und zugleich tief, bestimmt und sicher. Ich höre ihre Stimme und fühle mich umfangen und behütet, ich möchte mich fallen lassen, ich weiß, dass diese Stimme mich auffängt und hält.

Aber das geht zu schnell, viel zu schnell. Wie kann Diwa mir Heimat sein, nach all den Jahren. Nach dem, was damals geschehen ist? Ich will das nicht. Ich habe hart gearbeitet. Ich habe mich durchgekämpft. Ich habe Nieselregen und graue Novembermonate überstanden. Ich habe eine wunderbare Tochter allein großgezogen. Ich bin mit Jule in Bonn heimisch geworden. Ich weise Diwas Anspruch entschieden zurück, Diwa, du bist nicht meine Heimat.

Wir trinken von dem kalten Ingwer-Wasser und sehen uns an. Diwa legt mir ihre Hand auf den Arm. Ich erinnere mich plötzlich wieder an diese Hände, die klein und trocken waren, und von einer Wärme, die mehr in mir berührte als meine Haut. Ich denke an die Fahrt, vor einem halben Leben, in einem zitterkalten, klimatisierten Bus. Diwa saß neben mir, ich hatte Magenschmerzen. Sie legte ihre warme Hand auf meinen schmerzenden, gespannten Bauch. Mit einem Mal spürte ich ihre Wärme, die vom Bauch aus in meinen ganzen Körper strahlte. Der Schmerz verschwand, ich entspannte mich, die Welt wurde freundlich.

Ich ziehe meinen Arm zurück. Diwa sieht mich fragend an. „Bitte gib mir ein wenig Zeit. Das geht mir zu schnell“, sage ich und fühle mich dabei unsagbar dämlich.

Diwa bringt ihre Tasche in Gretchens Hütte. Später kommt sie zurück und sagt: „Lass uns schwimmen gehen. Ich habe eine lange Reise hinter mir.“

Wir laufen nebeneinander in die Wellen. Dann liegen wir auf dem Rücken und lassen uns von dem warmen Wasser tragen. Kleine Wellen umspielen uns. Eine Gruppe weißer Reiher fliegt über *talisay* und Kokospalmen am Strand. Dahinter, am Hang, sehe ich die Blätterdächer unserer Hütten. Weiter oben beginnt dichterer, wilderer Wald und zieht sich den Berg hinauf.

„Warum eigentlich Dina, warum haben sie dich hier Dina genannt?“
„Ach, das ist eine witzige Geschichte. Du hast bestimmt schon Mina kennengelernt. Mina kann die Aura von Menschen sehen. Sie sagt, im Wesen jedes Menschen ist seine Bestimmung und sein *wahrer Name* ver-

borgen. Wenn sie mit ihrer besonderen Gabe einen Menschen anschaut, dann offenbart sich ihr der wahre Name dieser Person. So hat sie auch meinen entdeckt. Meine Bestimmung ist Dina. Dina, Mina, Tina, wir sind die drei *wahren* Schwestern. Und es ist nicht Zufall, sondern Bestimmung, dass wir uns hier in *Tinagong Paraiso* getroffen haben. Das hat nichts mit unseren Eltern und weltlichen Vorfahren zu tun. Wir sind Seelenverwandte und wandern gemeinsam durch unsere Inkarnationen. Wir teilen nun schon das dritte Leben miteinander. Mina hat nämlich unsere früheren Inkarnationen aufgespürt und die unauflösliche Verbindung zwischen uns dreien entdeckt."

„Das hört sich ziemlich schräg an."
„Ist es auch. Aber, wer weiß, vielleicht wandern wir tatsächlich mit treuen Begleiterinnen durch die Äonen. Ich kann mich leider an meine letzten Inkarnationen nicht erinnern, deshalb will ich nicht widersprechen. Hat Mina dir eigentlich noch keinen Namen gegeben?"
„Bisher nicht. Aber sie hat zwei junge Männer aufgegabelt, die sie Tap und Tong nennt. Was diese Namen wohl bedeuten."
„Frag lieber nicht. Ihre Erklärung würde dich völlig konfus machen."

Wir lassen uns eine Weile im warmen Wasser treiben. Ein loser Strang Seetang kitzelt an meinen Füßen. Ich muss an den Kelpwald aus meinem Traum denken. Mit geschlossenen Augen lausche ich dem stillen Plätschern kleiner Wellen, die am Strand auslaufen. Neben mir höre ich die ruhigen Atemzüge von Diwa.

Später spülen wir uns das Salzwasser unter der Stranddusche ab. Wir laufen durch den Sand und lassen kleine schaumige Wellen an unseren Füßen lecken. Wir reden nicht. Das Schweigen fühlt sich richtig an, nach Ruhe und gelassener Zuversicht. Dabei ist doch nichts geklärt.

Wir setzen uns unter einen *talisay*. „Wie ist es dir ergangen Diwa? Wann haben wir uns das letzte Mal gesehen? Bei der Exhumierung von Maria?", als ob ich das nicht genau wüsste.

„Seit damals ist viel passiert. Ein Viertel Jahrhundert, fast ein halbes

Leben. Warum haben wir uns seitdem nicht gesehen?"

„Ich weiß es nicht. Ich bin jedes Jahr ein oder zwei Mal hier gewesen. Ich glaube, ich habe versucht, dich zu treffen. Halbherzige Versuche, ich war froh, wenn es nicht geklappt hat. Wegen Maria. Du und Maria, das hängt für mich so eng zusammen."

„Hast du gedacht, solange du nicht weißt, was passiert ist, ist auch nichts geschehen und du trägst keine Verantwortung?"

„Hört sich das kindisch an?"

„Ich mache dir keinen Vorwurf, Jan. Dafür bin ich nicht gekommen. Aber wir werden jetzt über alles sprechen. Das schuldest du dir. Und vielleicht auch Maria."

Der Strand und die Palmen nehmen einen wärmeren Ton an. Am Horizont geht das Blau allmählich in ein Feuerwerk von Orange, Rosa und Violett über. Es ist Nachmittag geworden, der Sonnenuntergang kündigt sich an. Im Sinken wird der Sonnenball größer und franst an den Rändern aus. Dann berührt er den Horizont, wird breiter und sendet eine goldene Straße über das Meer an unseren Strand. Wir gehen langsam zurück. Mit ledrigen Flügelschlägen ziehen große Flughunde über uns hinweg.

In der Gemeinschaftshütte begrüßt uns Eric: „Ihr wart lange weg. Hattet euch sicher viel zu erzählen. Hier, *salabat* mit Honig, aber vorsichtig, sehr heiß."

Als Erste kommt Mina herein, jetzt ohne Tap und Tong. Sie fällt Diwa um den Hals. „Ach Schwester, wie konntest du so lange wegbleiben?" Diwa lacht und fasst Mina an beiden Händen: „Jetzt bin ich ja wieder hier." Sie mustert Mina. „Die Ohrringe sind neu, stehen dir toll. Was ist das?"
„Ach das," antwortet Mina, „das ist ein Illustriertenfoto, zusammengerollt und lackiert. Dazu ein bisschen Golddraht. Den Schmuck mache

ich selbst und verkaufe ihn an die Tauchtouristinnen. Läuft gut."

Nach und nach kommen die anderen, Dodong, Jhun, Tina, Bambi, Rudy, Junjun und Inday. Sie begrüßen Diwa stürmisch. Diwa lacht und erwidert Umarmungen und Küsse. Ich denke, Diwa ist hier zu Hause.

Nach dem Essen sagt Dodong zu mir: „Wie wollt ihr es machen, brauchst du eine Matte und ein Moskitonetz für die Terrasse?" Ohne Diwa anzusehen, sage ich: „Ja bitte, ich mache es mir auf der Terrasse bequem."

Dodong holt Gläser aus dem Regal. „Aufgepasst, jetzt gibt es meinen Spezialcocktail. *Chocolatevodka-kalamansi-Tonic*." Er mischt die Getränke zusammen, gibt Eis in die Gläser und reicht den Cocktail herum. Inday lehnt ab, sie hat wieder feuchte Augen. „*Mabuhay*, auf Diwa und Jan!"

Der Drink schmeckt, als wollten sich die Bestandteile nicht mischen. In schneller Folge spüre ich Schokolade, *kalamansi* und Chinin, 150 Umdrehungen pro Minute. Ich runzele die Brauen und schaue mein Glas an. Dodong prostet mir zu: „Sensationell, *di ba*?"

Diwa erkundigt sich nach Gretchen und lässt sich von den anderen auf den neuesten Stand bringen. Wir lachen und trinken. Selbst Indays Augen trocknen allmählich.

Nach dem dritten Glas löst sich die Runde auf. Diwa nimmt meine Hand. „Bis morgen, Jan. *Matutulog ng mahimbing*, schlaf gut!"

Ich rolle meine Matte auf der Meerterrasse aus und hänge das Moskitonetz auf. Die Bambuslatten knirschen und knarzen bei jedem Schritt. Die Milchstraße sprenkelt den tiefschwarzen Himmel mit ihrem bauchigen, funkelnden Band. In einem Guava-Busch glimmen Glühwürmchen. Alles ist jetzt.

56

Ich erwache vom gedämpften Knarren und Beben des Bambuslatten-Bodens. Drüben, auf der anderen Seite der Terrasse lässt sich eine schlanke Gestalt auf ein Meditationskissen nieder und wendet ihr Gesicht mit geschlossenen Augen dem Meer zu. Die Luft riecht frisch, nach Salz und Tang und getrockneten Krebsen. Hinter den Hügeln geht die Sonne auf und taucht Terrasse und Strand in ihr noch mildes, rosa-oranges Licht. Durch das Moskitonetz wirkt die meditierende Gestalt wie ein unscharfes Foto. Aber ich erkenne die grauen Strähnen in ihrem Haar. Mit gekreuzten Beinen und sehr aufrecht sitzt sie da, ganz bei sich selbst, und atmet langsam und tief. Ich liege bewegungslos, versunken in den Anblick von Diwa.

Langsam wird das Licht härter, die Sonne beginnt zu brennen. In einer einzigen, fließenden Bewegung erhebt sich Diwa von ihrem Kissen und kommt zu mir herüber. „Komm, lass uns zusammen frühstücken!"

Eric ist noch nicht zu sehen. Wir kochen Kaffee und brühen Kräutertee auf. Wir quetschen Knoblauch und schneiden Zwiebeln. Unsere Hände färben sich rot von den Zwiebeln und kleben vom Knoblauch. Wir braten Reis und Eier und getrockneten Tintenfisch. Wir stellen Schälchen mit Chili-Essig bereit und setzen uns an den Tisch.

„Was war eigentlich in letzter Zeit mit dir los, Diwa. Betsy sagt, dass sie seit einem Jahr nichts von dir gehört hat."
„Meine Schwester. Du hast sie besucht."
„Ich konnte dich nicht finden, da bin ich zu ihr. Betsy und Hari waren super nett, hat mir richtig gutgetan. Ich mag deine Schwester. Betsy meint, du hast dich von der Welt zurückgezogen, weil dir die Ereignisse von damals immer mehr zu schaffen machen. Du seist wohl in einer Krise und brauchtest Zeit für dich. Ist da was dran?"

Diwa lacht. „Mein Schwesterherz. Sie hat sich die Welt schon immer so zurechtgemacht, wie sie sie braucht."
„Komm, du hast eine nette Schwester."

Wir essen unseren Knoblauchreis und kauen lange auf dem zähen Tintenfisch.

„Ich erzähle dir jetzt mal was über Betsy. Dass ich mich die letzten Monate nicht bei ihr gemeldet habe, hat vor allem mit ihr zu tun. Nicht mit irgendwelchen Ereignissen aus einer fernen Vergangenheit. Vor einem guten Jahr ist unsere Mutter gestorben, Vater ist schon länger tot. Ich war zu der Zeit mit einem Auftrag beschäftigt und hatte wenig Zeit. Zur Totenwache und zum Begräbnis war ich natürlich da. Aber die Auflösung der Wohnung musste ich Betsy und Hari überlassen. Ich sagte ihr damals, dass ich volles Vertrauen in sie habe."

„Und dann habt ihr euch um das Erbe gestritten? Der finale Kampf um die Liebe der Eltern?"
„Kann man so sehen. Jedenfalls hat sich Betsy das Einzige unter den Nagel gerissen, was mir aus dem wenigen Erbe wirklich etwas bedeutete. Weißt du, meine Eltern hatten so ein wunderbares altes Himmelbett mit gedrehten Pfosten aus rotem *narra*-Holz. Die Liegefläche war ein Rattangeflecht, durch das die Luft strömen kann. Man schläft auf diesen Betten ohne Matratze, das ist ein bisschen hart, aber kühl und gemütlich. Ich glaube, meine Großeltern haben es sich machen lassen. Als Kind habe ich oft zwischen meinen Eltern in dem Bett gelegen. Das war mein Lieblingsplatz. Ich habe die Windungen der Narrapfosten gezählt und nach Mustern in den eingewebten Blüten des Himmels gesucht. Es gab keinen Ort der Welt, auf dem ich mich sicherer und geborgener gefühlt habe, als zwischen meinen Eltern in diesem Bett. Mein Vater hatte mir das Bett versprochen. Nach dem Tod meiner Mutter sollte es an mich gehen. Betsy wusste das, Hari auch. Aber als ich ein paar Wochen später wieder nach Cebu kam, stand das Bett in Betsys Schlafzimmer."

„Oh je, hast du nichts gesagt? Vielleicht hat sie es nur für dich aufgehoben."
„Klar habe ich sie gefragt. Was hat sie geantwortet? *Weißt du, ich habe gedacht, du bist sowieso dauernd unterwegs. Da ist das Bett bei uns viel besser aufgehoben. Das wäre unserer Mutter bestimmt lieber gewesen. Dafür kannst du*

ihren Schmuck haben. Dabei drückte sie mir eine winzige Stofftasche in die Hand. Darin war ein Goldkettchen mit Kruzifix, eine Perlenkette und zwei Ringe."
„Das war's?"
„Betsy hat jeden weiteren Versuch von mir abgeblockt, über das Bett zu reden. Ich war stocksauer. Deswegen habe ich mich erstmal nicht bei ihr gemeldet. Dafür ist keine tote Maria nötig."
„Von eurer Auseinandersetzung hat sie mir nichts erzählt."
„Betsy macht sich halt die Welt, wie sie ihr gefällt."

Knoblauchreis und gebratener Tintenfisch sind mir zum Frühstück viel zu intensiv. Aber neben Diwa sitzen und das Leben sortieren fühlt sich wunderbar an.

„Na ja, jetzt denke ich, es ist doch nur ein Bett. Meine Schwester ist bescheuert und egoistisch, aber doch meine einzige Schwester." Diwa legt ein hartes Stück Knoblauchschale auf ihren Tellerrand. „Vielleicht hast du Lust, Betsy später mal mit mir zu besuchen."
„Das machen wir."

Als erster kommt Eric in die Gemeinschaftshütte. „Ihr habt schon Frühstück gemacht, großartig. Ich weiß auch nicht, was mit mir los war, ich habe verschlafen. War das Dodongs Supermix?" Er lacht. Diwa und ich räumen unsere Sachen ab und spülen Teller und Besteck.

„Hast du Lust auf einen Ausflug, Jan? Hier gibt es einen idyllischen Wasserfall."
„Klar, dann nehmen wir die Badesachen mit."

Wir treffen uns an meinem Roller. Gut, dass ich den zweiten Helm im Gepäckfach unter dem Sitz gelassen habe. Den Rucksack mit unseren Badesachen nehme ich zwischen die Beine. Diwa sitzt hinter mir auf. Wir verlassen den Strand und erreichen die Straße. Diwa legt mir ihre Hände an die Seiten, nur ein leichter Druck. Ich bin mit dem Alter nicht dick geworden, aber wenn ich auf dem Moped sitze, bildet sich doch über dem Gürtel eine Speckrolle. Was wird Diwa denken, wenn sie ihre

Hände dahin legt?

Die Straße ist glatt und leer. Wir rollen durch eine Siedlung. Es riecht nach Schweinemist und gebratenem Trockenfisch. Dann biegen wir auf einen Schotterweg ab. Nach wenigen Minuten weist ein rohes Holzschild zum Wasserfall auf einen unbefestigten Pfad. Diwa lehnt sich an meinen Rücken, schiebt ihre Hände weiter vor und hält sich fester. Meine Speckrolle schiebt sich mit Macht in mein Bewusstsein. Kleine Steine spritzen unter den Rollerrädern nach allen Seiten. Zum Glück ist der Pfad trocken. Bei Regen wird hier kein Durchkommen sein. An einer Hütte ist der Weg zu Ende. Ein sehniger, braungebrannter Mann hat uns gehört, er kommt aus der Tür und hebt den Schlagladen vor dem großen glaslosen Fenster. „Was soll es denn sein? Cola, Sarsi? Royal Tru-Orange? Skyflakes? Erdnüsse? Ihr könnt das Moped hier parken, ich passe auf." Wir nehmen zwei Flaschen Sarsi. Das philippinische Root Beer schmeckt süß und erinnert mich an den Toilettenreiniger meiner Kindheit. Dann gehen wir die letzten Meter zu dem breiten Bach.

Der Wasserfall stellt sich als eine ganzen Kaskade von kleineren Fällen und dunklen Felsbecken heraus, in die sich das klare Bergwasser ergießt. Wir steigen in unsere Badesachen und klettern über die feuchten Felsen in das größte Becken. Diwa trägt einen blauen Badeanzug mit gelbem Saum. Die Frauen im nächsten Pool weiter oben tragen Shorts und T-Shirts, durch die sich ihre BHs abzeichnen. Meine Badehose ist vom Wühltisch im Adidas-Outlet in Cebu.

Auf der gegenüberliegenden Seite unseres Beckens hat ein alter Banyan-Baum seine Wurzeln zum Wasser ausgestreckt. Das dunkle Wasser ist frisch, aber nicht kalt. Wir lassen uns von dem spritzenden, zischenden Wasserfall massieren. Wir schwimmen zu den Banyan-Wurzeln, die sich wie ein Wald von grauen Elefantenrüsseln an die Felswand drücken. Wir hören das Jauchzen und Scherzen der Gruppe im oberen Pool und lachen gemeinsam über ihre Fröhlichkeit.

Später steigen wir auf einen glatten, warmen Felsen. Wir reiben uns mit

Sonnencreme ein, jeder für sich. Diwa nimmt die Flasche. „Dreh dich um, Jan, ich mache deinen Rücken.“ Mit ihrer warmen Hand verteilt sie Creme auf meiner Haut. Meine Arme überziehen sich mit Gänsehaut. Dann bin ich dran. Die Haut auf ihrem Rücken ist übersät von kleinen, dunkleren Flecken, Sommersprossen? Altersflecken? Ihre Haut ist glatt, aber ein wenig zu groß für ihren Rücken. Beim Eincremen bilden sich kleine Falten. Ich erinnere mich, Diwa ist jünger als ich, vielleicht drei oder vier Jahre. Dann muss sie jetzt um die sechzig sein.

Wir breiten unsere Badetücher auf den Fels und strecken uns nebeneinander aus. Unser Platz liegt unter Bäumen, die Sonne wirft ein flirrendes, vibrierendes Muster auf den Stein. Ich schließe die Augen und horche auf das Rascheln der Blätter, das Rauschen und Plätschern des Wasserfalls und das Sirren und Summen der Insekten. Vögel höre ich nicht.

„Was hast du eigentlich die letzten Jahre gemacht, Diwa?“
„Das ist eine lange Geschichte.“
„Wir haben Zeit, hast du gesagt.“
„Du weißt schon, dass ich mich damals, kurz nach dem Tod von Maria, von der Partei getrennt habe. Aber ich bin dem treu geblieben, was mich in die Bewegung gebracht hat. Vor ein paar Jahren habe ich bei einer Kinderschutzorganisation angefangen. Uns geht es darum, allen Kindern eine Kindheit ohne Gewalt und einen guten Start in ein selbstbestimmtes Leben möglich zu machen.“
„Das hört sich gut an.“
„Manchmal habe wir Projekte, um besonders schlimme Formen von Kindesmissbrauch abzustellen und die Täter zu verfolgen. Die letzten Monate war ich auf so einer Mission, deshalb konnte ich dich nicht eher treffen.“
„Erzähl mir davon!“
„Hast du mal vom *Garden of Promise* gehört?“
„*Garten der Verheißung* sagt mir nichts. Was ist das?“
„Das ist ein Investment-Projekt von zwei Deutschen in der Nähe von Butuan in Nordost-Mindanao. Ein Fünfsterne-Hotel mit allem Drum und Dran.“

„Und was hast du damit zu tun?“
„Was weißt du über sexuellen Kindesmissbrauch?“
„Nicht viel.“
„Ok, dann lass mich dir davon erzählen. Sexuellen Missbrauch von Kindern kannst du dir vorstellen wie einen schwarzen Samen, aus dem ein dunkler Baum wächst. Dieser Baum taucht das Leben des missbrauchten Kindes in einen schwarzen Schatten, noch Jahre und Jahrzehnte nach der Tat. Man kann den Baum vergessen und den Schatten, in den er einhüllt, aber der Körper erinnert sich. Da ist das plötzliche Erstarren bei körperlicher Nähe; der Körper springt in den Alarmzustand, wenn eine neue Grenzüberschreitung droht. Hingabe, Loslassen, Vereinigung, selbst Gelassenheit gelingen nur schwer und manchmal wird die Suche nach ihnen zu einem verzweifelt angestrengten Bemühen.“

„Bambi? Sprichst du von Bambi? Ich habe das Gefühl, sie erstarrt immer, wenn ein Mann in ihre Nähe kommt.“
„Möglich, hast du ihre Geschichte gehört?“
„Nur Andeutungen.“
„Natürlich ist sexueller Missbrauch von Kindern strafbar, darauf stand eine Zeitlang die Todesstrafe. Aber du weißt ja, wie es hier mit der Durchsetzung von Gesetzen ist. Das Furchtbare ist, dass du dir den Missbrauch nicht wie eine Vergewaltigung durch einen Unbekannten nachts auf der Landstraße vorstellen darfst. In den meisten Fällen, denen ich nachgegangen bin, haben die Eltern ihre Kinder an einheimische und ausländische Kunden verkauft. Das ist der ultimative Vertrauensbruch. Was macht das mit einem Kind, wenn die eigenen Eltern es in den Missbrauch verkaufen, statt es zu schützen und zu trösten? Aber es ist ein einträgliches Geschäft, jedenfalls in der Armut des ländlichen Raums, aus dem die Kinder kommen. Oft entsteht zwischen den Kunden und den Familien der Kinder eine mehrjährige Beziehung. Die ausländischen Kunden finanzieren zum Beispiel die Schulausbildung von einem oder mehreren Kindern, die ihnen bei ihren Urlaubsreisen entsprechend zu Verfügung stehen müssen. Oder sie kaufen der Familie ein kleines Grundstück mit Haus. 5.000 Euro sollen im Moment der Richtwert sein.

Wenn die Kinder zu alt werden oder sich das Verhältnis zu dem Kunden eintrübt, hat die Familie die Möglichkeit, den Kindesmissbrauch anzuzeigen. Es gibt Rechtsanwälte, die darauf spezialisiert sind, die Fälle geräuschlos aus der Welt zu schaffen. Die Opfer ziehen die Anzeige zurück und verweigern die Aussage, die Eltern können sich an nichts erinnern, bei der Polizei sind Aussageprotokolle unauffindbar, die Gerichte stellen die Verfahren ein. Das kostet wieder um die 5.000 Euro, die zwischen Rechtsanwälten, Eltern, Polizei und Gericht aufgeteilt werden."

„Wie hältst du das aus, mit solchen Menschen zu arbeiten?"
„Glaub mir, manchmal halte ich es kaum aus, mit solchen Müttern und Vätern zu reden. Armut erklärt vieles, aber es entschuldigt nie, die eigenen Kinder zu verkaufen. Und doch ist es in manchen Familien schlicht normal. Schon die Eltern wurden verkauft und vergewaltigt, als sie noch Kinder waren."
„Das ist grauenhaft. Und was hat der *Garden of Promise* damit zu tun?"
„Geduld, Jan! Vor einem Jahr hörten wir, dass es in Butuan eine Gruppe deutscher Pädophiler geben soll. Kindesmissbrauch ist in Deutschland strafbar, selbst wenn die Tat im Ausland begangen wurde. Da Deutsche sich in den Philippinen so leicht den Folgen ihrer Tat entziehen können, wollten wir sie bei der deutschen Justiz anzeigen. Wir stellten ein Team aus Sozialarbeiterinnen zusammen, ich ging als Leiterin mit nach Mindanao.

Du kannst dir vorstellen, dass die Recherche nicht einfach war. Obwohl in einigen Dörfern praktisch alle Bescheid wissen, wollte zu Anfang keiner mit uns reden. Scham? Unrechtsbewusstsein? Ich denke, sie hatten Angst um ihr Geschäft. Aber schließlich gelang es uns, Kontakte zu Familien aufzubauen, die ihre Kinder vermieten. Schließlich wurden auch einige Zuhälter gesprächig. Was wir von denen erfuhren, verschlug uns die Sprache. Wir stießen auf einen Deutschen, der sich seit Jahren in der Gegend aufhält. Ich will ihn mal Herbert nennen.

Herbert hat sich mit seiner philippinischen Frau Lily in einem Haus in

San Roque, einem armen *barangay* nicht weit von Butuan, niedergelassen. Herbert hat den Dorfbewohnern erzählt, dass er zusammen mit seiner Frau eine Stiftung für arme Kinder betreibt. Er sammelt die Kinder des Dorfes um sich und gibt ihnen *pambaon*, Kleingeld für Süßigkeiten und Getränke in der Schulpause, er kauft Schulhefte und hilft Familien bei der Anschaffung von Schuluniformen.

Dafür kommen die Kinder zu seinem Haus und helfen bei den Hausarbeiten. Hin und wieder macht Herbert mit einer Gruppe von Kindern einen Ausflug zum Lake Mainit. Dann schlafen alle in einem Zimmer im Hotel. Auch in San Roque laden Herbert und Lily die Kinder immer wieder zum Übernachten ein. Mit der Zeit ist es üblich geworden, dass Kinder auch zur Siesta in das Haus kommen und ihren Mittagsschlaf dort halten.

Das alles wäre vermutlich unbemerkt immer so weiter gegangen, und Herbert hätte als Wohltäter der Kinder, vor allem der Mädchen des Ortes gegolten, wenn nicht der Rektorin der Grundschule, die alle Mädchen besuchen, aufgefallen wäre, dass einige ihrer Schülerinnen unkonzentriert und abwesend wirken. Sie veranlasste eine ärztliche Untersuchung. Ich erspare dir die Einzelheiten, jedenfalls wurde klar, dass Herbert über viele Monate mindestens 13 Mädchen zwischen sieben und zwölf Jahren missbraucht hat."

„Und, habt ihr diesen Herbert geschnappt?"

„Wir sind mit den Mädchen und ihren Müttern zum Staatsanwalt in Butuan gefahren und haben Anzeige erstattet. Die Aussagen der Mädchen wurden ordentlich aufgenommen und von den Polizistinnen, den Müttern und den Mädchen unterschrieben und mit Dokumentenmarken beklebt. Für Herbert wurde ein Haftbefehl ausgestellt.

Ich weiß nicht, wie er das gemacht hat, aber als wir mit der Polizei nach San Roque kam, war Herbert fort. Seine Frau erzählte uns, ihr Mann mache einen Ausflug und sei sicher am nächsten oder übernächsten Tag wieder da. Und den Kindern habe er ganz gewiss nichts angetan, was die nicht wollten. Natürlich tauchte Herbert nicht wieder auf.

Und dann, ein paar Tage später, geschah etwas Merkwürdiges. Auf einmal konnte sich keins der Mädchen mehr an irgendetwas erinnern. Die Eltern zogen die Anzeige zurück, die Aussagen der Mädchen wurden archiviert und in den Gerichtskeller geräumt. Wir waren ratlos und empört.

Aber du weißt ja, wie es hier ist, nichts bleibt lange geheim. Ein paar Tage später fing eine der Mütter doch an zu reden. Die Familien hätten Geld bekommen. Nicht von Herbert, da sei ein anderer Mann gekommen, ein Filipino im Auftrag von Herbert. Die Familien sollten den *Garden of Promise* nicht vergessen.

Das war das erste Mal, dass ich davon hörte. *Garden of Promise*, das sollte ein Luxus-Hotel für europäische Kinderschänder werden. Ein all-inclusive-Paradies, Flug, Apartment, Vollverpflegung, Getränke und eine große Auswahl hübscher Kinder zur Benutzung, alles zum Pauschalpreis.

Den Familien hatte Herbert Jobs versprochen, beim Bau der Anlage, in der Küche, im Zimmerservice, im Garten und der Pool-Maintenance. Und vor allem viel Geld für die Familien, die ihre Mädchen und Jungen den Touristen zur Verfügung stellen. Ein wahrer *Garten der Verheißung* für europäische Kinderschänder und für arme Familien mit hübschen minderjährigen Kindern. Und ein furchtbarer Alptraum für die Kinder."

„Unvorstellbar. Aber wie soll das funktionieren? So eine Anlage und was da geschieht, bleibt doch nicht geheim."

„Ein Geheimnis war es nicht. Aber wenn genug Geld fließt, dann unternimmt niemand etwas."

„Und was ist aus Herbert geworden?"

„Wir haben die Aussagen der Mädchen aus dem Gerichtskeller geholt. Vorletzte Woche war ich in der deutschen Botschaft in Manila und habe die Unterlagen übergeben. Sie waren dort nicht sehr optimistisch, dass es zum Prozess kommt. Herbert in Deutschland zu finden, ist nicht schwer, aber die Staatsanwaltschaft scheut das Risiko und die Kosten solcher Prozesse. Wir bleiben dran, aber ich habe keine Ahnung, wie das Ganze ausgeht."

„Und das Hotel, wird da gebaut?"

„Die Umfassungsmauer steht. Aber das Hotel können wir verhindern. Wir arbeiten in einem Verbund von Kinderrechtsgruppen. Wenn wir die Geschichte landesweit öffentlich machen, dann ist der *Garden of Promise* tot. Da müssten Herbert und sein Freund zu viele Leute bestechen, das rechnet sich nicht mehr."

„Ihr seid unglaublich!"

57

Nach dem Abendessen sitze ich mit Diwa auf der Meerterrasse. Eine leichte Brise weht über den Strand und trägt Blütenduft heran. Fedrige Wolkenschleier treiben über den Himmel und ziehen einen durchscheinenden Vorhang vor die Mondsichel. Am Horizont zuckt fernes Wetterleuchten auf.

Ich sehe Diwa an. „Lass uns über Maria reden."
„Maria, die uns verbindet und Maria, die uns trennt. Lass uns sehen, was wir mit ihr machen. Ich erzähle dir, was ich von ihr weiß, Jan."
Diwa lehnt sich in ihr großes Strandkissen zurück und sieht mich an. „Bist du bereit?"
Bin ich bereit? Ich habe keine Ahnung. Ich weiß nur, dass es sein muss, weil es sonst nie aufhört. Weil meine Gespenster sonst keine Ruhe geben. Wenn das ausreicht, dann bin ich bereit. Aber ich habe keinen Plan für das, was danach kommt. Für das Leben, wenn ich alles erfahren

habe. Keinen Plan für das Leben mit der Schuld und keinen für die Zeit nach dem Freispruch. Keine Idee, wie es mit Diwa und mir weitergehen soll. Bin ich bereit?

„Ich bin bereit, ich höre dir zu."
„Gut, lass uns mit der Geschichte von Maria anfangen. Maria stammt aus einer Familie von Grundbesitzern in Zentralluzon. Soweit ich weiß, war einer ihrer Großväter chinesischer Arzt. Er muss um die Wende zum zwanzigsten Jahrhundert auf die Philippinen gekommen sein. Maria hat erzählt, dass er traditionelle chinesische Medizin praktiziert hat. Außerdem hatte er eine Apotheke. Bekannt war er für seinen Essig. In seiner *bodega* hatte er eine Batterie großer Tonkrüge, in denen er Palmwein über Holzspäne laufen ließ, um Kokosessig zu produzieren. Maria sagt, sie haben seine Krüge immer noch benutzt. Der Großvater heiratete die Tochter eines lokalen Reishändler. Lola Ophelia befehligte eine Armee von Putz- und Kinderfrauen, Gärtnern, Wächtern, Köchinnen und Schneiderinnen und verwaltete, wie es bei uns Tradition ist, das Familienvermögen. Sie entschied über Anschaffungen und Einkäufe und teilte ihrem Mann und den sieben Kindern das wöchentliche Taschengeld zu.

Der andere Großvater stammte aus einer spanisch-philippinischen Großgrundbesitzer-Familie. In der Familiensaga hieß es, der Familiengründer habe von den spanischen Kolonialherren das Recht auf alles Land erworben, das er an einem Tag auf dem Pferd umrunden konnte. Jedenfalls muss die Familie über unermessliche Reisländereien verfügt haben, bevor ein Acker nach dem anderen zuerst der Spielsucht des Großvaters und dann der Landreform zum Opfer fiel. Sein ältester Sohn war von dem brennenden Ehrgeiz beseelt, die verlorenen Latifundien zurückzugewinnen, und, wenn Reisfelder der Landreform unterlagen, dann eben andere und ertragreichere Verwendungen für das Land zu finden. Umwandlung in Bauland und Gewerbeflächen brachten ihm ein neues Vermögen ein, das er dadurch weiter mehrte, dass er den Verkauf an die Bedingung band, dass Häuser und Hallen nur von seiner Baufirma errichtet werden durften.

Dieser Sohn, Ferdinand Manoto, hielt um die Hand der schönen Tochter des chinesischen Arztes an, wovon er sich nicht zuletzt den Einstieg in den Handel mit Medikamenten und chemischen Grundstoffen versprach. Die schöne Humildad gebar ihm drei kräftige und gesunde Söhne und zuletzt eine Tochter, unsere Maria. Ferdinand erzog seine vier Kinder mit harter Hand, denn das Leben ist hart. Allen vieren hatte er Rollen in seinem wachsenden Geschäftsimperium zugedacht und bereitete sie von Kindheit an darauf vor. Gute Schulen, möglichst ehemalige Einrichtungen für die chinesische Geschäftselite, gehörten zu seinem Plan. So würden sich bereits auf der Schulbank wertvolle Kontakte für die späteren Aufgaben seiner Kinder ergeben. Dass seit den sechziger Jahren die chinesische Sprache an diesen Schulen eine immer geringere Rolle spielte, bis sie schließlich von der Unterrichtssprache zu einem Lehrfach unter anderen geworden war, kam seinen Plänen entgegen. Denn schon in der Familie seiner Frau hatte der Schwiegervater den Versuch früh aufgegeben, sein südchinesisches Hokkien als Familiensprache durchzusetzen.

Allerdings muss Ferdinands Humildad nicht nur schön, sondern auch durchsetzungsfähig gewesen sein. Der harten Hand ihres Vaters setzte die Mutter bei den Kindern Aufmerksamkeit und trickreiche Zuwendung entgegen. Verstießen insbesondere die drei Jungen gegen die strengen Regeln des Vaters, behauptete Humildad, sie habe die Jungen bereits mit dem harten Gürtel des Ältesten ordentlich geschlagen und damit dem häuslichen Recht zur Geltung verholfen. Ihre Jüngste, Maria, ermunterte sie zu Selbständigkeit und unterstützte sie in dem Bemühen, sich gegen ihre drei Brüder und die oft übermäßigen Ansprüche ihres Gatten zu behaupten. Hier liegt sicher eine der Wurzeln für Marias spätere Entscheidungen.

Alle vier Kinder besuchten renommierte Universitäten. Maria studierte an der University of the Philippines in Diliman, Quezon City. Die landesweite Zulassungsprüfung, an der zwei ihrer Brüder gescheitert waren, bestand sie mühelos. Gegen den Willen ihres Vaters schrieb sie sich für Soziologie ein. Zunächst genoss sie das freie Leben fern von ihrer Familie und erprobte sich in wechselnden Beziehungen mit Männern und Frauen. Bald aber geriet sie in den Sog der politischen Bewegungen. Die geisteswissenschaftlichen Fächer an der UP Diliman waren in den siebziger Jahren des vergangenen Jahrhunderts ein Inkubator des Widerstands gegen das Marcos-Regime und sein Kriegsrecht. Maria radikalisierte sich. Ihre intellektuelle Brillanz und ihr ausgeprägtes Vermögen, Menschen für sich und ihre politischen Überzeugungen zu gewinnen machten sie schnell zu einem Star der linken Bewegung.

Du kannst dir vorstellen, dass Marias Vater von dieser Entwicklung alles andere als begeistert war. Ferdinand Manotos Grundstücksgeschäfte waren zu einem guten Teil davon abhängig, dass er sich des Wohlwollens der Marcos-Administration versichern musste, um nicht unter die Regeln der Landreform zu fallen, wie es einer Reihe seiner Konkurrenten in den Reisländereien Zentralluzons bereits geschehen war. Eine Tochter, die linke Agitation unter den Studenten der staatlichen Universität betrieb, gefährdete sein Geschäft."

Diwa schiebt ihr Kissen zurecht, dann fährt sie fort: „Es muss zu mehreren hässlichen Aussprachen gekommen sein, die sich der Vater wohl als Standpauken vorgestellt hatte, die Maria aber blitzschnell umdrehte. Lautstark hielt sie ihrem Vater seinen Opportunismus, sein Ausbeutertum und seine Korruptheit vor. An Energie, Schlagfertigkeit und Lautstärke war sie dem Vater überlegen, und regelmäßig verließ Maria die Auseinandersetzungen schäumend, aber erhobenen Hauptes, während der Vater zusammengesunken zurückblieb.

Ich habe keine Tochter mehr, teilte der Vater seinen Söhnen mit und tilgte Maria aus Zukunftsplänen und Testament. Maria war ganz damit einverstanden, stärkte es doch die Glaubwürdigkeit ihrer Beteuerung, sie habe den Klassenstandpunkt der Kompradorenbourgeoisie abgelegt und sich ganz der proletarischen Revolution verschrieben."

„Warte, Diwa, du kanntest Maria schon von der Universität?"

„Ja, wir waren zur selben Zeit in Diliman. Ich wusste, wer sie war, ich hatte sie auf Meetings erlebt, aber ich bin ihr im Camp in Abra zum ersten Mal wirklich begegnet. Damals fing ich an mir vorzustellen, Maria könnte eines Tages die Vorsitzende des Nationalen Revolutionsrates sein, oder wie auch immer die Regierung nach der siegreichen Revolution heißen würde. Meine Bewunderung für sie war grenzenlos."

„Hast du die Kehrseite von Marias strahlendem Glanz nicht gesehen? Die Härte und Rücksichtslosigkeit? Die Selbstverliebtheit?"

„Hast du das denn damals in Abra gesehen? Hast du sie damals durchschaut? Oder sind es nicht die späteren Erfahrungen mit ihr, die auch das Bild aus den frühen Begegnungen nachträglich einfärben? Vielleicht hat sie sich auch wirklich verändert. Hat Kaloy dir von Marias Rolle in den Säuberungen erzählt?"

„Er hat etwas angedeutet. Dass sie eine Reihe von Genossinnen und Genossen ans Messer geliefert hat."

„Das hat er dir erzählt? Und seine Affäre mit Maria?"

„Nein, was war da? Und was hat das mit unserer Geschichte zu tun?"

„Kaloy ist immer wieder für eine Überraschung gut. Aber Geduld, Jan, eins nach dem anderen! Am Anfang jedenfalls war ich Marias treuester Fan. Stell dir vor, wenn ich damals in meinen Studententagen vor Entscheidungen stand, habe ich mich oft gefragt: *was würde Maria jetzt machen?*"

Ich stelle mir ein junge Diwa vor, die abends in ihrem stickigen Studentenzimmer auf dem Stockbett sitzt und über das Leben nachdenkt. Der Gedanke berührt mich.

„Reicht uns das für heute, Jan? Ich würde gern einen Strandspaziergang mit dir machen."

Damit lässt Diwa sich von der Kante der Meerterrasse rutschen und springt in den Sand. „Komm, Jan, komm!“ Ich folge ihr. Nebeneinander laufen wir den Strand entlang. Die Wasseroberfläche ist ruhig. Wo die kleinen Wellen flach im Sand auslaufen, glimmen die Unterwasserglühwürmchen des Meeres auf und verlöschen wieder. Die Schwüle des Tages ist einer samtenen Wärme gewichen, die uns freundlich einhüllt. Das Wetterleuchten hat sich hinter den Horizont zurückgezogen. Wir gehen nebeneinander, der warme Sand knirscht verhalten unter meinen nackten Füßen. Wir sprechen nicht, das Schweigen fühlt sich vertraut und verlässlich an.

Ich habe gerade das Moskitonetz aufgehängt, da vibriert mein Handy.
„Hallo Jule!“
„Papa, warum meldest du dich nicht? Wie geht es denn mit deiner Diwa?“
„Entschuldige, ich hätte mich gestern melden sollen, ich weiß.“
„Was ist denn jetzt?“
Meine neugierige Tochter. „Diwa ist hier, wir reden viel miteinander.“
„Ist denn jetzt alles klar mit deinen Gespenstern und mit der Liebe?“
„Ach Jule, so schnell geht das doch nicht. Wir brauchen Zeit, mir geht das alles sowieso zu schnell.“
„Zu schnell, Papa, was meinst du damit? Brauchst du nochmal ein paar Jahrzehnte?“
„Du weißt schon, was ich meine. Es braucht Zeit, einem Menschen nahe zu kommen.“
„Vergeig es nicht, Papa. Aus *langsam* wird manchmal auch *zu spät*.“
„Mach dir keine Sorgen, meine wunderbare Tochter, hier ist alles gut.“
„Na dann, Papa, schlaf gut!“
„Du auch, Jule!“

Mit warmen Gedanken an Jule schlafe ich ein.

58

Ich sitze mit Diwa und Maria am Tisch. Wir essen Kartoffelsalat mit

Löffeln aus großen groben Suppenschalen. Die Löffel reiben und kratzen auf dem rauen Boden. Die beiden Frauen tragen rote Kleider, die Blüten auf Diwas Kleid sind grasgrün, Marias Blumen entfalten weiße Blütenblätter. Die Frauen unterhalten sich in einer melodischen Sprache, die ich nicht verstehe. Ich wundere mich, dass der Kartoffelsalat völlig ohne Geschmack ist. Aus meiner Nase steigen Luftblasen auf, jetzt merke ich, dass wir unter Wasser sitzen. Aber das Atmen ist leicht. Diwa und Maria lachen und fassen sich an den Händen.

Ein gewaltiger Schlag reißt mich aus dem Traum. Der Terrassenboden vibriert, eine heftige Böe zerrt am Blätterdach. Bizarre zackige Blitze zerhacken den Himmel. Ohrenbetäubende Donnerschläge hämmern auf den Strand. Dann setzt der Regen ein. Schwere Tropfen prasseln auf das Dach. Eine neue Böe treibt einen Wasservorhang über die Meerterrasse. Das Moskitonetz reißt los und verfängt sich in einem Stützpfosten. In Sekunden bin ich nass bis auf die Haut. Die Blitze werfen grelles Licht wie Glasscherben auf das Meer, den Strand, die Hütten. Eine Kokosnuss durchschlägt das Terrassendach und prallt mit einem dumpfen Knall auf den Bambusboden. Ich ziehe mir ein Strandkissen heran und setze mich. Von den Blattspitzen am Dachrand fällt ein Perlenvorhang aus Regenschnüren vor das Meer. In unablässiger Folge frieren Blitze die fallenden Tropfen ein und lassen sie glitzern und funkeln. Ich komme mir klein und verletzlich und sehr lebendig vor.

Ich habe sie nicht kommen gehört. Mit einem Mal sitzt Diwa neben mir. Im Widerschein der Blitze glänzt ihr tropfendes schwarzes Haar. Das nasse T-Shirt klebt an ihrem Körper. Durch den nassen Stoff zeichnen sich ihre Brustwarzen ab. Dass ich das bemerke, irritiert mich. Über das Grollen eines ferneren Donners hinweg sagt sie: „Was für ein gewaltiges Schauspiel! Du fühlst dich unbedeutend und erhaben zugleich."

Langsam wird der Regen schwächer, die Böen lassen nach, die Gewitterwolken ziehen nach Süden. Der Abstand zwischen Blitz und Donner wird größer. „Ich habe mir gedacht, bei diesem Wetter hättest du lieber ein Dach und feste Wände. Wenn du willst, kannst du mit in Gretchens Hütte kommen."

Ein Dach und Wände, das ist verlockend. Aber eine halbe Nacht mit Diwa? Auf einer Matratze? Ich zögere.

Diwa sieht mich an im schwächer werdenden Licht der davonziehenden Blitze. „Das verpflichtet zu nichts, mein lieber, ängstlicher Jan!" Ich muss lachen und stehe auf. „Dann lass uns gehen, nass sind wir sowieso", antworte ich.

In der Hütte ziehe ich ein trockenes T-Shirt und frische Shorts an. Gut, dass ich meinen Rucksack hiergelassen habe. Wir setzen uns auf die große Matratze. Diwa hat eine Petroleumlampe angezündet. Während sie den Docht zurecht dreht, sagt sie: „Von deiner Kindheit und deiner Jugend und von Jutta und Jule hast du mir geschrieben. Was war danach? Hast du wieder geheiratet, gibt es eine Frau in deinem Leben?"

Ich schlage die Beine unter und blicke in die unruhige, rußige Flamme. Der Donner ist zu einem fernen Rumpeln geworden, wie ein Laster-Konvoi auf der Schotterstraße am Hang. „Nein, da ist niemand. Jetzt ist da niemand."

Wie soll ich das erklären. Ich räuspere mich. „Als Jutta gegangen war, konnte ich eine lange Zeit nicht an so etwas wie Liebe denken. Es tat einfach zu weh. Und da waren ja all die praktischen Probleme mit Jule. Jule musste betreut werden, Tag und Nacht. Jule und ich mussten essen. Jule wuchs so schnell, ich musste neue Kleidung besorgen und passende Schuhe. Vor dem Einschlafen las ich ihr vor, ganze Bücher. Wenn sie traurig war, habe ich sie getröstet; in der Zeit nach Juttas Abschied war sie oft traurig. Ich musste eine Kita finden, Jule in der Schule anmelden, Pflaster auf ihre Wunden kleben, ihren Schwimmkurs organisieren, über Musikunterricht sprechen. Tausend Dinge, die mich beschäftigt hielten. Daneben hatte ich ja auch noch einen anspruchsvollen Beruf."

„Jule ist die einzige Frau in deinem Leben, willst du mir das sagen?“

„Nein, da gab es natürlich auch noch etwas mehr. Eine Zeit nach Juttas Abschied war ich in Süddeutschland auf einer mehrtägigen Dienstreise. Eine alte Studienfreundin wohnte in Stuttgart. Sie bot mir an, dass ich bei ihr übernachten könne. Wir waren in einer Examensgruppe gewesen, wir konnten gut miteinander, aber mehr war nie gewesen. Als ich am ersten Abend müde von der Reise und meinen Gesprächen zu ihr kam, wir hatten beide schon gegessen, stellte sie Gläser und eine Flasche Lemberger auf den Couchtisch. Ich mochte die württembergischen Weine. Wir tranken. Brigitte erzählte mir, dass sie gerade mit Thomas Schluss gemacht habe. Thomas war auch in unserer Examensgruppe gewesen, sie waren seit dem Studium zusammen. Wir tranken Wein, als die Flasche leer war, holte Brigitte eine zweite. Ich weiß nicht, wie es dazu kam, plötzlich saßen wir nebeneinander auf ihrem Sofa und küssten uns. Es fühlte sich warm und weich und gut an. Kurz danach lagen wir in ihrem Bett.

Frag mich nicht, warum ich Kondome eingesteckt hatte. Ich hatte nicht damit gerechnet, dass ich sie brauchen könnte. Ich glaube, Kondome dabei zu haben gab mir das Gefühl, ich hätte mich noch nicht aufgegeben. Der Sex mit Brigitte war schön, aber nicht wild oder sensationell. Danach schlief sie schnell ein und schnarchte. Ich horchte auf das Geräusch, ein leises Rasseln und Schnurren, wie von einer bernsteinäugigen Katze. Ich fühlte mich aufgehoben und sicher, ich war leicht und voll Zuversicht. Ich dachte nicht an die Aufgaben des nächsten Tages und die Verantwortung für Jule und die Dritte Welt. Ich lauschte auf Brigittes Schnarchen und war eins mit dem Leben.

Am nächsten Morgen war alles anders. Der klackende Wecker riss uns gleichzeitig aus dem Schlaf. Wir sahen uns an und wussten beide nicht, was wir sagen sollten. Schließlich gelang es Brigitte, die Sprachlosigkeit zu brechen: *gehst du Brötchen holen? Ich mache Kaffee.* Dann saßen wir beim Frühstück und in meinem Kopf jagten sich die Fragen. Haben wir jetzt eine Beziehung? Werden wir wieder Sex haben? Heute Abend? Wie bringe ich das alles mit Jule und meinem Leben in Bonn zusammen?

Was erwartet Brigitte von mir? Ich merkte, dass sie vermied, mich anzusehen.

Zwischen uns schob sich eine undurchdringliche Befangenheit. Jeder Satz, den ich sagte, ging durch eine dreifache innere Formulierungskontrolle. Brigittes Lächeln erschien mir gezwungen. Es war, als hätten wir eine Grenze überschritten, die wir besser nicht berührt hätten. Am Abend kehrte ich spät in Brigittes Wohnung zurück. Wir sagten uns gute Nacht und ich bezog das Sofa. Am dritten Tag dankte ich Brigitte für ihre Gastfreundschaft, umarmte sie kurz und machte mich erleichtert auf den Heimweg. Es brauchte Jahre, bis unsere Freundschaft zu ihrer früheren Herzlichkeit und Vertrautheit zurückkehren konnte.

Friends with benefits ist nichts für mich. Ich bin dafür nicht gemacht. Ich glaube, in dem zerklüfteten Gebirge zwischen der Sehnsucht nach Wärme und Liebe und der Angst vor Ablehnung und Verlust bin ich verloren gegangen. Und ja, es gab noch ein paar Versuche, aus denen aber nie etwas Längeres geworden ist."

Was ich nicht sage: da gab es auch noch ein Gespenst namens Diwa, das durch meinen Kopf und meine Träume flatterte und die Sache mit Liebe und Partnerschaft nicht einfacher machte.

„Das hört sich traurig und auch bewundernswert an. Wie du deine Tochter großgezogen und einen anspruchsvollen Job gut gemacht hast, ganz allein. Mein einsamer, mutiger Jan." Dazu lächelt Diwa verschmitzt und ich denke, dass sie mich vielleicht ein kleines Bisschen auf den Arm nimmt. Habe ich mich selbstmitleidig angehört?

„Morgen bist du dran, Diwa."

„Ja, aber lass uns jetzt ein wenig schlafen." Dabei rutscht Diwa tiefer in ihr Kissen. Ich bin schon halb eingeschlafen, als ich merke, dass sie mit ihrer kleinen, warmen Hand nach meiner Hand greift und sie sanft festhält. Es fühlt sich gut an und ich bin zu müde, um darüber nachzudenken, was morgen früh sein wird. Wenigstens gab es keinen Sex.

59

Die Luft ist heiß und klebrig. Der Himmel hängt tief und grau über den Kokospalmen und wirft sein kleines, kraftloses Licht auf den Weg durch die Hütten zum Meer. Ich laufe den Hügel hinunter. Ich habe mich leise von der Matratze geschoben. Der Bambusboden hat geknarrt, aber Diwa ist nicht aufgewacht. Der Sand auf dem Pfad ist feucht und fest. Ich lasse mein T-Shirt und die Shorts fallen. Das warme Wasser spritzt hoch auf, ich werfe mich ins Meer, ich tauche wieder auf, ich atme tief ein und schwimme los. Meine Arme teilen das Wasser, ich treibe mich mit kräftigen Beinschlägen voran. Hinaus aufs Meer in die grenzenlose Weite. Meine rechte Schulter sticht und schmerzt bei jedem Zug. Der Orthopäde sagt, *das ist ein Impingement Syndrom* und möchte operieren. Die Physiotherapeutin sagt: *was für ein Unfug, das kriegen wir wieder hin.* Aber noch schmerzt die Schulter und mit jedem Zug und jedem Stich spüre ich das Leben. Ich schwimme schnell, die kleinen Wellen schlagen mir ins Gesicht und treiben Wasser in die Nase. Ich drehe mich auf den Rücken und lasse die Arme kreisen, weit aus dem Wasser, rechts und links, rechts und links. Die Hütten werden kleiner und die Wellen höher. Was liegt auf der anderen Seite des Meeres? Wo würde ich landen, wenn ich jetzt einfach weiter schwimmen würde? Vietnam? China? Malaysia? Ich stelle mir vor, wie ich an einem vietnamesischen Strand aus dem Wasser steige, nackt, erschöpft und unsagbar neugierig. Ich muss lachen und atme Wasser ein, ich huste, vor Lachen und Husten vergesse ich fast zu schwimmen. Es ist Zeit umzudrehen.

Was war das heute Nacht? Händchenhalten in der Dämmerung, erste Liebe zwei-null. Wie soll das gehen mit der Person, die vielleicht den Tod von Maria verschuldet hat? Mit der ich den Tod von Maria zu verantworten habe?

Will ich die Antwort wirklich wissen? Ich habe gut mit dem Nichtwissen gelebt, schon ein halbes Leben lang. Warum soll sich das jetzt ändern. Was mache ich mit Diwas Schuld, wenn sie ausgesprochen ist? Kann ich dann noch ihre Hand halten? Was mache ich mit meiner

Schuld, wenn sie festgestellt und ausgesprochen ist? Und was, wenn wir beide Schuld an Marias Foltertod haben – wird uns das verbinden? Oder auseinandertreiben? Händchen halten und dabei unserer Schuld nachspüren? Oder wird das aufgequollene, entstellte Gesicht der toten Maria auf immer zwischen uns stehen und uns in unseren Träumen verfolgen? Ach Jule, jetzt könnte ich den Rat meiner klugen Tochter brauchen.

Ich habe aufgehört zu schwimmen und merke, dass ich laut mit mir selber spreche. Kommt jetzt auch noch die Demenz? Stilles Brabbeln mit mir selber, Orientierungslosigkeit, unkontrollierte Bewegungen, Speichelfäden aus den Mundwinkeln. Scheiße! Ich werfe die Arme nach vorn und treibe mich mit energischen Zügen dem Strand zu bis der Atem kurz wird und das Meer zu heiß, und weiter und weiter, bis ich Sand unter meinen Füßen spüre und ausgepumpt aus dem Wasser steige.

Eric und Diwa sitzen schon beim Frühstück, dazu Tina und Mina. Tina hält gerade eine Rede über Korruption in der Lokalpolitik und den gerade wiedergewählten *Barangay Captain*, der seine Position dazu nutzt, Grundstücke an seine Verwandtschaft zu verschieben und seinen Freunden öffentliche Aufträge zuzuschanzen. Tinas Augen blitzen, ihre Ohren sind rot vor Erregung und die Worte sprudeln laut und spitz aus ihrem Mund. Diwa lächelt mir zu und weist mit den Lippen auf den Platz neben sich. Ich runzele die Stirn. Diwa zieht ihre Brauen hoch, legt den Kopf schief und fängt an zu lächeln. Ich setze mich still neben sie. Diwa reicht mir den Knoblauchreis.

„Was machen wir heute, Jan?"
„Wenn ihr wollt, könnt ihr das Kajak haben", wendet sich Eric an Diwa und mich. „Ich habe es unten an die Palme angeschlossen, ich gebe euch den Schlüssel. Nehmt Wasser mit und Bananen."
Ich sehe Diwa an, sie nickt Eric zu. Also gehen wir Kajak Fahren.

Auf dem Weg zum Strand sagt Diwa: „Heute erzähle ich dir von meinem Leben. Danach, das verspreche ich dir, reden wir über Maria."

Wir machen das orange Kajak los, ein verschrammter Schwimmkörper aus Hartplastik mit zwei Sitzmulden und Rasten für die Füße. Wir ziehen das kleine Boot zum Wasser. Ich sitze hinten. Wir tauchen unsere Paddel ein, links und rechts, links und rechts, schnell finden wir unseren Rhythmus und treiben das Kajak mit gleichmäßigen Schlägen über die silbrige See. Die Sonne steht in unserem Rücken. Das Ufer zieht vorbei mit seinen grauen Felsen, dem hellen Sand, den Kokospalmen und den *talisay* mit ihren großen ledrigen Blättern.

Diwa trägt auf ihrer rechten Schulter einen lebensgroßen Gecko, liebevoll tätowiert in blau, mit einer ausgestreckten roten Zunge. Es kommt mir vor als hätte ich das Tattoo noch nie gesehen. Unter den kraftvoll gleichmäßigen Bewegungen ihrer Schulter scheint sich der Gecko neugierig hin und her zu wenden. „Seit wann hast du den Gecko, Diwa?“

„Ach der, mein kleiner Freund. Geckos waren manchmal meine einzigen Gefährten, wenn ich tagelang untertauchen musste. Ich mag die kleinen Kerlchen, die so laut keckern können. Meinen habe ich mir stechen lassen, als mein neues Leben begann.“

„Dein neues Leben?“

„Dazu kommen wir noch.“

Wir paddeln weiter. Der Himmel ist wolkenlos, zum Horizont hin wird das Blau verwaschen und dunstverhangen. Eine Gruppe schneeweißer Reiher zieht über die Bäume am Strand und den Hügel hinauf. „Jan, siehst du die Bucht da vorn? Wollen wir da anlegen?“
„Ja gern, das sieht schön aus.“

Wir ziehen das Kajak auf den Sand. Die Bucht ist schmal und auf der Landseite von schroffen Felsen umgeben. An einer Stelle hat die See den Fels ausgespült und eine Grotte von der Größe einer Kapelle geschaffen. Unwillkürlich suche ich nach der Marienstatue. „Hier können wir uns in den Schatten setzen, bringst du den Beutel mit den Bananen mit?“ Ich nehme den wasserdichten grünen Rucksack aus dem Kajak und setze mich neben Diwa. Wir trinken etwas, das Wasser ist noch kühl, und essen ein paar daumengroße dünnschalige Bananen, die süß und nach schweren Blüten schmecken und am Gaumen und den Zähnen kleben.

60

„Weißt du eigentlich, dass ich auch verheiratet war?“, fängt Diwa an. „Das war bald, nachdem du nach Deutschland zurückgegangen warst. Bebot und ich waren uns während des Studiums begegnet. Wir kannten uns vom Sehen, wir waren uns bei Veranstaltungen über den Weg gelaufen. Aber er muss mich auch als *Inang Bayan* gesehen haben. Es war eine ordentliche rote Ehe. Bebot beantragte bei seinem Kollektiv die Erlaubnis, um mich zu werben. Der Antrag ging dann über das übergeordnete Kollektiv an meine Einheit. Da wir beide *cadres in good standing* waren, kam die Genehmigung schnell. Wir verabredeten uns einige Male. Heiraten war eigentlich nicht auf meiner Tagesordnung gewesen. Ich hatte mein Leben der Revolution gewidmet. Ich gab mir ernsthafte Mühe, das Volk zu lieben. Um ehrlich zu sein, gelang mir das nicht sehr gut. Ich liebte meine Freunde, ich lernte Menschen in der Bewegung kennen, die mich tief beeindruckten mit ihrer Klarheit und Entschiedenheit, mit ihrem Mut und ihrer Hingabe. Ich liebte diese Menschen. Das Volk war abstrakt. Ich gab mich damit zufrieden, dass ich herausragende Mitglieder des Volkes lieben konnte. Liebe, das bedeutete, dass ich mich zu ihnen hingezogen fühlte, dass ich ihre Nähe und ihre Anerkennung suchte, dass ich sie um Rat fragte. Diese Liebe band mich fester an die Revolution. Über unsere Liebe wölbte sich die strahlende Zukunft der nationalen Befreiung. Für romantische Liebe, für Zärtlichkeiten, verliebtes Geflüster und Händchenhalten war in meiner Vorstellung von einem sinnvollen und erfüllten Leben keinen Platz.“

„Wie kam es denn dazu, dass du Bebot trotzdem geheiratet hast?“

„Das kann ich nicht einmal genau sagen. Vielleicht steckte in mir doch eine verborgene Angst, am Ende der Tage allein und verlassen zu sein. Aber mein Kollektiv gab sich auch alle Mühe, mich davon zu überzeugen, dass die Ehe geradezu meine revolutionäre Pflicht sei. Die revolutionäre Gesellschaft baut sich auf der revolutionären Familie auf. Bebot und ich seien zwei aufrechte rote Kader, die eine leuchtende Zelle der neuen Gesellschaft gründen würden.

Die Ehe als revolutionäre Pflicht, dafür war ich empfänglich. Bei meinen Treffen mit Bebot – ich kann sie wirklich nicht *dates* nennen – versicherten wir uns gegenseitig unserer revolutionären Hingabe und vereinbarten, uns niemals durch unsere Beziehung von unserer politischen Bestimmung abbringen zu lassen. Unsere Ehe sollte unter dem Stern der nationalen Befreiung wachsen und gedeihen.

Nachdem das geklärt war, konnten wir auf die Hochzeit zugehen. Die Zeremonie fand in einem befreiten Gebiet statt. Mit allem, was dazu gehört, die rote Fahne, die uns gemeinsam um die Schultern gelegt wurde, das Gelöbnis, unsere Ehe unter die revolutionäre Disziplin und den Gehorsam gegenüber Partei und Volk zu stellen. Die Salutschüsse. Es war sehr ernst und sehr feierlich. An die Hochzeitsnacht erinnere ich mich mit Schrecken. Uns wurde eine kleine Hütte mit Bambusboden zugewiesen. Unser Bett war ein *banig*, eine dünne Matte aus Pandanusblättern. Es war unbequem, schmerzhaft und peinlich.

Bebot war eigentlich ein Intellektueller. Er liebte das Studium der Klassiker. Er war der einzige Mensch, den ich kenne, der alle drei Bände des Kapital gelesen hat. Er hat einmal sogar damit angefangen Deutsch zu lernen, weil er den großen Karl Marx in dessen eigener Sprache lesen wollte. Bebot liebte politische Diskussionen und war ein glänzender Verfasser von politischen Pamphleten. Aber er war kurzsichtig, sein Haar wurde mit Ende Zwanzig schon schütter, und er war kein bisschen sportlich. Die Märsche in der roten Zone bewältigte er mit eisernem Willen, nicht mit Kraft und Training. Zum NPA-Kämpfer taugte er nicht. Aber er war ein guter Lehrer und Schulungsleiter.

Meine Fähigkeiten lagen anderswo. Ich stellte fest, dass ich Freude daran hatte, Menschen zusammenzubringen, Konflikte zu lösen, Streit zu schlichten, aber auf eine prinzipientreue Art, wenn du so willst. Meist gelang es mir, mit den Beteiligten echte Lösungen zu finden, die über reine Kompromisse hinaus gingen. Außerdem entdeckte ich, dass ich ein gutes Verhältnis zu Zahlen habe. An diesem Uni-Institut für zivilgesellschaftliche Entwicklung machte ich einen Buchhaltungskurs und im Handumdrehen setzte die Partei mich ein, um die verborgenen Geldflüsse zwischen den legalen NGOs und dem Untergrund zu kontrollieren.

Langsam gewöhnte ich mich an meinen neuen Status als Ehefrau. Damit schlich sich ein für mich neuer Gedanke ein: wie wäre es, ein Kind zu haben? Du weißt, wie familienorientiert wir hier sind. Gehören zu einer Ehe nicht unausweichlich auch Kinder? Ich diskutierte die Frage mit Bebot, wir wogen die möglichen Implikationen, die Vor- und Nachteile gegeneinander ab. Würden wir in der Lage sein, unsere Kinder gemeinsam aufzuziehen? Oder würden wir sie an zuverlässige Familien aus der *masa* abgeben müssen? Könnten sich unsere Eltern um die Kinder kümmern, unsere Eltern, die noch nicht einmal etwas von unserer Ehe wussten?"

Diwa hat ihr Gesicht dem Meer zugewandt, mit einer Hand zieht sie Linien in den Sand. Mit ihren Gedanken ist sie an einem weit entfernten Ort.

„Hast Du Kinder gehabt?" Mir fällt auf, dass ich nicht frage: *hast du Kinder?*

Diwa fährt fort, als hätte sie meine Frage nicht gehört. „Es wurde eine knappe Entscheidung, aber wir vereinbarten, es mit Kindern zu versuchen. Allerdings passte unser Leben schlecht zu unserer Vereinbarung. Oft sahen wir uns wochenlang nicht. Unsere Missionen führten uns auf alle größeren Inseln des Landes. Wir waren ständig in Bewegung und fast nie gemeinsam. Wie hätten wir Kinder großziehen können? Nicht einmal zu einer Schwangerschaft haben wir es gebracht. Nach einiger Zeit merkte ich, dass ich anfing, das Einsetzen meiner Periode zu begrüßen. Wieder kein Kind, es hätte so furchtbar schlecht in unser Leben gepasst. Nein, das lag nicht an Bebot, der wäre ein wunderbarer Vater gewesen, in einem anderen Leben, in einer anderen Zeit. Aber in unserem Leben – wie hätte das gehen sollen? Manchmal denke ich, dass ich einfach nicht schwanger werden wollte, dass es deshalb nie dazu gekommen ist."

Diwa greift nach der Wasserflasche und nimmt ein paar Schlucke. Sie ist noch immer weit weg.

„Aber wir hatten auch nicht viel Zeit. Unserer Ehe waren nur drei Jahre vergönnt."

„Was ist geschehen, habt Ihr euch getrennt?"

„Nein, nicht so. Wir hatten nicht aus Liebe geheiratet, jedenfalls nicht, was mich angeht. Aber unsere Beziehung hatte eine solide Grundlage. Politisch verstanden wir uns wunderbar und ich fühlte mich in Bebots Gegenwart wohl. Ich mochte seine Stimme und seinen Geruch. Ich liebte die Gespräche mit ihm, die Klarheit seiner Analysen und seine Fähigkeit zuzuhören. Wenn wir etwas zusammen unternahmen, waren wir wie zwei Teile ein und desselben Organismus. Wenn wir gemeinsam kochten – das machten wir gern in den knappen Zeiten, die uns als Paar blieben – mussten wir uns kaum absprechen. Wir teilten uns die Arbeit ohne Worte, eins griff ins andere wie eine perfekt abgestimmte Maschinerie. Dann saßen wir zusammen, genossen das gemeinsame Essen und freuten uns an der Gegenwart des anderen. Ein romantisches Verliebtsein fühlte ich nicht. Aber ich spürte, dass Bebot und ich auf eine andere Weise füreinander gemacht waren. Wir passten einfach zusammen."

Diwa schraubt die Wasserflasche wieder auf und nimmt einen Schluck. Ich erkenne den Ausdruck ihrer Augen, es ist wie früher, aber jetzt blicken beide Augen in eine unerreichbare Ferne, in ein Land, das sie allein bewohnen, Diwa und ihre Geister.

„Ich war gerade in Mindanao. Die Säuberungen hatten große Lücken in die Bewegung gerissen, die *Minda Commission* hatte die Zentrale um Verstärkung gebeten. Sie hatten mich nach Davao abgeordnet. Ich war für ein paar Tage mit der Prüfung der Finanzunterlagen einer linken NGO beschäftigt, es war spät geworden. Ich arbeitete gern noch ein paar Stunden, nachdem die Mitarbeiterinnen gegangen waren. In der dunklen Stille des verlassenen Büros konnte ich mich gut auf die Papiere konzentrieren. Ich schaltete die Deckenlichter aus, die Welt schnurrte auf den Lichtkegel meiner Schreibtischlampe zusammen.

An diesem einen Abend klopfte es ganz leise an das Fenster des Büros, in dem ich gerade arbeitete. Ich blickte auf und sah ein mir unbekanntes Gesicht, das sich im Widerschein der Schreibtischlampe nur schwach von der Schwärze der nächtlichen Büsche hinter ihm abhob. Ich öffnete das Fenster. Die Gestalt reichte mir ein kleingefaltetes Blatt, eingewickelt in Zigaretten-Stanniol und mit Klebstreifen versiegelt. *Es tut mir furchtbar leid, kasama*, sagte die Gestalt und verschwand ohne ein weiteres Wort zwischen den Büschen. Ich fing an zu zittern. Beim Öffnen des Klebstreifens stach ich mir die Schere in den Finger, Blut tropfte auf den Brief.

Dann las ich es. Bebot war tot. Erschossen. Das Militär hatte eine Pressemitteilung veröffentlicht. Vier NPA-Terroristen seien bei einem Überfall auf einen Militärposten erschossen worden. Der feige nächtliche Angriff sei erfolgreich abgewehrt worden. Nur einen Soldaten habe ein Streifschuss leicht verletzt. Die Terroristen hätten es auf die Waffen des Postens abgesehen gehabt.

Ich wusste sofort, so konnte es nicht gewesen sein. Nicht mein Bebot, der Intellektuelle, der Lehrer, der Unsportliche. Bei einem Überfall auf einen Militärposten wäre er doch nur hinderlich gewesen. Ich las weiter.

Die lokale NPA-Einheit untersuche den Vorfall noch. Es habe in den Tagen keinen NPA-Überfall auf das Militär gegeben. Bebots Gruppe sei zu einem Schulungscamp unterwegs gewesen, sie müsse in einen

Hinterhalt geraten sein. Im Moment bemühe sich ein Team von Rechtsanwälten, die der Bewegung verbunden seien, um die Freigabe der Leichen, dann solle eine unabhängige Obduktion stattfinden.

Das war das abrupte Ende meiner Ehe. Mit Bebot starb auch meine Vorstellung, ich könne Mutter werden. Den Rest dieser Nacht rannte ich ohne Sinn und Ziel durch das Büro. Ich kochte Kaffee, den ich nicht trank. Ich machte Sandwiches, die ich nach dem ersten Bissen liegen ließ, weil ich würgen musste. Gegen Morgen schlief ich auf dem Sofa im Empfang des Büros ein. Als die Mitarbeiterinnen kamen, wussten sie bereits vom Tod meines Mannes. Ich glaube, sie kümmerten sich rührend um mich, aber ich nahm nichts mehr wahr und erinnere mich kaum noch an die folgenden Tage.

Dann kam der Obduktionsbericht. Bebot war durch einen aufgesetzten Schuss in die Brust gestorben, der sein Herz zerfetzt hatte. Die drei anderen waren mehrfach getroffen, gestorben waren sie durch Schüsse in den Hinterkopf.

Ich bat meine Eltern, mich zur Totenwache zu begleiten. Das Beerdigungsinstitut hatte das Gesicht des geschundenen Leichnams wunderbar zurecht gemacht. Bebot sah mit seinen geschlossenen Augen ruhig und friedlich aus, als habe er sich nur für einen kurzen Schlaf hingelegt. Erst als wir in der Trauerkapelle vor seinem offenen Sarg saßen, konnte ich meinen Eltern von unserer kurzen Ehe erzählen. Mein Vater drückte meinen Arm, meine Mutter legte ihren Kopf auf meine Schulter, es tat unendlich gut, nicht allein vor dem Sarg zu sitzen.“

Diwa dreht sich zu mir. Jetzt ist sie wieder da, sie sieht mich an. „Komm, Jan, wir schwimmen.“ Zusammen laufen wir über den heißen Sand und werfen uns in die Wellen. Die Sonne steht hoch am wolkenlosen Himmel und wirft ein hartes schweres Licht auf Felsen, Sand und Meer. Wir schwimmen nebeneinander, wir schlucken warmes Salzwasser, das kleine Wellen uns in Mund und Nase wirbeln, wir kneifen die Augen zu vor dem grellen Licht. Wir pusten und keuchen und schweigen.

Später sitzen wir wieder unter dem Felsüberhang im Schatten. Nach einer langen Weile fängt Diwa an: „In den Jahren danach bin ich nicht immer allein gewesen. Ich denke, Kaloy hat dir erzählt, dass wir für eine Zeit zusammen waren. Das war, bevor er seine Beine verlor.

Du weißt ja, wie das Leben im Untergrund ist. Du bist ständig unterwegs, manchmal musst du tagelang darauf warten, dass ein Bote dich zu deinem nächsten Treffpunkt bringt. Du kannst nichts tun, nur warten, lesen, Briefe schreiben. Zugleich bist du dauernd in Anspannung, denn kein sicherer Ort ist auf Dauer sicher. Dann bist du unterwegs, oft nachts, in unsicherem Gelände. Mehr als einmal bin ich einem Militäreinsatz nur um Minuten entkommen. So hat auch die Geschichte mit Kaloy begonnen. Ich war auf dem Rückweg von einem Briefing in einem befreiten Gebiet und musste in einem armseligen Dorf auf meinen nächsten Führer warten, der für den kommenden Morgen angekündigt war. Ich übernachtete bei einer Familie von Sympathisanten der Bewegung in einer Nipahütte. Gegen vier Uhr morgens wurde ich plötzlich wach. Etwas hatte sich verändert. Die beruhigenden Geräusche der Nacht waren plötzlich verstummt, das Rascheln des Bambusbusches, das langsame Atmen und Schnauben des angebundenen Wasserbüffels, das Schubbern der Schweine. Es war, als hielte das ganze Dorf mit all seinen Menschen und Tieren und Bäumen für einen Augenblick dem Atem an, um in die Dunkelheit zu lauschen. Dann zerbrach die Stille, ich hörte aufgeregtes Flügelschlagen eines aufgescheuchten Vogelschwarms und zorniges Krähen der Hähne. Ich spürte bedrohliche Bewegungen auf der anderen Seite des Dorfes, die näher kamen.

Ich stieß die neben mir liegende Mutter der Familie an, bedeutete ihr still zu sein, sprang auf, griff meine Tasche und mein Gewehr und stürzte aus der Hütte. Ich hatte, wie immer bei solchen Missionen, in meinen Kleidern und Schuhen geschlafen. Jetzt rannte ich den staubigen Pfad auf den Wald zu, bis meine Lungen fast platzten. Hinter mir hörte ich Schreie und einzelne Schüsse. Ich erreichte den Wald und verließ den Weg. Mein Herz raste, ich japste nach Luft, aber ich war entkommen. Bis zum Abend schaffe ich es, mich bis zur nächsten *municipio* durchzuschlagen.

Dort kannte ich ein *safe house*, in dem Kader sicher übernachten und auf Führer warten konnten. In der Küche stieß ich auf Kaloy, den ich von früher kannte, wir hatten gemeinsam eine Gruppe von ausländischen Sympathisanten betreut. Kaloy stand am Gaskocher und briet Fisch. Ich war bis zum Zerspringen angespannt von der Todesgefahr, ausgepumpt und erschöpft von meiner Flucht, erleichtert und euphorisch, entkommen zu sein und unsagbar froh, eine vertraute Person zu sehen. Ich fiel Kaloy um den Hals, ich weinte und lachte und zitterte und wollte ihn nicht mehr loslassen, ich hatte überlebt, ich war so lebendig, wie ein Mensch nur lebendig sein kann.

Wenig später landeten wir im Bett, diesmal kein *banig*, sondern eine richtige Schaumstoffmatratze auf dem Boden. Wir schliefen miteinander, es war Aufbäumen und Absturz, ich wollte das Leben fühlen und zitterte, überwältigt von Angst und berauscht von Erlösung. Es war wild und verschwitzt und voll drohender Gewalt und verlorener Zärtlichkeit. Das war kein Sex, das war ein Ringen um Überleben, eine Schlacht gegen den Wahnsinn, ein Kampf gegen den Untergang im Irrsinn unseres Lebens.

Natürlich waren wir nicht allein im *safe house*. Die Genossin, die den Auftrag hatte, im Haus nach dem Rechten zu sehen, hatte eine klare Vorstellung von richtig und falsch. Sie zeigte uns an. Wir waren zu der Zeit beide nicht in einer Beziehung, aber wir hatten gegen die Parteidisziplin verstoßen. Also tagten die Parteigremien und verhängten Disziplinarmaßnahmen gegen Kaloy und mich. Wir wurden für sechs Monate zu Parteikandidaten zurückgestuft und von unseren Kollektiven suspendiert. Vorher mussten wir noch Selbstkritik üben. Kennst du diese Kritik- und Selbstkritik-Sitzungen?"

„Ja, die habe ich damals auch mitgemacht. Seltsame Veranstaltungen. Eine Genossin war großartig darin, ätzende Kritik an ihren Genossen als Selbstkritik zu verpacken: *ich habe gefehlt, es wäre meine Aufgabe gewesen die Genossin Aura auf ihren gravierenden Fehler hinzuweisen, der fast dazu geführt hat unsere gesamte Arbeit zu kompromittieren. Ich verspreche, solche Fehler in Zukunft zu vermeiden und bitte das Kollektiv um Verzeihung.* Ich war fasziniert davon, wie man mit einer Selbstbezichtigung andere fertigmachen kann."

Diwa lacht. „Ich glaube, die Sexualmoral der philippinischen Kommunisten ist sehr katholisch. 350 Jahre spanischer Katholizismus haben ihre Spuren hinterlassen. Na ja, jedenfalls achteten sie sehr darauf, dass Kaloy und ich uns nicht mehr zu nahekommen konnten. Kaloy hat das nicht von weiteren Abenteuern abgehalten. Und ich habe das Leben im Untergrund auch nicht immer ausgehalten, ohne mich nach körperlicher Nähe zu sehnen. Nichts ist so beruhigend wie die Berührung warmer, nackter Haut. Und zugleich so aufregend. Aber jetzt rede ich auch schon fast von der Vergangenheit. Ich bewege mich seit langem nicht mehr im Untergrund; und mit zunehmendem Alter wird mein Verlangen nach Zärtlichkeit weniger drängend."

Diwa macht eine Pause und sieht mich an. „Du machst so ein fragendes Gesicht, Jan. Du siehst lustig aus."

Mir fällt keine Antwort ein. Ich lächele. Nach einer Weile sagt Diwa: „Was meinst du, ist jetzt eine gute Zeit, um zurück zu paddeln?"

61

Am Nachmittag sitze ich auf der Meerterrasse und denke darüber nach, wie es weitergehen soll. Diwa war verheiratet. Das war mir neu. Aber was verändert das? Sie hat ihr Leben gelebt, so wie ich das meine. Wir sind beide nicht mehr jung, das Leben hat uns hin und her geworfen, wir haben Beulen und Schrammen davongetragen, wir haben uns Mühe gegeben, das Richtige zu tun, unser Leben unter eine größere Verantwortung zu stellen. Nun stehen wir auf der Schwelle zu unserer letzten Lebensphase. Die *letzte Lebensphase*, dieses Wort von meiner Verabschiedung geht mir nicht aus dem Kopf. Kann das der richtige Moment sein, um meine Lebenslinie mit der eines anderen Menschen zu verbinden? Steckt dahinter vielleicht nur Angst, am Ende der Tage allein zu sein?

Und geht das überhaupt? Das wichtigste Thema haben wir bisher nicht einmal berührt, Diwa und ich. Wie war das mit Maria? Haben wir ihren Tod verursacht? Welche Schuld bindet uns zusammen? Weichen wir der Wahrheit aus, damit die Dinge in der Schwebe bleiben? Damit wir Kajak fahren können, nebeneinander schwimmen und Zwiebeln schneiden, das Prickeln und Kribbeln spüren. Die Ahnung, die Vermutung der gemeinsamen Schuld bringt uns zusammen und hält uns fest auseinander.

Der Laptop reißt mich mit seinem aufdringlichen Gebimmel aus meinen Gedanken. Jule meldet sich. Ich nehme das Videogespräch an.

„Mann, das sieht ja toll aus, Papa. Du bist echt im Paradies gelandet!"
„Stimmt, das heißt ja hier auch so, *Tinagong Paraiso*, das verborgene Paradies."
„Jetzt erzähl mal, Papa, wie geht es mit deiner Diwa?"
„Ach, das ist etwas kompliziert."
„Papa, die Frau liebt dich, das wird doch aus ihren Briefen ganz klar. Und du bist doch auch fasziniert von ihr, sonst würdest du diese ganze Reise nicht machen. Was soll denn daran kompliziert sein?"
„Dieser Unterschlagungsfall damals, mit dem ich bei der *Wefe* zu tun hatte."
„Ich weiß doch, Papa", unterbricht Jule mich.
„Und jetzt musst du mit Diwa Schuldarchäologie machen. Wer wann, wie und warum wie viel Schuld an dem Schlamassel hat. Ich glaube, du musst mir da mal was erklären, Papa. Warum bedeutet dir das mit der Schuld so viel? *Shit happens*, und du hast damals gemacht, was du zum Schutz der *Wefe* und der Spender tun musstest."
„Ja, schon, Jule. Aber ich frage mich, ob es nicht andere Wege gegeben hätte, dasselbe Ziel zu erreichen. Vor allem, ob wir es nicht so hätten tun müssen, dass kein Mensch dabei zu Schaden kommt."
„Und dieses Schuldding steht jetzt zwischen dir und deiner Diwa?"
„So ungefähr."

„Jetzt muss ich dich echt mal was fragen, Papa. Kann es sein, dass du dieses Schuldding hegst und pflegst, damit es schön zwischen Diwa und dir stehen bleiben kann? Damit Diwa dir bloß nicht zu nahe kommt?“
„Meinst du das ernst, Jule?“
„Papa! Beantworte einfach meine Frage!“
Jule sieht mich mit gerunzelter Stirn an, aber um ihre Lippen kann ich ein feines Lächeln ahnen.

„Na gut. Ja, ich weiß nicht, ob ich bereit bin, mich auf eine Beziehung einzulassen. Die würde mein ganzes Leben durcheinanderbringen. Ich weiß nicht, ob ich das will.“
„Und du benutzt eure mögliche Schuld, um dir Diwa vom Hals zu halten.“
Das ist mehr Frage als Feststellung.
„Darüber habe ich gerade nachgedacht. Gemeinsame Schuld trennt und verbindet zugleich. Ich will vielleicht gar nicht wissen, wie es wirklich war. Ich glaube, der Schwebezustand gefällt mir.“
„Papa, jetzt mal im Ernst. Lass den Quatsch und kläre, was damals wirklich gewesen ist. Sonst hört doch dein Grübeln und Brüten nie auf. Rede mit Diwa, räumt zusammen auf, und dann lass deine Vergangenheit in der Vergangenheit ruhen. Wird Zeit, dass der ganze Papa in der Gegenwart ankommt.“
„Jule, ich liebe dich!“
„Ich liebe dich auch, Papa. Aber jetzt geh zu Diwa, aufräumen!“
Jule wirft mir einen Kuss zu, dann wird der Bildschirm dunkel.

Nach dem Abendessen holt Rudy seine Gitarre. Rudy ist mir bisher nicht aufgefallen. Er ist fast immer da, aber er spricht kaum. Rudy muss um die vierzig sein, sein Haar ist ein wenig dünn, aber ordentlich geschnitten und gekämmt. Ich habe ihn für einen stillen Langweiler gehalten, was für ein Irrtum. Wir gehen im Gänsemarsch hinunter auf die Meerterrasse. Tina rückt die großen Strandkissen in einen großen, zur See offenen Halbkreis. Dodong trägt Gläser, Eric hat zwei dunkle Flaschen unter dem Arm. Von Minas Hand baumelt ein paillettenbesetzter rot-blauer Baumwollbeutel. Wir nehmen Platz.

Die Luft ist samtig, die Hitze des Tages ist einer freundlichen Wärme gewichen. Die Mondsichel hängt schräg und schmal über dem Wald. Vom Hügel her ist ein ferneres Keckern und Krächzen zu hören. Diwa sitzt ein paar Plätze weiter zwischen Mina und Tina. Die wahren Schwestern auf ihrer Wanderschaft durch die Äonen, sie tuscheln miteinander. Mina öffnet ihren Beutel und fängt an, aus hauchdünnem Papier und hellbraunen Pflanzenkrümeln eine Art Zigarette zu drehen. Sie betrachtet ihr Werk, lächelt und nickt Tina zu. Tinas Feuerzeug klickt, Mina nimmt einen tiefen Zug, hält die Luft an und bläst mit einem kleinen Stöhnen eine blasse Wolke aus ihrem Mund. Dann ist Diwa an der Reihe. Sie sieht mich an, legt den Kopf schräg und lächelt mir auffordernd zu, bevor sie einen tiefen Zug nimmt. Der Joint macht die Runde, Tina, Dodong, Eric, Jhun, Rudy, Bambi. Dann bin ich dran. Ich rauche nicht, mir wird davon schlecht. Ich versuche ein unglückliches Gesicht zu machen und den Joint weiterzugeben. Diwa lacht: „Lasst ihn. Wir haben doch auch Cookies." Eric schiebt mir eine Plätzchendose zu. Das ist besser.

Dodong hat inzwischen eine ölige bernsteinfarbene Flüssigkeit aus Erics Flasche ausgeschenkt und reicht die Gläser herum. Ein wunderbar milder *lambanog*, der sanft die Kehle hinunterläuft und mich von innen streichelt. Rudy hat mittlerweile seine Gitarre gestimmt. Die kleinen Gespräche verebben. Rudy fängt an zu spielen. Was für eine Stimme, so voll Wärme und Tiefe, mal lockend und leise, dann gewaltig und bebend vor Energie. Ich kenne keins seiner Lieder, Eric flüstert mir zu, *er schreibt alle Lieder selber*. Die Melodien sind voller Melancholie, dann jauchzend und scherzend, voll ungezügelter Lebenslust. Vor meinen Augen verwandelt sich der stille Langweiler Rudy in einen begnadeten Künstler von großer Tiefe. Die Musik, die gesungene Lyrik, das klingende Drama des Lebens, das ist seine Welt. Während Rudy singt, entstehen vor meinem inneren Auge Bilder von zerklüfteten Landschaften, von schroffen Bergen, schäumenden Wasserfällen und violetten Feldern, auf die ich von weit oben hinabsehe, der Wind rauscht in meinen Ohren und ich spüre Millionen winziger Tropfen, als Rudys Song mich in eine dichte schwarze Wolke treibt. Dann breche ich durch ins strahlende Licht der heißen Sonne und tanze, tanze mit den Wolken.

Ich greife eine Ranke und lasse mich langsam zu Boden gleiten. Ein letzter Akkord, dann berühren meine nackten Füße das feuchte Gras der Erde. Ich öffne die Augen, wie kann ein einzelner Mensch solche Klänge hervorbringen, solche Welten schaffen?

Ich sehe mich um. Der Zauber von Rudys Klängen hat alle erfasst, wir liegen versunken und gefesselt auf unseren Strandkissen und spüren den Welten nach, die die Musik in uns entfesselt hat. Die Zeit bleibt stehen, vielleicht dreht die Welt sich rückwärts, die Mondsichel schaukelt sanft in ihrem Palmwipfelbett.

Später reicht Dodong die zweite *lambanog*-Flasche herum. Unsere Gespräche sind gedämpft. Ich glaube, Bambi weint leise, Jhun streichelt ihren Rücken. Ein Hund läuft über den Strand. Vor der Terrasse bleibt er kurz stehen, hebt die Nase und schnüffelt, bevor er weiterläuft. Draußen auf dem Meer schaukeln die Lampen der Fischer.

Als ich aufwache, ist es fast schon hell. Ich liege mit dem Oberkörper auf einem weinroten Strandkissen. Neben mir liegt Diwa, ich halte ihre Hand. Das scheint zur Gewohnheit zu werden. Wer hat wohl das leichte Laken über uns gebreitet?

62

Eric empfängt uns mit einem strahlenden Lächeln: „Na, ihr zwei, habt ihr eine schöne Nacht gehabt?“ Ich werfe ihm einen bösen Blick zu. Diwa antwortet: „Und jetzt brauchen wir ein ordentliches Frühstück!“
„Schon fertig!“ Damit stellt Eric uns gebratenen Knoblauchreis mit Spiegeleiern und eine Kanne Kaffee hin. Den Kaffee hat er auf den gemahlenen Bohnen gekocht, er ist heiß und stark.
„Mina, Tina und Rudy sind schon zur Arbeit gegangen. Wie wäre es mit *hot dogs*?“
„Danke Eric, alles gut.“ Der ölige Knoblauchreis schmeckt heute phantastisch. Wie gut, dass Jule nicht hier ist. Ich höre sie sagen: *Papa, das*

war eindeutig zu viel Knoblauch, so kannst du nicht unter Menschen. Meine wunderbare Tochter.

Dodong kommt in die Gemeinschaftshütte, er wedelt mit seinem Handy. „Ich habe gerade eine Nachricht von Gretchen bekommen. Sie hat ihr Glück in Kanada gefunden, was auch immer das heißt. Wie ich sie kenne, ist das wieder ein charmanter älterer Mann ohne ernste Absichten. Jedenfalls kommt sie dieses Jahr nicht zurück. Diwa und Jan, ihr könnt Gretchens Hütte haben. Ein kleiner Beitrag zur Instandsetzung wäre natürlich willkommen, wir haben letzten Monat das Dach neu gemacht."

Diwa und Jan, ihr könnt die Hütte haben, hier ist also allen klar, dass wir ein Paar sind. Wie fühlt sich das an? Zum Weglaufen? Zum daran Gewöhnen? Jule hat recht, es ist Zeit zum Aufräumen.

Wir spülen unsere Becher und Teller ab. „Komm mit Jan, jetzt sprechen wir über Maria." Wir gehen zu Gretchens Hütte. Ob sie für die anderen inzwischen *die Hütte von Diwa und Jan* ist? Wir setzen uns auf die überdachte Terrasse.
„Jan, was weißt du über Maria?"
„Ich habe sie ein paar Mal getroffen als sie Chefin des CDC war. Dass wir ihr damals im Camp in Abra schon begegnet sind, das ist mir erst durch deinen Brief klar geworden. Als CDC-Chefin hat Maria mich beeindruckt. Sie war charmant, intelligent, nett anzusehen."
„Hattest du etwas mit ihr?"
„Diwa, du kennst mich doch. Nein, natürlich nicht. Ich fand sie attraktiv. Aber wie sie ihr glänzendes Haar hinter das Ohr zurückstrich, wie sie ihre schlanken Beine langsam übereinanderschlug, wie sie sich zu mir vorbeugte und dabei den Blick in ihre Bluse freigab, das hat mich irritiert, das war so berechnend. Ich weiß, sie konnte Männer verrückt machen, aber ich bin einfach nicht so programmiert. Auf mich wirkte das alles inszeniert. Aber Maria war klug, sie verstand schnell, dass sie dieses Spiel mit mir nicht spielen konnte. Mit mir war es eher ein intellektuelles Kräftemessen. Sie wollte einen großen Spielraum bei unseren Mitteln haben, um Gelder für den Untergrund abzuzweigen, wie ich

damals dachte. Ich habe ja erst später verstanden, dass sie sich auch selber bedient hat. Und ich wollte sicherstellen, dass die *Wefe*-Zuwendungen nur für legitime Projekte genutzt wurden, und zwar in voller Höhe."

„Mein tapferer, unbestechlicher Jan!" Diwa lacht.

„Dann weiß ich noch, was Ben mir über seine damalige Aufklärungsmission erzählt hat. Und natürlich die Information von Kaloy. Dass Maria eine üble Rolle bei den Säuberungen gespielt und eine Reihe von Genossinnen und Genossen denunziert hat."

„Das hat Kaloy dir erzählt? War das alles?"

„Ja, über Maria hat er nicht viel gesagt, nur diese kurze Bemerkung, mehr oder weniger bei unserem Abschied."

„Ach Kaloy, das ist typisch. Kaloy hatte auch eine Affäre mit Maria, das ist ihm jetzt sicher peinlich. Aber wichtiger ist das, was er dir über Maria nicht erzählt hat."

Ich sehe Diwa fragend an. Die Sonne steht inzwischen hoch am Himmel. Im Palmdach der Hütte knackt und knarzt es vernehmlich. Die Blätter schwitzen die letzte Feuchtigkeit der Nacht aus und rollen sich.

„Wahrscheinlich stimmt das mit der Denunziation. Kannst du dich an den früheren Direktor von CDC erinnern?"
„Ich glaube ja. Das war doch so ein langer Ausgezehrter. An den Namen erinnere ich mich nicht. Eines Tages war er plötzlich weg. Er hatte uns eine Abrechnung angekündigt, die er ein paar Tage später schicken wollte. Wir warteten dringend darauf, um eine Förderung abzuschließen, aber es kam nichts. Schließlich habe ich in San Fernando angerufen. Der Direktor war nicht da, niemand wusste, wo er war, er war einfach verschwunden. Später hieß es, er sei ausgewandert. Mit einem Stipendium nach Australien. Dann wieder hörte ich, er sei bei einem Unfall ums Leben gekommen."

„Hanibal hieß er. Was seine Eltern sich wohl bei dem Namen gedacht haben. Er ist den Säuberungen zum Opfer gefallen. Maria soll ihn denunziert haben. Sie behauptete, er habe dem Militär Einblick in die Finanzflüsse zwischen den ausländischen Geldgebern, ja, auch der *Wefe*, dem CDC und dem Untergrund gegeben. Hanibals älterer Bruder war Ausbilder an der Philippine Military Academy in Baguio. Sie müssen bei irgendeinem Familienfest, ich glaube, es war die Beerdigung ihrer Mutter, zusammen gesehen worden sein. Sie sollen viel getrunken und lange miteinander geredet haben. Hanibal hat die Befragungen im Foltercamp nicht überlebt. Ich selbst habe große Zweifel, ob er ein Verräter war. Ich habe einmal eine Prüfung bei Hanibal gemacht. Er war so unglaublich aufrecht und in seiner Korrektheit geradezu fanatisch, als Verräter kann ich ihn mir nicht vorstellen. Jedenfalls übernahm dann Maria seine Stelle."

„Das wusste ich nicht; hört sich ekelhaft an!"

„Aber Vorsicht, Jan. Ich weiß nicht, ob es wirklich Maria war, die ihn denunziert hat. Vielleicht ist das Gerücht auch nur aus der Tatsache entstanden, dass Maria Hanibals Stelle übernommen hat. Spätestens nach der Unterschlagungsgeschichte war Maria als *bad element* abgestempelt. Da hätte es gut gepasst, wenn sie Hanibal ans Messer geliefert hätte, um CDC-Direktorin zu werden. Und am Ende macht es auch ihren Tod erträglicher, wenn sie selbst für den Tod eines anderen verantwortlich war. Hüten wir uns lieber davor, die Denunziation als Tatsache zu nehmen."

Das mag ich an Diwa, sie betrachtet die Dinge von allen Seiten, sie urteilt nicht schnell. Aber mir wäre schon lieber, wenn Maria wirklich eine gewissenlose Verräterin gewesen wäre. Was ich Diwa gegenüber nicht zugeben werde.

„Es gibt etwas Wichtiges über Maria und die Säuberungen, das Kaloy dir nicht erzählt hat. Maria war nicht nur eine mögliche Täterin, sie wurde auch zum Opfer. Ich habe nicht herausfinden können, wie sie in den Fokus der Ermittlungen geraten ist. Vielleicht hatte das mit ihrer schillernden Persönlichkeit zu tun, mit ihrer Fähigkeit, andere Menschen zu ihrem eigenen Vorteil zu benutzen. Jedenfalls wurde auch Maria verhört und gefoltert. Das war ganz am Ende der Säuberungen. Deswegen hat sie es auch überlebt, sie war eine der letzten, die freigelassen wurden, danach gab es keine großen Säuberungen mehr."

Diwa steht auf und geht in die Hütte. Die Bambusdielen quietschen unter ihren Schritten, ich höre es rascheln. Als sie wieder herauskommt, hält sie ein paar gefaltete Blätter in der Hand.

„Hier, das sind Aufzeichnungen von Maria. Pascal, ihr Stellvertreter beim CDC, hat sie nach Marias Tod in ihrem Bankschließfach gefunden. Zusammen mit einem dicken Bündel Bargeld, Dollars in großen Scheinen. Ich habe eine Kopie gemacht."

Diwa reicht mir die Blätter. Das Papier ist doppelt gefaltet, schmutzig braun und von Hunderten kleiner Pünktchen überzogen. Es riecht nach Schimmel und Verfall. Die Handschrift ist sauber und klar zu lesen.

Der Hölle entkommen – nein, das gibt euch zu viel Ehre. Fegefeuer, ich bin dem Fegefeuer entkommen. Ihr habt mich gereinigt und gestärkt. Das Feuer hat die Bedenken und die lästigen Hemmungen ausgebrannt. Danke, Fermin, danke! Ach, was soll ich dir danken, Fermin, besser solltest du *Vermin* heißen, Gewürm, Ungeziefer, das bist du. Gereinigt habe ich mich selber in der Hölle, die ihr mir bereiten wolltet. Aber ihr habt mich gestärkt, nicht gebrochen. Ka Vermin, Genosse Ungeziefer. Du, gerade du wolltest mich verhören, mich brechen? Wie hätte das gehen sollen, Wurm. Würmchen.

Ich ärgere mich noch heute, wie blöd konnte ich sein, eurer Vorladung zu folgen. Warum hätte ich mit euch in *Camp 6* reden sollen? Was war denn da, außer Wildschweinen und Bäumen? Und wildgewordenen Supergenossen. Zwei Nachtmärsche von jeder Zivilisation entfernt. Aber das war ich ja, noch vor einem halben Jahr, eine brave Parteisoldatin. Die

Partei pfeift, ich komme angetanzt. Gehorsam und doof. Und dann die Verhaftung *„im Namen der Kommunistischen Partei der Philippinen"*. Was soll das heißen: im Namen der Partei? Meinetwegen im Namen der Wolkenratten oder der Prinz-Alfred-Hirsche. Bloß nicht in eurem eigenen Namen, dafür seid ihr zu feige. Nun gut, im Namen der Partei. Und ich ab jetzt in meinem eigenen Namen. Den braven Parteisoldaten, den habt ihr verbrannt in eurem Fegefeuer. Ich handele jetzt in eigenem Namen und auf eigene Rechnung.

Ka Vermin, war das deine Vorstellung von *good cop – bad cop*? Mir ein bisschen an die Brust fassen, wenn keiner guckt, dazu große feuchte Glupschaugen machen. Wenn ich doch nur ein bisschen kooperierte, dann könnte das alles ein gutes Ende haben. Wie hast du dir das vorgestellt, die Kooperation? Eine kleine Vergewaltigung als Verhörauftakt? Ach nein, ihr vergewaltigt ja nicht, das hat die Partei verboten. Also freiwilliger Geschlechtsverkehr im Gefangenenkäfig, meine Hände und Füße an der Liege angekettet. Macht dir das Lust? Hast du dir meine Kooperation so vorgestellt, du erbärmliches Arschloch?

Wie haben dir denn meine Geschichten gefallen, Genosse? Hast du davon feuchte Träume bekommen? Wen ich alles verführt habe, um an Infos von den Reaktionären zu kommen. Habe ich es plastisch genug gemacht, dass du dir alles vorstellen konntest, in allen Einzelheiten? Ich habe die Gier in deinem Gesicht gesehen. Du konntest ja fast nicht mehr gehen, so steif bist du geworden. Ja, da hätte dir ein bisschen Kooperation von mir gefallen. Deine Komplizin, wie hieß sie noch, war auch beeindruckt, das habe ich gesehen. Oh, ich war überzeugend.

Du meinst, der Beinstrecker hat mich gebrochen? Nein, der hat mich nur bestärkt, der hat meinen Geschichten die Farbe gegeben, die sie so überzeugend gemacht hat. Folter kann erstaunliche Wirkungen haben, solltet ihr auch mal probieren!

Wie hat dir das gefallen, Ka Vermin, dass ich dir eine herausragende Rolle zugedacht habe in meinen Erzählungen? Dass du meine Erkennt-

sion. Es war so etwas wie ein Frühling der Demokratie in der Bewegung."

Es ist heiß geworden. Die Luft liegt schwer und unbewegt zwischen den Hütten. Beine und Rücken kleben an meinem weißen Plastikstuhl. Ein blasser Wolkenschleier ist vor die Sonne gezogen, das Licht ist diffus und tut in den Augen weh.

„Aber der Frühling war kurz. Schon Mitte 1992 senkte sich *Reaffirm Our Basic Principles and Rectify Errors* wie ein Betondeckel auf die Bewegung. Dieses geschwätzige Papier der Parteiführung aus dem europäischen Exil, ein Dokument der Unfähigkeit zu hören und zu lernen. Für einen Augenblick waren wir wie gelähmt vor Entsetzen. Dann sprangen die Genossinnen und Genossen ab, in Scharen. Gerade die sensiblen, intelligenten. Einige versuchten, neue Parteien und Bewegungen zu gründen. Wie du weißt, war nichts davon sehr nachhaltig."

„Aber du, Diwa, warum bist du dabeigeblieben?"

„Ich war eine gute Parteisoldatin. Ich sah einfach keine Alternative. Ich konnte mir nicht vorstellen, wie wir die unerträgliche Ungerechtigkeit, die in unsere Gesellschaft so fest einbetoniert ist, anders überwinden könnten als unter der Führung einer starken, schlagkräftigen Partei. Klar, ich vermisste die offene Diskussion, unsere Gesprächszirkel, aber ich dachte, das ist der Preis, den wir dafür zahlen müssen, dass endlich Gerechtigkeit einkehrt."

„Aber war das nicht damals schon falsch?"

„Da war immer noch Hoffnung in mir. Aber wenn ich jetzt an diese Zeit denke, dann ist mir klar, dass ein Teil von mir sich schon von der Bewegung verabschiedet hatte."

Diwa macht eine Pause und trinkt von ihrem Kokoswasser. Ich sehe sie an. Diwa wischt die nasse Hand an ihrem T-Shirt ab. Sie blickt in die Ferne, Diwa ist jetzt wieder weit weg. Mir gefällt ihr dunkles Haar mit den grauen Strähnen, es sieht nach Erfahrung und Weisheit aus.

„Mir ging es nicht gut in dieser Zeit. Ich war viel krank, ich fühlte mich schwach und ausgelaugt. Auch nach meinem Treffen mit Ben im Interconti, bei dem er mir eine Kopie von dem anonymen Brief gab, war ich eine lange Zeit außer Gefecht. Ich hatte Denguefieber, die übelste Sorte. Eine Woche mit hohem Fieber, Gliederschmerzen, Schwindel. Das Schlimmste war der Schwindel. Wenn ich den Kopf nur ein winziges Bisschen zur Seite wandte, fing das Zimmer an sich zu drehen. Ich musste mich übergeben, ich würgte und röchelte, aber der Magen war schon lange leer, es kamen nur noch klebrige Speichelfäden. Dann ließ das Fieber nach, aber mein ganzer Körper vom Hals bis zu den Füßen wurde krebsrot. Das ist die gefährliche Phase, da kann man innerlich verbluten. Wirklich furchtbar wurde die Zeit danach. Zwei Monate lang war ich wie eine lebende Tote, müde, erschöpft, antriebslos, deprimiert ohne Ende. Morgens lag ich gelähmt im Bett, ich brauchte alle Kraft für den Beschluss überhaupt aufzustehen. Die Arbeit fiel mir unendlich schwer, Reisen war unmöglich.

Wegen Dengue stand alles auf Halt. Deshalb war ich auch erst im folgenden Jahr in San Fernando. Ich hatte meine Finanzeinheit über den Brief informiert. Während ich versuchte, wieder auf die Beine zu kommen, hatten die *kasamas* diskrete Erkundigungen eingezogen. Dabei war an mehr als einer Stelle der Verdacht aufgekommen, dass es bei CDC Unregelmäßigkeiten gegeben haben musste. Als ich schließlich nach Nordluzon aufbrach, hatte ich einen erweiterten Auftrag und zwei Disketten im Gepäck.

Auf den Disketten war die rote Seite, die Untergrundseite der Buchführung. Alles, was Maria bei der Partei abgeliefert hatte, Beträge, Daten, Quellen und Verwendungszwecke. Unsere Revolution ist ordentlich.

Mein Besuch war als Finanzrevision angekündigt, CDC sollte mir unbeschränkten Einblick in alle Unterlagen geben. Natürlich war das kein einfaches Unternehmen. Auf der offenen, legalen Seite herrschte das

Vieraugenprinzip. Alle Jahresabschlüsse waren auf Verlangen der ausländischen Geldgeben von *Certified Public Accountants* geprüft und testiert. Auch auf der Seite der Partei war über Einnahmen und Ausgaben sorgfältig Buch geführt worden. Aber zwischen den beiden Systemen klafft ein Graben; und Maria war die Brücke über die Kluft, allein und unkontrolliert."

„Das System kenne ich noch aus meiner Zeit in den Philippinen."

„Ich kann nicht sagen, dass Maria mich freundlich begrüßte, als ich im Büro ankam. Sie begegnete mir mit professioneller Distanz, geschäftsmäßig, aber kühl. Sie habe Pascal, ihren Vize, angewiesen, mich nach Kräften zu unterstützen und mir alle Unterlagen zur Verfügung zu stellen.

Tatsächlich hatte Pascal schon alle Buchhaltungsunterlagen und die entsprechenden Prüfungsberichte auf dem Konferenztisch aufgebaut. Damit wollte ich anfangen, auch wenn ich von den offenen Unterlagen des legalen Betriebs wenig erwartete. Die waren ja geprüft und testiert. Hier würde es eher darum gehen, diejenigen Projekte und Vorhaben zu identifizieren, die Ansatzpunkte für *Zentralisierung* und Unterschlagung boten. Ich packte Papier und Stifte aus, setzte mich an den Konferenztisch und begann, mich in die Unterlagen einzulesen. Später brachte Perla mir Kaffee und Kekse. Es wurde dunkel, die Mitarbeiterinnen gingen nach Hause. Zuletzt verabschiedete sich Maria mit einem kurzen *sige, bis morgen*. Ich wollte weiterarbeiten, solange ich mich konzentrieren konnte.

Es muss gegen neun gewesen sein, als ich ein verhaltenes Klopfen am Fenster bemerkte. Draußen stand Pascal und winkte mir zu. Er würde gern mit mir sprechen, ob er reinkommen dürfe. Ich öffnete die verriegelte Tür. Pascal war Genosse, er gehörte zur Parteizelle des CDC. Es sei ihm sehr unangenehm und er wolle ja auch nichts Schlechtes über seine Chefin sagen oder auch nur denken, aber er habe sich überlegt, mit seiner Hilfe könne ich bestimmt schneller zu einem Ergebnis kommen. Es sei ja nicht so, dass er einen Verdacht gegenüber Maria habe, aber es sei doch gut, wenn jeder Schatten eines Verdachts ganz schnell ausgeräumt werden könne. Dazu nahm er sich einen Keks und legte seine Hand auf meinen Arm. *Hier bin ich, ich helfe dir*. Ich war gespannt, wohin das führen würde.

‚Pass auf', sagte Pascal, ‚ich kann die Projekte für dich sortieren. Die mit *full implementation* sind nicht so interessant. Da können wir vielleicht 10 oder 20 % zentralisieren, hauptsächlich aus freiwilligen Spenden und Honorarverzicht. Am interessantesten sind die *ghost projects* und die Doppelfinanzierungen. Die suche ich dir mal raus.' Damit fing er an, die Papiere umzustapeln.

Nach zwei Stunden hatten wir ein gutes Dutzend Verdächtige identifiziert. Webergenossenschaften, *Chicharon*-Kollektive, Vermarktungsgruppen. Darunter war eine *Bauang Bawang Farmers Group* von Knoblauchbauern aus Bauang, eine *New Dagupan Fischermen's Co-operative*, kurz NDF, sonst gebräuchlich als Abkürzung für National Democratic Front, die revolutionäre Einheitsfront. Viele Wortspiele, kreative Nutzung linker Abkürzungen. Die Unterlagen zeigten uns Budgetansätze und Zuwendungen der Geldgeber. Das war die Einnahmenseite.

Viel schwieriger würde es sein, den tatsächlichen Ausgaben auf die Spur zu kommen. ‚Wie machen wir jetzt weiter?', fragte Pascal. *Wir*. Dabei legte er mir die Hand auf die Schulter. Wohin sollte das führen? Ich musste ihm klarmachen, dass es in dieser Untersuchung kein *Wir* gibt. Pascal nahm die Hand von meiner Schulter und sah mich mit seinem Hundeblick von der Seite an. ‚Aber wir wären doch ein super Team'. Ich wurde deutlicher: ‚Nein, Pascal, in diesem Fall sind wir kein Team'. Schließlich warf ich ihn mit seinen Hoffnungen und seinem traurigen Blick aus dem Büro."

Pascals Hoffnungen – während Diwa erzählt, beschäftigt mich der Gedanke, wie wir die kommende Nacht verbringen werden. *Die Hütte von Diwa und Jan*. Jule meint das doch auch. Aber brauche ich Jule und Dodong, um zu wissen, was ich will? Nein Diwa, wir sind hier noch nicht fertig.

Die klebrige Hitze wird immer drückender. Jetzt ist auch die Karaffe leer.

Diwa fährt fort: „Am Ende war es nicht so schwierig. Ich besuchte eine Reihe von Hotels, in denen Tagungen, Fortbildungen und Vernetzungstreffen stattgefunden haben sollten. Die meisten hatten Managerinnen, die der Bewegung nahestanden. Sie erzählten mir freimütig, dass das ihr Solidaritätsbeitrag für die Bewegung gewesen sei; sie hätten Rechnungen ausgestellt für Veranstaltungen, die es nie gegeben hatte. Die hätten sie dann bei der Steuer angemeldet und ordentlich versteuert. Das CDC hätte von ihnen die offizielle Steuerquittung erhalten und bezahlt, dazu einen Aufschlag als Aufwandsentschädigung. Natürlich wüssten sie, was mit dem Geld am Ende passieren sollte.

Ein ähnliches Bild gab es bei Anschaffungen, die mit Geldern des CDC getätigt worden waren. Entweder waren die Motorräder und LKW-Ladungen Reis nie geliefert oder nach kurzer Zeit weiterverkauft worden. Immer gab es offizielle Steuerquittungen. Eine ordentliche Revolution betrügt vielleicht ihre Geldgeber, aber nicht das Finanzamt.

Mit dem, was ich herausgefunden hatte, konnte ich eine überschlägige Rechnung anstellen. Über drei Jahre hatte das CDC zwischen 50 und 60 Millionen Pesos aus seinen Mitteln abgezweigt. An die Partei waren davon 26 Millionen weitergeleitet worden. Der Rest muss bei Maria und Bischof Gonzales hängen geblieben sein. Ich fuhr nach Hause, schrieb einen Bericht und reichte ihn bei meinem Finanzkollektiv ein."

Diwa wendet sich zu mir. „Oh je, Jan, du bist ja ganz nassgeschwitzt. Komm, wir holen uns kaltes Wasser. Und dann gehen wir schwimmen."

„Gute Idee, das machen wir, Diwa."

64

Das Wasser ist warm, zu warm. Kann man beim Baden schwitzen? Ich schwimme nur langsam. Diwa bleibt in Ufernähe, mich zieht es hinaus. Ich erinnere mich genau an den Tag, als wir Maria ausgruben. Es hatte wie eine gewöhnliche Dienstreise begonnen. Ben hatte meinen Aufenthalt in den Philippinen wie immer perfekt geplant. Zuerst flog ich nach Mindanao und besuchte Partnerorganisationen im Norden der zweitgrößten philippinischen Insel. Cagayan de Oro, Iligan, Butuan, Surigao. Ich war gerade zurück in Manila, als Ben mich im Hotel anrief. „Sie haben Maria gefunden."

Wieso musste Maria gefunden werden? Bei der Reisebesprechung hatte Ben mir gesagt, Maria sei im Moment nicht in San Fernando, aber ihr Stellvertreter Pascal sei gut informiert und ohnehin ein besserer Gesprächspartner für mich. *Sie haben Maria gefunden.* Ich kaute an dem Satz. Maria wurde *gefunden*, das ist etwas anderes als *Maria ist wieder zurück*. „Was ist los, Ben, was ist mit Maria?"

„Sie sind noch nicht sicher, aber wir sollen sofort nach San Fernando kommen. Morgen, also morgen, da wollen sie es herausfinden. Ja, es sieht so aus, also wahrscheinlich ist sie tot."

Ben und ich hatten nicht über Maria und die Unterschlagungen gesprochen. Bens Bericht hatte meinen Hals aus der Schlinge gezogen. Daran wollte ich nicht rühren, nichts aufwirbeln. Auch Ben vermied das Thema.

Ben holte mich mit seinem Wagen ab. Er gab mir eine kurze Information. Diwa habe Pascal angerufen und ihm mitgeteilt, sie wisse, wo Marias Leichnam zu finden sei. Diwa. Was hatte sie damit zu tun? Woher konnte sie wissen, was mit Maria geschehen war? Diwa und die Leiche von Maria – wie hing das zusammen? Hatte Diwa etwas mit Marias Tod zu tun?

Ich hatte Diwa seit meinen philippinischen Jahren nicht gesehen. Es war mir uneingestanden recht gewesen, dass meine halbherzigen Versuche, sie zu treffen, nie zu etwas geführt hatten. Und jetzt?

Wir sprachen wenig auf der Fahrt. Es regnete ohne Unterlass. Der Scheibenwischer hatte Mühe, uns ein wenig freie Sicht zu verschaffen. Die Fenster beschlugen schnell, alle paar Minuten musste ich Ben die Scheibe mit einem alten Lappen freireiben. Wir erreichten San Fernando kurz vor Mitternacht. Die Stadt wirkte verlassen, selbst die Straßenlaternen machten einen mutlosen Eindruck. Pascal hatte uns ein billiges Hotel gebucht.

Am Morgen nahmen wir unser Frühstück eilig ein. Pascal erschien mit einem gemieteten Jeepney und fast der ganzen Belegschaft des CDC. Wir fuhren hinter ihm her nach Süden, an Dagupan vorbei, Richtung Tarlac. Der Tag war grau und kühl. Seit fast einer Woche hatte ein Taifun seine Regenschleppe über Luzon gezogen. Aber in der Nacht hatte der Regen nachgelassen, das Trommeln der satten, schweren Tropfen war einem feinen Nieseln gewichen. Aber die Luft war wassergesättigt, Atmen fühlte sich wie Trinken an.

Wir verließen die Provinzstraße und bogen in einen Feldweg zwischen die abgeernteten Zuckerrohrfelder. Schließlich stoppte der Jeepney am Fuß eines großen Ackers, der sich einen flachen Hügel hinaufzog. Pascal und zwei andere stiegen mit Schaufeln aus dem Wagen. Nach und nach kletterten auch die übrigen heraus. Einige zogen sich dünne blaue Regenponchos über. Ben reichte mir ein Paar schwarze Gummistiefel.

Dann sah ich Diwa. Sie kam mir alt und seltsam fremd vor, ihr Haar war feucht und strähnig. Sie wirkte bedrückt, wie erloschen. Diwa nickte mir zu. Kein Lächeln. Keine Nähe. Dann setzte sie sich an die Spitze der Gruppe.

Im Gänsemarsch stiegen wir den Hügel hinauf. Der nasse Boden klebte schwer an unseren Stiefeln. Jeder Schritt war mühsam und anstrengend.

Die Stiefel saugten sich in der Erde fest, unregelmäßig abgeschlagene, scharfe Zuckerrohrstrünke stachen uns in die Beine. Schließlich standen wir auf der Hügelkuppe. Diwa wies auf eine schmale Unregelmäßigkeit im flach abfallenden Acker, eine längliche Erhebung, schwarze Erde ohne sichtbare Erntereste, wie frisch aufgeworfen. Schließlich kamen auch die letzten Mitarbeiterinnen des CDC auf dem Hügel an. Zwölf Menschen standen nun an diesem trüben Morgen im Halbkreis um den niedrigen Erdhaufen. Niemand sprach. Diwa nickte Pascal zu. Er begann mit seinen beiden Kollegen zu schaufeln.

Langsam trugen die drei den Erdhaufen ab. Der wassergesättigte Boden war schwer und schmatzte unter den Schaufeln. Schließlich hielt Pascal ein. Er zeigte auf etwas. Stoff, ehemals blauer Stoff, jetzt braunschwarz verschmiert, eine Jeans. Dann roch ich ihn, den durchdringenden, stechenden Geruch der Verwesung. Pascal und seine Kollegen zogen sich Tücher vor die Nasen. Jemand reichte White Flower-Öl herum. Ich rieb mir ein paar Tropfen unter die Nase. Das Öl brannte in meinen Augen. Für einen Moment übertönte es den Geruch, aber der Pesthauch der Verwesung siegte. Ein junger Mann neben mir drehte sich weg und übergab sich. Mit großer Vorsicht trugen die drei Kollegen die Erde von dem leblosen Körper ab. Dann warfen sie die Schaufeln zur Seite und arbeiteten mit bloßen Händen weiter. Pascal legte schließlich den Kopf frei. Mit einer langsamen, zögernden Bewegung zog er ein Taschentuch heraus und wischte dem toten Körper sehr behutsam über Gesicht und Stirn.

Das Gesicht war aufgedunsen und voll schwarz-blauer Flecken. War das Maria? Dieses geschundene, blutunterlaufene Gesicht, aufgebläht von Schlägen und den Gasen der Zersetzung? Dann sah ich den kleinen runden Schönheitsfleck auf der linken Backe, nicht weit von der Nase. Unverkennbar Maria. Und doch, das war nicht Maria, die Kluge, die Charmante, die Gewitzte, die faszinierende Gesprächspartnerin. Von all dem, was Maria zu Maria gemacht hatte, lag unter dem grauen Himmel über den Zuckerrohrfeldern nur eine leere Hülle, weniger real als eine Stimme auf dem Anrufbeantworter, lebensferner als ein Foto.

Ich konnte meinen Blick nicht von dem Gesicht wenden. Der Verwesungsgestank schnürte mir den Hals ab. In mir kämpften Trauer und Entsetzen mit Ekel und Verwirrung. Marias Tod musste irgendwie mit Bens Untersuchung und dem anonymen Brief vom vergangenen Jahr zusammenhängen. Aber wie? Und wieso war Diwa hier? Woher hatte sie gewusst, wo Marias Leiche zu finden war? Was hatte sie mit Marias Tod zu tun?

Etwas unter Kinn der Leiche zog meine Aufmerksamkeit auf sich. Ich brauchte einen Augenblick, um es zu erkennen. Dann wurde mir klar, wie Maria gestorben war. Ich sah ich eine Drahtschlinge, eng zusammengedreht, die sich in ihren Hals eingeschnitten hatte.

„Maria“, sagte Pascal. Ich hörte unterdrückte Schreie und Aufstöhnen von den Umstehenden. Einige drehten sich um und weinten, die Köpfe gesenkt. Andere begannen, mit ihren Nachbarinnen zu flüstern. Mit den Augen suchte ich Diwa. Sie stand dicht an der flachen Grube und blickte unverwandt auf den geschundenen Körper. Tränen liefen ihr die Backen hinunter und tropfen von ihrem Kinn. Dann drehte sie sich wortlos um und verschwand.

Jemand brachte eine improvisierte Trage vom Jeepney. Die Tote wurde behutsam darauf gehoben. Ben fasste mich am Arm. „Komm, Jan, lass uns gehen.“ Wir kämpften uns den Hügel hinunter. Am Auto klopften wir die Stiefel aus und fuhren zurück nach San Fernando. Später erfuhr ich, dass Pascal Marias Leiche zur Obduktion gebracht hatte. Tod durch Erdrosseln, dazu zahllose Hämatome und zwei Knochenbrüche, die aber nicht tödlich gewesen seien. Die überarbeitete und unterbezahlte Polizei nahm eine Untersuchung auf, die ohne Ergebnis blieb. Ich setzte meine Dienstreise fort. Im Gepäck hatte ich nun die tote Maria, die es liebt, mich im Traum zu besuchen.

65

Langsam schwimme ich zum Ufer zurück. Diwa steht am Strand und sieht zu, wie ich aus dem Wasser steige. Gemeinsam gehen wir zur Meerterrasse. Wir ziehen uns ein paar große Strandkissen zurecht und setzen uns nebeneinander.

„Lass es uns zu Ende bringen, Diwa."

Diwa sieht mich ernst an und nickt. Mir wird plötzlich klar, dass ich ihr Gesicht gern ansehe, Diwas große, wache Augen, die nicht mehr in eine unerreichbare Ferne schauen, ihre glatten Backen, ihr voller Mund, die kleine, runde Nase, die großen Ohrläppchen, ihre sehr helle braune Haut.

Die Frage rast seit Tagen durch meinen Kopf. Ich habe sie hundert Mal lautlos ausgesprochen. Aber sie wehrt sich dagegen, gestellt zu werden. Ich schließe die Augen und atme einmal durch: „Was hast du mit dem Tod von Maria zu tun?"

„Ich habe auf deine Frage gewartet", sagt Diwa. Dann ist sie eine Weile still. Ihre Finger krabbeln nervös über das Kissen, als suchten sie dort nach der Antwort. Schließlich streckt sie ihren Rücken durch, atmet tief ein und beginnt.

„Ich habe dir schon von meiner Untersuchung beim CDC in San Fernando erzählt. Ich schrieb meinen Bericht und reichte ihn beim Finanzkomitee ein."

„Hast du dabei eigentlich auch etwas über Bischof Gonzales herausgefunden?"

„Du meinst den Vorsitzenden von CDC, der die Geschäfte von Maria gedeckt hat? Der war schon tot, als ich nach San Fernando fuhr. Nein, mit dem und seinen Geschäften habe ich mich nicht beschäftigt."

„Weißt du, woran er gestorben ist?“

„Ich kann nur raten, aber ist das nicht offensichtlich? Der Bischof muss ein Mann von großem moralischen Rigorismus gewesen sein. Irgendwann haben ihn seine schmutzigen Frauen- und Geldgeschichten einfach zerrissen.“

„Das passt zu dem, was seine Tochter mir erzählt hat.“

„Aber in meiner Untersuchung ging es um Maria. Ich wusste natürlich, dass mein Bericht Konsequenzen haben musste. Ich hatte mit einer Disziplinarmaßnahme für Maria gerechnet. Du kennst das, eine ehrliche, schonungslose Selbstkritik, Wiedergutmachung und Erstattung der unterschlagenen Gelder an den Untergrund, dann Suspendierung oder Ausschluss aus der Partei und wahrscheinlich eine Sperre für alle mit der Bewegung verbundenen Organisationen. Das wäre drastisch gewesen und hätte Maria gezwungen, ihr Leben von Grund auf neu zu organisieren. CDC wäre durch eine Veränderung gegangen, vielleicht hätte Pascal die Leitung übernommen, wahrscheinlicher wäre aber ein von der Partei entsandter Statthalter gewesen. Du und die anderen Geldgeber hätten von all dem wenig mitbekommen. Euch hätte man nach einiger Zeit mitgeteilt, der Vorstand von CDC habe die Organisation evaluiert und eine Reorganisation des CDC vorgenommen. Dabei habe er auch an einigen Stellen neues Personal berufen. Man danke für die bisherige fruchtbare Zusammenarbeit, die man auch in der Zukunft mit noch größerer Energie fortsetzen wolle.

Aber so kam es nicht.“ Diwa seufzt. Ich sehe, wie sie überlegt. Ihr Blick wandert über den Horizont, als könne sie dort den nächsten Satz finden.

„Ich kann es mir nicht wirklich erklären, am wahrscheinlichsten ist, dass Maria sich in der Partei Feinde gemacht hatte. Oder es hatte noch mit den Säuberungen zu tun; da könnte ein Verdacht an ihr hängen geblieben sein, auch wenn sie damals freigelassen wurde. Aber diesmal wurde sie nicht zu einer vorgeblichen Konferenz in die rote Zone gebeten, sondern direkt von ihrem Schreibtisch abgeholt. Das weiß ich von Perla, der guten Fee des Büros.

Was Maria erwartete, war keine *disciplinary action*, sondern ein *hukumang bayan*, ein Volksgerichtsverfahren. Ich wurde als Zeugin einbestellt. Voll dunkler Ahnungen fuhr ich los. Ich sollte zu einem Camp in den Bergen nahe der Grenze zu Zambales kommen. An der Fernstraße wartete ein Führer auf mich. Der Fußmarsch war beschwerlich, es ging über rutschige Schlammpfade in die Berge. Der Führer trieb mich an, ich solle mich beeilen.

Im Lager traf ich auf eine merkwürdige, beängstigende Veranstaltung. *Hukumang bayan* ist eigentlich eine schnelle Angelegenheit. Die meisten Angeklagten sind raffgierige Kredithaie, betrügerische Reishändler, ausbeuterische Großgrundbesitzer und Verräter. Die Schuld steht schon bei Beginn des Prozesses fest, niemand gibt sich viel Mühe mit der Verteidigung. Verfahren, Urteil und Vollstreckung finden am selben Tag statt.

Aber bei Maria war es anders. Auch meine Vorladung als Zeugin war ungewöhnlich. Ich begriff schnell, dass es nicht um die Feststellung der Schuld ging, sondern vor allem um die Aufklärung des entstandenen Schadens und den Verbleib der unterschlagenen Mittel. Maria war gefoltert worden, ihr Gesicht war voller Blutergüsse. Aber sie war nicht gebrochen. An einen Pfosten gebunden, stand sie aufrecht da. Mit blitzenden Augen, voller Wut verfolgte sie meine Aussage. Von mir wollten die Genossen vor allem wissen, wie hoch die unterschlagene Summe insgesamt gewesen war, und ob ich Hinweise darauf gefunden hätte, was Maria mit der Beute getan hatte. Die erste Frage konnte ich beantworten, die zweite nicht.

Meine Aussage dauerte nicht einmal eine Stunde, dann wurde ich entlassen. Es war inzwischen dunkel geworden, deshalb verbrachte ich die Nacht im Camp. Ich kannte einige der *kasamas*. Eine junge Frau, Ka Gunda, war mir in meiner Finanzarbeit begegnet. Sie war gut mit Zah-

len und begleitete mich eine Zeitlang, um das rote Finanzprüfungsgeschäft zu lernen. Nach dem abendlichen *goto* saßen wir zusammen. Gunda drehte sich eine Zigarette aus Bergtabak und einem Stück Zeitungspapier. Sie wirkte bedrückt.
‚Was ist los?' fragte ich sie.
‚Ach, es ist wegen dem Prozess.'
Ich bohrte nach: ‚Was ist mit dem Prozess?'
Da brach es aus ihr heraus: ‚Ich habe gehört, wie sie miteinander gesprochen haben, Ka Nong und Ka Anton. Maria ist schon zum Tode verurteilt. Das Verfahren machen sie nur noch so lange, bis sie wissen, wie sie an das Geld kommen können. Dann wird sie hingerichtet. Das ist doch nicht richtig, schau mal, selbst die Gerichte der Reaktionäre geben Menschen wie Maria nur ein paar Jahre Haft. Und wir bringen sie um? Das kann doch nicht sein.'

Gunda hatte recht, das wusste ich. Ein Todesurteil war der einzig mögliche Ausgang dieses Verfahrens. Und ich hatte angefangen mich zu fragen, was mein Anteil an diesem Ende wäre.

Aber ich versuchte Gunda zu beruhigen. ‚Du weißt doch, sie hat von den Genossinnen und Genossen gestohlen. Deswegen haben vielleicht Antibiotika und Verbandmaterial gefehlt und ein verletzter Kämpfer ist gestorben. Oder es gab zu wenig Munition zur Verteidigung und deshalb ist ein Camp überrannt worden und Genossen sind gefallen. Und du weißt doch auch, Gunda, dass wir niemanden ins Gefängnis stecken können, es gibt noch keine Volksgefängnisse. Aber wir können Maria auch nicht laufen lassen. Sie weiß so viel über die Bewegung und unsere Führungskader, wenn sie das nun der anderen Seite offenbaren würde, um sich zu rächen. Der Schaden wäre nicht auszudenken!'

Ich merkte, dass ich Gunda nicht überzeugen konnte. Schließlich sagte sie: ‚Du hast sicher recht. Wir müssen jetzt Ruhe bewahren. Gute Nacht.' Damit verschwand sie in der Dunkelheit.

Ich suchte mir einen Platz auf einer rauen, harten Holzpritsche. Die Nacht war dunkel und still, aber ich fand keinen Schlaf. Das Gespräch mit Gunda ging mir nicht aus dem Kopf. Hatte Maria wirklich den Tod verdient? Untreue, Unterschlagung, Ausnutzung ihrer Machtposition im Finanznetzwerk – alles schwere Vergehen. Aber todeswürdig? Wenn ich ehrlich mit mir war, dann musste ich zugeben, dass meine Argumente mich selbst kaum überzeugten.

Hatte ich also mit meiner Aussage zu Marias Todesurteil beigetragen? Das Urteil war sicher schon vor Beginn des Prozesses gefallen. Aber ohne meinen Bericht hätte es das Verfahren nicht gegeben. Ich hatte damit den Untergang von Maria in Bewegung gesetzt. Konnte ich ihn jetzt noch aufhalten?

Bei Morgengrauen verließ ich das Camp mit einer bewaffneten Eskorte. Nach dem anstrengenden Fußmarsch über die glitschigen Bergpfade erreichte ich die Fernstraße. Während der Fahrt im Bus grübelte ich über meine Optionen. Es musste sehr schnell gehen, Maria hatte sicher nur noch wenige Tage, wahrscheinlich nicht einmal mehr eine Woche. Im Kopf konzipierte ich die Schreiben, die ich in fliegender Hast zu Papier brachte, sobald ich meinen Schreibtisch erreicht hatte. Ich schrieb drei Eingaben, eine an das übergeordnete Finanzkomitee, eine an ein Mitglied des Zentralkomitees der Partei, das ich kennengelernt hatte, und eine an den Vorsitzenden in den Niederlanden, von dessen Büro ich eine Faxnummer auswendig kannte. Eine Kopie der fast gleichlautenden Eingaben schickte ich meinem Politoffizier.

Ich hatte mir unterschiedliche Reaktionen auf meine Eingaben ausgemalt. Aber es geschah - nichts. Die Tage verstrichen und es passierte überhaupt nichts. Ich wartete, aber niemand antwortete auf meine Schreiben.

Ich kehrte zu meiner Routine zurück und begann, verschiedene Berichte fertigzustellen. Zwei Wochen später, ich saß bis in die Nacht an einer Ausarbeitung, klopfte es verstohlen. Vor der Tür stand die blasse Ka Gunda und huschte herein, sobald ich die Öffnung freigab. Aus ihrer Tasche zog sie die durchgepauste Kopie eines Messtischblatts. Sie

zeigte auf ein Kreuz und sagte: ‚Sorg dafür, dass sie wenigstens anständig begraben wird. Ich weiß, dass du das auch nicht wolltest.'
Ich bot Gunda einen Schlafplatz an, etwas zu essen, Wasser. Sie schüttelte nur den Kopf, ‚ich will nicht, dass man mich hier sieht', und verschwand in der Nacht.

Ich war bestürzt, traurig und vor allem wütend. Ich war wütend auf eine Bewegung, die als Reaktion auf Untreue und Unterschlagung nur die Hinrichtung der Täterin kannte, ich war wütend auf die Führung der Partei, die meine Eingaben nicht beantwortet hatte. Aber am wütendsten war ich auf mich, auf meine Naivität, auf mein Vertrauen in Menschlichkeit und Empathie."

Ihre Wut zeichnet sich in Diwas Gesicht ab. Ich lausche, ich wage nicht, sie zu unterbrechen.

„Ich war so sicher gewesen, dass die versteinerten Unrechtsverhältnisse dieses Landes eine entschiedene revolutionäre Antwort brauchten. Mit der Partei hatte ich einen stummen Vertrag geschlossen. Die revolutionäre Bewegung würde die Verhältnisse umstürzen, die Millionen Menschen an den Rand gedrängt hatten und ihnen die Würde und den Reis stahlen. Dafür wollte ich der Bewegung meine Kreativität, meine Zeit, meine Kraft und, ja, auch mein Leben geben.

In dieser Nacht zerbrach der Vertrag."

Die Sonne hat sich dem Horizont genähert und taucht Diwas glühendes Gesicht in goldenes Licht. Ihre Augen glänzen, wie von Tränen. Nach einer kurzen Pause fährt sie fort.

„Ich weiß jetzt, dass ich schon während der Säuberungen einmal an diesem Punkt war. Aber damals war ich noch nicht bereit, den letzten Schritt zu gehen. Diesmal war es anders. Ich hatte selbst eine aktive Rolle in den Ereignissen gespielt, die zur Hinrichtung von Maria führten. Ich war Auslöser und Teil des gnadenlosen Systems geworden."

„Halt, Diwa, langsam. Du warst nicht Auslöser. Vor dir war Ben, der dich informiert hat, davor ich, davor der anonyme Briefeschreiber, davor Maria mit ihren Unterschlagungen. Das hast du nicht ausgelöst."

„Sicher. Aber auch wenn ich die Ereignisse nicht in Bewegung gesetzt habe, habe ich doch eine wichtige Rolle dabei gespielt, die Untersuchung in Gang zu halten. Ich hätte vielleicht alles aufhalten können."

„Und was macht das aus dir? Eine Täterin? Eine Mörderin? Und was bin dann ich?"

„Diese bohrende, glühende Frage habe ich lange Zeit mit mir herumgetragen. Ich glaube, darin sind wir verbunden. Ich habe meine Antwort gefunden. Aber erst muss ich dir erzählen, wie es weiterging."

„Du hast Pascal informiert."

„Ja, ich rief Pascal an. Du warst zufällig in den Philippinen, also gab Pascal dir über Ben Bescheid. Dann trafen wir uns bei der Exhumierung von Marias Leiche. Du musst dich gefragt haben, warum ich dich damals nicht angesprochen habe."

„Ich habe dich an der Grube gesehen, ich habe gesehen, dass du tief erschüttert warst, aber ich konnte deine Erschütterung nicht lesen. Warst du verantwortlich für den Leichnam, waren das Tränen der Schuld in deinem Gesicht? Oder war es Trauer um eine Genossin, vielleicht eine Freundin? Oder sah ich die Erschütterung über ein überaus grausames Urteil? Ich hatte keine Ahnung, was in dir vorging, es verletzte mich, dass du verschwandst, ohne mit mir zu sprechen."

„Das konnte ich nicht, Jan. Mein Leben war in Aufruhr, alles brach zusammen. Ich hatte meinen inneren Kompass verloren, meinem Leben war der Sinn abhandengekommen. Ich musste meine Kraft zusammenhalten, um nicht zu zerbrechen. Ich hatte Angst, unsichtbar zu werden, in einen bodenlosen schwarzen Abgrund zu sinken.

Du wirst nicht glauben, was danach kam. Die Partei leitete tatsächlich ein Disziplinarverfahren gegen mich ein. Ich hatte meinen *political officer* übergangen, meine Botschaften hatte ich direkt an die Parteiführung geschickt, sogar an den Vorsitzenden in den Niederlanden. Der *PO* hatte nur eine Kopie bekommen, statt die Eingabe zunächst mit seinem Kollektiv zu besprechen und gegebenenfalls weiterzuleiten. Ich hatte gegen den demokratischen Zentralismus verstoßen. Sie warfen mir Ultrademokratie, linken Opportunismus, Abweichlertum vor.

Ich war fassungslos. Hier hatte ein Menschenleben auf dem Spiel gestanden. Es ging um Humanität und Gerechtigkeit. Wie sollten wir eine bessere Gesellschaft aufbauen, wenn wir auf dem Weg dorthin unsere Menschlichkeit verloren hatten? Aber das Einzige, was den Parteioberen Sorgen machte, war die Verletzung des Dienstwegs. Hätte ich in meiner Entscheidung noch geschwankt, jetzt hätte ich gewusst, dass ich nicht mehr Teil dieser Bewegung sein konnte."

Diwa lehnt sich zurück und wischt sich mit dem Handrücken über die Augen.
„Das muss traumatisch für dich gewesen sein. Du warst doch mit Haut und Haaren Kader; wie ich dich erlebt habe, hattest du kein Leben außerhalb der Partei."

„Ich konnte dich nicht ansprechen, Jan, für dich war in dem Moment kein Platz in mir. Mit Pascal habe ich noch dafür gesorgt, dass Maria ein ordentliches Begräbnis bekam. Einer ihrer Brüder holte den Leichnam ab. Dann wurde sie, da ihr Vater schon Jahre zuvor verstorben war und daher keine Einwände mehr geltend machen konnte, im Familienmausoleum beigesetzt.

Anschließend habe ich meinen Austritt aus der Partei offiziell vollzogen. Zum Glück ist die CPP kein *sendero luminoso*. Mitglieder können austreten und bleiben unbehelligt, solange sie nicht aktiv gegen die Partei arbeiten. Und dann bin ich daran gegangen, mein Leben neu aufzubauen."

„Dann kam der Gecko aus deine Schulter? Als Zeichen des neuen Lebens?“
Diwa lächelt und zieht die Augenbrauen hoch.

Inzwischen ist es dunkel geworden. Die Sonne hat sich unbeachtet ins Meer gestürzt. Eine Gruppe Grillen macht Lärm. Meine Hüfte schmerzt, mein linker Arm ist eingeschlafen. Ich schüttele und strecke mich.

„Diwa, ist dir aufgefallen, dass wir das Essen vergessen haben?“

Diwa lacht. „Stimmt. Das holen wir jetzt nach!“

66

Ich laufe hinter Diwa den Hang hinauf zur Gemeinschaftshütte. Die Luft fühlt sich samtig und das Leben leicht an. Über dem langen Esstisch brennt Licht. Eric hat einen frischen Gelbflossen-Thun gebracht und angefangen ihn auszunehmen. „Was machen wir damit?“, fragt Diwa.

„Was haltet ihr von *adobo*? Könnt ihr hier weitermachen? Ich will noch *tuba* holen. Der Reis ist schon aufgesetzt.“

Wir machen uns an die Arbeit. Zwei Schneidebretter, zwei große Messer, ich halbiere die Knoblauchknollen, Diwa würfelt rote Zwiebeln, ich stelle Bratöl, Lorbeerblätter, Nelken und schwarzen Pfeffer bereit, wir schneiden Karotten, Paprika und *kamote*. Wir filetieren den Thunfisch und schneiden ihn in große Stücke. Diwa zündet gerade die Gasflamme unter der enormen Pfanne an, als mein Handy sich meldet. Jule erscheint auf dem Bildschirm.

„Hallo Papa, du solltest dich doch melden!“
„Meine liebe Tochter, wie schön, dich zu sehen. Ich möchte dir meine Freundin Diwa vorstellen.“ Ich drehe das Handy, jetzt sehen Jule und

Diwa sich direkt an.
„Hallo Jule, ich bin Diwa. Ich freue mich, dich kennenzulernen."
„Kocht ihr zusammen?"
„Ja, und es macht Spaß, mit deinem Vater zu kochen!"
„Das kann ich sehen."
Ich schwenke das Handy durch die Küche. „Gemütlich!", meint Jule.
„Du, Papa, ich teile dir jetzt mal etwas mit und du hast keine Chance nein zu sagen, es ist nämlich keine Frage. Ich habe auch schon gebucht. Du erzählst mir ja am Telefon und per Skype so gut wie nichts. Also muss ich mir die Nachrichten selbst abholen. Ich komme, ich besuche euch. Ich habe mir zwei Wochen frei genommen, meinen Laptop bringe ich mit, dann kann ich auch bei euch weiter an der Datenauswertung arbeiten. Nächste Woche Donnerstag bin ich da. Und dann erzählt ihr mir die ganze, vollständige, ungekürzte und ungeschönte Geschichte. Damit das klar ist."
„Deine Tochter gefällt mir", wirft Diwa ein. „Jule, herzlich willkommen, ich bin gespannt auf dich."
„Sollen wir dich irgendwo abholen?", frage ich ins Telefon. Ich habe *wir* gesagt. *Sollen wir dich abholen*? Es ist mir einfach so rausgerutscht.
„Cebu wäre gut, da komme ich an."
„Das machen wir, gib noch die genaue Ankunftszeit durch."
„Da ist noch was, Papa, du hast eine Postkarte aus Bangkok bekommen, soll ich sie dir vorlesen?"
„Postkarte aus Bangkok?"
„Ja, mit goldenen Pagoden uns so Gedöns. *Lieber Jan, ich bin in Bangkok und jetzt wird alles gut. Bei dir hoffentlich auch. Sally*. Verstehst du das?"
„Ich glaube schon, ich denke, das ist eine gute Nachricht."
„Na dann bis nächste Woche, das ganze Reden machen wir dann. Und mach jetzt nichts falsch, Papa!"
„Ich liebe dich auch, Jule!" Damit verschwindet sie vom Bildschirm.

Das Öl ist inzwischen heiß. Ich drücke die halbierten Knoblauchknollen in die Pfanne. Diwa lässt die Zwiebelwürfelchen ins siedende Fett purzeln. Es zischt und bitzelt, eine beißende Wolke steigt aus der Pfanne auf und treibt uns Tränen in die Augen. Wir fügen das Gemüse und den Fisch hinzu und löschen mit Sojasoße und Palmessig ab. Diwa dreht die Flamme herunter und legt den riesigen Deckel auf die Pfanne.

„Wie siehst du das denn jetzt mit deiner Schuld an dem Tod von Maria?“, frage ich Diwa; das *adobo* blubbert leise unter seinem Deckel.

„Schuld ist ein großes Wort. Schuld an Marias Tod trage ich nicht. Du auch nicht. Aber wir waren beide Teil einer Abfolge von Ereignissen, die am Ende zu ihrem Tod geführt haben. Die Schuld sehe ich in erster Linie bei ihr selbst und bei denen, die ihren Tod beschlossen und sie hingerichtet haben.

Aber wir tragen eine Verantwortung für unser Handeln. Hätten wir das alles aufhalten können? Ich glaube nicht. Dennoch tragen wir Verantwortung.

Jan, wir tragen Verantwortung für alles, was wir tun. Und genauso für alles, was wir nicht tun. Beides hat einen Preis, das Handeln und das Nicht-Handeln. Oft kennen wir den Preis nicht, zum Glück. Das entbindet uns nicht davon, die Konsequenzen unserer Taten zu bedenken. Aber Leben heißt auch, damit zurechtkommen, dass wir meist nicht wissen, wie es ausgeht.

Ich habe Marias Tod nicht gewollt, aber ich habe ihn nicht verhindern können. Ich weiß, dass auch du den Tod von Maria und diesem Bischof nicht gewollt hast. Aber wir beide waren Akteure in ihrem Drama. Kannst du mit der Verantwortung leben?“

Kann ich mit meiner Verantwortung leben? Was für eine Frage. Seit einem Vierteljahrhundert lebe ich mit meinen Gespenstern. Tote jagen durch meine Träume. Ich lebe mit ihnen, Nacht für Nacht.

Aber was hat mich eigentlich all die Jahre davon abgehalten, die Wahrheit herauszufinden? Warum habe ich die Suche nach den Todesumständen von Bischof Gonzales und Maria Manoto ein halbes Leben vor mir hergeschoben? Lieber habe ich mich an meine Gespenster gewöhnt. Weil ich der Verantwortung ausgewichen bin? Weil ich gerade nicht mit ihr leben wollte? Weil es mir lieber war, mich mit Ahnungen, Vermutungen und Schatten zu umgeben?

Und jetzt, ist es jetzt anders? Diwa steht neben mir in der Küche, wir kochen zusammen. Ich schwitze und habe den durchdringenden Geruch von Knoblauch und Sojasoße in der Nase. Ich bin der Tochter von Bischof Gonzales begegnet und habe Blumen auf sein Grab gelegt. Kaloy hat mich in den Abgrund blicken lassen, der das Leben einer Generation von Aktivisten bis heute bestimmt. Und Diwa, Diwa ist keine Henkerin. Ja, es ist anders. Alles ist anders.

Ich merke, dass ich anfange zu lächeln, dann muss ich lachen. Ich drehe mich zu Diwa und nicke. Diwa lacht auf, dann hebt sie den Deckel von der Pfanne und rührt das *adobo* um.

„Das Essen ist fertig. Sie müssen es gerochen haben, da kommen sie." Diwa zeigt auf Dodong, Mina, Tina, Jhun, Bambi, Rudy und Junjun, die in einer Reihe auf die Hütte zukommen. Mit etwas Abstand folgt Eric, er trägt einen verbeulten und zerkratzten Kanister.

„Es riecht super", sagt Dodong beim Hereinkommen. Diwa lächelt ihm zu und nickt. Mina holt Teller und Besteck aus dem Regal und verteilt sie auf dem langen Tisch. Rudy stellt Gläser dazu und holt die Flaschen mit kaltem Wasser, die sofort beschlagen. Eric setzt den *tuba*-Kanister daneben. Ich verteile Reis aus dem großen schwarzen Topf. Diwa wuchtet die monströse Pfanne auf den Tisch. Eric gießt den Palmwein in die Gläser. Der Wein ist trüb und rot und riecht nach Hefe und süßem Leben.

Wir essen und trinken und reden und lachen. Schließlich klopft Eric an sein Glas. „Ein herzlicher Dank an Diwa und Jan, es hat toll geschmeckt. Das ist bestimmt nicht das Einzige, was ihr gut zusammen könnt." Die ganze Runde lacht. „Im Ernst, wir würden uns freuen, wenn ihr länger hierbleiben würdet."

Ich nutze die Gelegenheit: „Und Jule, meine Tochter, ist die auch willkommen?“ Das Gelächter wird lauter, ich sehe Nicken und Kopfschütteln, bis Dodong sagt: „Was für eine Frage, natürlich!“

Es wird ein langer Abend. Mina erzählt von ihren neuesten unbeholfenen Tauchgästen. Tina hat wieder jemandem mit gefährlicher illegaler Elektroinstallation das Leben gerettet. Jhun berichtet von seiner Begegnung mit dem Geist seines Vaters in einer dunklen Gewitternacht; der Vater sprach aus seiner Urne, die Jhun unter dem Bett verwahrt. Bambi teilt uns mit, dass sie nun beschlossen hat, sich zu verlieben, sie weiß zwar noch nicht in wen, aber sie hat schon eine kleine Auswahl an Kandidaten aus ihrer App getroffen. Inday bereitet sich auf ihren Rückflug nach Vietnam vor.

Der *tuba*-Kanister ist leer. Einer nach dem anderen verabschiedet sich und verschwindet in die Nacht, bis nur noch Diwa und ich am Tisch sitzen.

„Was meinst du, Jan, traust du dich mitzukommen?“ Ich sehe Diwa lange an, dann hebe ich die Augenbrauen. Diwa steht auf und zieht mich vom Stuhl. Ich lösche das Licht über dem großen Esstisch. Hand in Hand gehen wir zu Gretchens Hütte. Mich überkommt ein lang vergessenes, vertrautes Gefühl.

Es fühlt sich an wie nach Hause gehen.

Paraiso – eine *true story*?

Ist Paraiso eine wahre Geschichte? Sind die Ereignisse, von denen ich erzähle wirklich geschehen? Wie sieht es mit den Orten aus, wo liegen Hamberg und Lio Beach, San Fernando und El Nido? Gibt es Jan, Maria, Bischof Gonzales, Ben, Jutta, Jule, Dodong, Eric und Diwa im wahren Leben? Habe ich nur die Namen verändert, die Geschichte ein wenig aufgehübscht, um sie spannender zu machen?

Tinagong Paraiso gibt es wirklich. *Tinagong Paraiso* (vom spanischen *paraíso* für Paradies, im philippinischen Tagalog auch genauso ausgesprochen) ist aber keine Kommune von Alt-Hippies und Ex-Kommunisten im Norden von Palawan, sondern eine außergewöhnliche kleine Gemeinschaft in Bacolod auf der Insel Negros, die aus dem Protest gegen die Vertreibung für einen Kaufhausneubau ein einzigartiges Umsiedlungs- und Gemeinwesen-Projekt entwickelt hat. In diesem und vielen anderen Fällen habe ich mir Namen, Orte und Teile von Geschichten aus dem Leben von Menschen geliehen, Landschaften umgeformt, Bauwerke versetzt, manches dazuerfunden und alles in den Fluss einer von mir frei erdachten Geschichte einströmen lassen.

Eine Ehrfurcht gebietende Christusstatue krönt eine der Hundred Islands im Golf von Lingayen. Ich habe sie für Jan nach Cebu gebracht, um ihm erklären zu lassen, warum die philippinischen Kaufhäuser so voll von schlecht qualifiziertem Personal sind.

Ist *Paraiso* autobiographisch, ist Jan Grosz mein *alter ego*? Mit Jan verbindet mich viel. Wie er bin ich den Philippinen seit einem halben Leben verbunden. Wie er habe ich für verschiedene Hilfswerke gearbeitet und war dabei zeitweise für deren Philippinen-Portfolio verantwortlich. Aber natürlich gibt es die *Weltverantwortung* nicht, weder in Bonn, noch irgendwo sonst. Auch der Unterschlagungsfall, um den es in diesem Roman geht, hat sich so nie ereignet. Und doch ist er typisch, eine Art Kondensat dessen, worauf Mitarbeiterinnen und Mitarbeiter von humanitären Organisationen täglich herumkauen. Bischof Gonzales hat nicht gelebt; aber dass philippinische Bischöfe niemals getan hätten, was ich in diesem Roman ihm zuschreibe, wäre eine unhaltbare Behauptung. Oft genug stehen kirchliche Organisationen bei Transparenz und Rechenschaftslegung schlechter da als ihre säkularen Gegenstücke. Das wird seine eigenen Gründe haben.

Das beschriebene System zur Umleitung von Projektgeldern in den kommunistischen Untergrund (*ghost*, *credible reality*, *full implementation*) hat es gegeben, genauso wie das Kompendium der Hilfswerke mit ihren Spezialisierungen und den Schlüsselbegriffen, die im Antrag nicht fehlen durften. Tatsächlich öffnete sich an dem Übergang zwischen legalen Mittelkreisläufen und dem Untergrund eine Tür, die sich für persönliche Bereicherung nutzen ließ. Über die Legitimität des Systems werden Mitwirkende und Betroffene gewiss unterschiedlich urteilen.

Die von Kaloy beschriebenen Säuberungen in der Kommunistischen Partei der Philippinen sind geschehen. Dabei sind viele hundert, wahrscheinlich weit mehr als tausend Genossinnen und Genossen auf der Grundlage von erfolterten Geständnissen verurteilt und hingerichtet worden. Bis heute ist ihre genaue Zahl nicht bekannt, die Gräber wurden selten gefunden. Viele Angehörige der Ermordeten glauben noch heute, ihre Männer, Töchter, Brüder seien im Kampf mit dem reaktionären Militär gefallen.

Kaloy und seine Erlebnisse habe ich erfunden. Und doch sind sie nicht ausgedacht. Ich habe sie als Synthese aus den Zeugnissen von Überlebenden geschrieben. Dabei habe ich mich an der Studie von Robert Fancis Garcia (*To Suffer Thy Comrade. How the Revolution Decimated its own, Manila 2001*) orientiert. Außer diesem Band und verstreuten Artikeln in Tageszeitungen habe ich keine Veröffentlichungen zu den Säuberungen gefunden. Sie bleiben im Wesentlichen bis heute unaufgearbeitet.

Ist Paraiso eine wahre Geschichte? Das Urteil darüber muss ich Ihnen überlassen.

Christoph Dehn

Philippinische Wörter und Begriffe

adobo	sauer-salziges Fleischgericht, meist mit Hühner- und Schweinefleisch
ako si Jan	ich bin Jan
amerikano	Amerikaner, wird auch generell für Weiße benutzt
armed propaganda unit	bewaffnete Propagandaeinheit der NPA, APU oder SYP (*sandatahang yunit pampropaganda*)
ate	ältere Schwester
banca	Auslegerboot
banig	Matte aus Pandanusblättern
banyan	Banyanbaum (*ficus benghalensis*)
baon, pambaon	Pausenbrot, Vesper
bar fine	Auslösegebühr für Barfrauen
barako	aromareicher, voller Tieflandkaffee
barangay	kleinste Verwaltungseinheit der Philippinen, Dorf, Stadtviertel
barangay captain	gewählter Bürgermeister des *barangay*
barkada	Gruppe von Freunden, Freundeskreis
beso-beso	Begrüßungsküsse auf die Backen
boatman	Bootsführer
bodega	Lagerraum
bolo	Machete
biro lang	nur ein Witz
buko	Kokosnuss
burgis	kleinbürgerlich
chicharon	gesalzene frittierte Schweineschwarte
creamer	Kaffeeweißer
CSC	*Criticism and Self-Criticism*, Kritik und Selbstkritik
deep penetration agent, DPA	eingeschleuster feindlicher Agent, Spion, Schläfer
di ba?	nicht wahr?

dinoguan	warme Blutsuppe mit Innereien
dong	*Dong*, vietnamesische Währung
estero	(Abwasser-)Kanal
fun games	Ratespiele bei einer philippinischen Fluggesellschaft
gated community	umzäunter und bewachter Wohnbezirk von meist Wohlhabenden
goto	Reissuppe
guapo ka talaga	du bist wirklich schön
habal-habal	Motorradtaxi
halika na	komm (schon)!
halo-halo	Süßspeise aus gestoßenem Eis und verschiedenen Zutaten wie Bohnen, Milchpudding, Jackfrucht und gesüßter Kondensmilch
higher organ	übergeordnetes Kollektiv (in der Partei)
highest form of struggle	Umschreibung für den bewaffneten Kampf
hukumang bayan	Volksgericht
huwag matakot	hab' keine Angst
ikat	Webtechnik mit abschnittsweise eingefärbtem Garn
Inang Bayan	Verkörperung des philippinischen Volkes, Mutterland
ingat	pass' auf dich auf! (Abschiedsgruß)
ipil-ipil	Weißkopfmimose (*Leucaena leucocephala)*)
jeepney	philippinischer Kleinbus
Joe-bonus	freundliche Sonderbehandlung weißer Ausländer
ka-	kurz für *kasama*
kalamansi	Calamandinorange, kleine, saure, grüne Zitrusfrucht
kampanyang ahos/ kahos	Säuberungskampagne 1985-86 in Mindanao
kamote	Süßkartoffel
kamusta ka?	wie geht's? (Grußformel)

kapitan	*barangay*-Bürgermeister
kasama	Genosse, Genossin
kesong puti	Weichkäse, ähnlich Mozzarella
kinilaw	Gericht aus rohem Fisch, ähnlich Ceviche
kumain ka na?	hast du schon gegessen? (Gruß zur Essenszeit)
lagi	immer
lambanog	destillierter Schnaps aus Palmwein
lechon	am Spieß gebratenes Ferkel/Schwein
longanisa	kleine, stark gewürzte Wurst
mabilis	schnell
mabuhay	willkommen, Prost!
magandang umaga po!	guten Morgen! (gegenüber einer älteren oder höher gestellten Person)
malong	schlauchartiger Rock aus Batikstoff, wird von Männern und Frauen als Kleidungsstück und Schlafsack benutzt
masa	Masse, Proletariat, Volk
municipio	Kreisstadt, Kreisverwaltung
nandito na ako	ich bin schon da
ninong	Patenonkel
Nipahütte	einfache Hütte aus Bambus und Blättern
nom de guerre	Deckname
Olympia	Säuberungskampagne 1988-89 in Zentralluzon, der Cordillera, Leyte, Cebu, Metro Manila
oplan missing link	Säuberungskampagne 1988 in Southern Tagalog
pakikisama	harmonische soziale Beziehungen
pandecoco	kleines, weiches Weizenbrötchen mit süßer Kokosfüllung
pandesal	kleines, weiches Weizenbrötchen
pansit	Nudelgericht
pasalubong	Mitbringsel
pasiking	aus Rattan geflochtener Rucksack
pasok	komm herein!

pinakbet	bitteres Gemüsegericht mit Bittermelone (Balsambirne)
Pinoy	Filipino
Pinay	Filipina
protracted people's war	langwieriger Volkskrieg, das Konzept ist eng verbunden mit der Strategie der Einkreisung der Städte vom Land aus
puto	schwammartiger weißer Reiskuchen
sacada	Zuckerrohrarbeiter
safe house	sicheres Versteck für Untergrundarbeiter; bei Militär und Polizei auch geheimes Foltergefängnis
salabat	heißer Ingwertee
salamat, salamat din	danke, danke auch
sari-sari-store	philippinisches Büdchen, Kiosk
sa tagumpay ng rebolusion	auf den Sieg der Revolution, gern als Schlussformel in Briefen genutzt, abgekürzt *STR*
sec	Parteisekretär
sedula	Nachweis der Registrierung am Wohnort, wird auch wie ein Personalausweis genutzt
sendero luminoso	leuchtender Pfad, peruanische Guerillabewegung, berüchtigt für ihre Grausamkeit
sexual opportunism	sexuelle Verfehlung
SI	*social investigation*, sozialer Hintergrundcheck
sige	OK (kurzer Abschiedsgruß)
sinangag	gebratener Reis
sorbetero	Eisverkäufer
squatter area	Slumgebiet
susmariahosep	Ausruf des Erstaunens (Jesus, Maria, Josef)
tabo-Dusche	Dusche mit Wassereimer und Schöpfkelle
takip silim	Säuberungskampagne in einem Bezirk in Süd-Quezon
talambuhay	Lebensgeschichte
talisay	Katappenbaum, Meermandelbaum

tamaraw	philippinischer Wasserbüffel
tanigue	Spanische Makrele
Tanduay	philippinischer Rum (Name einer Destillerie)
tao po	Ruf vor Betreten eines Hauses, etwa: Hier ist jemand!
tokwa't baboy	Gericht aus frittiertem Tofu und Schweineohren
tricycle	Motorrad mit Seitenwagen zur Personenbeförderung
tsampurado	Reisbrei mit Kakao
tsinelas	Flipflops
tsismis	Gerücht, Gerede
tuba	Palmwein
turo-turo-Stand	Street Food-Stand
tuyo	Trockenfisch
ube	violette Wurzelfrucht (*dioscorea alata*), die gern für Süßspeisen verwendet wird
utang-na-loob	Dankesschuld, Verpflichtung zur Dankbarkeit
vigilante	Angehöriger einer rechtsgerichteten Miliz
village	bedeutungsgleich mit *gated community*
white area work	Untergrundarbeit in Gebieten, in denen die Partei noch nicht dominiert, i.d.R. bedeutungsgleich mit Parteiarbeit in Städten